中国楹联学会／编

实用楹联手册

海天出版社（中国·深圳）

图书在版编目（CIP）数据

实用楹联手册 / 中国楹联学会编. — 深圳：海天
出版社，2014.1

ISBN 978-7-5507-0610-1

Ⅰ. ①实… Ⅱ. ①中… Ⅲ. ①对联—作品集—中国
Ⅳ. ①I269

中国版本图书馆CIP数据核字（2012）第278072号

实用楹联手册
SHIYONG YINGLIAN SHOUCE

出 品 人　陈新亮
责任编辑　于志斌　张小娟　刘翠文
责任技编　蔡梅琴
装帧设计　Smart 斯迈德设计
　　　　　　0755-83144228

出版发行　海天出版社
地　　址　深圳市彩田南路海天大厦（518033）
网　　址　www.htph.com.cn
订购电话　0755-83460293（批发）0755-83460397（邮购）
印　　刷　深圳市新联美术印刷有限公司
开　　本　889mm×1194mm　1/32
印　　张　16.75
字　　数　380千
版　　次　2014年1月第1版
印　　次　2015年3月第2次
定　　价　58.00元

序 言

由中国楹联学会和海天出版社合作推出的这本《实用楹联手册》问世了，这是首次以全国性楹联组织的名义编纂出版的实用楹联选集。在此之前，内地及港台的出版社出版过为数不少以"实用楹联"冠名的图书，但均为个人编选，因资料来源和个人精力、眼界所限，在图书的实用性、全面性、条理性方面难免有所欠缺。此次藉中国楹联学会的学术优势、资料优势及创作优势，广泛收集古今楹联资料，精心遴选，科学分类，整理编纂出一部适应当代社会需要，方便读者使用的实用楹联精品总集。

楹联是我国独有的一种文学样式，它基于方块汉字易于形成对偶的特点，从律诗和骈文的偶句发展而来，形成了以对偶的上下两联文字来表达特定主题的独立的文体形式。因为形对意联，故楹联又称为对联。对联文体包含文学性、实用性和谐巧性三种特性，密切联系社会习俗并广泛应用于各类社会生活场景，是对联文体与一般诗歌文体的一个显著区别。2006年5月20日，"楹联习俗"被国务院正式列入国家级非物质文化遗产名录，遗产编号为X—62。

对联文体中最早出现的是谐巧性的趣联和巧对。独立使用的对偶句与门户和楹柱上的年节习俗相结合，便形成了实用类的楹联。最先出现的实用楹联是春联，最早的春联是北宋乾德二年（964年）由后蜀的末代君主孟昶创作并题写的。宋代张唐英著《蜀梼杌》载：

蜀未归宋之前一年岁除日，昶令学士辛寅逊题桃符板于寝门，以其词非工，自命笔云："新年纳余庆，嘉节号长春。"

孟昶题写史上第一副春联的载体叫"桃符"，这是源于汉代的年节习俗，大致是春联时以两块桃木板分置大门两侧，上面分别画上或书写上"神荼"、"郁垒"两位神人的名字，以达到禳灾祛邪之目的。桃符习俗演化到宋初，由表达祈福纳祥意义的对偶句取代了神像，标志着实用楹联的正式诞生。

到了南宋时期，在桃符板上题写春联的风尚渐渐形成，并且在进入元代后依然继续发展。随着春联习俗的演进，对偶句也开始成为其他生活习俗的载体。中国传统丧葬习俗中有使用"铭旌"的传统，到了南宋时便开始有人在铭旌上题写挽联。所谓铭旌，即竖在灵柩前写有死者官职和姓名的旗幡，多用绛帛粉书，成殓后，以竹杠悬之依灵右。葬时取下加于柩上。南宋陆游《老学庵笔记》记载了赵鼎临终前在铭旌上自题挽联的事迹：

赵元镇丞相与谪朱崖，病亟，自书铭旌："身骑箕尾归天上，气作山河壮本朝。"

1986年8月，在福州北郊茶园村发掘的南宋古墓中，发现了写有"军民上下咸思德，赏罚分明善用人"、"正直忠良靡万世，宽仁骨鲠劳三军"两副偶句的帛幡。这成为最早的铭旌挽联的物证，同时也是中国最早的实用楹联的实物。

进入明代之后，在桃符上题春联渐渐被在红纸上写春联代替，从而更加促进了春联习俗在全社会的普及。丧礼上的铭旌挽联也逐渐发展成为贯穿丧葬全过程的实用挽联。明嘉靖年间出版的李开先个人对联集《中麓山人拙对》中，曾收录大量发丧楹联，如"为岳父发丧作"、"为王秀才乃尊发丧作"、"为婶母发丧作"等，同时，还收录着书写于"过街棚门"上的挽联，甚至还有"先茔石门"、"亡妻圹门"这类坟墓用联。另外，李开先在该书的序言中说："近世士夫家，或新岁，或创起亭台楼馆，门楹之间，颇尚对语。"

李开先的这段记述，说明当时除了广泛流行的红纸书写春联习俗外，一般士大夫家庭新建亭台楼馆之上，流行题写"对语"的风尚，这已近乎我们熟悉的宅第联、新居落成联和乔迁联，同时也可以视为名胜园林楹联的源头。

实用楹联在明代中晚期已经全面融入社会生活习俗之中，成为民间习俗的一个重要方面，出版于明万历年间的《万宝全书》和《万用正宗》都有专门的实用楹联的章节。其中《万宝全书》（全名《新刻天如张先生精选石渠万宝全书》）的第二十七卷，便收录有以下类别的联语：旅馆联、酒馆联、医士联、星士联、相士联、书士联、忠臣祠联、烈女祠联、僧寺联、道观联、隐居联、水阁联、山亭联、桥梁联、挽联、祠堂联、过聘联、鸡联、鱼联、酒联、新春联、元宵联、入学联、登科联、庆寿联、寿官联、架造联、迁居联、生子联、书斋联、庙宇联、婚姻联、娶亲联。可以看出其中至少包括了我们现代实用楹联分类中的行业联、时令联、宅第联、宗教联、庆吊联五大分类的大部分内容。有些分类甚至比近代更为细致，如婚庆联便分为婚姻联、娶亲联以及过聘联，过聘联又分为鸡联、鱼联和酒联。

由明入清后，实用楹联的应用更加广泛，类别更加繁复。为了方便社会大众使用，坊间也越来越多地刊刻实用楹联类的书籍，如清乾隆年间就有《文苑阁精选对联》、《类联集锦》、《新镌对联锦囊》等书。之后的各个时期各个地方都有大量实用楹联类图书编辑和刊刻出版，数量不下成百上千种。进入民国后，编辑出版大型实用楹联集的风气愈演愈烈，规模也越来越大，如1946年上海学生书局出版六合老人编辑的《时代楹联一万副》，收联数量已十分庞大。需要指出的是，民国的联书编者十分注重实用楹联内容的与时俱进，如辛亥革命爆发后，各地便马上编著出版了大量以"共和新春联"为名目的联书，以配合新时代的新气象。另一方面，为了解决社会分工越来越细、新兴行业层出不穷的现实，一些编者还亲自为新涌现出的各种行业撰写了大量有针对性的楹联，强化了楹联的实用性，增强和延续了楹联习俗的生命力。

虽然受到新文化运动的一些冲击，但总体来说民国时期还算得上实用楹联发展的一个黄金时代，比如寿联和挽联习俗，凡著名人物的生辰都会收到一些寿联，民间为此还专门备有彩笺装裱的空白对联，以方便人们买来随时填写上合适的内容。另外凡知名人士逝世，也会涌现不少挽联。以孙中山先生逝世为例，有人估计当时全国各地及海外华人团体和个人为孙中山先生逝世而编撰的挽联竟达十万副之多。

新中国成立后的前30年，楹联习俗被视为封建文化而受到冷落，在民间除春联和婚联的习俗还得到保留之外，其他场合的实用楹联近乎绝迹。这种现象在20世纪70年代后期，逐渐得到改变，如1976年清明节发生的广大群众悼念周恩来总理的活动中，就出现过不少挽联，之后出版的《天安门诗抄》中便收录有40副挽联。改革开放以后，特别是随着"传统文化热"的兴起，民间楹联习俗得到了一定程度的恢复，一些地区在大门上刻制个性化的宅第联或镶嵌瓷砖楹联成为风尚，寿辰及丧礼上也开始有寿联和挽联的身影出现，商家开张也越来越多地要在大门上张贴一副切合本行业特点的楹联。与这一现象相适应的是，出版社也开始关注楹联书的出版，实用楹联类的图书又开始成为图书市场的热销书和常销书。

关于实用楹联的分类，传统联书中历来分得十分琐碎，缺乏系统性和条理性。如有些联书把名胜园林楹联也归入实用楹联的范畴，其实这类楹联更多地体现为文学性而非实用性，特定景点只能用特定的几副楹联，黄鹤楼的楹联肯定不能用在岳阳楼上，所以很难说有通用的名胜园林楹联，再退一步说这类联语也与普通民众的日常生活没有多少关系，所以我们在本书中首先把名胜园林类楹联排除在实用楹联的范畴之外；再如格言类及题赠类的楹联，虽然在宅第联的客厅联中常出现格言类联语，书房联中也时常出现题赠类联语，但这两类楹联其实往往是很个性化的，表现的是其个人的爱好与情趣，不具普适性，所以我们也把这两种名目从实用楹联的分类中排除。

我们通过对传统实用楹联图书的分类进行梳理和取舍，把实用楹联归结为时令类、宅第类、行业类、庆吊类、宗教祭祀类五种。在具体的使用过程中，当然会存在一些交叉现象，主要是因为春联的过度发达，往往会造成它与其他楹联分类的交叉和冲突，如宅第类中除一部分长年固定的联匾外，更多的可能会在春节期间以春联的形式张贴出来；如行业类中的大部分联语，也总会在春节期间以"行业春联"的形式张贴出来；再如宗教信众也往往会在春节时，以春联的形式贴出蕴含本教教义的宗教楹联来。相比较而言，虽然庆吊类联语表现得相对独立一些，但在贺婚联、贺寿联和挽联中，都存在着按不同的季节和月份来致贺或致挽，以及按受贺或受挽人所从事的行业分类（甚至所信仰的宗教分类）来致贺致挽的区分，这多少也算是一种交叉。因为客观事实便是如此，所以任何的分类方法也不可能避免交叉现象，我们把实用楹联分为时令、宅第、行业、庆吊、宗教祭祀五大类的分类方法，属相对比较科学和合理的分类方式，也在最大程度上方便了使用者的检索和运用。

本书的编辑是一项颇为浩繁的工作。首先从近10万副的古今实用对联资料中，选取了对仗工整、声调和谐、文词高雅的联语近3万副，再根据符合当代语言习惯、主题贴切、便于实用等原则，精选出8600多副精短联作编辑成书。部分新兴行业及宗教类楹联，因为缺乏传统楹联史料，所以采录了部分当代楹联作者的作品，在此向他们表示谢意。

本书在编辑过程中得到中国楹联学会领导的高度重视，孟繁锦会长亲自审定编纂方案并为本书题写了书名，中国楹联学会中华对联文化研究院的刘开国、张贵祥等先生为联语的编排和校对工作付出了很大的劳动，海天出版社于志斌先生，张小娟、刘翠文老师等也为本书的面世做了很多工作，在此一并鸣谢。

因成书仓促，本书一定还存在许多不尽如人意的地方，敬请读者不吝教正。

刘太品

2012年12月于北京

目　录

目录

目 录

庆吊类

目录

目
录

目
录

宗教类

佛 教

目
录

实用楹联手册

时令类

春 联

通用春联

一元复始；
万象回春。

十分春色；
万里鹏程。

人间改岁；
天下皆春。

人逢盛世；
岁值华年。

人增寿算；
天转阳和。

三阳开泰；
万象回春。

小康在望；
大业敢攀。

山欢水笑；
物阜民康。

山河锦绣；
人物风流。

千祥云集；
百福骈臻。

云霞呈秀；
梅柳生辉。

天开长乐；
人到恒春。

天垂余庆；
地接长春。

天增岁月；
春满乾坤。

日熏春杏；
风送腊梅。

长空溢彩；
大地流金。

长城长固；
中华中兴。

风光胜旧；
岁序更新。

风华正茂；
意气方遒。

风迎新岁；
雪兆丰年。

风和日暖；
人杰地灵。

风调雨顺；
国泰民安。

风景如画；
江山多娇。

风舒柳眼；
雪积梅腮。

风鸣盛世；
龙有传人。

六畜兴旺；
五谷丰登。

文章华国；
诗礼传家。

东风入户；
喜气盈门。

龙兴华夏；
燕舞阳春。

北窗梅启；
东涧柳舒。

四时为柄；
万象皆春。

四时吉庆；
八节安康。

冬辞梅去；
春伴燕归。

兰芳春日；
桂馥秋风。

百花齐放；
四海同春。

百顺为福；
六合同春。

岁且更始；
时乃日新。

岁华除旧；
日历翻新。

岁通盛世；
人逢华年。

年逢大有；
人乐小康。

年逢大有；
瑞兆宜春。

竹无俗韵；
梅有余香。

江山如画；
大地皆春。

江城花柳；
海岳烟霞。

聿修厥德；
长发其祥。

如山如阜；
大德大年。

阳春有脚；
乐岁无声。

阳春召我；
淑气宜人。

阶前风暖；
径外花香。

红梅吐蕊；
绿竹催春。

红楼旭日；
绿柳芳春。

励精图治；
除旧布新。

迎新辞旧；
激浊扬清。

杯浮梅蕊；
诗凝雪花。

青山不老；
碧水长流。

岭梅映雪；
江柳鸣禽。

春光骀荡；
国步龙腾。

国光蔚起；
民气昭苏。

春光满面；
瑞气盈庭。

国强民富；
腊尽春回。

春回柳叶；
诗赋梅花。

知足常乐；
能忍自安。

春盈四海；
花漫九州。

和风入户；
淑气临门。

春燕剪柳；
喜鹊登梅。

法治天下；
春满人间。

桃浓李郁；
桂馥兰香。

春风梳柳；
时雨润苗。

祥云捧日；
吉斗临空。

春风得意；
丽日舒怀。

梅开五福；
竹报三多。

春为岁首；
梅占花魁。

梅香入梦；
竹影横窗。

春光似海；
盛世如花。

梅香五岳；
春满九州。

黄鹂始啭；
紫燕初飞。

乾元用九；
巽命锡三。

鸿鹄得志；
桃李争春。

勤能补拙；
俭可养廉。

椒花献颂；
柏酒浮春。

椒花献颂；
梅萼呈祥。

普天同庆；
大地皆春。

寒随腊去；
暖逐春来。

瑞雪辞岁；
腊梅迎春。

遥山耸翠；
远水生光。

新春似酒；
盛世如花。

韵谐青竹；
春透寒梅。

爆竹报喜；
楹联迎春。

一年祈福节；
四野踏歌声。

一年春作首；
万事孝为先。

一泓江水绿；
两岸杏花红。

人居仁里日；
天放锦城春。

人随春意泰；
年共晓光新。

入帘山拥翠；
绕郭水浮蓝。

三阳从地起；
五福自天来。

大地春光好；
祖国气象新。

万里春光溥；
千门瑞气新。

万家腾笑语；
四海庆新春。

万紫千红地；
花团锦簇天。

上苑梅花早；
东风柳色新。

山河新气象；
诗礼旧家声。

山河增秀色；
天地播春晖。

千门含日丽；
万户映霞丹。

千林添秀色；
万户荡春风。

丰年飞瑞雪；
好景舞春风。

云山添秀色；
河海泛春潮。

云天放异彩；
碧海涌金波。

云霞出海曙；
梅柳渡江春。

云霞成异色；
花柳发韶年。

天开新岁月；
人改旧乾坤。

天心随律传；
人事逐年新。

天地英雄气；
风云浩荡春。

太平真富贵；
春色大文章。

历书仍奉夏；
岁纪又逢春。

五云蟠吉地；
三瑞映华门。

日日平安日；
年年幸福年。

日月开新纪；
田园入画图。

日月恩光照；
河山瑞气丰。

日出千山丽；
花开万里香。

日出千门晓；
风和四野春。

日照三春暖；
花开万里红。

日融花解语；
烟暖柳摇春。

日融莺语滑；
风暖蝶身轻。

风光行处好；
春色望中新。

风助飞雪舞；
诗伴落梅吟。

风来竹自啸；
春到鸟能言。

风烟通地轴；
星象正天枢。

风暖日光丽；
气清天宇高。

风历春光溥；
龙腾世泽长。

文明兴盛世；
瑞雪兆丰年。

文明新世界；
华夏好河山。

斗雪梅先吐；
含烟柳尚青。

龙翔吟盛世；
燕舞咏阳春。

东风开紫陌；
太簇协青阳。

东风扇淑气；
水木荣春晖。

东风遍天下；
春色满人间。

北阙晴光动；
南宫淑景先。

田园无限美；
山河分外娇。

四时开新律；
九州度瑞年。

四时花似锦；
万众面皆春。

四海春风洽；
千年夏历长。

四海春光好；
中华气象新。

鸟鸣三径晓；
梅报五林春。

乐唐虞盛世；
庆天地长春。

丝竹管弦盛；
亭台楼阁新。

地暖花长发；
林幽鸟任歌。

吉门沾泰早；
仁里得春多。

芝兰舒化日；
桃李闹春风。

有天皆丽日；
无地不春风。

光风千日暖；
丽景百花妍。

岁岁平安日；
年年如意春。

岁新锦甲子；
德厚富春秋。

同心兴大业；
携手振中华。

竹开霜后翠；
梅动雪前香。

竹疏烟补密；
梅瘦雪添肥。

竹影涂霜蜡；
梅香染雪痕。

江山飞丽藻；
花柳发韶年。

竹影摇风雨；
花溪入画图。

江山如有待；
花柳更无私。

年华开早律；
霁色荡芳晨。

江山留胜迹；
日月换新天。

年华富地久；
岁月寿天长。

江山添秀色；
大地换新颜。

年鸡催腊尽；
社燕待春回。

江山添润色；
桃李艳春光。

华屋辉生壁；
春山绿到门。

阳春开物象；
山水作繁华。

庆云飞五色；
瑞气绕三台。

阳春开物象；
丽日焕新天。

问历桃为岁；
吟梅句带香。

欢歌盈大地；
春意满神州。

壮志思报国；
忠厚可传家。

红入桃花嫩；
青归柳色新。

江山千古秀；
赤县万年春。

红雨桃千树；
春风柳十围。

红梅传喜讯；
绿柳舞东风。

青山依碧水；
绿树掩红楼。

远山含紫气；
芳树发春晖。

青竹迎风立；
红梅斗雪开。

远游观宇宙；
高举蹑星辰。

松叶经霜劲；
柳条染雨青。

折梅春乍返；
斗草日偏长。

雨余鸠唤妇；
风暖燕调雏。

杨柳春风第；
芝兰玉树阶。

雨洗江山垢；
雪添世界新。

花动朱楼雪；
城凝碧树烟。

雨露瞻双阙；
烟波隔五湖。

花肥春雨润；
竹瘦晚风疏。

帖写宜春字；
诗题颂岁词。

芳草年年发；
古城日日新。

和气氤氲合；
卿云烂漫浮。

吟竹诗含翠；
画梅笔带香。

和气随春暖；
梅花待腊香。

园花舒腊雪；
庭树驻春晖。

和风千重绿；
细雨万点红。

家有千桩喜；
门对一园春。

祥光凝比户；
春色入重帘。

祥符应节启；
福绪逐年新。

梅花传雅韵；
瑶草寄幽心。

梅花喜瑞雪；
芳草迎春晖。

盛世江山秀；
春天气象新。

雪压梅花白；
春归柳色青。

雪竹低寒翠；
风梅落晚香。

雪映丰收景；
梅报太平春。

雪染梅骨黛；
春催柳丝青。

雪消残腊外；
春到早梅边。

雪消梅瓣白；
春入柳条青。

雪舞千山壮；
梅开万里香。

堂上归来燕；
厅前新种花。

笛奏梅花曲；
莺歌杨柳风。

彩云捧旭日；
朝霞染红梅。

彩云笼碧岫；
丽日映清波。

淑气催黄鸟；
晴光转绿萍。

淑气临门早；
春风及第先。

淑气庭中贮；
好风天外来。

淑气腾佳节；
和风扇早春。

绿水闲润柳；
春风漫拂花。

绿柳舞春暖；
红梅斗雪开。

绿树珊瑚色；
春光玳瑁筵。

绿随东风入；
红伴春雨来。

椒花方献颂；
竹叶正浮香。

朝日明似锦；
春风细如丝。

喜鹊含梅蕊；
红梅报春花。

喜鹊登高树；
红梅报瑞春。

惠风初应律；
和气正调梅。

雄鸡唱大有；
紫燕歌升平。

紫宸颂正朔；
黄道启文明。

紫燕巢新宇；
红桃映画帘。

紫燕衔泥舞；
黄莺绕树啼。

晴山烟外翠；
香芷日边新。

智水仁山地；
光风霁月天。

催耕鸠唤雨；
营垒燕呼风。

腊梅香千里；
东风暖万家。

湖山数峰碧；
花柳九州春。

普天开远景；
大地转新机。

寒去草先翠；
春归花最红。

寒生烟柳绿；
风定雪梅香。

寒尽花遍树；
春来燕双飞。

寒尽桃花艳；
春来柳叶新。

寒消图九九；
春到径三三。

寒雪梅中尽；
春风柳上归。

瑞气迎佳节；
和风拂新春。

瑞雪妆梅艳；
春花映日红。

瑞雪盈大地；
红梅报新春。

瑞雪催梅蕊；
春风暖杏林。

瑞雪漫天舞；
红梅遍地开。

瑞雪飘千里；
春风绿九州。

瑞霭绕新宇；
旭日照华堂。

椿萱歌日永；
兰桂得春多。

楼房迎旭日；
庭院沐祥光。

楼阁春光好；
江山曙色新。

勤俭黄金本；
诗书丹桂根。

新风开盛世；
春色壮神州。

新春添丽色；
华夏展雄姿。

碧树荣春日；
青山映曙霞。

嫩柳千姿秀；
俏梅万态新。

蝶随鲜花舞；
鸟伴彩凤鸣。

德门生瑞草；
瑶圃茁琼花。

燕语千门晓；
莺声万户春。

曙光迎晓日；
佳气拥晴岚。

曙光金阙近；
晴鸟玉峰高。

爆竹传笑语；
腊梅吐幽香。

爆竹声声脆；
梅花朵朵红。

又是一年春色；
依然万象辉光。

山碧千峰竞秀；
水清百舸争流。

天赐一门吉庆；
春来二字平安。

水秀山明美景；
风和日丽良辰。

心系环球经纬；
眸摄宇宙风云。

冬去山明水秀；
春来鸟语花香。

冬尽梅花点点；
春回爆竹声声。

岁岁三春得意；
年年万事开心。

同心同德建国；
克勤克俭持家。

年丰人寿福满；
柳绿花香春浓。

江山春色如画；
祖国前程似花。

旭日临窗送暖；
东风拂面报春。

花发满城锦绣；
春生大地文章。

时雨当春乃降；
好花应时而开。

沐雨峰峦堆翠；
迎风桃李流芳。

松下清琴皓月；
花边好鸟春风。

夜月琴声书韵；
春风鸟语花香。

春风春雨春色；
新年新岁新声。

春到碧桃枝上；
莺歌绿柳楼前。

是处春光济美；
他年人物风流。

香梅含苞怒放；
瑞雪吐絮迎春。

桃红复含春雨；
柳绿更带朝烟。

莺啭如簧歌岁；
花开似锦报春。

海阔天空眼界；
鸟飞鱼跃天机。

梅萼先传信至；
桃符新换春来。

雪白梅红柳绿；
年丰人喜春浓。

紫燕黄莺布谷；
红梅绿柳迎春。

碧柳翠杨春雨；
青山绿水人家。

燕雀应思壮志；
梅兰珍重华年。

爆竹连天除旧；
弦歌动地迎新。

一天春雨红梅笑；
万里东风翠竹摇。

一元二气三阳泰；
四时五福六合春。

一片彩霞迎旭日；
万条金缕带春烟。

一门天赐平安福；
四海人同富贵春。

一门喜气和春酿；
举国欢歌动地来。

一心同步青云路；
万众齐描大地春。

一年好景随春到；
四海宏图与日新。

一冬无雪天藏玉；
三春有雨地生金。

一岁良辰千古节；
百年正朔万家春。

一轮日月从新纪；
万里河山换旧规。

一夜东风苏万物；
九天甘露沛群生。

一城花雨山河壮；
满苑春风天地辉。

一树苍松经岁晚；
数茎芝草得春先。

二月东风裁锦绣；
一天春旭染云霞。

十二楼台春色满；
三千世界岁华浓。

十分春色千山秀；
一带炊烟万井新。

十年树木千秋业；
一望江山万里春。

人人向上人人喜；
步步登高步步新。

人人脸上皆春色；
树树枝头尽暖风。

人世间劳动为贵；
家庭内勤俭为先。

人欢马叫升平世；
燕语莺歌锦绣春。

人寿年丰家家乐；
国泰民安处处春。

人面如花朵朵笑；
春风似酒阵阵香。

人逢盛世千家乐；
户沐春阳万事兴。

人逢盛世心常乐；
梅到寒冬花更香。

人逢盛世抒雄志；
梅送暗香报早春。

人逢治世居栖稳；
运际阳春气象新。

人逢盛世情操美；
春到神州草木香。

人游化日光天下；
春在和风细雨中。

入座韶光增岁月；
充闾喜气满乾坤。

几行绿柳千门晓；
一树红梅万户春。

几点雪花几点雨；
半含冬景半含春。

几点梅花迎淑气；
数声鸟语闹春光。

几家酒向花村买；
万里春从黍谷回。

九万云程催骥足；
千里征途赖贤才。

九天日月开昌运；
万国笙歌醉太平。

九州喜庆元春日；
四海欢呼大有年。

又是一年春草绿；
依然十里桃花红。

三春晖霭门庭暖；
寸草心长雨露深。

才看修竹添新笋；
又见春花发旧枝。

大地声歌经岁纪；
远山眉黛壮春容。

大地春光红艳艳；
神州佳节乐陶陶。

大地春光皆锦绣；
满庭花气渐氤氲。

大地春回添锦绣；
江山雨润更妖娆。

大地复苏春似锦；
国家昌盛喜盈门。

大有作为新岁月；
无边春色好江山。

大漠无云春浩荡；
远山积雪玉玲珑。

万木争荣五岭碧；
千帆竞发一江春。

万户天开金谷晓；
百年人醉玉楼春。

万户咸宁歌岁稔；
千门同乐和阳春。

万户管弦歌盛世；
百般红紫绣芳春。

万户歌声增雅兴；
五陵春色醉屠苏。

万里江山万里锦；
满园桃李满园春。

万里和气生柳叶；
五陵春色泛桃花。

万里和风观龙变；
九州春色引鹤归。

万里河山春浩荡；
一天云锦日光辉。

万里春风织锦绣；
九天日月庆光华。

万里春风陶礼乐；
百年世业绍箕裘。

万里霭云开丽景；
千山新霭照清晖。

万里曙光归令旦；
十分春色庆华年。

万里曙光腾碧落；
一生朝气在青年。

万顷银波连绿野；
一江春水泛红英。

万树欣随春水绿；
百花争向艳阳红。

万缕东风吹大地；
十分春色满人间。

千山雪化风光美；
万壑冰消气象新。

门户更新随运转；
百花吐艳竞春晖。

门迎瑞霭融春色；
人沐和风毓德馨。

门拱紫宸春富贵；
天开黄道日光华。

门庭春暖生光彩；
田亩年丰乐太平。

山欢水笑人心畅；
莺歌燕舞春意浓。

山清水秀风光好；
人寿年丰喜事多。

山呈虎踞龙蟠象；
人过莺歌燕语年。

千里风云培玉树；
十分雨露发荆花；

千般月色砚边过；
无限春光笔下生。

飞雪喜送贺年帖；
春风笑展致富图。

天将化日舒清景；
室有春风聚太和。

天增岁月人增寿；
春满乾坤福满门。

无私东风花半露；
有情春色燕双飞。

云间树色千重满；
门外山光万叠浓。

廿四番风催腊去；
五千年节送春回。

太皞乘权位属震；
勾芒司令月为寅。

五风十雨皆为瑞；
万紫千红总是春。

五色天开仁寿镜；
九华春放吉祥花。

五色云中开晓日；
万年枝上动春风。

五岭山歌传喜讯；
三江渔唱起春潮。

五陵春色烟霞近；
万里晴云翰墨新。

五湖四海皆春色；
万水千山尽朝晖。

日长萱草连云秀；
风静兰芽带露浓。

日丽远山含淑气；
晴烘芳树蕴春晖。

日暖华堂来紫燕；
春来玉树发青枝。

日暖阳光辉宝历；
风和淑气霭衡门。

日融花发春光好；
雨润茵铺草色新。

长空风暖燕剪柳；
大地春浓蝶恋花。

化日舒心莺语巧；
春风得意马蹄骄。

月满一轮耀宇宙；
梅香千里到门庭。

风拂柳丝千村秀；
雨润桃花万户红。

风拂柳丝条条绿；
日照梅花朵朵红。

文成蕉叶书犹绿；
吟到梅花字亦香。

文明风气宜千载；
锦绣年华又一春。

斗柄东旋新气象；
奎光西照焕文章。

斗柄建寅推岁首；
梅花送腊占春魁。

心地光明千丈霁；
家庭雍睦四时春。

心地果栽三岁熟；
福田花放四时春。

玉树银花送旧岁；
红梅绿柳迎新春。

玉树暖迎沧海日；
珠帘光动锦城春。

玉燕未从帘外剪；
金莺先向柳间鸣。

玉燕频投青琐梦；
金莺早报上林春。

未将柏叶簪新岁；
且把梅花叙隔年。

古人不作今人老；
新历初颁旧历除。

龙腾虎跃人间景；
鸟语花香天下春。

东风一过千里绿；
南燕双飞万户春。

东风多情抚翠柳；
喜雨有意醉红花。

东风习习千丛绿；
旭日彤彤万户春。

水光漾碧浮新渌；
花信传红到旧枝。

水色山光皆画意；
鸟语花香是诗情。

四海风光随处好；
满天雨露应时新。

旧历用完知腊尽；
醇醪才熟报春回。

仙桃自醉非关酒；
瑞草逢春不计年。

冬去堂前迎紫燕；
春来枝上舞黄莺。

冬雪欲白千里草；
春晖又红万丛花。

鸟识新机随日至；
燕寻旧主带春来。

民生有幸年年好；
国运无疆日日新。

吉地祥光开泰运；
重门旭日耀阳春。

吉星高照平安宅；
福曜常临积善家。

芝兰得气一庭秀；
桃李成荫四海春。

百花绣出群芳谱；
万物争回一岁春。

夹岸晓烟杨柳绿；
满园春色杏花红。

夹岸暖分杨柳色；
绕阶春茁蕙兰芽。

同沐春风花满地；
共迎新岁喜盈门。

行行业业家家乐；
水水山山处处新。

名门物彩辉春旭；
大地江山点雾云。

壮丽山河迎晓日；
风流人物数中华。

壮丽青春绣美景；
广袤大地放英华。

宅近青山同谢朓；
门垂碧柳似陶潜。

江山大好英雄健；
天地多情草木春。

江边柳丝迎春绿；
门上桃符映眼红。

寻春再睹梅花色；
颂岁先闻爆竹声。

旭日融和开柳眼；
春风摇曳送莺喉。

旭日腾光青玉案；
春风送暖碧鸡坊。

红梅枝上传喜讯；
黄莺声中送好音。

运际升平人共乐；
气当和淑鸟知春。

花开彩槛呈春色；
莺啭芳林报好音。

花迎喜气皆含笑；
鸟识欢声亦解歌。

两轮日月书中尽；
一岁光阴物外回。

花枝惯耐层崖雪；
淑气旋铺万里春。

丽日映桃红晕颊；
和风拂柳绿扫眉。

花放东风香万里；
柳舒时雨绿三分。

里有仁风春色溥；
家余德泽吉星临。

花放锦城春乍返；
律吹旸谷暖先回。

时际三阳多淑气；
家敦一乐有和风。

花承朝露千枝秀；
莺感春风百啭鸣。

时雨点红桃万树；
春风吹绿柳千枝。

花脸始知迎客笑；
柳眉先已向人舒。

园林桃李争春暖；
岭径松梅耐岁寒。

芳草自含三日雨；
梅花先报一枝春。

秀发清门深德泽；
祥开吉第霭阳和。

芳草春回依旧绿；
梅花时到自然春。

迎新春春光灿烂；
辞旧岁岁月峥嵘。

杏脸绯红如客醉；
蕉心卷绿待春回。

穷而有志思壮举；
学不自满求创新。

杨柳堤边看晚棹；
杏花村里劝春耕。

青山欢打随心鼓；
绿水畅弹如意琴。

青琐闼中人颂岁；
紫霞杯上客迎春。

忠厚一生嫌善少；
平安二字值钱多。

拍岸绿波春映席；
啭枝黄鸟日撩诗。

和气平添春色霭；
祥光常与日华新。

松竹相安三径日；
椿萱并茂一家春。

和顺一门有百福；
平安二字值千金。

松竹梅岁寒三友；
桃李杏春风一家。

和睦门庭风光好；
恩爱夫妻幸福长。

松抱贞心留作栋；
草含生意自当窗。

秀色青山争入户；
祥光瑞日正临门。

若无爆竹难言节；
除却梅花不算春。

金城柳色千门晓；
玉洞桃花万树春。

雨洗杏花红欲滴；
日烘杨柳绿初浮。

放棹客乘春水碧；
寻春人踏陌尘红。

奇石尽含千古秀；
异花长占四时春。

炉中腊酒翻花熟；
案上金联带草书。

国风大雅舒民意；
气象维新壮岁时。

诗草曾经廿四品；
梅花初放两三枝。

国光与韶光辉映；
民气逐春气发扬。

春开吉第晖晴旭；
秀启名门护晓云。

春风大雅能容物；
秋水文章不染尘。

春风化雨千山秀；
红日增辉万木荣。

春风正好分琼液；
瑞日遥临丽凤城。

春风丽日开画栋；
绿柳红花掩门庭。

春风杨柳鸣金马；
晴雪梅花照玉堂。

春风春雨春光好；
新岁新年新事多。

春风南国来鸿燕；
旭日东方起大鹏。

春风掩映千门柳；
喜雨润开万户花。

春风得意马蹄疾；
丽日抒怀笛韵悠。

春在倚窗梅妩媚；
燕窥藻井雪消融。

春生瑞霭笼仁里；
日拥祥云护德门。

春光一片连天碧；
笑脸千张映日红。

春回大地千峰秀；
日暖神州万木荣。

春色不随流水去；
花香时送好风来。

春花消息红梅报；
芳草萌芽细雨催。

春雨染成千里绿；
东风吹得百花红。

春秋消息花千树；
天地盈虚水一池。

春柳深处农家乐；
白杨水边村舍新。

春趁梅花香里到；
福随爆竹暖中生。

春随芳草千年艳；
人与梅花一样清。

春联换尽千家旧；
爆竹催开万象新。

相敬相爱合家乐；
互助互济四邻亲。

柏酒生香樽泛碧；
桃符换岁帖书红。

柳眼才舒芳草地；
桃腮正晕碧云天。

柳摇天暖风增秀；
春早梅开雪生香。

柳摇台榭东风软；
花压阑干春画长。

闾阎共上三多祝；
诗酒平分一半春。

昨夜春风才入户；
今朝杨柳半垂堤。

庭苑旧栽红杏树；
弟兄春放紫荆花。

庭院风微人意惬；
池塘春早鸟声低。

烂漫红梅迎旭日；
轻盈绿柳舞春风。

举案椿萱娱永日；
盈阶兰桂茂长春。

院内红梅戏飞雪；
门前翠柳舞春风。

院满春晖春满院；
门盈喜报喜盈门。

桃李满园春似锦；
芝兰绕砌座凝香。

逢人尽作衣冠客；
到处皆成揖让风。

酒香时节人归后；
帘卷春风燕到初。

接天瑞霭千家乐；
献岁梅花万里香。

梅花预报金门晓；
杨柳新添绣陌春。

堂开丽日金莺啭；
帘卷春风玉燕飞。

庾岭梅开南北界；
武陵花发古今春。

瑞气常钟君子室；
福星高照吉人家。

喜见玉梅辞旧腊；
还期绿柳染新衣。

瑞绕重门增百福；
春回甲第集千祥。

喜看春日花千树；
笑饮丰年酒一杯。

楼外春荫莺唤雨；
庭前日暖蝶翻风。

景协年光开柳色；
风和春气绕兰心。

暗绿乍添垂柳色；
春流时泛落花香。

舜日尧天周礼乐；
孔仁孟义汉文章。

解趣黄鹂频送韵；
知情绿柳渐拖丝。

新蒲细柳皆春色；
紫燕黄鹂俱妙音。

数点雨声风约住；
一枝花影月移来。

富贵莺花明盛世；
平安门第乐雍熙。

叠篆清香辉栋宇；
一帘春色映梅花。

善养百花惟晓露；
滋生万物是春风。

碧天瑞霭千门晓；
玉槛春馨九陌晴。

隔座茶香知岁至；
入帘花气带春回。

碧桃丹桂探春色；
甘雨和风兆富年。

瑞日芝兰光甲第；
春风棠棣振家声。

碧海青天千里秀；
红楼绿树万家春。

愿得此身长报国；
每逢佳节倍思亲。

翩跹蝶舞春光好；
烂漫花开景色新。

薄霄鹏鸟云翎健；
献岁梅花雪蕊香。

燕入珠帘知岁至；
马嘶金勒迓春回。

燕翻玉剪穿红雨；
莺掷金梭破绿烟。

曙色遥临三界晓；
韶光颁布五湖春。

爆竹一声除旧岁；
梅花数点接新春。

一代英豪，九州生气；
八方锦绣，四季吉祥。

九州春色，花团锦簇；
一代英豪，虎跃龙腾。

万户春风，礼陶乐淑；
三阳景远，人寿年丰。

万紫千红，百花争艳；
五湖四海，一体同春。

飞雪迎春，寒梅怒放；
和风拂地，嫩柳舒芽。

天欢地笑，春风满面；
政通人和，喜气盈门。

云涌吉祥，风吹和顺；
花开如意，竹报平安。

玉宇澄清，九州日丽；
东风浩荡，四季春新。

东阁冬梅，西窗夏竹；
南华秋水，北舍春山。

旭日祥云，千门竞盛；
春风化雨，万物争荣。

春风春雨，风调雨顺；
爱国爱民，国泰民安。

柏叶为铭，椒花作颂；
龙躔肇岁，凤纪书元。

爆竹一声，人间改岁；
梅花数点，天下皆春。

麒麟凤凰，皆为世瑞；
芝兰玉树，自应家征。

斗转星移，万里河山依旧；
春来冬往，四时景物常新。

东风抽绿枝，一元复始；
大地发春华，万物欣荣。

四序韶光，甘露和风旭日；
一庭景色，碧桃翠柳梅花。

红日照东方，光弥宇宙；
百花开大地，春满人间。

岁序更新，三朝同临首祚；
风光胜旧，一门独得先春。

张灯结彩，喜气盈万户；
溢绿飘红，春光满千村。

春来淑气瑞风，新添岁月；
家近青山绿水，依旧烟霞。

春风春雨，引万般春色；
新人新事，开一代新风。

明明快快，月月芬芬馥馥；
热热烈烈，年年翠翠红红。

威凤祥麟，人间新岁纪；
黄莺紫燕，林下旧笙歌。

虎跃龙腾，碧海苍山玉宇；
莺歌燕舞，春风丽日神州。

看旖旎春光，辉耀天地；
喜风流人物，整顿乾坤。

物阜民康，欣逢良辰美景；
风和日丽，喜看万紫千红。

淑气自天来，春融丽日；
祥光随岁转，瑞霭和风。

晓日初晴，海宇云霞呈秀；
春风乍暖，江城梅柳争辉。

爆竹二三声，人间易岁；
梅花四五点，天下皆春。

绿树条条，染绿春光一片；
红梅点点，映红笑脸千张。

万里江山，重见尧天舜日；
九州草木，共沾时雨春风。

瑞日高悬，塞北江南尽暖；
东风浩荡，天涯海角同春。

入户闻家声, 礼乐诗书孝悌;
卷帘看春色, 椿萱棠棣芝兰。

大造无私, 处处桃花频送暖;
三阳有旧, 年年春色去还来。

玉树银花, 万户当门看瑞雪;
欢歌笑靥, 千家把酒赏红梅。

世界文明, 壮图喜展风云貌;
民众幸福, 兵气销为日月光。

乐事无边, 万户春灯传五夜;
太平有象, 一天晴雪兆三丰。

年年腾跃, 一江春水重重浪;
岁岁攀登, 百尺竿头节节高。

画栋连云, 燕子重来应有异;
笙歌遍地, 春光长驻不须归。

星月交辉, 玉宇光躔双璧合;
山河耀彩, 中华新局万年春。

美景良辰, 喜见天时初转泰;
光风霁月, 幸逢人事又重新。

梅柳迎春, 万里东风绽桃李;
兰芝报岁, 九天甘露乐椿萱。

瑞雪飘飘, 点缀寒梅枝上玉;
和风荡荡, 吹开杨柳叶中金。

爆竹喧阗, 一代河山光夏甸;
桃符焕彩, 几家门第乐春台。

不是孝慈友恭, 更有何事
可乐;
只此谦和雍睦, 自然到处
皆春。

长咏玉梅诗, 兴动江山皆
入句;
大开春酒会, 醉余天地总
为家。

堂开淑气瑞风临, 历添新
岁月;
宅傍青山绿树里, 人老旧
烟霞。

淑气自迎人, 兰室生香盈
岁月;
卿云方入户, 槐庭祥瑞起
图书。

翘首望京华, 多谢春风常
送暖;
深情连海宇, 应凭红豆寄
相思。

霄汉路非遥，万丈文光耀华户；
山居春独早，数声鸟语闹花枝。

西拜佛、东拜神，妇女烧香忙碌碌；
着新衣、戴新帽，儿童拍手笑呵呵。

数不尽春光，门前绿树，阶前玉树；
看将来得意，千里晴空，万里青空。

入红杏之圃，步绿柳之堤，无非诗料；
横素月之琴，舞青萍之剑，尽是春怀。

大造本无私，任柳绿桃红，平分春色；
彼苍非有意，听莺啼燕语，齐奏新声。

佳气蔼重门，看李白桃红，无须点缀；
春光归下邑，任男耕女织，不事安排。

上上下下，男男女女，老老少少，都添一岁；
家家户户，说说笑笑，欢欢喜喜，同过新年。

生肖春联

鼠　年

苍松随岁古；
子鼠与年新。

春潮传喜讯；
鼠岁报佳音。

春风裁碧树；
金鼠跳青松。

务本神农播百谷；
刺贪硕鼠吟三章。

灵鼠跳枝月晃影；
春牛犁地谷生香。

存心不做官仓鼠；
俯首甘为孺子牛。

爆竹响时豕献瑞；
灯花开处鼠登台。

骏足坦途腾浩气；
鼠须彩笔绘宏图。

银花火树迎金鼠；
海味山珍列玉盘。

鹊喳梅放春入户；
鼠至年来喜满门。

牛　年

丑时春到户；
牛岁福临门。

黄牛耕绿野；
白虎啸青山。

紫燕寻旧主；
金牛闹新春。

中天星彩腾奎壁；
此地人文射斗牛。

玉碗生光辉琥珀；
金牛焕彩耀星辰。

诚心乐做人间事；
俯首甘为孺子牛。

梅欲开时雪降瑞；
地才醒处牛耕春。

数声牧笛传新曲；
四野耕犁试早春。

鼠去牛来辞旧岁；
龙飞凤舞庆明时。

鼠去牛来闻虎啸；
民殷国富看龙飞。

虎　年

宏谋抒虎啸；
士气奋鹰扬。

虎胆英雄气；
龙魂志士心。

春为一岁首；
虎当百兽王。

人效黄牛心自贵；
岁朝猛虎志冲天。

牛耕绿野千仓满；
虎啸青山万木荣。

龙盘虎踞中华瑞；
燕舞莺歌大地春。

春晓寅回人起舞；
岁祯虎啸物昭苏。

莺歌燕舞长春日；
虎踞龙蟠大治年。

虎啸一声山海动；
龙腾三界吉祥来。

兔　年

卯门生紫气；
兔岁报新春。

金虎归山去；
玉兔迎春来。

兔魂连银海；
鳌山接紫微。

山中虎啸昌新运；
月里兔欢启宏图。

玉兔毫光生紫气；
金龙捷足入青云。

虎去雄风惊五岳；
兔开健步跃三江。

兔跃千里传春信；
龙腾九霄壮国威。

常在蟾宫攀桂树；
又临禹甸送丰年。

深山虎啸雄风在；
绿野兔驰好景来。

喜对良宵玩玉兔；
笑同胜友赏新春。

龙　年

云飞翔瑞凤；
雷震起渊龙。

腊尽蛟龙跃；
春归莺燕忙。

德门呈燕喜；
仁里灿龙光。

龙吟春正好；
燕舞日方长。

十亿神州晓日起；
千秋华夏巨龙飞。

万里春华开锦绣；
九州龙虎会风云。

江山故国堪留鹤；
华夏昊天可跃龙。

辰年迪吉千重瑞；
龙岁呈祥四季宁。

送玉兔吴刚捧酒；
迎金龙敖广衔珠。

蛇　年

山舞银蛇日；
园披红杏时。

龙吟山海壮；
蛇舞岁时祥。

龙腾丰稔岁；
蛇舞吉祥年。

民逢大有岁；
国正小龙年。

八法龙蛇寻奥妙；
万方翰墨出精微。

山舞银蛇春烂漫；
路驰骏马景妖娆。

龙去国存腾飞志；
蛇来民振奋发情。

龙回海底欣迎岁；
蛇出山穴喜报春。

蛇吐宝珠辞旧岁；
龙含瑞气贺新春。

新春喜饮金蛇酒；
稔岁欣吟玉谷诗。

马　年

闻鸡起舞；
跃马争春。

乐驰千里马；
更上一层楼。

群星瞻北斗；
万马逐东风。

三春乍暖牛得草；
万里知遥马识途。

百凤迎春朝晓日；
五羊衔穗兆丰年。

千树流莺歌丽日；
八方骏马上征途。

鲲鹏展翅扶羊角；
莺燕欢歌送马蹄。

马逢伯乐驰千里；
花遇东君绽万重。

羊群簇拥千堆雪；
燕子翻飞一世春。

立马昆仑山岳伟；
扬帆大海浪涛雄。

草丰水美牛羊壮；
春早人勤稻黍香。

百花齐放春光好；
万马奔腾气象新。

老马识途归故里；
羔羊跪乳报春晖。

快马加鞭争朝夕；
壮志凌云写春秋。

羚羊挂角挑春色；
喜鹊登枝报福音。

豪情振笔歌新岁；
骏马加鞭奔坦途。

醴水甘醇夸腊酒；
羊毫柔软写春联。

羊 年

猴 年

牛羊逢岁壮；
花草入时鲜。

申年桃献瑞；
猴岁雪呈祥。

笙歌辞旧岁；
羊酒庆新春。

玉兔月宫乐新纪；
金猴仙洞笑丰年。

羊阵聚云天降玉；
猴足踏露地呈银。

丽日当空春不老；
金鸡报晓我争先。

金猴玉兔弄春色；
紫燕黄莺弹妙音。

金鸡啼开千门晓；
桃符换来万象新。

雪消门外千山绿；
猴到人间万户春。

夜静月明观玉桂；
晨清日暖卧金鸡。

紫燕乘风腾柳浪；
金猴攀路上花山。

雄鸡一唱鸣春晓；
喜鹊双飞报佳音。

猴山花果红如锦；
瑞地禾苗绿似茵。

紫燕旋飞寻旧宇；
金鸡高唱贺新年。

碧野催春铺锦绣；
金猴贺岁庆团圆。

碧水清波观鱼跃；
竹篱农舍听鸡鸣。

歌舞翩跹欣大治；
桃符耀灿贺猴年。

大地春回，金鸡报晓；
中天日丽，玉宇生光。

鸡 年

凤纪书元，人间改岁；
鸡声告旦，天下皆春。

鸡声催晓读；
鸟语唤春耕。

狗 年

宝鸡征吉兆；
金凤递和声。

犬守平安夜；
梅开如意春。

犬卧阶前知日暖；
鹊登梅上唱春明。

月异日新鸡报晓；
年祥岁吉犬开门。

戌岁兆丰百事顺；
狗年祝福四时宁。

狗护一门喜无恙；
人勤四季庆有余。

疏柳莺啼千谷静；
新春卧犬一村安。

瑞雪翩翩呈丽景；
犬蹄朵朵报春花。

满院生辉春花放；
盈门报喜玉狗来。

义犬护家勤守夜；
金鸡报喜正司晨。

猪　年

守家夸玉犬；
致富赞金猪。

猪为六畜首；
梅占百花魁。

人逢盛世情无限；
猪拱华门岁有余。

吉日生财猪拱户；
新春纳福鹊登梅。

狗岁已赢十段锦；
豕年更上一层楼。

肥猪拱户门庭富；
紫燕报春岁月新。

燕衔喜信春光好；
猪拱财门幸福长。

猪子一身皆是宝；
亥年万事俱呈金。

景象承平开泰运；
金猪如意获丰财。

蕃繁六畜猪堪饲；
富裕千家君献功。

乙览芸编，消磨寸晷；
丑舒梅萼，压倒群芳。

干支春联

甲子年

忠信为甲胄；
诗书贻子孙。

甲第连云欣发展；
子年遍地祝丰收。

甲帐堂前，几人颂岁；
子云亭畔，有客寻春。

甲第闳闳，云蒸霞蔚；
子孙蕃茂，桂馥兰馨。

乙丑年

乙藜光照夜；
丑腊暖回春。

乙木逢春，枝繁叶茂；
丑牛得草，体壮膘肥。

乙有藜燃，汉书校字；
丑以地辟，商祁征年。

丙寅年

丙部琳琅春馥郁；
寅宾璀璨日光华。

丙鼎焚香腾瑞气；
寅宾出日应春风。

丙穴鱼生，人间改岁；
寅方斗指，天下皆春。

丙耀照临，春台日暖；
寅宾平秩，旸谷风和。

丁卯年

丁帘延旭日；
卯户启熙春。

丁帘卷雨饶春意；
卯酒盈杯乐岁华。

丁水溪长，双流环抱；
卯门春溢，万物滋生。

丁壮论年，力强学富；
卯门启运，时和岁丰。

己慕古人，香山结社；
巳遵往哲，曲水流觞。

戊辰年

戊日维吉歌小雅；
辰枢所在环众星。

戊与茂通万物育；
辰因芳著四时春。

戊雨一犁春水足；
辰星几点惠风和。

戊社祈年，惠风和畅；
辰枢居所，吉曜光明。

己巳年

己日屠维，维新气象；
巳当己盛，盛世风光。

己意推人，欲立欲达；
巳日修禊，视昔视今。

己遇明时，获观民德；
巳承昭代，呈进农书。

庚午年

庚逢梅月雨；
午漾藕花风。

庚晨日暖长春树；
午院时开次第花。

庚舆剑气冲霄碧；
午院茶烟隔座香。

庚邮交通，鱼来雁往；
午窗明媚，鸟语花香。

辛未年

辛夷早有迎春意；
未老常存爱国心。

辛椒式颂风光丽；
未艾方兴气象新。

辛受好辞，文演蒉臼；
未来芳讯，报到春花。

椒酒尝辛，新厘献岁；
梅花开未，芳讯探春。

癸斝藏珍，流传宝器；
酉山探胜，富有奇书。

壬申年

壬年今甲子；
申土古神州。

壬年思寡过；
申旦静焚香。

壬年纪游，赋怀苏子；
申生表德，礼尽元王。

壬养天心，乃能乐道；
申明酒诰，方可摄生。

甲戌年

甲历更新岁；
戌方应早春。

甲第比邻，绿杨春共；
戌年作赋，赤壁秋高。

净洗甲兵，八方安谧；
滋生戌土，万汇昭苏。

甲岁三千，蟠桃再熟；
戌年十五，蓂荚一周。

癸酉年

癸水绕城春意活；
酉溪近舍夏凉生。

癸水九洲，众流交汇；
酉山万仞，拳石积成。

癸水绕城，太平有象；
酉山留穴，逸典可稽。

乙亥年

乙签勤检阅；
亥竹报平安。

乙木正逢三月雨；
亥禾独占四时春。

乙杖分光，书校天禄；
亥年纪算，寿称绛人。

乙绪抽思，性天情旷；
亥珠朗照，心地光明。

室无白丁，门容驷马；
种抛黑丑，花放牵牛。

丙子年

丙辉觇瑞应；
子庶庆丰登。

丙吉问牛，阴阳调理；
子猷爱竹，日夕盘桓。

丙集读完，方称学力；
子书熟后，乃见道心。

丙曜照临，春台迎旭；
子行蔚起，夏屋连云。

丁丑年

丁帘春自永；
丑纽历方新。

丁岁陶唐，帝尧诞育；
丑年章武，皇汉中兴。

丁喜成年，绰有暇日；
丑怀修禊，犹存古风。

戊寅年

戊茂滋万物；
寅演永三春。

戊饮鸡豚逢旧社；
寅阶莺燕报新年。

戊敬观书少年志；
寅恭将事昔贤箴。

序记毛诗，吉日维戊；
时详尔雅，太岁在寅。

己卯年

己存饥溺志；
卯读圣贤书。

己过自责怨以远；
卯门大启寿为长。

己不尤人，德修功懋；
卯能戒酒，世醉我醒。

己意推人，能近取譬；
卯门启瑞，和神当春。

盘受五辛，辞成甫臼；
禊修上巳，序忆兰亭。

庚辰年

庚星春再聚；
辰晷日初长。

庚日多晴游子乐；
辰星常曙太平年。

庚伏天炎思夏屋；
辰居日暖乐春台。

庚鲤飞腾，九天雷雨；
辰龙天矫，万里风云。

辛巳年

辛年盘献五；
巳节月初三。

辛盘献瑞延新祉；
巳斧成文读左书。

辛苦匡山，读书岁月；
巳抛曲浦，流水光阴。

壬午年

壬符占国俗；
午枕纳溪声。

壬日歌诗须纵酒；
午风延爽共披襟。

壬岁丰年，晨占夕卜；
午天开霁，云淡风轻。

壬秋泛舟，苏公清兴；
午庄列第，裴相盛名。

癸未年

癸年游览群贤集；
未雨绸缪古圣勤。

癸为禾忌春偏早；
未到花时月倍长。

癸穴涵泉，长生久视；
未央铸瓦，益寿延年。

癸揆萌芽，阳和鼓荡；
未到因果，物理循环。

乙夜观书，增光民社；
酉溪春涨，灌注农田。

甲申年

甲文龙应瑞；
申令鸟啼春。

甲帐弘开春似海；
申居安靖日如年。

甲第云屯鳞比接；
申禾日暇燕居安。

草木逢春皆坼甲；
民人受禄自天申。

乙酉年

乙燃勤夜读；
酉熟喜秋成。

乙篇夜话巴山雨；
酉水春浇负郭田。

乙鸟催耕，四民乐业；
酉鸡报晓，万国回春。

丙戌年

丙鼎镌铭永宝用；
戌年作赋两清游。

丙穴探奇，嘉鱼入馔；
戌秋作赋，孤鹤横江。

丙舍迎祥，青阳春暖；
戌年作赋，赤壁风清。

丙相登荣，群黎被泽；
戌兵消弭，举国皆春。

丁亥年

丁香千本放；
亥既一珠明。

丁香结子三春暖；
亥麦开花四月初。

丁岁勤修，敢疏暇日；
亥年纪算，克享遐龄。

壮士丁年，高搏鹏翼；
老人亥算，长享鹤龄。

己意推人，欲立欲达；
丑年修禊，视昔视今。

戊子年

戊茂蕃庶物；
子孙乐丰年。

戊尊同聚饮；
子舍克承欢。

戊雨崇朝天下遍；
子云一集世间稀。

戊燕双飞，还寻故主；
子规三月，唤醉游人。

己丑年

己疵知必改；
丑建远方新。

己躬厚责功修密；
丑腊回春气象新。

己腊太高征寿考；
丑星右转识春回。

庚寅年

庚邮花解语；
寅谷黍知春。

庚日拜经勤学始；
寅宾平秩授时新。

世有谪仙，祥呈庚梦；
国多君子，恭协寅僚。

庚吉歌诗，洛都出猎；
寅宾平秩，阳谷回春。

辛卯年

辛金偿夙愿；
卯木见春心。

辛力已苏杨柳岸；
卯耕曾入杏花村。

辛盘献瑞迎新岁；
卯饭生香乐有年。

满树辛夷，奇花初放；
盈杯卯饮，美酒徐斟。

绿遍园林，癸形交木；
青舒郊野，巳宴曲江。

壬辰年

壬政颂声腾北郭；
辰阳佳气满东都。

壬秋泛舟，东山月出；
辰枢居所，北极星高。

壬数祈年，吉占应兆；
辰旗颂岁，美德聿昭。

壬德遍敷，万物咸若；
辰猷远告，百工维熙。

癸巳年

癸方居北五行水；
巳号为元三月春。

癸符蒲节家家佩；
巳帖兰亭日日临。

癸斝留铭，尊彝永宝；
巳日作序，觞咏联欢。

甲午年

甲第迎祥至；
午风送暖来。

甲宅云屯连夏屋；
午窗日暖挹春晖。

甲第云连，竹苞松茂；
午窗日永，鸟语花香。

甲第重门，簪缨世胄；
午桥别业，富贵神仙。

乙未年

乙藜常朗照；
未艾又方兴。

乙杖有人知我老；
未春留客待花开。

乙夜观春，青藜照读；
未春沽酒，绿蚁新醅。

乙览群山，方知泰岱；
未观沧海，漫道蓬瀛。

丙申年

丙夜繁星朗；
申旦和风清。

丙穴探奇惊改岁；
申池垂钓度芳辰。

丙穴探奇，嘉鱼南有；
申公应召，驷马东来。

丙曜常临，象觇慎丽；
申戍不与，世乐承平。

丁酉年

丁年修孝悌；
酉岁庆丰穰。

丁水潮生鸥鸟至；
西溪春涨鳜鱼肥。

丁逢岭上梅花早；
酉到人间福泽多。

丁鹊唤回千嶂晓；
酉鸡啼罢万家春。

戊戌年

戊春人饮酒；
戌日客登山。

戊春双燕寻巢至；
戌年一鹤横江来。

戊日出车，诗歌大吉；
戌年泛棹，赋纪清游。

戊夜燃光，梁武勤学；
戌腊绳祖，汉家志仪。

己亥年

己过必改君子德；
亥算无疑老人年。

己身欲效陶朱业；
亥算宜衔太白杯。

己过防微，君子必改；
亥年纪算，老人不知。

己积驹光，方增学业；
亥添鹤算，永锡遐龄。

辛力消磨，山林壮志；
丑芽培植，杞梓奇才。

庚子年

庚会一堂联旧雨；
子规三月恋春晖。

庚庚有象迎新祉；
子子相承称世家。

庚日修仪，五经同拜；
子房借箸，三杰齐名。

洛下同庚，一时盛会；
欧阳教子，千古留仪。

辛丑年

辛含姜桂性；
丑茁蕙兰芽。

辛盘椒颂献；
丑腊历书新。

辛勤矢力前程远；
丑纽呈名古历祥。

壬寅年

壬年锡纯嘏；
寅谊协和衷。

壬岁两游赤壁赋；
寅恭五服皋陶谟。

壬林锡福，诗咏纯嘏；
寅恭表度，书美和衷。

壬佩六符，允星吉兆；
寅恭五服，相励和衷。

癸卯年

癸年修禊人咸集；
卯饮开樽客最欢。

癸水中间，贤才所聚；
卯星上应，王者之韶。

癸鼎摹铭，宝物识古；
卯门启瑞，和神当春。

瑞叶癸符，书传抱朴；
功推卯酒，诗咏乐天。

乙夜辛勤，焚膏继晷；
巳年觞咏，借酒陶情。

甲辰年

甲第宏开莺唤醒；
辰山高耸燕飞来。

甲第春花开富贵；
辰州慈竹报平安。

甲第巍巍辉北斗；
辰星朗朗耀东方。

甲洗兵藏，承平时代；
辰良日吉，明媚春光。

乙巳年

乙光照藜杖；
巳日集兰亭。

乙地年来饶稼穑；
巳山春早放梅花。

乙照校书天禄阁；
巳怀修禊永和年。

丙午年

丙鼎香萦篆；
午阑花绕阶。

丙穴探奇，嘉鱼多有；
午帘送暖，好鸟时鸣。

丙舍桃符，重门焕彩；
午天爆竹，万户迎春。

丙舍春回，河山增色；
午窗日暖，桃李争芳。

丁未年

丁年方壮盛；
未雨欲绸缪。

丁冬春漏永；
未晓曙光催。

丁松入梦春方永；
未艾方兴日正长。

丁此清时，阜财解愠；
未能免俗，祝嘏祈年。

己意推人，同臻立达；
酉阳纪事，敢诩恢奇。

戊申年

庚戌年

戊雨沾膏泽；
申星应寿昌。

庚泥衔社燕；
戌土卧春牛。

五戊延春，欢腾榆社；
三申祝嘏，喜效华封。

庚星不亚三更月；
戌土能为九仞山。

戊社开宴，何妨小饮；
申公为政，不在多言。

庚士论交，淡如秋水；
戌方建筑，雅爱青山。

戊雨春深，催耕陇亩；
申山日暖，采药天台。

庚日拜经，青缃陈列；
戌年作赋，赤壁纪游。

己酉年

辛亥年

己勤无俭岁；
酉熟屡丰年。

辛盘瓜果无兼味；
亥市笙歌又一年。

己不求人，琴书半榻；
酉方入夜，灯火万家。

辛新物幸逢春早；
亥仲时生太素初。

己欲群居，必慎独处；
酉占秋熟，端赖春耕。

辛味同尝，独成伟业；
亥步所至，得遂远游。

事戒因循，辛勤自励；
文须辨识，亥鲁毋讹。

壬子年

壬林锡纯嘏；
子舍振家声。

壬兵铸剑归农日；
子夜焚香励志时。

壬岁读经，五千道德；
子卿持节，十九年华。

壬林载歌，锡尔纯嘏；
子弟多赖，迄用康年。

癸丑年

癸年修禊事；
丑岁转春阳。

癸水一湾，钓游所适；
丑山十里，樵牧之场。

癸兔呼山，丰年屡庆；
丑始辟地，坤德无疆。

癸鼎洗文，子孙永宝；
丑年修禊，少长咸乘。

甲寅年

甲兵净洗清时运；
寅瑞新调大地春。

甲库文章光北斗；
寅阶日月耀东山。

甲观晨钟，令人深省；
寅窗雪案，学子辛勤。

甲第连云，望衡对宇；
寅宾出日，列象授时。

乙卯年

乙燃书可校；
卯饮酒同斟。

乙编一卷空今古；
卯饮三巡乐岁时。

乙木乘时，佩宜苍玉；
卯金好学，杖焰青藜。

乙杖燃藜，书校深夜；
卯门启瑞，历布阳春。

丙辰年

丙方居五行正位；
辰旦是一岁吉星。

丙舍万间，肇端寸木；
辰溪一水，集合众流。

丙夜回春，东来紫气；
辰枢焕彩，北极苍穹。

丙曜当天，临乎大地；
辰枢居所，拱者众星。

丁巳年

丁溪萍水逢知己；
巳节兰亭访故人。

添丁延寿称心过；
上巳清明转眼来。

丁岁图功，力强年富；
巳日修禊，天朗气清。

喜溢添丁，德门世泽；
祓除用巳，名士风流。

戊午年

戊土一犁耕宿雨；
午晴十里放骄阳。

戊雨涨深三尺外；
午晴春在百花中。

戊社人归，桑麻父老；
午庄花好，富贵神仙。

戊燕飞来，南方玄鸟；
午鸡唤起，东亚睡狮。

己未年

己过勿惮改；
未然当先思。

己无俗好惟耽酒；
未解天香枉种花。

己过人过，责躬敢后？
未然已然，防患当先。

己欲庄生，逍遥物外；
未闻毛遂，久处囊中。

庚申年

庚邮驿使初传信；
申诰春官好劝耕。

庚星献瑞开诗境；
申年祝福展画屏。

庚语无闻鸿泽普；
申如有度燕居安。

庚岁风和，民安物阜；
申池日暖，鱼跃鸢飞。

辛酉年

辛夷花又放；
酉熟稻齐登。

辛年献瑞新群象；
酉岁歌丰富万仓。

辛盘且祝无疆福；
酉谷曾探未见书。

辛夷迎春，花开一树；
酉山探秘，书拥百城。

壬戌年

壬年梅送暖；
戌土黍知春。

壬林古有大君训；
戌仲阴生太始时。

壬林载颂卫公学；
戌岁两游苏子文。

壬佩六爻，筮曰皆吉；
戌秋一苇，纵其所如。

癸亥年

癸占逢乐岁；
亥算祝遐龄。

癸曰昭阳，乍迎太岁；
亥为吉日，应祀先农。

癸父鼎铭，遗文可识；
亥唐蔬食，佳话犹传。

癸鼎千秋，历朝纪念；
亥珠一夜，合浦珠还。

农历节日

元宵节

火树祥光丽；
星桥宝炬红。

一团拥宝炬；
千点灿银星。

灯月千家晓；
笙歌万户春。

九陌连灯影；
千门共月华。

灯楼灿明月；
火树暖春风。

万家元宵夜；
一街太平歌。

放手擎明月；
开心乐元宵。

千家春不夜；
万里月连宵。

青阳调玉烛；
华月送清歌。

元夕万家宴；
宵月千里明。

花市千门月；
灯街万户春。

天上一轮满；
人间万里明。

明月千门雪；
银灯万树花。

火树银花合；
星桥铁锁开。

笙歌归院落；
灯火接楼台。

锦城灯结彩；
花市月含华。

一曲笙歌春似海；
千门灯火夜如年。

一帘春色门垂柳；
万斛珠光地涌莲。

十二楼台春旖旎；
三千世界夜光明。

十里管弦天不夜；
万家歌舞日重华。

九华灯炬云中挂；
五彩鳌山海上移。

三五星桥连月阙；
万千灯火彻天衢。

三千世界笙歌里；
十二都城锦绣中。

万户春灯报元夜；
一天晴雪兆丰年。

万户管弦歌盛世；
满天焰火耀春光。

万里河山铺锦绣；
满城弦管乐太平。

万里阳和春有脚；
一年光景月当头。

五夜笙歌春色里；
六街灯火月华中。

中天皓月明世界；
遍地笙歌乐团圆。

飞龙舞凤成夜市；
击鼓踏歌皆春声。

及时大放光明夜；
与物同游浩荡天。

天空明月一轮照；
人醉春风万里明。

凤舒五彩龙衔烛；
鳌驾三山蜃结楼。

火树光腾城不夜；
银花焰吐景长春。

火树银花家家晓；
淑气鸿禧处处春。

玉宇无尘一轮月；
银花有艳万点灯。

玉烛长调千门乐；
花灯遍照万户明。

匝地楼台春富贵；
喧天歌舞夜风流。

且看银灯欢五夜；
转斟姜酒庆三冬。

灯火交辉元夜里；
笙歌簇拥月明中。

灯同月色连天照；
花怯春寒傍火开。

光腾月殿流蟾魄；
花灿星桥吐凤文。

明月皎皎千门秀；
华灯盏盏万户春。

明烛送来千树玉；
彩云移下一天星。

雪月梅柳开春景；
花灯龙鼓闹元宵。

淑气鸿禧家家乐；
彩灯春花处处新。

银花火树开佳节；
紫气丹光拥玉台。

笙歌声拂长春地；
星月光回不夜天。

街头灯影逐花影；
村中梅香伴酒香。

赏灯极乐繁华地；
秉烛同游不夜天。

晴空一镜悬明月；
夜市千灯照碧云。

溶溶月夜连灯市；
霭霭春光满夜城。

碧树银台万种色；
野花啼鸟一般春。

琉璃地辟通明界；
箫鼓天开不夜城。

爆竹满城花市里；
管弦一带舞台中。

玉宇无尘，一轮皓月；
银花有色，万点春灯。

乐事逢春，妆成锦绣辉元夜；
歌声彻晓，引得嫦娥出月宫。

灯火万家，良宵美影；
笙歌一曲，盛世元音。

光耀银花，一刻千金春对酒；
清传玉漏，五更三点月留人。

灯火良宵，鱼龙百戏；
琉璃世界，锦绣三春。

地乐天乐，地天共乐元宵夜；
灯辉月辉，灯月交辉太平春。

远景近景，良宵美景；
灯花礼花，火树银花。

时际上元，玉烛长调千古乐；
月当五夜，花灯遍照万家春。

放出花灯，天上银河失色；
听来箫鼓，人间茅屋生春。

春夜灯花，几处笙歌腾朗月；
良宵美影，万家箫管乐丰年。

龙烛凤灯，灼灼光开全盛世；
玉箫金管，雍雍齐唱太平春。

盛世文明，万丈青云才子路；
元宵光彩，一轮皓月万家灯。

玉宇无尘，月明碧汉三千界；
银河泻影，人醉春风十二楼。

皓月满轮，玉宇无尘千顷碧；
紫箫一曲，银灯有焰万家春。

三五良宵，花灯吐艳映新序；
一年初望，明月生辉度佳节。

人在锦丛中，五夜星桥联月阙；
春辉碧落际，六街灯火步天台。

火树银花，今夜元宵竟不夜；
碧桃春水，洞天此处别有天。

瑞霭诵千重，万户笙歌明月里；
祥光迷五色，满城箫鼓彩云中。

玉树银花，万户当门观瑞雪；
欢歌笑靥，千家把酒赏花灯。

花朝节

春光遍草木；
佳气满山川。

春色枝头绿；
山光一派红。

寒尽桃花嫩；
春归柳叶新。

二月芳辰多胜景；
百花诞日是今朝。

春色二分，及时延赏；
韶华三月，次第来游。

茶鼓喧晴，饧箫吹暖；
花魂梦蝶，树影藏莺。

清明节

烟景催槐叶；
风期数楝花。

燕子来时春社；
梨花落后清明。

三月光阴槐火换；
二分消息杏花知。

清风明月本无价；
近水遥山皆有情。

寒食雨传百五日；
花信风来廿四番。

百六日佳晨，杏酪榆羹何
处梦？
廿四番花信，百泉槐火为
谁新。

端午节

日逢重五；
节序天中。

酒酌金卮满；
盘盛角黍香。

海国天中节；
江城五月春。

艾人驱瘴千门福；
碧水竞舟十里欢。

艾叶如旗招百福；
菖蒲似剑斩千妖。

龙舟竞渡，凭吊屈子怀沙恨；
赤县雄飞，喜谱今朝爱国篇。

堂前萱草舒眉绿；
石上榴花照眼红。

美酒雄黄，正气独能消五毒；
锦标夺紫，遗风犹自说三闾。

绿艾悬门漆藻彩；
青蒲注酒益芬芳。

七夕节

端午池莲花解语；
夏晨岸柳鸟能言。

翠梭停织；
银汉横秋。

榴花彩绚朱明节；
蒲叶香浮绿醑樽。

五夜照天汉；
双星会女牛。

榴裙萱黛增颜色；
艾酒蒲浆记岁华。

天街夜永双星会；
云汉秋高半月明。

节启朱明，榴图献瑞；
辉增翠葆，艾绶翔华。

云汉秋高，凉生七夕；
天街夜永，光耀双星。

艾叶吐幽芳，香溢四海；
龙舟掀巨浪，气吞八荒。

帝女合欢，水仙含笑；
牵牛迎辇，翠雀凌霄。

石榴映红日，千门喜庆；
鼓乐催龙舟，万水欢腾。

中秋节

龙舟竞渡，不忘楚风余韵；
诗台抒怀，更忆圣哲先贤。

一天秋似水；
满地月如霜。

二仪含皎洁；
四海尽澄清。

天上一轮满；
人间万家明。

冰壶含雪魄；
银汉漾金波。

一曲霓裳传玉笛；
四围云锦拥金徽。

几处笙歌留朗月；
万家箫管乐丰年。

玉轮光满大千界；
银汉秋澄三五宵。

日射晚霞金世界；
月临天宇玉乾坤。

月静池塘桐叶影；
风摇庭幕桂花香。

月满一轮辉宇宙；
花香千里到门庭。

平分秋色一分满；
长伴云衢千里明。

占得清秋一半好；
算得明月十分圆。

轮影渐移花树下；
镜光如挂玉楼头。

笙歌曲中千家月；
红藕香里万颗珠。

喜得天开清旷域；
宛然人在广寒宫。

霓裳舞起终宵朗；
玉女歌扬彻夜辉。

三五良宵，秋澄银汉；
大千世界，光满玉轮。

银汉流光，水天一色；
金商应律，风月双清。

琼宇高寒，捧出一轮月影；
冰壶朗彻，平分五夜天香。

重阳节

三三令节；
九九芳辰。

金秋送爽；
丹桂飘香。

黄菊倚风村酒熟；
紫门临水稻花香。

临风乌帽落；
送酒白衣香。

习射谈经，天高地爽；
佩萸插菊，人寿花香。

公历节日

天开清淑景；
人乐共和年。

元　旦

太平有象；
幸福无疆。

国华光夏甸；
民气发春阳。

国光勃发；
民气昭苏。

晓日初临海宇；
春风又到中华。

鼎新革旧；
豫立亨通。

中天日月从新纪；
大地山河改旧容。

一夜连双岁；
五更分两年。

日月照临新世纪；
江山环拱大中华。

腊随一夜去；
春逐五更来。

云呈五色文明盛；
运启三阳气象新。

腊梅朵朵迎新岁；
瑞雪飘飘兆丰年。

四海同心，惠风和畅；
万民交庆，化日舒长。

鞭炮齐鸣，一元复始；
笙簧迭奏，万象更新。

文明古国，励精图治新崛起；
东方巨人，雄姿勃发创奇功。

河山毓秀，古国春色耀青史；
岁月更新，中华雄姿震寰球。

国际劳动妇女节

丹心悬日月；
巧手绣春秋。

习武从文多面手；
兴家创业半边天。

祖国山河千里锦；
中华妇女半边天。

雄跨世间千里路；
喜歌人类半边天。

扬眉吐气，女儿展志；
立业建功，巾帼倾情。

一片真情，撒播无数爱；
两只纤手，托起半边天。

三月春光，吹绿千山万水；
八节雨露，润芳四海三江。

心怀振兴，不愧巾帼勇士；
致力发展，实为姐妹英豪。

三八鼓雄风，敢向须眉争
半壁；
五千更历史，勇披肝胆展
全能。

妇女勇挑重担，硕德经天
多壮志；
巾帼不让须眉，兴邦创业
建奇功。

植树节

青山四面合；
绿柳万家春。

松竹添翠色；
桃李绽春风。

松柏有本性；
林园无俗情。

大地有泉皆吐秀；
荒山无处不成林。

春风吹绿千山树；
旭日惊喧百鸟声。

植树造林绿大地；
栽花种草美人间。

敢叫荒山成林海；
誓将沙漠变绿洲。

满山花果红似锦；
遍地森林绿如茵。

嘉树满山年年翠；
鲜花夹道处处香。

千里松涛，无山不绿；
万顷柳浪，有地皆春。

翠竹摇风，喧千林翠鸟；
红梅映日，吐万树红霞。

绿化祖国，处处山清水秀；
改造自然，年年枝茂粮丰。

靠山养山，山上遍栽摇钱树；
临水治水，水中映满聚宝盆。

国际劳动节

十亿风流劳动者；
九州艳丽英雄花。

挥毫大写英雄谱；
展卷欣描幸福图。

进取途中多志士；
拼搏场上尽英雄。

勤俭自古称美德；
劳动如今更光荣。

万象更新，成城集众志；
千帆竞发，破浪乘长风。

青年节

胸怀全局；
志在四方。

创业凯歌壮；
攻关胆气豪。

学海无涯，千舟竞渡；
书山有路，万众争攀。

一代英豪，九州生色；
八方儿女，四海为家。

树木树人，长成国家梁栋；
全心全意，攀上科学高峰。

奋勇当先，莫负青春岁月；
坚贞立志，只争松柏精神。

洒汗水，让理想开花结果；
献青春，为祖国耀彩增辉。

国际儿童节

立凌云志；
做栋梁材。

从小爱科学；
长大攀高峰。

年少宏图远；
人小志气高。

园内桃李年年秀；
校中红花朵朵香。

鲜花绽蕾花花美；
春笋破土节节高。

中国共产党成立纪念日

国运昌隆民做主；
人心欢愉党指程。

政策英明开盛世；
党风纯正奠鸿基。

业绩辉煌，翻天覆地；
人民幸福，饮水思源。

国策鼎新，人心皆向；
党风纯正，众望所归。

党风正，世风清，上空有星
皆拱北；
士气高，民气顺，大地无水
不流东。

中国人民解放军建军节

千军砺志卫祖国；
万众齐心拥长城。

一片丹心，九州报捷；
三军浩气，四海扬威。

跨骏马，保边疆，高山列队；
握钢枪，守国土，青松结屏。

风云动鼓鼙，巩固金汤祖国；
星火燎原野，毋忘钢铁长城。

铁马金戈，千里征尘安社稷；
寒冬酷暑，一腔热血铸长城。

马不离鞍，身不解甲，待旦
枕戈因卫国；
气可吞虏，势可排山，靖边
守土为保家。

教师节

碧血催桃李；
丹心树栋梁。

日暖风和开桃李；
笔酣墨浓写春秋。

白发喜见迎春柳；
丹心笑种向阳花。

热血丹心育桃李；
栉风沐雨做园丁。

教育振兴期学校；
人才陶冶仰良师。

喜看桃李香天下；
乐洒甘霖育新苗。

春蚕巧织满园锦绣；
红烛点燃一代心灵。

育才兴邦，百年大计；
尊师重教，一代新风。

重教尊师，人文蔚起；
育才献智，国运昌隆。

三尺讲台，三寸舌三寸笔，
三千桃李；
十年树木，十载雨十载风，
十万栋梁。

国庆节

江山永固；
日月长恒。

江山千古秀；
天地一家春。

云飞神州彩凤舞；
霞舞中华巨龙飞。

四海笙歌讴盛世；
九州爆竹庆尧天。

国趋昌盛人趋富；
花爱阳春果爱秋。

举国英豪开新局；
中天丽日庆长春。

高秋好赋腾飞曲；
盛世当歌奋进诗。

旗展五星光日月；
花开四季丽山川。

鹰疾如箭凌云志；
花红似火报国心。

乐享升平，安居盛世；
风拂绿柳，雪绽红梅。

年年国庆，庆祝新胜利；
处处笙歌，歌唱大丰收。

天时地利人和, 神州齐奋进；
虎跃龙骧鹏举, 祖国共飞腾。

欢度国庆，恰逢稻熟丰登日；
喜迎佳节，正值秋高气爽天。

翠柏苍松, 装点祖国千岭秀；
朝霞夕照, 染就江山万里红。

实用楹联手册

宅第类

居　室

居室通用

子孙贤族将大；
兄弟睦家之肥。

人多瑶草金茎气；
家有兰台石室香。

人居玉宇千年茂；
日映华堂百业兴。

门横流水碧云际；
人老乱山黄叶中。

云栋画书金碧字；
瑶池并种吉祥花。

天上碧桃和露种；
门前绿柳受风多。

天畔闲云思作雨；
山中浓雾化为霖。

日丽银花临画栋；
春明宝树发新阶。

玉宇前远山如画；
华堂后新树成林。

玉宇窗含千里绿；
华堂庭树万年青。

玉树琪花香做锦；
水光山色翠连云。

四山相对浑无语；
一水长流自有情。

四围绿树疑无地；
百尺青山直上天。

四季花香飘宅第；
百鸟和鸣绕门庭。

白云开处山争出；
红藕香时日正长。

白石清泉从所好；
和风时雨与人同。

半亩菱花堪借镜；
四山松子足医贫。

阶前春色浓如许；
户外岚光翠欲流。

花被风欺犹作态；
山经雨洗更含娇。

花锦堆红香燕垒；
柳丝回绿织莺梭。

雨余窗竹图书润；
风过瓶梅笔砚香。

身居化日光天下；
家在廉泉让水间。

近水远山皆入画；
奇花异草不知名。

迎气郊南推节序；
纳凉窗北傲羲皇。

茂矣崇兰生静室；
快哉修竹引清风。

舍南舍北皆春水；
村后村前多好山。

房前远眺群山绿；
屋后近观百花鲜。

春无形因时生迹；
天不老以古为年。

春风掩映千门柳；
暖雨晴开一径花。

春风堂上初来燕；
香雨庭前新种花。

草阁有廊随水曲；
云房无画借山看。

泉石再来人事改；
云山久别世情疏。

美酒盈樽嘉客醉；
清风绕屋瑞云生。

桂殿花开香满座；
兰宫春到瑞盈阶。

流水有情皆活相；
奇山无石不精神。

宅
第
类
·
居
室

家居绿水青山畔；
人在春风和气中。

娱目烟云千涧壑；
养身苜蓿一阑干。

绿水青山常在目；
清风明月不须钱。

黄菊开来三径好；
绿柳分作两家春。

雪后山成群玉府；
岩中泉奏八音琴。

黄醅绿醑迎冬熟；
绛帐红炉逐夜开。

敢夸文史三冬足；
且和阳春一曲歌。

斜照浴红秋水上；
好山横碧画桥西。

晴窗透日桑榆影；
晓露湿秋禾黍香。

楼接九天银河月；
户纳千里锦绣图。

翠竹依庭留凤集；
青松绕户待鸾翔。

气静同兰，怀虚喻谷；
日清若水，竹映生风。

为乐及时，令德无极；
去古未远，直道在斯。

水待冰嬉，山辞妆艳；
梅知春近，松耐岁寒。

东阁诗情，西昆雅韵；
南华秋水，北苑春山。

画栋结彩，祥联百代；
奎壁生辉，喜兆千秋。

金谷歌莺，玳梁巢燕；
红泥牝牷，碧树呼鸠。

残荷满池，落叶没径；
疏桐辞荫，丛桂留人。

祖武箕裘，庭训诗礼；
家声麟凤，国器圭璋。

候届元英，数盈良月；
祥迎亚岁，序布融风。

润屋润身，静观自得；
栽花栽树，兴与人同。

堂构光辉，瞻云眺日；
规模宏大，植桂培兰。

绿竹停云，红梅绽雨；
丹鱼映水，黄雀迎风。

清气若兰，虚怀若竹；
乐情在水，静趣在山。

落叶半阶，熏门凉意；
啼蛩三径，老屋商音。

瑞彩盈庭，山川聚秀；
祥光当户，星斗联辉。

瑞彩盈庭，风传花信；
祥光当户，雨濯春尘。

璧月当空，蟾蜍低映；
罗云向夕，乌鹊南飞。

青龙喜伏明山秀水地；
丹凤爱栖茂林修竹园。

大　门

三槐夹道；
双桧参天。

门旌通德；
里接亲仁。

仁为安宅；
德必有邻。

心如秋水；
面对春山。

平安是福；
孝友可风。

有容乃大；
无我为公。

物华天宝；
人杰地灵。

依仁成里；
与德为邻。

诗书门第；
礼乐人家。

宅第类·居室

居仁由义；
履中蹈和。

门墙多古意；
家世重儒风。

春风满座；
栋宇维新。

天高星汉合；
地胜凤凰来。

宅第类·居室

厚德载福；
和气致祥。

立德齐今古；
藏书教子孙。

祥光满室；
瑞气盈门。

安贫斯寡过；
守约自无争。

祥增五福；
庆衍三多。

花香入座满；
草色映阶长。

家有素业；
门无杂宾。

传家惟孝友；
养性在诗书。

德门仁里；
玉宇琼楼。

明月松间照；
春风柳上归。

德门集庆；
仁宅迎祥。

往来交以道；
迎送总如仪。

大厦凌霄汉；
阳春展画图。

诗书绵世泽；
礼乐振家声。

门庭承旧业；
井里焕新猷。

城关千门晓；
河山万户春。

家庭增幸福；
时世乐昌期。

紫燕衔春至；
福宅向阳开。

湖山自壮丽；
雨露共涵濡。

有竹有梅门第；
半村半郭人家。

九穗嘉禾征国瑞；
几株丹桂振家声。

万里曙光归下邑；
九天淑气到衡门。

上国韶光莺割据；
锦城春色燕凭临。

山水略同盘谷序；
楼台浑似辋川图。

门前五柳希怀葛；
堂下三槐荫子孙。

门前种柳深成巷；
石上分泉直到厨。

门宽莫约频来客；
座上同观未见书。

古今不改江山画；
平远长开宇宙窗。

平安即是家门福；
孝友可为子弟箴。

兰芽甫茁光仁里；
棣萼增辉耀德门。

礼门义路家规矩；
智水仁山古画图。

地无寒谷春常在；
居有芳邻德不孤。

芝兰自启山川秀；
松柏常留天地春。

江湖地僻余耕钓；
风月谈深避俗嚣。

尽日相亲惟有石；
长年可乐莫如书。

好静未能忘水竹；
爱闲不是学神仙。

阶荫晓入风云气；
户牖春生翰墨香。

秀水绕门蓝作带；
连山当户翠为屏。

传家有道惟存厚；
处世无奇但率真。

闲从世外观今古；
懒向人间问是非。

择处三迁居不易；
开门七件事最难。

忠厚留有余地步；
和平养无限天机。

学以精神通广大；
家从勤俭足平安。

经传道德窥三极；
家近湖山拥百城。

栋宇维新崇伟业；
宏图大展振家声。

庭前草木皆生意；
树上流莺作比邻。

真学问从五伦起；
大文章自六经来。

真读书人天下少；
不如意事古来多。

瑞霭半笼初出日；
归云遥认旧时山。

数株杨柳高人宅；
五亩桑麻处士家。

碧梧满院丹凤舞；
翠竹绕宅金鹏鸣。

鲤对趋庭传圣训；
莺啼出谷报佳音。

重 门

春融大地；
气霭重门。

院有锦绣；
家藏经纶。

三阳临吉地；
五福萃重门。

上苑梅花早；
重门柳色新。

小院花荫密；
重门草色浓。

旭日重门照；
春风甲第新。

应门有儒子；
入室多佳宾。

青庭留紫照；
朱户映丹霞。

春光归下邑；
瑞气霭重门。

座中有佳士；
门外无俗尘。

瑞日重门启；
春光福地来。

祥云盈吉地；
淑气拥重门。

燕报重门喜；
莺歌大地春。

映日辉生室；
垂花静掩门。

鸟语重门醉；
花霏小院香。

明月弹竹韵；
重门接旭光。

一代祥光辉吉宇；
四山旺气聚重门。

千里江山千里秀；
一重门户一重新。

鸟过重门多好语；
花飞满座有清香。

宅院已成吉祥院；
重门再启幸福门。

重门不碍阳春脚；
直道能通天地心。

重门尽暖花迎户；
深院春归燕入帘。

重门柳色连金谷；
深院花色绕玉堂。

宅第类·居室

燕绕重门传喜事；
莺迁乔木报佳音。

松柏盈庭茂；
芝兰绕砌荣。

明珠生合浦；
美玉出昆冈。

房 门

人皆金凤美；
天锡玉麟祥。

金窗夹绣户；
珠箔悬银钩。

云傍妆台晚；
春生绣阁凉。

春信梅花报；
秋香桂子登。

天香生桂子；
国瑞发兰英。

春晴花结子；
日暖燕呼雏。

不老灵椿树；
常明宝婺辉。

春暖桃花发；
秋高桂子香。

玉麟衔宝历；
丹凤引韶箫。

春暖舒麟趾；
秋高起凤毛。

仙桂秋添子；
明珠夜入胎。

桂子生芳树；
桐花引凤毛。

百岁荆花茂；
三秋桂子香。

莲房千子熟；
绣阁百花开。

字贴宜春丽；
花开如意新。

绣户飞金凤；
香帏育玉麟。

绣户香风暖；
兰房喜气新。

绣户栖三凤；
琼林茂五枝。

绣户留佳月；
罗帏引惠风。

绮窗延皓月；
绣幕引熏风。

绿竹生孙早；
红梅结子多。

琴瑟春常润；
蟾蜍月共圆。

琴樽偕玉案；
兰桂毓春风。

瑞兰呈地秀；
丹桂发天香。

瑞凝三秀草；
春入万年枝。

慈颜娱白发；
暇日乐含饴。

鹤林增古算；
鸠杖引齐眉。

露香红玉树；
风绽碧蟠桃。

月映瑶阶熊入梦；
花明绮阁燕投怀。

玉管春生阳谷暖；
蓝田秀发木源深。

兰阶日暖生麟趾；
桂阁风轻起凤毛。

沧海月明珠献彩；
蓝田日暖玉生烟。

秀发芝兰山海茂；
永谐琴瑟地天长。

宝砚安书连理字；
琼浆笑捧合欢杯。

春入翠帏花有色；
风来绣阁玉生香。

秋月当窗云影淡；
春风拂槛露华浓。

宅第类 · 居室

香满绣帘春正午；
光腾云汉月当头。

前程远大；
后步宽宏。

海上蟠桃多结子；
林中修竹又生孙。

云路前无限；
德门后有余。

琴音瑟韵偕连理；
桂秀兰馨庆泽余。

太平居有后；
安乐福无涯。

琴瑟永谐千岁乐；
芝兰同介百年春。

光前昌礼乐；
裕后有诗书。

椿花萱萼连枝秀；
桂子兰芽绕砌香。

光前增百福；
裕后集千祥。

碧纱映月烹新茗；
红袖添香读异书。

修德恩垂后；
贻谋欲胜前。

鹤梳皓羽三千岁；
榴络金沙百子图。

庭余安乐福；
门掩太平居。

鹦鹉杯中浮竹叶；
凤凰琴里落梅花。

前程期远大；
退步自宽宏。

退让疑无地；
回还别有天。

后 门

好留余地；
佑启后人。

积德前程大；
存仁后地宽。

箪瓢通陋巷；
柴米入郇厨。

瓜徒悬以不食；
门虽设而常关。

光于前裕于后；
用则行舍则藏。

凤毛济美思垂后；
燕翼贻谋欲胜前。

世事如棋争后着；
此身发轫向前行。

先前振起家声远；
裕后留贻世泽长。

任凭后裔光前烈；
须把前程让后人。

作退一步的想法；
当留余地于后人。

满堤花柳全依水；
一路楼台直到山。

厅 堂

竹苞松茂；
桂馥兰馨。

华堂焕彩；
栋宇维新。

论古今事；
读圣贤书。

修己以敬；
立身惟清。

堂连绿野；
室接青云。

得江山助；
与天地参。

惟善为宝；
取人以身。

人生有乐地；
流水无尽期。

人将勤补拙；
岁以俭为丰。

无事斯静坐；
有山且闲游。

宇宙静无事；
山林大有人。

不俗人皆竹；
闻香我亦兰。

护田春水绿；
当户远山青。

不随人俯仰；
自得古风流。

松菊开三径；
琴书萃一堂。

平生怀直道；
大化扬仁风。

呼儿采山药；
放犊饮池泉。

东风开画栋；
旭日映华堂。

享人间清福；
寄物外闲身。

至人心若镜；
壮士气如虹。

诗礼袭遗训；
风云入壮怀。

对酒逢知己；
观书见古人。

春秋多佳日；
山水含清辉。

至人无异趣；
静者得长生。

勋业频看镜；
行藏独倚楼。

竹室依花槛；
松云护草堂。

音送清溪月；
松摇古谷风。

闭户无尘事；
传家有旧书。

高怀同霁月；
雅量洽春风。

宿雨应佳节；
春风鼓太和。

雅量涵高远；
清言见古今。

湖落山根出；
春融地脉苏。

福家多美德；
华室有春风。

槿篱三径暖；
爆竹几家春。

熏风吹禹甸；
膏雨沛尧天。

人生当知自足；
静修可与贤齐。

大富贵亦寿考；
崇道德能文章。

不管古今世事；
永为天地闲人。

风不出，雨不出；
歌于斯，哭于斯。

未能一日寡过；
恨不十年读书。

安能尽如人意；
要当无愧我心。

近智近仁近勇；
希贤希圣希天。

雅言诗书执礼；
益友直谅多闻。

十年好客垂青眼；
一路看山到白头。

人间风月不到处；
世外春秋无尽时。

人能知足斯恒足；
我爱安闲少得闲。

几缕香烟蚊市散；
一春寒雨燕巢忙。

大苏眼底无余物；
小范胸中有甲兵。

万里秋风菰米老；
一川明月稻花香。

宅
第
类
·
居
室

· 83 ·

万树荫环名士座；
百花簇拥美人车。

古今月证三生事；
去留云无两栖心。

寸地尺天千古月；
五风十雨四时春。

且共林泉结缘境；
肯将萝薜易簪缨。

小草何曾资地力；
异花原不借春功。

四野歌生三月雨；
一犁耕出万家春。

千门柳色连青琐；
数点梅花照玉堂。

风卷市声排闼至；
日斜塔影渡江来。

千古文章传性道；
一堂孝友乐天伦。

双涧润成千顷碧；
万山来为一家青。

太丘风骨汉唐上；
开府文章天地间。

书有未曾经我读；
事无不可对人言。

日暖鸟声多在树；
春寒蝶梦不离花。

玉树临春新枝发；
华堂映日紫燕来。

少室藏书一万卷；
泰山览古三千年。

竹径有时风为扫；
柴门无事日常关。

引来绿水归池沼；
长爱青山在户庭。

师友偶从书里悟；
圣贤还在酒中分。

世外有山皆佛地；
人间何处访仙源。

华堂日暖南山翠；
画阁霞飞北岭红。

华堂翠幔春风至；
绮阁金屏曙色开。

农有田场桑有圃；
棋为日月酒为年。

阶前尺地容人借；
天外三峰为我留。

两岸潮声疑是雨；
六朝山色淡如烟。

员峤方壶闻笑语；
名山大泽出文章。

青山只在轩窗外；
绿野常存杖履间。

知多世事胸襟阔；
阅尽人情眼界宽。

京兆衙前捉贾岛；
武陵源里住陶潜。

试着芒鞋穿荦确；
欲与慧剑加砻锏。

居家自有天伦乐；
处世惟求地步宽。

经国有才皆百炼；
著书无字不千秋。

春入华堂添喜色；
花飞玉案有清香。

春到华堂添百福；
风吹凤阁纳千祥。

栋宇连云子孙愿；
华堂耀日父母心。

相守田园真乐地；
自由耕读旧人家。

室盖呈祥香结彩；
银台报喜烛生花。

流水断桥芳草路；
粥香糖白杏花天。

堂开瑞日金莺啭；
帘卷春风玉燕来。

野树穿花月在涧；
清风拂座竹环门。

盘中菱剥鸡头嫩；
庭下篱编麂眼圆。

宅
第
类
·
居
室

鸿鹄每从天外至；
凤凰常绕日边飞。

人家在水抱山环处；
我心如天空月上时。

淑气和风耀华宇；
芝兰玉树满堂春。

入画青山，华堂掩映；
芳林碧树，玉宇生辉。

隔院邻鸡分党派；
同村鸟雀叙乡情。

山水有灵，亦惊知己；
性情所得，未能忘言。

紫微高接三台瑞；
室砌祥辉五色云。

见善思迁，见贤思齐；
大勇若怯，大智若愚。

智水仁山千古秀；
琪花瑶草四时春。

玉树临风，金茎抱露；
芝香入座，桂馥当阶。

策马欲寻元亮径；
观鱼曾上子陵台。

左酒右浆，喜盈其室；
伯歌季舞，福为我根。

楼中白酒留知己；
江上青山送故人。

兰室风清，言无异致；
竹林日暖，座有同群。

嗜酒欲吞云梦泽；
挥毫乱点洞庭波。

论仁议福，保我金玉；
达性任情，乐其安闲。

箕裘世业辉金屋；
钟鼎家声振玉堂。

论道讲德，师儒为表；
出经入史，制作之家。

燕绕画梁春入户；
霞映晴窗喜满堂。

孝友初心，诗书夙好；
春秋佳日，山水清音。

金玉其心，芝兰其室；
仁义为友，道德为师。

宝气光腾，屏开翡翠；
玉堂风静，帘卷珊瑚。

春临玉宇，奇香异彩；
福满华堂，桂馥兰芳。

栋起瑞彩，庭悬霁月；
堂发福光，座满春风。

秋实春华，学人所种；
礼门义路，君子之居。

修风晓逸，德星夕照；
祥禽荟作，瑞木朋生。

脂粉简编，冠缨图史；
糠粃礼义，锱铢功名。

喜气长留，辉煌栋宇；
福光高照，锦绣华堂。

虚能引和，静能生悟；
仰以察古，俯以观今。

鹊笑鸠舞，大喜在后；
麟子凤雏，和气所呈。

循文以动，循理以静；
为善近名，为恶近刑。

鲍叔分金，却克分谤；
禹汤罪己，桀纣罪人。

霁月光风，高人器度；
春华秋月，大块文章。

书　房

几上千古；
花间四时。

友天下士；
读古人书。

书声五夜；
灯火三更。

礼修平等；
学贵自由。

守自若玉；
惜墨如金。

学如不及；
业精于勤。

宅第类·居室

胸罗万卷；
心醉六经。

文墨有真趣；
园林无俗情。

啸歌一室；
浸馈百家。

立身观所止；
论古得其人。

博通今古；
淹贯中西。

书存千卷富；
家为一官贫。

韩潮苏海；
柳骨颜神。

把酒知今是；
观书悟昨非。

熔经铸史；
读书听香。

吟哦出新意；
坦率见真情。

器惟求旧；
学尚知新。

伴我书千卷；
可人花一帘。

入梦一池草；
怡情半局棋。

坐啸风生席；
裁诗月满窗。

风月畅怀抱；
琴书悦性灵。

纱笼题壁寺；
春满读书山。

风月资吟啸；
烟霞得性情。

苦吟诗脱稿；
辍读砚生冰。

文章千古事；
花月一帘春。

雨过琴书润；
风来翰墨香。

奇才思往哲；
名教重斯文。

夜深萤入幌；
春暖鸟窥帘。

诗书得古趣；
风月畅真情。

诗书惟我共；
世事与谁论。

诗写梅花月；
茶烹谷雨春。

诗卷寻蕉叶；
茶铛拂石花。

砚以静而寿；
诗乃心之声。

泉清堪洗砚；
山秀可藏书。

客至禽呼梦；
诗成月助吟。

酒醉琴为枕；
诗狂石作笺。

读书求进步；
谱曲订知音。

读书破万卷；
落笔超群英。

读书贵能用；
树德莫如滋。

著书凉日短；
看剑引杯长。

御寒凭酒力；
驱虐见诗功。

琴书多古意；
木石澹幽居。

窗开千里月；
砚洗一溪云。

静闻鱼读月；
笑对鸟谈天。

竹雨松风梧月；
茶烟琴韵书声。

名教自有乐地；
诗书是我良田。

一庭花发来知已；
万卷书开见古人。

二部文章建安骨；
半家图画邺侯书。

人世百年看去鸟；
家山千里送飞鸿。

人品无瑕玉界尺；
文章有骨绣屏风。

山色苍茫书卷里；
溪光掩映画图中。

五更晚色来书幌；
一片冰心在玉壶。

水环琴室声偏细；
花护书巢香更多。

从来名士皆耽酒；
未有佳人不读书。

午枕听儿吟好句；
夜窗留客角残棋。

午眠书留深夜读；
晚吟诗待诘朝评。

风云诗句收将尽；
富贵书声唤出来。

文成蕉叶书犹绿；
吟到梅花句亦香。

文章最忌随人后；
温饱从来与道先。

书从疑处翻成悟；
文到穷时自有神。

书似青山常乱叠；
灯如红豆总相思。

古墨半浓评砚谱；
新泉初沸补茶经。

石是米颠袖里出；
诗从摩诘画中来。

东坡两游赤壁赋；
南容三复白圭诗。

四时墨稼无丰歉；
二顷书田自古今。

白屋几经诗礼至；
青山不见谤书来。

宅第类·居室

未解茶经评水味；
自修琴操辨桐音。

托兴闲翻廿五史；
洗心常探十三经。

有奇书读无他好；
与古人游何所期。

论史要翻前辈语；
观书如见古人心。

收入云山归画卷；
品题风月到诗篇。

好书悟后三更月；
良友来时四座春。

红滴砚池花泻露；
绿藏书榻树围云。

杨柳半池春载酒；
蔷薇一砚雨催诗。

庐山真面几人识；
彭泽归心一日还。

闲庭遍产宜男草；
隙地都栽召伯棠。

奉石书临黄子久；
胆瓶花插紫丁香。

雨余草色侵帘早；
风送花香入座清。

佳卉分栽春一座；
异书补读月三更。

官如草木民如土；
舌有风雷笔有神。

绎山传刻典型在；
吏部文章日月光。

春秋风月供新赏；
左右图书结古欢。

砚洗春波临禊帖；
香添夜雨读陶诗。

重帘不卷留香久；
古砚微凹聚墨多。

洗砚新添三尺水；
藏书深入万重山。

除却读书无所好；
偶题诗句不须编。

宅第类·居室

素琴浊酒容一榻；
高谈雄辩惊四筵。

积水难生三尺浪；
小斋占得一房山。

爱看春山疑读画；
静研古墨试听香。

逸情老我书千卷；
淡意可人梅一窗。

瓶花落砚香归字；
窗竹鸣琴韵入弦。

读书新有珠矼获；
选胜何辞玉杖支。

读史消融秦汉见；
论诗合并古今观。

梅月横窗成画本；
兰风度栏入诗情。

著书惯作惊人语；
对酒常存敬客心。

崇兰短竹观生趣；
清室幽林托静怀。

清谈如晋人足矣！
浊酒以汉书下之。

紫陌寻春曾作客；
青山斗草各分朋。

宿雨暗滋书带草；
春风先报墨池花。

骚客来寻诗画舫；
牧童遥指酒家楼。

蜀锦囊珍鸲鹆砚；
汉鼎炉篆鹧鸪香。

豪杰不珍文苑传；
聪明都用宰官身。

蕉影压窗诗梦绿；
荔香侵座酒波红。

山水幽深，襟怀妙远；
读书夙好，心气和平。

小有清闲，抱弦怀古；
随其时地，修己观人。

今古弃陈，趣生一室；
人天兴感，文可万言。

左壁观图，右壁观史；
无酒学佛，有酒学仙。

在天地，要有立身处；
对古今，终无满足时。

吃墨看茶，听香读画；
吞花卧酒，喝月担风。

如乐之和，乃称盛德；
无书不览，是谓通儒。

好花四时，明月千古；
远峰一角，奇书半床。

卧　室

有芝兰气；
闻丝竹声。

春光很暖；
花气更香。

琴瑟和谐；
芝兰清香。

云拥妆台晓；
花明绣户香。

开槛随蜂入；
卷帘引燕归。

日暖兰芽秀；
风清桂子香。

对镜青鸾舞；
当窗紫燕飞。

玉案琴声润；
纱窗燕语娇。

纤手沾花露；
粉面上胭脂。

松柏老而健；
芝兰清且香。

画阁和风暖；
深闺化日长。

奇花分户映；
新燕向窗飞。

明月当窗照；
南风入槛凉。

卷帘投燕子；
添水插芙蓉。

春风来绣阁；
和气满香闺。

银瓶花解语；
金枕玉生香。

春满芙蓉帐；
香浓翡翠床。

绮窗延皓月；
绣幕引熏风。

秋露滋丹桂；
春风醉碧桃。

琴瑟春常在；
芝兰德自馨。

室中春霭霭；
窗外日迟迟。

暖风来燕子；
淑气媚兰香。

室雅何须大；
花香不在多。

漏残珠阁晓；
香暖玉炉春。

结欢谐凤卜；
相警懔鸡鸣。

移石栽花种竹；
烹茶酌酒围棋。

惜花春起早；
爱月夜眠迟。

瑞气生那绣阁；
清光入这绮帘。

绣户祥光满；
纱窗曙色新。

一心若不风尘蔽；
半榻常如天地宽。

梅帐甘同梦；
兰房送异香。

人间锦绣藏金屋；
天上笙歌送玉麟。

梳妆开菱镜；
游玩整罗衣。

三分姿色夸香国；
九十春光满绣帏。

风度纱窗鸣玉佩；
烟开兰叶锁金炉。

芙蓉夜月开天镜；
杨柳春风拥画图。

玉树临风森画阁；
朱光映月透纱窗。

纱窗坐对三更月；
绣幕闲消一局棋。

玉梅压雪春停绣；
红袖添香夜和诗。

宝髻巧梳金翡翠；
茜窗闲咏碧蟾蜍。

玉燕怀中先兆瑞；
石麟天上早呈祥。

房中雅奏同心曲；
室内应无交谪声。

东风摇波舞净绿；
小房曲槛欹深红。

春色暗侵云母幌；
曙光高照水晶帘。

半林竹粉嫌当面；
几树桃脂快映唇。

秋月窥窗灯也淡；
好花当户袖添香。

吉祥草茁深闺暖；
富贵花开满室春。

待月晚妆还对镜；
临风新沐更添香。

百花欲笑梦初觉；
万古不愁云自开。

室静不闻喧鸟雀；
楼高惟见有风云。

芍药晓看偏作态；
海棠春睡更含娇。

屏间锦绣还珠箔；
天上笙歌送玉麟。

志士闻鸡常起舞；
才人梦笔自生花。

珠帘日暖调鹦鹉；
画栏春深醉海棠。

珠帘夜静邀明月；
绣闼春深护彩云。

莺儿打起防惊梦；
燕子飞来故卷帘。

梅窗引月人同瘦；
竹榻迎风梦亦清。

菱花光映纱窗晓；
竹叶香浮绣户春。

琴鸣瑟和征祥瑞；
桂子兰孙兆异香。

焚香驱出蟾宫兔；
理绣拈来阆苑花。

欹枕旧游来眼底；
掩书余味在胸中。

赋成鹦鹉联妆阁；
绣得鸳鸯浴泮池。

意默尚嫌莺语巧；
心闲惟喜兔光清。

阖家幸福增无限；
满室春风酿太和。

厨 房

此生无馁；
每饭不忘。

调和五味；
美备三鲜。

菜根滋味；
鸡黍家风。

新酿绿酒；
精制红绫。

广筵留上客；
丰膳出中厨。

五味调美味；
三鲜杂新鲜。

四时烹鼎俎；
五味和盐梅。

用心调鼎鼐；
洗手做羹汤。

用火分文武；
入盐定淡咸。

何用珍馐味；
只要蔬菜鲜。

坐引中厨馔；
筵开北海樽。

味识双鱼美；
甘分五饼香。

炊薪安淡泊；
尝味忌贪饕。

秋日莼鲈美；
霜天稻蟹肥。

盐梅终济用；
气味自调匀。

调羹夸妙手；
分肉有奇才。

调羹成好味；
做菜得新鲜。

菜根多异味；
蔬食乐清贫。

雪白胡麻饭；
风清锦带羹。

绮筵铺锦绣；
金鼎重盐梅。

煮茶烹活火；
烧笋起炊烟。

燮理盐梅手；
调和鼎鼐才。

交以道接以礼；
朝日饔夕日飧。

放开肚皮吃饭；
立定脚跟做人。

菊英餐，兰佩纫；
布衣暖，菜饭香。

八口生涯菰米饭；
四时滋味菜根香。

入厨且问调羹事；
在位何嫌越俎谋。

山间种树高透屋；
石上分泉直到厨。

山肴野簌含真味；
麦饭菜羹养太和。

分肉当为天下宰；
杀鸡因有故人来。

饱德饫和真福泽；
肴仁馔义即养生。

仓中既裕千钟粟；
厨内常余百日鲜。

承欢岂必麟为脯；
至孝须知鲤涌泉。

宅第类·居室

勿谓养身无害处；
当知嗜味是偏情。

春韭秋菘最适口；
山珍海错堪朵颐。

忆到新莼鲈可脍；
时陈香稻海初肥。

拼作平原十日饮；
编成王氏五侯鲭。

叨惠齿牙谙世味；
不贪口腹养天真。

品味休夸易牙美；
清香可比郇公厨。

休说飧蔬无兼味；
须知菽粟有真香。

品物不夸新式样；
食单原有旧章程。

江村入画炊香早；
野馔分尝滋味新。

食德饮和真福食；
肴仁馔义是佳肴。

张翰归来鲈正美；
钱昆才到蟹初肥。

客至一家勤妇子；
鼎烹五味喜调和。

识得菜根中道味；
常闻圭酒内清香。

酒不能豪偏好客；
米犹难索爱藏春。

身需不若灵需急；
世味无如道味长。

淡饭两飧消岁月；
清茶一盏度春秋。

烟火但祈家一处；
子孙惟愿世同居。

身在尘凡，瓮飧难缺；
心有荆棘，梨枣不甘。

宰天下有如此肉；
治大国若烹小鲜。

食不厌精，脍不厌细；
无酒学佛，有酒学仙。

宰割三鲜贤者事；
调和五味圣人情。

读乡党篇，养生有道；
翻随园谱，式食庶几。

调和五味承金鼎；
掇拾群芳补太和。

剪韭炊粱，高人食谱；
断齑画粥，寒士家风。

喝菜羹自有真乐；
吃疏食别具襟期。

厕 所

粒米皆从辛苦得；
寸薪不是等闲来。

进去三步紧；
出来一身松。

鼎养大家真富贵；
杀鸡为黍广交游。

有时诗句成其上；
莫遣飞花落此中。

煎炒都佳须手敏；
烹调得当要心灵。

成文自古称三上；
作赋于今过十年。

扫地焚香，清福已具；
粗茶淡饭，乐天不忧。

到此方无中饱去；
何人不为急公来。

有粥吃粥，有饭吃饭；
种豆得豆，种瓜得瓜。

莫道轮回输五谷；
可储笔札赋三都。

药力净坑，水力冲谷；
夜不闭户，路不拾遗。

小坐一时，便会放松意念；
清闲片刻，即成造化神仙。

男女有别，来此寻方便，须
看清去向；
大小均可，入内得轻松，请
注意卫生。

亭　院

花　园

山川终不改；
桃李自无言。

云卷千峰色；
泉和万籁声。

片云生半壁；
一榻坐千峰。

去草防滋蔓；
移松为碍花。

鸟啼苔有迹；
莺啭柳如丝。

有水园亭活；
无风草木闲。

竹影扫凉月；
花光映晚霞。

名园依绿水；
野竹上青霄。

池静鱼偏逸；
花深鸟复娇。

好花园里种；
闲鸟树间啼。

花飞三月杏；
风静万山松。

花竹秀而野；
溪山画不如。

养花分宿雨；
剪叶补秋衣。

芳草斜阳外；
落花流水间。

桃李成蹊径；
江山出画图。

园古逢秋好；
楼空得月多。

得闲栽竹看；
小饮待花开。

园外斜阳景；
池边芳草生。

绮阁云霞满；
名园花草香。

园静花留客；
林深鸟唤人。

溪声晴亦雨；
松影夏如秋。

垂藤扫幽石；
修竹引熏风。

篱疏待竹补；
院静种花看。

春树笼烟暖；
秋林锁月寒。

丛桂山中高士；
桃花源里人家。

春秋多佳日；
园林无俗情。

尘土不惊幽梦；
乾坤自有闲人。

柳深陶令宅；
竹暗解疆园。

陶潜松菊三径；
赵抃琴鹤一船。

带烟人刈草；
踏雪客寻梅。

万里江山来醉眼；
四时风月助吟情。

山如屏立当窗见；
路似蛇旋隔竹看。

千树桃花百斛酒；
两间茅屋一溪云。

不除庭草留生意；
爱养池鱼悟化机。

风到夜深频讯竹；
鸟归人静乱啼花。

风袅花枝疑蝶醉；
云笼柳径息莺眠。

文章醉我非关酒；
风雅移人不在山。

兰以清为花上品；
梅之雅在雪前香。

半亩绿云栽竹地；
一肩红雨卖花天。

西园芝草开缄丽；
南国兰蕙入佩香。

竹里登楼人不见；
花间觅路鸟先知。

名园傍水多栽竹；
小榭听歌好放船。

观鱼爱坐三生石；
得鸟虚张一日罗。

更筑园林负城郭；
多添门户锁烟霞。

园中草木春无数；
湖上山林画不如。

近砌好穿浇竹井；
临街新起看山台。

初日芙蓉谢康乐；
晓风杨柳孟襄阳。

环阶碧水流桐雨；
入槛青山拥竹云。

枝头里秋蝉睡去；
湖面上好月照来。

林花经雨春犹在；
芳草留人意自闲。

松荫一径白云湿；
花影半窗红日迟。

雨足药苗分杞子；
春深树老长桐孙。

奇石尽含千古秀；
异花常占四时春。

幽圃落花多掩径；
短篱疏竹不遮山。

种竹须存君子节；
移松博得大夫名。

美酒饮成微醉后；
好花看到半开时。

洞天一品元章石；
明月三人太白杯。

浓云岭外千重树；
疏雨轩中一榻风。

流水垂杨含画意；
养花微雨爱春阴。

移竹预留题竹地；
种花仍作看花人。

落梅风里吟长笛；
采菊篱边看好山。

满架蔷薇春自好；
一栏芍药兴尤浓。

静观池水知鱼乐；
开到庭花好鸟啼。

摩诘园林依画稿；
建安人物入诗评。

门外清游，三五明月；
园中乐事，廿四春风。

落月有怀，孤石独拜；
春风所在，百花自生。

种数盆花，探春秋消息；
蓄一池水，看天地盈虚。

楼　阁

元龙高卧；
黄鹤来游。

十洲云雾起；
万里海天明。

几层看更上；
四面却无边。

山近云多态；
城深草自春。

石壁藤牵路；
山窗云作扉。

山深云拥屋；
客去月登楼。

白云依静渚；
明月照高楼。

飞阁凌芳树；
春云满绿窗。

对酒江云满；
弹琴山月低。

飞阁凌银汉；
高楼接碧霄。

江山飞丽藻；
风月拥危楼。

云天扫空碧；
川岳涵余青。

江山供指顾；
风月助登临。

瓦上星接近；
楼里云往来。

江城如画里；
楼阁入云中。

手可摘星斗；
身疑在烟霞。

阳回三径草；
风入一楼花。

长剑一杯酒；
高楼万古心。

观潮高阁畔；
听雨小楼中。

风云欣会合；
星斗焕文章。

好贤常解榻；
作赋且登楼。

户牖观天地；
江山出画图。

远水碧千里；
夕阳红半楼。

宅第类·亭院

时常通岚气；
顷刻入云烟。

园密花藏易；
楼深月到难。

低头看矮屋；
屈指数遥山。

迎水看云去；
钩帘待月来。

闲云出远岫；
飞阁跨层楼。

灵峰标胜境；
飞阁跨澄流。

拂琴铺野席；
移榻就春山。

雨阁添衣润；
风帘隐几高。

放鹤云千顷；
卷帘花万重。

春风迎绿树；
山色上红楼。

春风拂帘幕；
佳气接楼台。

柳烟垂岸碧；
草色入帘青。

树拥溪边阁；
山浮雨后岚。

砚取檐前雨；
铃摇天上风。

残月依山小；
平城接树低。

思飘云物外；
诗入画图中。

幽壑霜飞冷；
山楼月到迟。

看山晴入画；
爱竹月当头。

举手可邀月；
飞花正丽春。

结字依青嶂；
长吟对白云。

结构高千仞；
玲珑起五云。

清光浮几席；
佳气霭楼台。

爱将莺作友；
长与鹤为群。

海近云常湿；
楼高月更明。

高阁千寻起；
危楼一角存。

烟云连草树；
星斗焕文章。

高阁凌云汉；
春山展画图。

眼中沧海小；
头上白云多。

高峰薄云汉；
佳气霭楼台。

楼小听春雨；
峰多望夏云。

高楼悬百尺；
玉树起千寻。

楼阁烟云里；
山河锦绣中。

高楼悬百尺；
芳树荫千株。

楼栖沧海月；
窗落敬亭云。

席上山花落；
檐前野树低。

湖光与天远；
山色上楼多。

座中千里近；
帘外万山低。

碧云来户宇；
明月满楼台。

情本尚丘壑；
手可摘星辰。

九天星宿檐前灿；
万里云山座上浮。

三层楼上先得月；
八角亭边更透风。

万井楼台宜绣画；
十洲风景助新诗。

万里湖山天远近；
半村烟月树高低。

千里好山云乍敛；
一楼明月雨初晴。

千峰翠积琴书润；
百尺高楼啸咏清。

夕阳山好登楼看；
春雨茶香隔竹闻。

门通碧树开金锁；
楼对青山倚玉梯。

五夜漏声推晓箭；
一楼春色锁寒梅。

水宽山远春云冷；
月淡风和小阁幽。

忆事怀人兼得句；
爱月怜山不下楼。

平岸小桥千嶂抱；
危楼曲阁半天开。

四围黛色檐头出；
万里云涛座上来。

四面云山都在眼；
万家烟火最关心。

四面晴光对屏嶂；
三春佳气入楼台。

仙掌层台浮丽日；
珠帘绣幕对春风。

半空飞雨侵衣润；
入座晴岚照眼新。

半榻清风云乍散；
一楼明月雨初晴。

地迥不知炎暑到；
风清还觉暮凉多。

西望瑶池降王母；
东来紫气满函关。

百尺楼台瞻气象；
三春花鸟醉东风。

宅第类·亭院

竹树千林分秀色；
山楼百尺耸奇观。

画阁飞云晨读易；
柳塘微雨晚归航。

休恨春宵常听雨；
漫夸图像在凌烟。

画阁条风初变柳；
春城无处不飞花。

宅第类·亭院

好月当窗端近水；
清言对客恰如兰。

雨后山光很清洁；
楼前花景更新鲜。

杖履逍遥神自适；
楼台宛转曲皆通。

金谷春深杨柳绿；
玉楼人醉杏花红。

杨柳楼台书幌绿；
桃花村店酒瓶香。

春深晓翠云对户；
花外斜阳人倚楼。

花气袭人入帘幕；
月光如水浸楼台。

柳摇台榭东风暖；
花压阑干春昼长。

花香日暖垂帘静；
月淡风和小阁幽。

临水且呼今日酒；
看山不改昔年云。

更上一层看日出；
高悬百尺与云浮。

星斗为文高映阁；
江山如画半依城。

近水楼台先得月；
向阳花木早逢春。

修竹满庭浮翠色；
芳枝绕径映春晖。

画栋飞迎晴霭过；
垂檐高与白云齐。

珠帘暮卷西山雨；
飞阁旁临东野春。

峰峦掩映春云外；
台榭参差晓翠中。

楼当太乙星辰远；
节启青阳岁月新。

爱这里风光很好；
看那边景致更幽。

溪云初起日沉阁；
山雨欲来风满楼。

高敞轩窗迎海月；
预栽花木待春风。

腾身转觉三天近；
却步回看万岭低。

高楼半隐南山雾；
飞阁遥观北海潮。

翠绕千山余霭合；
声飞一笛暮烟横。

凌云树有千寻势；
映日花开百和香。

杨柳楼台，春风人面；
兰苕翡翠，秋水天容。

绣阁珠帘相掩映；
琼楼玉宇自高寒。

明月清风，本来无价；
高山流水，定有知音。

最喜座中先得月；
不妨睡处也看山。

酒榼茶铛，只谈风月；
纸屏石枕，小卧烟霞。

傲骨虚心真力量；
热肠冷眼大慈悲。

湖海豪情，元龙高卧；
神仙遐想，黄鹤来游。

楼上指顾山溪小；
栏边摇动花草多。

亭　台

楼台四望云烟合；
草木一溪文字香。

小筑成佳趣；
幽居逐野情。

宅
第
类
·
亭
院

宅第类·亭院

山近云多态；
楼高月迥明。

波光春滟潋；
月夜影玲珑。

千峰环杰阁；
万壑遍疏林。

帘前鹦鹉语；
台上凤凰游。

飞阁凌芳树；
高窗度白云。

幽筑三间屋；
图悬五大洲。

开帘对芳树；
摇笔弄青霞。

亭小只容月；
楼低不碍云。

开窗临水面；
引月到亭心。

举杯邀明月；
烹茶访冷泉。

天心见明月；
峰顶筑衡茅。

圃暖芝台秀；
亭深草径斜。

月浸一湾水；
风开四面窗。

凉风吹水面；
明月照湖心。

有亭翼然立；
登台快哉临。

陶然同醉月；
快矣独临风。

阶墀近洲渚；
亭院有烟霞。

茅亭莫嫌土俗；
园林很似画图。

园静花留客；
亭闲鸟憎人。

湖上崚崚怪石；
亭外曲曲雕栏。

小亭结竹流青眼；
卧榻清风满白头。

云山槛外如波卷；
灯火亭前自著书。

匝地苍苔铺翡翠；
傍檐垂柳报芳菲。

四时花月寒暄里；
一片湖山锦绣中。

岚气湿衣云叶晚；
春风拂槛露华浓。

这亭小筑自然好；
那地暂居格外闲。

青云直上新添竹；
明月可中旧有亭。

林亭曲折文人笔；
墙壁淋漓幼妇词。

空穴来风新叠石；
小山可月旧题名。

帘前煮茗呼鹦鹉；
台上吹箫引凤凰。

树影不随明月去；
荷香时与好风来。

消夏湾中容小艇；
熙春台上喜新晴。

浩气如虹思挂剑；
清声引风忆吹箫。

盘承仙掌金茎露；
曲谱琴心玉树风。

琴书以外无佳趣；
山水之间有醉翁。

瑶台含雾星辰近；
仙峤浮云岛屿微。

碧水红桥辉互映；
风台月榭悄无言。

矗立中央留爽气；
围环四面挹清风。

长桥卧波，新亭延月；
层楼耸府，飞阁流丹。

长桥卧波，新亭延月；
荷香醉客，柳色迷人。

宅第类·亭院

111

披襟当风，快哉自乐；
飞觞醉月，超然不群。

清风两窗竹；
明月一池莲。

亭揽快哉，长流自在；
室陈修况，古乐可听。

绿沼看鱼乐；
青云羡鸟飞。

蛱蝶穿花舞；
蜻蜓点水飞。

水　榭

十里沧洲趣；
一行秋水篇。

横琴弹流水；
倚槛听鸣泉。

水边红藕榭；
桥畔绿杨堤。

好鸟枝头朋友；
落花水面文章。

月漾三篙水；
风开四面窗。

牵船在岸上住；
邀客到水边来。

石榻看云坐；
溪窗听雨眠。

一心似水惟平好；
万事如棋不著高。

竹影侵棋局；
荷香入酒杯。

云影荡摇依碧岸；
水光潋滟上朱阑。

柳塘春水满；
花坞夕阳迟。

水色山光皆画本；
花香鸟语是诗情。

面山如对画；
玩水爱临池。

月移花影鱼皆戏；
德有邻居鸟亦朋。

竹韵松涛清自逸；
风台月榭悄无言。

何处更寻书画舫；
此身疑住水云乡。

低动水帘穿翡翠；
闲看池沼戏鸳鸯。

披襟槛外当风快；
近水楼台得月先。

雨余千叠暮山绿；
花落一溪春水香。

春风台榭新歌舞；
秋水蒹葭旧溯洄。

笑折花枝惊蛱蝶；
戏抛莲子打鸳鸯。

流水莫非迁客意；
夕阳疑是美人魂。

湖上藕花桥上月；
窗前流水枕前书。

新添水槛供垂钓；
低筑垣墙好看山。

楼台蜂抱花须落；
池面鱼吹柳絮行。

水绕一湾，幽居足适；
花为四壁，小住最佳。

在山泉清，出山泉浊；
陆居非屋，水居非舟。

杨柳荫中，凭栏垂钓；
藕花香里，倚槛招凉。

契水观怀，临风流咏；
修竹娱静，崇兰喻幽。

俯水鸣琴，游鱼出听；
临流枕石，化蝶忘机。

濠上观鱼，秋水是乐；
溪头泛鹢，清风徐来。

轩 斋

户外千峰秀；
窗前万木低。

户牖观天地；
山川足古今。

花开香入户；
月照影临轩。

好山入座清如洗；
嘉树当窗翠欲流。

琴清鹤自舞；
花好鸟当歌。

青樽红烛人逾健；
花史茶经客共论。

日暖带云锄芍药；
涉江冒雨采芙蓉。

直谅喜来三径友；
纵横富有百城书。

平桥远水诗千里；
锦枕浓花月一帘。

明月清风赤壁赋；
高山流水醉翁亭。

白鸟多情留我住；
青山无语看人忙。

莫放春秋佳日去；
最难风雨故人来。

自喜轩窗无俗韵；
亦知草木有真香。

爱客常开新酿酒；
呼童时展旧藏书。

闭户只容风入幕；
开窗惟许月临轩。

隐几松风生鹤梦；
卷帘秋水望鹅群。

实用楹联手册

行业类

党政机构

党 委

党风顺民意；
政策暖人心。

党风蹈正轨；
国运兆中兴。

日丽风和春好；
邦安党固政廉。
（陈华峰）

党风正，江山秀；
民心齐，国运昌。

勤政廉政简政；
尊民爱民富民。
（刘锦隆）

民安只因党风正；
国泰全凭法纪明。

红旗已指先锋路；
青史应书正气篇。

国运亨通春意暖；
党风端正日初升。

立党为公扬伟业；
执政爱民展宏图。
（张建平）

治邦有道邦长富；
立党无私党永兴。
（陈 良）

党风端正民风好；
家事兴隆国事祯。

党风端正民心顺；
国策英明事业兴。
（郭凤朝）

党树清风昌社稷；
政扬浩气利人民。
（张耕余）

党树新风民心顺；
国施善政社稷安。

（彭文扬）

党风正，胜过春风万里；
民意顺，超出天意一筹。

党风端正，百姓皆赞颂；
国法严明，万众尽欢呼。

执政为民，不忘清风二字；
立党为公，常想正气一身。

（李煜昕）

党风如春风，人随春意暖；
政令似时令，事与时争先。

严党纪，正党风，党从民意；
沐春光，润春色，春满人间。

言路开，才路开，民族兴旺；
党风正，民风正，社会繁荣。

党引春风，和谐社会民生乐；
邦行德政，锦绣江山国力强。

（彭文扬）

正党风，正政风，谨慎谦虚
做公仆；
办好事，办实事，忠诚服务
为人民。

（王步鸿）

政　府

耿耿公仆志；
拳拳赤子心。

（刘锦隆）

坦荡忠诚处世；
清廉勤奋为人。

（刘锦隆）

为民早负凌云志；
执政常怀报国心。

（时　杰）

双肩日月通天地；
两袖清风贯古今。

以法治国国兴旺；
为民执政政光明。

（俞元清）

坦荡胸怀容四海；
清廉政绩纳三春。
（刘锦隆）

政善为民施化雨；
府廉兴国播春风。
（梁定源）

科学决策宏猷展；
民主作风伟业兴。

举贤任能兴国计；
治穷致富利民生。

清正欢唱和谐曲；
廉明喜描幸福图。
（王鸾声）

勤廉为政民心暖；
科教兴邦国力强。
（刘锦隆）

一心唯系百姓忧乐；
两眼尽收四海风云。

发扬传统，常效先辈；
树立公心，不徇私情。

兴利除弊，关切民愿；
扬长避短，振奋国威。

轻重缓急，先后有序；
权衡得失，内外兼宜。

多谱良谋，共绘蓝图开胜局；
集思广益，同担重任振中华。
（黄应雄）

政善图强，赤县频驰千里马；
府兴民富，新年更上一层楼。
（杜正尧）

勇开拓，观念更新，万众喜庆；
善改革，经济盘活，八方来财。

公则正，廉则威，一腔浩气浑身胆；
光于前，裕于后，两袖清风满面春。
（梁庆逢）

人 大

以人为本；
立法作基。

（丁玉群）

为民立法孚民意；
治国遵章振国威。

（张耕余）

制定芳猷兴大业；
安排德政奋雄程。

（段志英）

保障人民当家作主；
监督政府依法用权。

（熊书千）

人和政善，百业争荣兴盛世；
大庆小康，八方献瑞乐长春。

（杜正尧）

参政议政，共识共谋，共绘
宏图铺锦绣；
兴华振华，同心同德，同肩
重任创辉煌。

（梁定源）

替人民说话，代人民讲理，
鞠躬尽瘁请民愿；
为国政筹谋，襄国政输才，
克己奉公塑国魂。

（石继周）

政 协

共研国事得和失；
乐为人民鼓与呼。

（刘万城）

参政效民扬特色；
兴邦协力建奇功。

（段志英）

政治宜民扬特色；
协商利国荡春风。

（梁定源）

政畅九州春浩荡；
协和一统日光华。

（刘子镇）

监督合作议国事；
政治协商系民情。

（熊书千）

行业类·党政机构

献策建言商国计；
集思广益裕民生。

（钱述镠）

提案务实谋稳定；
建言献策倾真情。

（刘修源）

为邦国昌兴，进言献策；
谋人民幸福，沥血呕心。

（陈华峰）

为国家昌盛，襄和献策；
对人民幸荣，安乐建言。

（石继周）

风雨同舟，国脉统筹商大事；
和衷共济，政情协议治中华。

（张耕余）

政议民生，广益集思开富路；
协商国计，鼎新革故展宏图。

（翁景星）

政协贮才，卧虎藏龙多硕彦；
委员议政，建言献策有高招。

（刘万城）

行业类·党政机构

纪检监察

林多啄木鸟；
树少寄生虫。

（陈世锦）

人有贪心无善果；
官行廉政得清名。

（胡承鸿）

行廉洁尤当自律；
断是非切戒徇私。

（郭适文）

纪严法正民心顺；
政善风清国运昌。

（彭文扬）

纪律严明张正气；
监察彻底唤清风。

（熊书干）

贪泉莫饮心如雪；
廉石长磨剑吐锋。

（于化文）

修身正冠铜作镜；
惩腐摧恶浪淘沙。

（陆贤忠）

耿耿丹心扬正气；
铮铮铁骨扫歪风。

（彭文扬）

廉政勤民无二话；
贪赃枉法有双规。

（潘一之）

守清贫，养云天气度；
崇贤圣，修梅竹情操。

（陆贤忠）

反腐倡廉，创千秋伟业；
奉公克己，献一颗红心。

（梁定源）

倩江河作证，身清若水；
拜华泰为师，品毅如山。

（李　仁）

硕鼠何逃？青天悬利剑；
廉官世誉，明月朗清怀。

（张树路）

手莫伸，众目睽睽监视器；
心欲腐，廉风习习预防针。

（苏纪利）

不腐不贪，何妨铁铡长生锈；
利民利国，但愿冰心莫染尘。

（刘多寿）

水远流长，且赖清源消毒剂；
枝荣叶茂，还需正本定心丸。

（项光来）

尚洁崇廉，最喜政声离任后；
肃贪反腐，不辜民意掌权时。

（周广征）

全凭两眼明，常行夜路难
迷向；
只要一心正，久在水边不
湿鞋。

（赵孟俊）

官有廉风，民情如流水般
通达；
国呈瑞气，权力在阳光下
运行。

（程　鸿）

愿勤政廉政风行，无人不
打官仓鼠；
做亲民爱民表率，有口皆
称孺子牛。

（鄂明尔）

执法须秉公，莫负头上国徽、
堂前明镜；
为官先克己，何妨瘦如秋菊、
清似梅花。

（金震欧）

社情当警，史镜可师，剑啸
青天惊腐恶；
廉政生威，清风播誉，胸存
正气壮乾坤。

（阚东明）

春风扑面，端门进出师公仆；
丽日抒怀，正道升迁树楷模。

（梁定源）

选贤关国计，不被乌云遮
慧眼；
任吏系民生，惟图骏业有
良才。

（钱圣南）

人事组织

不被乌云遮慧眼；
唯图骏业有良才。

（和西典）

组合人才安社稷；
织成锦绣壮江山。

（覃青松）

塑造人生春展志；
放飞理想日擢才。

（于化文）

选用人才，千金市骨；
匡扶社稷，一片丹心。

（时　杰）

军　队

丹心昌社稷；
热血卫山河。

（谢德新）

当忠诚战士；
保锦绣江山。

（盛玉伦）

凭忠心报国；
靠科技强军。

（刘建平）

保国军威壮；
安民纪律严。

（石继周）

一套戎装迎旭日；
满腔热血铸军魂。

（孙德孚）

枕戈待旦江山固；
守土戍边社稷安。

（刘建平）

万里征程怀大志；
千秋浩气壮军威。

（谢德新）

卧冰披雪守边卡；
饮露餐风护国门。

（刘建平）

长城坚固国安泰；
社会和谐业振兴。

（和西典）

海陆空严阵以待；
高精尖各显神通。

（朱惠明）

丹心碧血英雄志；
明月清风战士心。

（刘建平）

富国强军安社稷；
摘星揽月壮中华。

（刘建平）

戍边守土金汤固；
济困扶危鱼水情。

（刘建平）

保家卫国，军人天职；
拥政爱民，战士情怀。

（蔡厦生）

众志成城昭日月；
森严壁垒靖河山。

（郑世英）

威武雄师，忠心护华夏；
文明劲旅，赤胆扬军威。

（齐培礼）

忘我戍边怀壮志；
献身报国铸长城。

（程经华）

人民战士，披肝沥胆守边卡；
祖国英雄，破浪乘风镇海疆。

（郭凤朝）

行业类·党政机构

卫国戍边，长城万里千秋固；
爱民拥政，赤胆一身四海名。

（刘锦隆）

投笔从戎，护国安家酬壮志；
巡洋靖海，乘风破浪阅雄师。

（陈　颖）

政　法

民主安社稷；
法制定家邦。

法明常奏凯；
风正好扬帆。

政善民皆喜；
法严国永宁。

政善风清时局稳；
法严纪肃市民钦。

（梁定源）

政稳民安兴百业；
法严国泰惠千行。

（高奎元）

宪法治国治天下；
政策富民富国家。

惩贪除恶扬正气；
倡廉反腐树新风。

（刘国斌）

冬雪送炭，扶危济困；
秋风扫叶，除暴锄贪。

（刘进亮）

执法施法，行法合法；
公平和平，太平升平。

（刘九峰）

曲直是非，春风化雨；
冤假差错，秋毫察明。

（刘进亮）

法律严明，千家除旧；
文明建设，万户更新。

政清年丰，家境富裕；
法严民泰，国度文明。

民主法制，一棵常青树；
物质精神，两朵文明花。

治国家，须持民主法制；
振中华，笃行精神文明。

· 124 ·

加强法制建设，祛邪匡正；
提高道德素质，教书育人。

发扬民主，民众心情舒畅；
健全法制，法纪公正严明。

法制归心，欢度平安岁月；
春风得意，秀添锦绣河山。

健全法制，立法执法守法；
广举贤才，思贤选贤用贤。

开放改革，振奋千军齐跃马；
文明法制，昭苏万物共争春。

发扬民主，政通人和家国盛；
健全法制，风清弊绝世民安。

执法如山，惩恶除奸扬正气；
待民若父，助贫扶困见忠心。

（刘显荣）

幸福和平，民主自由遵法制；
安定团结，改革开放奏凯歌。

公　安

祛邪扶正；
除暴安良。

胸中存灼见；
眼底辨秋毫。

无私无畏十方敬；
为众为公百姓安。

（潘炳煌）

公心清正勤公务；
警德优良铸警魂。

（程经华）

公正廉明扬正气；
安邦除暴扫歪风。

（高奎元）

赤胆忠心扬正气；
光明磊落树清风。

（黎竹芳）

惩邪扬善庶民乐；
除霸安良社稷昌。

（张光兰）

行业类·党政机构

惩恶祛邪安社稷；
扬清激浊树仁风。

（钱述镙）

刚正清廉，公平执法；
光明磊落，肝胆照人。

安国安民，执法有序；
公事公办，铁面无私。

（黎竹芳）

祛邪扶正，忠心耿耿；
除暴安民，铁骨铮铮。

除暴安民，丹心昭日月；
秉公执法，壮志写春秋。

（梁定源）

圆万家好梦，情深似海；
保一方平安，任重如山。

（刘爱芳）

警笛声声，天兵惩腐恶；
凯歌阵阵，金盾挽狂澜。

（刘新猷）

关系网，保护网，难逃法网；
违纪人，犯法人，快做好人。

侦破案情，不漏蛛丝马迹；
扫描疑点，全凭火眼金睛。

（程经华）

勤政为民，保护一方安泰；
崇德尚治，坚持执法严明。

（刘忠信）

昼夜无闲，防微杜渐谋众益；
炎寒不懈，通宵达旦保公安。

（温敬宪）

除邪依国法，万户平安持
正义；
惩恶弃私情，千家幸福布
仁风。

（宋　领）

群治群防，大街小巷春风
送暖；
无私无畏，赤胆忠心金盾
增辉。

（程经华）

法　院

为民做主；
执法秉公。

（张永平）

秉公执法分善恶；
处事为民必忠诚。

（朱惠明）

烈日严霜三尺法；
和风甘雨一庭春。

勤政为民张正气；
秉公执法舞清风。

（李瑞香）

法律面前，人人平等；
国徽底下，事事公心。

（吴亚卿）

审讼严明，靠律刑有度；
量刑恰当，须听讼公平。

（段志英）

执法为民，民众眼中无错案；
为民执法，法官心里有天平。

（田茂生）

两袖清风，心怀赤子开恩厚；
一张铁面，头顶青天执法严。

（陈　颖）

明察秋毫，审案事实为依据；
执法无私，量刑法律是准绳。

肩托天平，执法如山张正气；
胸怀祖国，秉公办案为人民。

（刘翰成）

检察院

办案有规树正气；
执法无私除邪风。

冰雪聪明勤政务；
雷霆锐利正官风。

（安天佑）

扶善安良匡社稷；
肃贪惩腐振乾坤。

（张夜虹）

检定是非弘正道；
察明善恶护良民。

（张耕余）

惩恶扬善民心喜；
反贪倡廉国运昌。

（张夜虹）

遵章守则维法纪；
循规蹈矩握准绳。

厚德流芳，馨香传永世；
高风亮节，正气壮云天。

（张夜虹）

护君一路平安去；
循法三先礼让归。

（冯萌献）

扶善安良，保障人民权利；
惩凶除恶，维护法律尊严。

两臂屈伸，指挥若定；
三灯交替，调控自如。

（秦世昌）

克己奉公，检察任上披肝胆；
彰廉明正，公仆群中数俊贤。

（潘文杰）

红绿灯前，领悟人生正道；
交通岗上，指挥都市乐章。

（程经华）

例行检举，惩恶除邪张正气；
依法审查，秉公办案树廉风。

（段志英）

两只巧手，指挥千军万马；
一座岗亭，服务四面八方。

（王 展）

行业类·党政机构

交 警

执法无私，红绿灯中膺重任；
安民保境，人车群里见真情。

（胡依仁）

风雨一人辛苦；
舟车万里平安。

（周草川）

两手伸挥，无声韵律频频奏；
四街流畅，有序轮痕串串留。

（张宜武）

五尺岗亭通四极；
一身警务系千家。

（冯萌献）

举步无忧，市民称心人人赞；
行车有序，交警挥手路路通。

（卢盛斌）

东南西北畅通路；
春夏秋冬欢乐人。

（黎竹芳）

街头义士,情送东西南北客;
秩序法官,爱迎春夏秋冬车。

（陈瑞贤）

严管来往车,童叟共享平
安福;
心关国家事,警民同歌盛
世春。

（李 村）

交通联国脉,依金盾生威,
平安万里;
警察系民情,携春风送暖,
康乐千家。

（叶善胜）

一任暑飞火浪,冬坠鹅绒,
长立街头疏拥塞;
几经晚照流红,晨曦衬绿,
巧排车辆送繁荣。

（杨曦光）

武 警

顶盾执戈,系万民忧乐;
惩恶扬善,保九域安宁。

（刘新歆）

志在边防,丹心扶社稷;
身披橄榄,赤胆卫神州。

（秦世昌）

除暴安良,利剑随时出鞘;
扶危济困,警徽永远闪光。

（程经华）

维持社会治安,见义勇为张
正气;
保护人民利益,当仁不让煞
歪风。

（叶善胜）

消 防

消灾灭火为天职;
防患保安尽我能。

（倪长贵）

消灾灭祸除隐患;
防火思危保平安。

（陈登旺）

消除隐患添喜气;
防止火魔保安宁。

（邓志长）

行业类·党政机构

129

丹心投火海，辉煌使命；
热血铸安全，灿烂人生。

（娄义钊）

消灾处处安，家家如意；
防火人人乐，事事呈祥。

（叶善胜）

火警及时闻，一邑苍生须
戒备；
官兵神速发，万家财产达
升平。

（陈　颖）

审　计

任劳任怨细查账；
为国为民严把关。

（陈在义）

金睛火眼审真伪；
赤胆忠心计是非。

（陈在义）

审若抽丝剖万茧；
计如织布绣千花。

（王达民）

以法为规，一丝不苟；
唯真是据，万断无偏。

（孙振声）

审必循规，众生有赖；
计无旋踵，大业能成。

（刘叔延）

眼内双瞳明，巧分泾渭；
胸中一本账，妙辨浊清。

（鲍维平）

全面严审查，自有丹心铁骨；
长期勤监督，唯凭火眼金睛。

（叶善胜）

审察伪真，眼亮心明披赤胆；
计分清浊，谋多智广播春风。

（叶善胜）

秉公审计，法人职责严操守；
依法理财，公企规章应细明。

（张耕余）

审任期以促廉风，同歌善政；
计违额而充府库，再立新功。

（李进维）

财 政

财路广开民众富；
政功卓建国家强。

（温德康）

为国理财，财多国富；
与民施政，政善民殷。

（曹树汉）

依法理财，财源茂盛；
洁身行政，政绩辉煌。

（张玉复）

财源富国，理财合法民心顺；
政治安民，从政遵规国力强。

（张耕余）

廓清数码，分门别类一盘准；
了解账单，核锚对铢万款明。

（刘进亮）

广种摇钱树，促产增收，财
源茂盛如泉涌；
紧抠铁算盘，治奢兴俭，国
库丰盈似日升。

（刘万城）

税 务

税丰增国力；
财茂利民生。

（孙德孚）

为公收税富九域；
替国理财益百行。

（张正太）

地涌春潮润新局；
税来活水臻小康。

（张贵祥）

百业繁荣财路广；
全民富足税源丰。

（时　杰）

任劳任怨理财者；
为国为民征税人。

（周康杰）

创业兴科财作首；
强邦富国税为先。

（覃　琼）

财源广聚兴华夏；
国税频增促小康。

（时　杰）

行业类·党政机构

经商合法家兴旺；
纳税遵章国富强。

（倪长贵）

税丰国盛，山河璀璨；
财茂民康，经济繁荣。

（许生元）

神州昌盛依财政；
科技腾飞赖税收。

（覃　琼）

财富裕民生，生财有道；
税金兴国计，计税无私。

（梁定源）

培植税源富华夏；
扶持商贸利民生。

（周　涛）

取之民，用之民，依法赋税；
忠于职，尽于职，奉公守廉。

（赵克恭）

行业类·党政机构

廉洁开征民心乐；
依法纳税国库盈。

（韩生泉）

积小钱，办大事，为民造福；
披忠胆，树清风，替国理财。

（吕子明）

为国积财，为民造福；
依法纳税，依率计征。

（刘鹤元）

开源鼓劲，小康路上欢跃马；
纳税富国，大治年头喜扬眉。

（孙　起）

忘私征税，甘挥汗水；
为国聚财，乐献丹心。

（魏奎垣）

取用于民，国脉民情原一体；
征收依法，税章法制本同宗。

（刘子镇）

涓滴归公，恤商裕课；
丝毫无弊，律己正人。

（刘新猷）

征税理财，大治年华担重任；
恤商裕课，小康路上立殊功。

（李煜昕）

腋集成裘，四面千川归大海；
税收为国，九州百姓步康庄。

（谢运喜）

经济系民生，大兴经贸民殷实；
税收同国脉，广辟税源国盛昌。

（王达民）

税政系千行，勇挑大任殷财力；
金桥铺万里，乐为小康献丹心。

（邓玉虎）

取之于民，用之于民，黎元富庶千行盛；
征也依法，管也依法，社会和谐百业兴。

（李瑞香）

民 政

为民自有凌云志；
从政常怀报国心。

（孙 起）

民生注目家兴旺；
政策归心国富强。

（徐龙保）

聆疾听苦传关爱；
问暖嘘寒慰苦辛。

（马骏英）

民族振兴，以民为本；
政通人睦，德政领先。

（刘翰成）

全力济民，真情唱响和谐曲；
一心勤政，诚意迎来富贵春。

（孙 起）

救难赈灾，志在春风能化雨；
扶贫应急，心怀社稷善安民。

（陈 颖）

赈灾竭力解民危，与民造福；
救助尽心担国事，为国分忧。

（李 逯）

人力资源和社会保障

人才恰似春潮涌；
事业犹如旭日升。

（梁定源）

行业类·党政机构

下定雄心谋大业；
炼成慧眼识良驹。

（李求真）

就业多方，前程远大；
惟才是用，道路宽宏。

（梁定源）

关爱民生，编织社会安全防
护网；
注情国计，谱写神州和乐幸
福歌。

（陆贤忠）

就业有方，博采众长，人才
恰似春潮涌；
唯才是举，不拘一格，事业
犹如骏马腾。

（叶善胜）

环境保护

山川秀美兴经济；
生态平衡建小康。

（孙德孚）

自然造就山川美；
环保迎来岁月新。

（孙德孚）

种花植树千秋乐；
清废除污百业新。

（刘国斌）

生态平衡，家园美好；
自然保护，环境清新。

（梁定源）

绿树向阳，地球美好；
仁心举善，人类亲和。

（王成章）

繁花簇锦，山川秀美；
乱树啼莺，第宅温馨。

（陈华峰）

鸟飞蓝天，乐山川秀灵；
鱼跃碧海，赞环境清新。

（尚步升）

与自然交，应是良朋益友；
为后代计，多留绿水青山。

（吴亚卿）

爱护自然，水秀山清皆入画；
平衡生态，莺歌燕舞总关情。

（曹树汉）

行业类·党政机构

风过苍林鹊鸣春，满山欣看
葱茏画；
雨敲碧叶荷生韵，千沼细读
婉约诗。

（张志玉）

国土资源

土为国之本；
民以食为天。

（骆亿年）

土利万民珍似玉；
地兴百业贵如金。

（叶善胜）

国土统筹生万物；
资源开发富千秋。

（曹树汉）

兴千秋伟业，增光华夏；
留万顷良田，造福子孙。

（王天性）

万物所基，人类生存之本；
千秋以赖，资源保护为先。

（张贵祥）

安敢无忧，国土无增方寸贵；
远谋有策，资源有限点滴珍。

（叶善胜）

爱国土如金，莫让地皮年减；
护资源若命，须知人口日增。

（曹树汉）

土地出黄金，粮养苍生休
乱占；
资源变白玉，犁耕绿野莫
丢荒。

（韦业献）

计划生育

计生兴国策；
优育壮民魂。

（钱述镣）

晚恋晚婚兴大业；
优生优育树新风。

（马俊明）

晚婚晚育依政策；
生女生男顺自然。

（熊书干）

时代不同，生女生男都一样；
方针尤好，利家利国乃双全。

（宋林保）

计生优生，保障健康，一腔
热血真善美；
专业敬业，服务群众，两袖
清风德能勤。

（曾宜华）

物 价

价法如山千斤重；
秤杆似水一样平。

（王文俊）

物资丰富九州盛；
价格公平万众欢。

（梁定源）

政顺人和，中华花团锦簇；
年祥岁吉，物价稳定繁荣。

（田茂生）

价格系民生，端正行风舒
民意；
清廉关国运，严明纪律壮
国魂。

（邓玉虎）

物为大众所需，大众所为，
当以货真为本；
价是贾家共定，贾家共守，
更是公平作基。

（赵学锦）

城市建设

宏观建设遵规划；
合理开发赖监督。

（郭志峰）

磐石奠基，万丈高楼平地起；
雄才兴业，九州银燕自天来。

（梁定源）

规划是龙头，远近安排怀
大局；
实施依国法，城乡建设按
蓝图。

（郭智祥）

片纸蓝图，网络分明，山
水路田有序；
十年规划，城乡一体，农
林渔牧井然。

（王安民）

行业类·党政机构

小城安定，近悦远来，百族
欢醉清平世；
社会和谐，祥盈瑞启，九域
同迎富贵春。

（孙　起）

长街短巷，小镇大乡，三尺
蓝图龙破壁；
胜水名山，古城新貌，十年
规划锦添花。

（王安民）

建设驾东风，舞活龙头，城
乡面貌日新月异；
腾飞凭动力，展开鹏翼，行
业云程海阔天空。

（刘云中）

环境卫生

十里飞花添秀色；
半城滴翠荡幽香。

（陈景章）

除尘垢披星戴月；
览市容悦目赏心。

（刘会中）

治乱清差，城区焕彩；
除尘去垢，生活增辉。

（赵义柏）

扫月追风，大笔描来城容美；
扬清除污，爱心换得市民欢。

（任生玉）

情洒家园，万众欢歌催绿手；
爱融城市，九州赞颂点红人。

（陈景章）

消除污秽，惠及百姓方为好；
保护自然，绿化九州总是春。

（史宝明）

戴月披星，皆誉文明铺路石；
清污除垢，当称城市美容师。

（程经华）

社区居委会

太太平平新世界；
和和睦睦大家庭。

（赵修达）

光辉事业千秋颂；
明德社区百姓钦。

（张玉复）

行业类·党政机构

邻里相容互理解；
社区团结共和谐。

（熊书千）

待人以礼人人乐；
办事唯公事事亨。

（赵修达）

环境更新，人从共处知优雅；
睦邻而善，世自和谐见实诚。

（乔中兴）

和谐礼让，里弄人民同一气；
诚信谦虚，社区公仆系千家。

（徐安胤）

村委会

生财有道，治村有法；
理事无偏，敬业无私。

（孙　起）

克己奉公，凭将正气驱邪气；
清廉从政，誓让民风敬党风。

（康宏河）

创业贵求新，新春处处开
新局；
理财休厌小，小户家家庆
小康。

（欧阳海洲）

行业类·党政机构

公共事业

邮 政

日送千家信；
时通万户情。

平安劳远报；
消息喜常通。

春随鸿雁至；
福伴信书来。

（梁章成）

万水千山身影动；
天涯海角福音传。

（程经华）

万里远牵乡国梦；
一丝长系故人怀。

千里春风劳驿使；
三秋芳讯寄邮人。

天涯雁寄回文锦；
水国鱼传尺素书。

有客来鸿问消息；
为君传捷报平安。

邮车一路传春意；
信使长年送暖情。

（冯萌献）

邮通四季传捷报；
政达八方送佳音。

（齐培礼）

梅寄春风劳驿使；
葭怀秋水托鸿邮。

鸿至家家呈笑语；
雁回处处报佳音。

（童双清）

鲲鹏击水三千里；
鸿雁传书亿万家。

（康在彬）

梅寄一枝来，江南春早；
明月千里共，海上潮生。

鸿雁传情，温暖千家万户；
绿邮绘意，爱融四海五洲。

（陈景章）

远游有方，封封竹报联千里；
深情似海，件件家书抵万金。

邮传书信，平凡工作平凡事；
投递报刊，高尚职业高尚人。

（冯萌献）

眼望南天，青鸟频传云外信；
心倾北国，红梅又报雪中春。

（苏振学）

通　信

电波传万里；
信息送全球。

（张耕余）

一条光缆千家话；
两只手机四面通。

（刘继相）

一言出口须臾去；
千里谈心咫尺间。

海阔天空飞彩信；
山高水远觅知音。

（孙德孚）

瞬间可得五洲讯；
片刻能闻四海音。

（龚道平）

一机在手，由时通话；
万里连心，随处传情。

（赵义柏）

手机问好，远欢近悦；
网上迎春，凤翥龙翔。

（孙德孚）

电传世界，交谈如面；
信递环球，对话若亲。

（邹恒琛）

四海五湖，无远弗及；
九州万国，有线可通。

重洋会话，近如咫尺；
万里传音，远跨天涯。

（张光中）

春夏秋冬，递送八方信息；
东西南北，通联万户需求。

（陈华峰）

送春风，千家万户心头暖；
传佳讯，五岳三山一线牵。

银线贯宇宙，信息通四海；
铁塔耸太空，佳音传五洲。

万象更新，星移物换传佳信；
全球通话，地动山呼报好音。

（李学文）

问讯千山外，无线可通四海；
传情万里途，有声能达全球。

（刘继相）

穿越时空，万水千山难阻隔；
瞬传信息，五洲四海总联通。

（许玉书）

彩信有音，动感一屏映春色；
手机无线，倾情千里慰亲人。

（张志玉）

交　通

车驶平安道；
人奔锦绣程。

（胡渊如）

八方通达八方乐；
一路平安一路歌。

（杨逸民）

千里运行车顺利；
四时输送货安全。

（庄树铨）

车行千里财源广；
人走四方眼界宽。

（袁国忠）

路通山川环玉带；
桥架江河跨彩虹。

（王贵章）

水陆舟车，四通八达；
城乡客货，纷去沓来。

礼让三先，为人为己；
平安一路，利国利家。

行业类·公共事业

泛海浮舟，载人运物；
乘风破浪，富国利民。

（胡渊如）

客运、货运，皆逢好运；
长途、短途，尽是亨途。

（赵孟俊）

车行万里，脚踏风尘追日月；
情系千家，胸装锦绣爱人民。

（杜正尧）

处处安全，车轮滚滚行千里；
时时畅达，货物源源送万家。

（甘学文）

北斗指前程，辙痕印处春
花灿；
东风传喜讯，车笛响时富
路通。

（赵孟俊）

公　路

千条公路连成网；
万道金光织彩霞。

（郭凤朝）

行业类·公共事业

玉带千条成网络；
彩车万辆似经纶。

（冯萌献）

车窗似画屏，摄进诗情画意；
公路如玉带，牵来绿水青山。

网织交通，省县乡一脉相贯；
途皆平坦，人车货千里畅行。

虹卧碧波，金桥座座通佳境；
龙游绿野，大道条条连小康。

（胡吉祥）

展翅追风，货运八方车快跑；
加油创富，日行千里笛欢歌。

（万中伟）

铁　路

康庄成大道；
轨辙利行人。

迅疾长龙穿五岳；
奔驰巨蟒跨三江。

（庄树铨）

夜过百川星未落；
日行千里月初升。

（冯萌献）

循轨遵时凭两线；
风驰电掣越千峰。

安全正点，畅通无阻；
风驰电掣，服务有方。

通万里程，别开捷径；
聚九州铁，远辟康庄。

汽笛声声，高歌盛纪千行盛；
车轮滚滚，喜送新春万象新。

（康宏河）

服务热情，笑蕴三春生暖意；
运行迅捷，日驰千里御清风。

越水穿山，路畅九州腾国脉；
遵时循规，日行万里驭风云。

（胡之锦）

航　空

凌风追日月；
振翼上云霄。

（丁玉群）

腾云天地小；
放眼襟胸宽。

（冯珍才）

八方旅客五洲畅；
千里江陵一刻还。

（胡之锦）

九霄旅径半天处；
万里行程一瞬间。

（冯萌献）

大好河山收眼底；
满天云彩铺路基。

云天早筑通家路；
银燕先传报信风。

（冯萌献）

送往迎来酬贵客；
穿云破雾上蓝天。

（李求真）

银燕穿云迎日月；
航天破雾瞰河山。

（庄树铨）

银鹰展翅三星伴；
玉宇游人一刻来。

（冯萌献）

行业类·公共事业

雄鹰展翅穿云雾；
旅客乘机赏月星。

（曹作伦）

招手即停，您好三声迎贵客；
呼机速到，春风一路送平安。

（郭智祥）

穿行万里云涛，银燕自天涯
奋起；
俯瞰九州容貌，丹心同祖国
腾飞。

（杨曦光）

城市地图，走街串巷活字典；
文明天使，助弱扶残新雷锋。

（赵朝文）

银　行

生财有大道；
信用得中孚。

广辟资源创大业；
巧用资金奔小康。

出租车

笑迎西往东来客；
安送南腔北调人。

（黄汉如）

自古勤俭能得福；
从来集腋可成裘。

笑语欢颜，愿你十分满意；
遵章守法，保君一路平安。

（张熙贵）

储蓄为盆能聚宝；
勤劳如树可摇钱。

快捷安全，热诚待客荣天职；
路街里巷，通畅行车活地图。

（程经华）

零存整取利群众；
开源节流建国家。

招手即停，快捷安全求效益；
开言带笑，恭谦友善促和谐。

（刘显荣）

尽力开源，资财不竭；
厉行节约，周转有余。

积少成多，储以备用；
量入为出，贷可生财。

（刘凌云）

辅导商场，生财有道；
流通经济，获利无穷。

储零积整，利国利己；
蓄少聚多，益公益私。

千百万户，户户皆储户；
七十二行，行行靠银行。

吸纳储存，替你聚零为整；
提供借贷，助君创业成功。

（黄 钟）

利国利家，四海财源广聚；
惟存惟贷，万民生计攸关。

（康永恒）

水到渠成，作民众金银宝藏；
总支分汇，积天下钱财大观。

积少成多，储蓄乃持家美德；
戒奢崇俭，勤劳是建国根基。

能济急时需，有备果然无患；
诚为聚财道，积少自可成多。

保险公司

人人投保险；
日日享平安。

（王成仁）

小费君莫惜；
后顾自无忧。

心系万众悲喜；
情牵千家安危。

（柴 夫）

无虑风云多不测；
何愁水火太无情。

平安降福千般好；
保险消灾万众愉。

（李远大）

投保得保释远虑；
防险化险宜长安。

事有前瞻后患少；
人无远虑近忧多。

（李 村）

行业类·公共事业

有保单可凭借，心安理得；
化险阻为平夷，物阜人康。

水火无情，解难排忧需保险；
风云不测，逢凶化吉有公司。

（常 春）

巧计妙计，生命安全为大计；
金山银山，参加保险是靠山。

（许生元）

送福消灾，业盛家和添保障；
迎春启瑞，物华人寿喜安康。

（江冠英）

医药通用

延年益寿；
救死扶伤。

安民济世；
起死回生。

是乃仁术；
必为良医。

良医同良相；
用药如用兵。

苦心求精术；
妙手去沉疴。

神刀出妙手；
白衣怀丹心。

一点灵心疗百病；
两只妙手暖千人。

世有良医无病苦；
国多妙手少疮痍。

两只起死回生手；
一颗安民济世心。

济困扶危唯药妙；
回生起死在医良。

扁鹊灵方堪济世；
华佗妙术可回春。

消忧去虑身长健；
寡欲无私心自安。

救死扶伤挥妙手；
拯危济厄献红心。

常体天地好生德；
独存圣贤济世心。

行业类·公共事业

愿作善人作善事；
不为良相为良医。

赤心扶民，良药解疾痛；
妙手回春，神刀除瘤疴。

良相良医，丹心垂青史；
济人济世，妙手起沉疴。

益寿延年，人称回春手；
健民富国，医有盖世功。

银针金丸，化去千家痛苦；
白首红心，迎来万户健康。

中医院

杏林春暖；
橘井泉香。

青囊春暖；
丹鼎烟浮。

岐黄事业；
菩萨心肠。

杏林三月茂；
橘井四时春。

但愿人皆健；
何妨我独贫。

一点灵心通素问；
满腔医术为人民。

术著岐黄二圣业；
心涵胞与万家春。

冰壶久贮长生药；
丹灶唯烧不老方。

花下自填新药谱；
壶中别贮小瀛洲。

妙手扫除千岁瘴；
银针换驻百年春。

妙药银针除病痛；
丹心圣手保安康。

青囊久积长生药；
丹鼎犹存不老方。

金匮秘书藏万卷；
龙宫禁方有卅篇。

草药草医留春色；
白衣白帽映丹心。

药以四时分表里；
脉从六部辨沉浮。

炮制药材，尝甘尝苦；
推敲医理，如琢如磨。

虽无刘阮逢仙术；
只效岐黄济世心。

望闻问切，回春妙手；
寒热表内，济世白衣。

济世风清医国手；
通方原是读书人。

疾苦疮痍，一反手奏效；
望闻问切，三折肱程功。

神农本草香千里；
岐伯医风播五洲。

金液银丸，均是活人妙剂；
灵枢玉版，无非济世良方。

读史常怀经世略；
检方更著活人书。

业擅岐黄，利泽百年三世业；
学参中外，流源一贯万家春。

救死回生通妙诀；
扶危济困羡良医。

沉疴逢再造，感谢韩康妙药；
痼疾得重生，全凭卢扁良医。

术体天心，杏林望重；
功侔相业，橘井名高。

治瘤疗疴，扁鹊重生称妙手；
扶伤救死，华佗再世颂白衣。

业继神农，仙丹起死；
才奇扁鹊，妙术回春。

春夏秋冬，辛劳采得山中药；
东西南北，勤恳为医世上人。

寿世寿人，杏林春满；
为医为药，橘井泉香。

望闻问切，对症治疗施妙手；
膏丹丸散，秘方酌配可回春。

寿世良方，祛邪扶正；
回春妙术，固本清源。

口腔医院

口舌轻松常不老；
牙齿巩固葆青春。

（张养浩）

此乃嵌玉镶金店；
开是弥缝补缺门。

美齿无缝成编贝；
镶牙有术胜坚金。

补缺拾遗，惬心贵当；
饮和食德，没齿难忘。

嵌玉镶金，更新固旧；
弥残补缺，以假乱真。

（段志英）

治牙拔牙镶牙，世人称圣手；
补齿洁齿美齿，患者赞名医。

（杨耀光）

牙齿美容，亦假亦真，丽牙
永驻；
口腔保健，且坚且固，笑口
常开。

（韩崇文）

药 店

一囊春贮；
九鼎云英。

香生橘井；
春满杏林。

聚集百药；
平康兆民。

露根固本；
仙草延年。

不惜千金价；
惟推一体仁。

艾草三年蓄；
功能百病消。

灭虫得康健；
驱病保平安。

价重韩康市；
春生董奉家。

择方除百病；
研药济千家。

（辛 华）

雨多芳草润；
春到杏林香。

拨云勤晒药；
留日夜烧丹。

所言皆药石；
立意尽慈悲。

采得三山药；
炼成九转丹。

药香沾笔砚；
波影上檐楹。

药圃无凡草；
松窗有秘书。

是乃仁术也；
岂曰小补哉。

贵品原宜补；
奇功不在多。

选材详本草；
饮片配良方。

独活灵芝草；
当归何首乌。

寄奴无远志；
知母便当归。

精华毓龙脉；
声价重鸡林。

橘井龙吟夜月；
杏林虎啸春风。

一阵乳香知母到；
半窗故纸防风来。

入室有言皆是药；
出门握手便知心。

几粒药丸除病害；
一笺处方解忧愁。

天南星放真珠彩；
云母石含琥珀光。

世间本有长生术；
海外新来不老方。

芝草带云拈去绿；
橘泉和月掬来香。

百草回春争鹤寿；
千方着意续松年。

花放杏林辉晓日；
药生兰室动春风。

渐看荞麦三棱起；
开到蔷薇半夏来。

杨柳楼头看少艾；
枇杷门巷贮阿娇。

参术功多回造化；
葫芦品贵辨君臣。

豆蔻年华芬脑麝；
杏花消息到参苓。

春暖杏林施妙手；
花开橘井献丹心。

豆蔻晓烟笼芍药；
梧桐疏雨滴芭蕉。

春暖杏林花吐锦；
泉流橘井水生香。

轩岐事业传身世；
濂洛诗书养性情。

春暖带云锄芍药；
秋高和露摘芙蓉。

但愿世间人无病；
何愁架上药生尘。

药笼久贮长春药；
丹灶惟烧不老丹。

灵仙自有飞升药；
慈姑长存夺命丹。

选药均须道地品；
好生宜体上天心。

灵根乞取仙家种；
佳卉分来福地栽。

秋研桂露金成液；
香溅橘泉玉作丸。

胸中贮百千医案；
纸上活数万生灵。

笔秃芦根书故纸；
酒阑灯草绽红花。

拂去白云忙采药；
引来明月炼金丹。

羞向老君炉中取；
偏到悬崖壁上寻。

菱花月满蟾蜍瘦；
杨柳风和蛤蚧鸣。

术体天心，虔修有法；
功侔相业，调剂多方。

欲向市中求妙药；
须知世上有奇方。

延寿百年，虔修妙药；
春光三月，喜驻华颜。

深明佐使君臣礼；
远萃东西南北材。

医国医民，材储药圃；
寿身寿世，誉满杏林。

董氏杏林新执业；
苏家橘井旧生涯。

良药良医，世沾幸福；
利人利己，天赐嘉祥。

行业类·公共事业

赋性本太和元气；
济人同上古金丹。

松径竹栏，尽堪壶隐；
杏林橘井，别有洞天。

囊中俱系延年剂；
架上无非不老丹。

金石草木，性虽殊异；
膏丸丹散，用有专长。

熟地呼童锄芍药；
常山有客采芙蓉。

架上丹丸，长生妙药；
壶中日月，不老仙龄。

丸散胶丹，无非良药；
君臣佐使，悉是妙材。

橘井名高，取精选粹；
药炉春暖，含英咀华。

日照杏林，千枝竞秀；
春来药苑，百草争荣。

橘井泉香，杏林春暖；
芝田露润，蓬岛花浓。

长桑赤松，导以内景；
年丰人寿，饮之太和。

刘阮携归，世间乃有长生药；
嫦娥窃去，天上争传不老方。

草木皆兵，铜锤直捣五花阵；
君臣相佐，瓦釜欲烹四逆汤。

（刘庆华）

厚朴待人，使君子长存远志；
苁蓉处世，郁李仁敢不细辛。

名地产灵芝，采入药囊能
益寿；
群山生瑞草，炼经炉火便
成丹。

起死有良方，神农古架添
新诀；
回春多妙术，扁鹊行囊生
异香。

（胡之锦）

神州到处有亲人，不论生
地熟地；
春风来时尽著花，但闻藿
香木香。

有病莫生愁，好寻肘后奇方、
囊中妙药；
无才堪济世，惟愿老能长寿、
少也安康。

（康永恒）

慈善组织

大慈悲从心所欲；
智益善自我而来。

（郑　敏）

天下大同和睦曲；
世间慈善正气歌。

（谢德新）

好行善事善行好；
博爱仁人仁爱博。

（王成章）

扶老助残行善事；
救贫济困做完人。

（高承信）

扶危济困人尊敬；
乐善好施国太平。

（孙德孚）

扶贫济困多温暖；
解难赈灾少忧愁。

（孙德孚）

扶残助弱伸援手；
济困救孤献爱心。

（周泽荣）

行业类·公共事业

153

推己及人英杰志；
先忧后乐哲贤心。

（胡新华）

博爱为怀常济世；
仁慈秉性总悯人。

（胡新华）

捐出善款，扶危济困；
奉献爱心，利国益民。

（刘铁跟）

行业类·公共事业

恤寡怜残，解囊施恻隐；
捐资助学，为国育英才。

（胡渊如）

捐资助什物，支援灾域；
扶贫献爱心，救济黎民。

（曹作伦）

献一片深情，扶危解困；
倾满腔挚爱，助弱济残。

（贺宗武）

创业兴家，沐雨栉风奔富路；
行仁仗义，解囊济困助孤贫。

（胡渊如）

帮残助弱，满腔热切常伸手；
悯寡怜孤，一片温心总解囊。

（龚道平）

敬老院

夕阳辉晚景；
枫叶映霜天。

（赵克恭）

白发朱颜臻上寿；
丰衣足食乐余年。

（吴柏若）

老以康寿为福祉；
人凭孝廉作基石。

（张贵祥）

灿青山同歌夕照；
娱晚景颐享天年。

（李谟清）

青山绿水融春意；
翠柏苍松恋夕阳。

（梁定源）

敬老厚德行孝道；
尊长仁善立新风。

（孙绍英）

敬老尊贤扬美德；
扶危解困树新风。

（梁定源）

敬无不周，敬无不到；
老有所乐，老有所为。

（李求真）

敬老尊贤，秋菊培土黄花艳；
扶贫济困，枯木逢春绿叶荣。

（翁景星）

敬爱无亲疏，天下高龄皆
父母；
老残不苦独，人间晚辈尽
儿孙。

（易先知）

衣食起居安享，得医就保
延洪福；
琴棋书画闲操，颐性陶情
慰暮年。

（赵义柏）

一元复始，多彩金秋，忘
却一头鹤发；
八面关怀，无忧高寿，换
来满院童颜。

（李其光）

殡仪馆

忠骨四海尽；
英魂九天游。

（康宏河）

骨灰江海撒；
天国梦魂游。

（许谋成）

世事如云任舒卷；
人情似水计未来。

（陈文栋）

阵阵忧伤思故客；
声声哀乐送亲人。

（陈景章）

眷意素怀随梦去；
凄风悲雨伴君归。

（陈景章）

公　墓

民气国魂存浩气；
松风柏韵仰高风。

（叶逢荣）

行业类·公共事业

昔日祭先于冢地；
今朝祀祖在灵园。

（庄树铨）

宝地千秋盈瑞气；
祥光四季护灵园。

（孙　起）

眠此不思回，尽让生平归
往事；
慰心常可幸，已知事业有
来人。

（王天性）

供　水

普惠杨枝甘露；
启动活水源头。

（郑文淦）

引来清流五湖水；
流入寻常百姓家。

（刘会中）

康衢凿井歌犹在；
画阁冲霄水自来。

（陈寅斌）

缘何巷尾欢声起；
为有源头活水来。

（卢盛斌）

取之需省，用之需节；
珍水如油，爱水如珠。

（段志英）

澄江水暖，效法禹王，勤送
幸福水；
玉宇风清，奋修俊业，常扬
诚信风。

（曾宜华）

供　电

万家灯火；
一片光明。

银灯光宇宙；
朗月照乾坤。

一电送来千业活；
三农崛起九州红。

（翁景星）

人民饱暖农为首；
经济繁荣电在先。

（时　杰）

七彩光辉明盛世；
万家灯火展新颜。

（叶逢荣）

巧手托来千载月；
丹心撒满九天星。

（汪从周）

电送千家资振翼；
心期百业乐腾霄。

（杨逸民）

金线畅通兴百业；
银珠绚丽福千家。

（王达民）

送电输能兴百业；
托星拱月裕三农。

（孙德孚）

银线蜿蜒连万里；
金灯灿烂照千家。

（刘万城）

辉煌事业光明厂；
锦绣山河不夜城。

（段志英）

一网情深，人民至上；
千钧重任，电力争先。

（卫 国）

铁树生辉，银花吐焰；
春城不夜，月殿常明。

职掌光明，司千家灯火；
权衡动力，供万引能源。

（刘新猷）

欢送热和光，千山开画境；
遍施霖与露，四海沐春晖。

（唐绮德）

掌万家灯火，为乾坤生色；
喜一派光明，替日月增辉。

心存高处，攀雾攀云攀日月；
情满人间，送凉送暖送光明。

（刘会中）

电光闪耀，九州处处辉煌景；
银汉点明，百姓家家富丽灯。

（娄义钊）

同山为伍，架起线杆过万岭；
伴雁凌空，移来星斗撒千村。

（汤和伟）

行业类·公共事业

网络如织，电力纵横多崛起；
塔杆成林，城乡上下竞腾飞。

（张贵祥）

牵通银线输富裕；
锁住大河吐辉煌。

（石国祥）

送电家家，灯明炉暖荧屏乐；
迎春岁岁，鸟语花香景象新。

（江冠英）

水关国运，三农兴旺重中重；
利系民生，百姓安康头上头。

（娄义钊）

璀璨明珠，照亮九州呈异彩；
辉煌丕绩，支援百业立丰功。

（韦业猷）

水系民生，河通渠顺丰收本；
利连农户，政善人和致富源。

（王文俊）

电能传送，百业昌隆，万家
温暖；
线网纵横，九州灿烂，一派
光明。

（程经华）

河渠纵贯横交，引流润物防
干旱；
水库星罗棋布，截泛蓄能锁
瀑洪。

（甘学文）

水 利

人民命脉神州血；
田野风光大地魂。

（娄义钊）

身居峡谷星作伴；
心系祖国月为邻。

（毕德英）

气 象

阴晴君预晓；
冷暖我先知。

（喻萃伦）

雄心挟雷电；
壮志卷风云。

天上风云可测;
人间冷暖早知。

（王天性）

预报风云雪雨;
紧盯春夏秋冬。

（和西典）

天上风云由我测;
人间冷暖报人知。

（冯珍才）

天上星辰添异彩;
人间科技发奇光。

四海风雷收眼底;
五洲云雨料胸中。

（李寿庆）

披星戴月观天象;
饮露餐风报雨晴。

（赵克恭）

掌天管地司春雨;
晓热知寒利众生。

（梁定源）

察地观天推气象;
观风察雨为黎民。

（段志英）

测雨露风霜忠事业;
报阴晴冷暖献爱心。

（张宜武）

察浪观潮，预知气象;
量风测雨，敢泄天机。

（刘新猷）

追日月星辰，鹏展万里;
奔东西南北，志在八方。

晴雨纵无常，有形早测;
风云虽变幻，不碍先知。

（李求真）

观天察地，堪知一方气象;
测雨推风，可报四季阴晴。

（林忠凡）

晓天文，先告诉刮风降雨;
明地理，早通知抗旱防洪。

气贯长空，驾雾凌云征奥秘;
象通广宇，兴风布雨揭玄机。

（郭适文）

旱雨报以无忧，喜得人和臻
善政;
阴晴言而有信，好教地利应
天时。

（谢声鳌）

教 育

教育通用

江山壮丽；
桃李芬芳。

春风墨韵；
夜雨书声。

稽古为训；
修礼以耕。

为仁当守敬；
进学在致知。

以文堪会友；
惟德自成邻。

会心语言外；
乐地名教中。

论世怀千里；
读书爱五更。

改过如芟草；
育才似栽花。

好学前途远；
青年进步多。

园丁育桃李；
雨露润禾苗。

但使心无间；
何忧学未深。

伯乐识良马；
园丁育新人。

松柏有本性；
瑾瑜发奇光。

英才宏化育；
努力爱春华。

知由格物致；
用从积学来。

闻鸡晨舞剑；
挑灯夜读书。

屋小堪容膝；
窗晴好读书。

桃李满天下；
春风遍人间。

校园沐春雨；
桃李笑东风。

读书须玩味；
为学在精神。

教育千古业；
花红一园春。

教育呈新貌；
园丁育好苗。

程功专克己；
好学在清心。

大地江山如画；
满园桃李争春。

打开科学宝库；
造就国家栋梁。

处身但须著实；
读书尤贵虚心。

步步引人入胜；
时时习学在斯。

闲居足以养志；
至乐莫如读书。

君子反身修德；
学者爱日惜阴。

得英才而教育；
合祖国以取裁。

一度春风千树绿；
满园花朵四时红。

十年心血哺新秀；
一代桃李谱华章。

人梯巧搭登攀路；
心血勤浇栋梁材。

几卷图书几竿竹；
一编方字一炉香。

三尺讲台连广宇；
一片丹心育春苗。

千古文章书卷里；
百花消息雨声中。

天下至深惟学海；
世间无底是书囊。

中华青史掀一页；
校园桃李咏三章。

少壮不经勤学苦；
老来方悔读书迟。

心血浇花寸衷乐；
桃李竞秀满园春。

书山有路勤为径；
学海无涯苦作舟。

书从难解翻成悟；
文到无心时见奇。

巧匠呕心琢美玉；
严师沥血育英才。

曲尺画成方圆器；
直线雕就栋梁材。

竹笋破土傲霜雪；
松干参天作栋梁。

夙兴夜寐培桃李；
见微知著育新人。

汗水育苗棵棵壮；
心血浇花朵朵红。

花木竞芳要雨露；
桃李争荣靠园丁。

园丁汗挥千株绿；
桃李花开百业新。

园丁辛勤一堂秀；
桃李成荫四海春。

园丁辛勤遍地绿；
桃李芬芳满园春。

园内桃李年年艳；
校中栋梁节节高。

画水画山画春色；
树人树木树新风。

英才教育称三乐；
淑景阳和肇一元。

学业培同千亩竹；
人才养胜四时花。

行业类 · 教 育

春风吹遍校园暖；
热血浇开桃李香。

春色满园迎紫燕；
丹心一片育新人。

春笋破土根根好；
陈泥护花朵朵香。

春催桃李花万树；
雨润芝兰香满园。

春催桃李遍天下；
雨润栋梁满神州。

春暖栽培苗苗壮；
秋高收获果芬芳。

种田选种莫随便；
教子读书要认真。

洒下园丁千滴汗；
赢来花卉万般娇。

架藏二酉图书润；
室贮三都翰墨香。

桃李花开春天里；
园丁汗洒苗圃中。

桃李满园垂硕果；
柏松盈岭展良材。

校内诗书传后学；
满园桃李笑春风。

真机每向勤中觅；
妙用多从静处生。

栽培桃李花千树；
指点山河画一帧。

笔尖耕耘桃李地；
墨水浇开智慧花。

能襄德业为良友；
有益身心在好书。

教书育人国中宝；
栽桃培李天下春。

惟天生材皆有用；
他人爱子亦如余。

浩浩春风催桃李；
孜孜园丁育栋梁。

授业释疑情切切；
传道解惑语谆谆。

（马骏英）

赏心自有生花笔；
悦耳莫过读书声。

善教勤学，教学相长；
尊师爱生，师生同亲。

富贵必从勤苦得；
韶华不为少年留。

艺术精研，学成待用；
古今融贯，日进无疆。

愿作春泥护绿李；
甘当人梯架金桥。

百年大计，树人第一；
万代功业，立德当先。

满园桃李花开日；
遍地珍珠果熟时。

旭日初升，云霞艳丽；
春风轻拂，桃李芬芳。

行业类·教育

满园桃李传佳话；
遍地芳菲报捷音。

进德修业，欲及时也；
化民成俗，必由学乎。

芬芳桃李精心育；
锦绣文章妙手成。

传授知识，承先启后；
肩负重担，继往开来。

烛光遍洒花满目；
心血普润材成林。

学文习理，文理并重；
校长量短，长短皆材。

培桃李扬帆有志；
育人材润物无声。

重道尊师，人文蔚起；
发蒙启智，国运昌隆。

教子宜以德为首；
育人应让爱领先。

耕耘大地，园丁辛苦；
沐浴东风，桃李繁荣。

树植校中，年年吐秀；
花开园内，处处飘香。

勤育英才，无分夜昼；
喜栽桃李，何论春秋。

思考乃攀登书山之路；
毅力是游渡学海之舟。

万树桃花，笑迎沧海日；
一腔热血，勤育栋梁材。

世界伟人，都由名教出；
国家贤士，俱自读书来。

园丁勤浇灌，花木遍地；
教师苦耕耘，桃李满园。

妙手良工，雕塑心灵美；
雄军猛将，攻开要害关。

喜看园丁，辛勤一堂秀；
笑谈桃李，成材四海春。

求学应以宏博渐进为贵；
读书必由基础次第而升。

引万条清泉，润祖国花朵；
倾一腔热血，铸人类灵魂。

玉笔墨纸，描绘天文地理；
碧血丹心，铸就画栋雕梁。

冬去春来，喜见新苗破土；
嫣红姹紫，笑看桃李争荣。

讲台三尺，演绎幽微世界；
黑板一方，集成浩瀚乾坤。

攻难关，挟雷逐电摘星月；
追科学，倒海翻江锁蛟龙。

争分夺秒，打开知识宝库；
披荆斩棘，攀登科学高峰。

树木树人，同系千秋大业；
爱民爱国，常存一片丹心。

读书治学，心怀千秋事业；
立说成家，志在两个文明。

喜今日，育李栽桃结硕果；
看明朝，出类拔萃尽英才。

遵道而行，学者必以规矩；
诲人不倦，焕乎其有文章。

桃馥李芳，全赖园丁汗水；
心明眼亮，只缘蜡炬光芒。

（翁景星）

一苑风光，种桃育李酬春客；
满城春艳，开花结果谢园丁。

行业类·教育

白玉无瑕，细琢精雕成大器；
丹心似火，春风化雨育新人。

松竹傲冬寒，喜迎群芳烂漫；
桃李浴春晖，笑看满园芳菲。

学门大开，香美芝兰沾化雨；
校窗高启，新鲜桃李披春风。

春花遍地，甘做园丁勤灌溉；
雪岭摩天，愿为志士勇攀登。

桃李满园，全靠春风时雨润；
人才遍地，尽是明师巧匠功。

耿耿丹心，鹤发童颜争朝夕；
株株桃李，花繁叶茂缀神州。

浇水施肥，一曲园丁多嘹亮；
呕心沥血，三春桃李竞芬芳。

浇花浇根，如今花匠显身手；
育人育心，当代园丁夺天工。

润物无声，化雨微微松竹茂；
催花有意，春风阵阵蕙兰香。

培育国家良材，学红烛品格；
忠诚教育事业，效春蚕精神。

敬沐党恩，遍地园丁培国士；
仰沾时雨，普天桃李笑春风。

喜朝霞火红，遍地桃李竞艳；
看前程锦绣，满园硕果飘香。

智力泉源，百载树人为大计；
学海深邃，十年面壁竞前程。

阳春初回，看晖晖和风吹发
枝枝桃李；
白驹过隙，愿莘莘学子珍惜
寸寸光阴。

勤学如春起之苗，不见其增，
日有所长；
辍学如磨刀之石，不见其损，
日有所亏。

幼 教

蓝天飞乳燕；
好雨润新苗。

（许谋成）

儿童乐园无限好；
祖国花朵别样红。

行业类·教育

千株幼苗润细雨；
满园花朵沐春风。

幼儿园内春风满；
向阳花开遍地红。

百卉园中花竞艳；
千家掌上珠争明。

（刘爱芳）

花必精心方结果；
苗须着意始成材。

（李求真）

园丁化雨滋润土；
花蕾迎风伴新苗。

（张耕余）

雨露润滋苗苗壮；
阳光沐浴果香鲜。

（夏蜚声）

春雨及时，幼苗苗壮；
阳光照耀，松柏葱茏。

初开蒙昧，寓教于娱乐；
渐启智能，育人以率真。

（赵义柏）

幼树朝阳，十载寒窗吮甘露；
雏鹰展翅，满腔热血奋前程。

（万中伟）

阳光普照，幼园祯祥环境美；
师情激越，儿童活泼身心欢。

（王祚炎）

启智增能，生命幼苗添彩色；
动情晓理，心灵窗户透阳光。

（刘会中）

春到人间，祖国花朵更鲜艳；
喜临新岁，幸福儿童进乐园。

祖国花朵，李白桃红春永驻；
儿童乐园，山清水秀景常新。

（梁定源）

岂嫌日日忙，多情母爱三
冬暖；
休笑娃娃小，无限云程万
里遥。

（胡术林）

教育乃科技之本源，须全
民重视；
儿童是祖国的花朵，赖大
众栽培。

（胡笃恭）

骥跃千程，轫发从兹，业得
春风催绝顶；
兰栽九畹，甘滋不误，心开
玉蕊绘长天。

（萧锡义）

小 学

小园小树天天长；
学生学识日日增。

今日育苗呕心血；
明朝成材作栋梁。

乐听小鸟颂春曲；
喜见幼苗成大材。

（刘铁跟）

事同发轫求初步；
学似为山重始基。

涓滴孕育大海水；
嫩芽包含参天枝。

（沈正稳）

业广惟勤，功崇惟志；
行远自迩，登高自卑。

时雨育新苗，天天上长；
春风托雏燕，步步高飞。

（万中伟）

化雨春风，丹心谱作桃李颂；
幼苗新蕾，壮志凝成金玉篇。

洒热汗，精心浇灌祖国花朵；
献才华，全力栽培华夏栋梁。

蓓蕾芬芳，祖国未来像花朵；
园丁辛勤，人间正道是沧桑。

（杨瞻隆）

真功由蒙养而基，有志专精，
自臻纯诣；
学业以渐进为贵，相期远大，
岂限前程。

鹏程万里，试翼翀天，正待
扶摇抟广宇；
大厦千层，夯基至重，应将
足趾立昆仑。

（萧锡义）

努力爱春华，喜髫龄识字读
书，为求学前途基础；
英才宏化育，愿尔辈乐群敬
业，须留心此日弦歌。

中　学

中立而不倚；
学道则爱人。

十载功培千里马；
一身汗熟九州桃。

术业宜从勤学始；
韶华不为少年留。

立品定须成白璧；
读书毋忽过青年。

浅尝中辍知所戒；
深思好学底于成。

中天日丽，今盼桃李艳；
学范春晖，后瞻栋梁高。

（黄应雄）

大　学

风华正茂；
意气方遒。

学成乃致用；
道大亦能容。

校园春风惠桃李；
学府钟声绕栋梁。

鹏路扶摇直上日；
龙门身价最高时。

开卷一瞥，教益非浅；
破书万卷，造诣必深。

天地为炉，陶钧之大；
国家造士，车服以庸。

攻千重隘，心怀天下；
读万卷书，志在四方。

学贯古今，术通欧美；
材非斗筲，器是栋梁。

当以天下民物为己任；
养尔磊落奇特之人材。

攀绝崖，志在书山探宝；
驾狂涛，喜向学海采珠。

今是何时，鲛鳄乘风争大陆；
既来此地，骅骝开道着先鞭。

行业类·教育

169

龙得云斯灵，道在通权达变；
潭之水不涸，学须穷委究源。

栽培纯粹人材，养其根，俟
其实；
研究中西学说，尊所闻，行
所知。

行远自迩，登高自卑，学业
在专精，阶级胥由层累；
大智若愚，大巧若拙，新知
经培养，功修日见深沉。

师　范

此日梓楠同受范；
他年桃李广培材。

师旷之聪，公输之巧；
范围不逾，曲成不遗。

温故知新，可以为师矣；
因材施教，其能就范乎。

潇潇春雨，润校园桃李；
耿耿丹心，育人类良师。

起一代新风，英才宏教育；
作百年师表，俊艾尽栽培。

职业学校

职教育人才，学能致用；
专心攻术业，技有所长。

（李学文）

职选才能，悟道夯实基础；
业凭技艺，求知学好本行。

（万中伟）

教育振兴，水水山山增秀色；
人才辈出，行行业业展新姿。

学知识，学业务，铸千秋
大业；
讲文明，讲礼貌，树一代
新风。

杏坛有职教，万业俱兴添
能手；
课堂系小康，百花争艳荡
春风。

（李宪章）

老年大学

习艺修心，自得其乐；
延年益智，老有所为。

（叶善胜）

满座春风，一堂白首；
八方佳气，百岁童心。

白发学生，学画学书学外语；
红皮作业，作文作艺作诗词。

（王文华）

老结新缘，书画共研寻乐趣；
今探古韵，友朋互勉竞风流。

（范　瑛）

老年大学，诗词书画门门钻，
怡然乐趣，老年不老；
长寿颐园，歌舞剑琴件件练，
悠也逍遥，长寿尤长。

（张润阳）

文化科技

文学艺术

五车诗胆；
八斗雄才。

文坛香溢；
艺苑花荣。

文章华国；
化雨催春。

春风得意；
艺苑增辉。

椽笔卷画；
翰墨锦章。

文风扬国粹；
化雨润民心。

（胡之锦）

文风苏万物；
化雨润终生。

（郑泽民）

文风昌盛世；
化雨润繁英。

（胡之锦）

文心清若水；
诗胆大如天。

文坛生异彩；
艺苑溢芬芳。

文章千古事；
风雨十年人。

艺苑献春色；
文坛展奇才。

吐言贵珠玉；
落笔回风霜。

吟哦出新意；
坦率见真情。

作家有立场；
题材无禁区。

唱时代歌曲；
写人民心声。

意到形须似；
体完神亦全。

墨花飞紫露；
笔阵起雄风。

艺苑百花争艳；
文坛万象更新。

笔绘新生事物；
诗吟当代风流。

艺苑花开添锦绣；
文坛春暖布阳和。

文光射斗千古秀；
艺苑生辉万年荣。

（朱惠明）

文坛喜见群星灿；
艺苑争夸百卉妍。

文苑英才挥彩笔；
艺坛新秀展新姿。

文明有象民皆乐；
化道无私物共春。

（苏自宽）

文章尔雅从无俗；
诗赋风流自有神。

文章醒世开新运；
化雨催春绘壮图。

（叶善胜）

心触清机亲翰墨；
目游润景足精神。

有声画谱描人物；
无字文章写古今。

任事者必以实学；
谨言人每有奇文。

似锦韶华呈祖国；
生花妙笔写春光。

极尽四时之所乐；
自成一家以立言。

纸上得来终觉浅；
心中悟出始知深。

欣逢盛世修新志；
乐著文章飨后人。

诗无流俗形声正；
字不矜张结构安。

建成世上惊天业；
写出人间动地诗。

挥将日月长明笔；
写就雷霆不朽文。

虽云智慧生灵府；
更赖功夫在笔端。

胸藏万汇情怀广；
笔重千钧意趣长。

润物无声施化育；
兴邦有志创文明。

（叶善胜）

银幕生辉百花放；
舞台活跃万象新。

鹏起天池风九万；
龙游艺苑字三千。

行业类·文化科技

天下疾苦，肩上职责；
胸中狂飙，笔底波澜。

艺苑奇葩，争芳斗艳；
文坛妙笔，推陈出新。

良友远来，异书新得；
好花半放，美酒微醺。

国家强大，繁荣标志；
民族安康，典雅源流。

（娄义钊）

学通九流，书兼三体；
门无干谒，案有琴棋。

诗若长城，四境独守；
学如大海，百流兼归。

喜见文坛，群芳斗艳；
欣闻艺苑，百鸟争鸣。

春回艺苑，新秀放异彩；
喜报神州，群星吐金辉。

艺术自由，舞台千派竞技；
思想解放，文苑百花争妍。

颂改革，诗词曲赋传新韵；
歌盛世，弹唱吹拉抒壮情。

行业类·文化科技

新秀新苗，带来文坛胜景；
春风春雨，滋润艺苑繁花。

艺苑逢春，万千春色奔眼底；
文坛焕彩，双百彩葩绽笔端。

诗社联吟，律韵铿锵鸣盛世；
艺坛合唱，笙歌嘹亮乐升平。

学海艺海能手芸芸，众星
媲美；
文坛诗坛英才济济，群芳
争妍。

春风拂艺苑，且喜文坛千
树绿；
赤日照文坛，更贺艺苑百
花红。

科 技

闻鸡起舞；
跃马攻关。

人才强百宝；
科技胜千金。

（时 杰）

·174·

乐荐千里马；
勇攀万仞峰。

觅宇宙究竟；
寻天体行踪。

人才是科学钥匙；
文化乃技术食粮。

多自艰辛成事业；
乃知勤奋出天才。

（陈华峰）

兴百利而归大众；
竭全心以振中华。

（陈华峰）

青云路远雄心步；
科技峰高捷足登。

实验室里乾坤大；
设计台前天地宽。

科学通天前程远；
知识为阶道路宽。

登临莫负佳山水；
搏击应趁好年华。

水滴石穿，业精不舍；
天高海阔，学贵有恒。

宏观在宇，微观在握；
虚心而学，实心而行。

烈火高炉，红透表里；
航天探海，学贯微宏。

潜心科研，书读十载；
造福人类，功在千秋。

推崇科学，笑迎百花艳；
倡导文明，喜看万象新。

掌握科学，如猛虎添翼；
革新技术，似骏马扬蹄。

智慧之光，探未知王国；
文明之路，登真理殿堂。

（程经华）

世上无难事，无心人不就；
科学有真谛，有志者竟成。

行业类·文化科技

体育通用

仁者必有勇；
君子以自强。

神州争飞跃；
健儿勇攀登。

骅骝开道路；
骐骥出风尘。

华夏健儿雄心在；
体坛骄子壮志存。
(欧阳海洲)

向世界纪录瞄准；
为祖国人民争光。

体坛儿女多壮志；
华夏英雄著先鞭。

旋转乾坤任本事；
竞争胜负仗功夫。
(李求真)

田径场上，龙腾虎跃；
游泳池边，燕舞鱼翔。

好成绩，靠勤学换取；
新纪录，从苦练得来。

杰出健儿，翩翩小将；
高超绝技，鼎鼎大名。

群星耀体坛，神州振奋；
健儿扬国威，举世欢腾。

亚欧非美澳，五环结友谊；
男女中老青，万众健身心。
(石延秀)

岁月峥嵘，今日神州显身手；
精神抖擞，明朝奥运竞风流。
(欧阳海洲)

神州健儿，虎跃龙腾立壮志；
体坛新秀，莺飞燕舞展英姿。

学子驾长风，勇夺金牌登
虎榜；
健儿腾巨浪，拼争桂冠跳
龙门。
(张耕余)

体坛骁将驰骋世界，英名
传四海；
中国巨人屹立东方，美誉
震寰球。

冰刀掣电，雪板穿云，儿女
风流今胜昔；
拦网倾山，投篮灌海，国歌
雄壮慨而慷。

夺铜牌、夺银牌、夺金牌，冲
出亚洲争宝座；
战小球、战大球、战全球，走
向世界占鳌头。

乒乓球

通场飞白雪；
一拍起风雷。

（辛　华）

银球如闪电；
飞拍劈雄风。

（柯德才）

小小银球飞世界；
圆圆神拍显奇功。

（曾鹤文）

银球翻动波澜滚；
儿女展姿鸿燕飞。

（陆琪灿）

短接长攻，左右开弓施巧技；
上扬下扑，高低弄巧捉迷藏。

（石继周）

排　球

恍似众星齐捧月；
忽如平地一声雷。

（李培本）

路隔千山，拦网结谊；
心连万水，排球传情。

（郭建新）

一球飞扬，排江倒海惊寰宇；
万人跳跃，推波助澜振中华。

一拳击发，球似流星飞往返；
双手接拦，身如跃雀闪高低。

（石道达）

横网障中央，谁敢越雷池
一步；
圆球腾碧落，人皆遵玉律
三传。

（易先知）

行业类·文化科技

足 球

足下风雷激；
球门日月新。

（程　鸿）

二龙抢珠，鳌头独占；
五城逐鹿，捷足先登。

（刘光德）

胜利英雄，甘投罗网；
风流人物，喜攫金靴。

（刘光德）

赛场无虚，进球不易；
报国有闷，捷足先登。

（张翔美）

驰骋绿茵，脚起球飞欣破网；
凝神看座，声呼掌鼓响惊雷。

（黄英章）

篮 球

心灵手巧眼睛亮；
步健身轻技艺精。

（陆琪灿）

传递精灵龙跃舞；
投篮巧妙虎生风。

（张家成）

变幻无穷，隐敌避身冲陷阵；
攻防有术，御强击恶善攻关。

（韦文宏）

前冲勇士追赶速，穿行急促；
后卫精英挡抢雄，起跃轻盈。

（石继周）

高下回旋，侧击佯攻机遇巧；
拍抢传递，中锋前卫妙投篮。

（刘新猷）

游 泳

燕莺逐水；
龙虎飞波。

（王忠明）

踏板腾空，鸢欢鱼跃；
泳池夺冠，手巧心灵。

（张家成）

劈波斩浪，勇登彼岸；
夺秒争分，拼搏上游。

（贺宗武）

行业类·文化科技

疾若腾龙，以逸待劳登彼岸；
迅如闪电，先松后紧夺标兵。

（韦文宏）

蛟龙戏水，溅起珠花花弄巧；
俊杰推波，冲开玉镜镜离奇。

（石继周）

跳　水

飞燕凌空起；
惊鸿照影来。

（程　鸿）

飞燕凌空轻展翅；
旋蛟入水不扬波。

（胡敬贤）

天女散花花不见；
蜻蜓点水水无声。

（李培本）

跳台飞燕凌空出；
水底潜龙冲浪回。

（许玉书）

横空出世，蛟龙飞入水；
花样翻新，银燕轻穿波。

（王忠明）

举　重

气冲霄汉；
力举千钧。

（吴良材）

虽无拔山力；
却有扛鼎功。

（张国安）

臂膀擎天担日月；
杠铃砸地震山河。

（万中伟）

日月双担，喜看人间大力士；
雷霆一挺，犹比天上巨灵神。

（张文本）

举重若轻，项羽当年能扛鼎；
观今鉴古，健儿今日可擎天。

（李偕新）

武　术

龙腾大海千层浪；
剑舞长空万道光。

（景宇辉）

行业类·文化科技

179

闻鸡起舞，壮筋强骨；
击剑练拳，益寿延年。

习武练功，增强身体素质；
挥拳舞剑，焕发尚武精神。

东西南北，奋击世界强手；
春夏秋冬，苦练中华奇功。

南拳北腿，耍出武林绝技；
剑影刀光，开拓时代新花。

出版社

迹搜秦汉；
法备晋唐。

装成廿四史；
订就十三经。

看西园所藏版；
读东观未见书。

云苑喜栽新著稿；
风帘闲校旧抄书。

日出万言生花笔；
风行四海传惠书。

妙笔可描千样彩；
神机能绘万般文。

（周文举）

绘声绘色真姿相；
有彩有光巧工程。

錾金映出千门锦；
点石刊成五彩文。

有迹可寻，模传墨本；
无体不备，意在笔先。

光彩鲜明，丝毫不爽；
神情活泼，巨细无遗。

仿古于今，尚留本色；
聚散为整，尤贵洋装。

依样葫芦，尽堪模仿；
本来面目，不差毫厘。

草圣遗传，词林欣赏；
兰亭秘本，学海珍藏。

植字抽芽，文明播种；
校书分叶，著作成林。

行业类·文化科技

亥豕连篇，世称陆氏库；
汗牛充栋，春满邺侯家。

古为今用，认真发掘文学
宝库；
推陈出新，积极扶植艺术
新花。

报　社

报道中外事；
洞彻古今情。

畅谈天下事；
唤醒世间人。

锐眼观天下；
妙笔写春秋。

宣扬九州正气；
传播四海新闻。

日试万言无宿稿；
风行四海尽新闻。

发聋振聩多机警；
观俗采风备见闻。

欧风美雨通消息；
国事民情备见闻。

详今略古叙新声；
秉笔直书写篇章。

笔底纵读中外事；
胸中洞彻古今情。

公月旦评，见闻悉备；
执春秋笔，褒贬无私。

凭赤子心，通凡人意；
秉春秋笔，作月旦评。

（吴亚卿）

富国强民，职严监督；
开智通识，利在鼓吹。

第一时间，何分昼夜；
诸多版面，尽见风云。

（蔡厦生）

褒贬无私，秉公立论；
撰编有据，评弊匡时。

（萧树思）

撰薄海新闻，不留宿草；
运如椽大笔，乱坠天花。

言论自由，做一方之喉舌；
兴亡有责，藉片言以劝规。

笔秉春秋，甘作政教喉舌；
心怀褒贬，乐为黎庶鼓呼。

（刘新猷）

眼观六路，分析市场动态；
耳听八方，了解群众要求。

数千年治乱兴衰，都归大
手笔；
几万里见闻考核，颇费小
才华。

广播电台

秀句满江国；
芳声腾海隅。

广传电讯歌新纪；
播发视听赞小康。

（于化文）

手编百稿称如意；
口播千声报吉祥。

（叶善胜）

放眼全球，编播天下大事；
立足本地，采录乡土新闻。

无形无影传佳音，八方同晓；
隔水隔山奏新曲，四海皆知。

霖雨合时宜，万壑群山焕
异彩；
电波传捷报，千行百业竞
繁荣。

电视台

放映中外事；
传播古今情。

（粟　坚）

银线贯千闾；
荧屏乐万家。

（刘修源）

荧屏容世界；
彩像扩胸襟。

（胡之锦）

大千世界容方寸；
万里风情传瞬间。

（赵孟俊）

万里春光收眼底；
大千世界缩屏中。
（梁定源）

千姿百态方寸里；
万国九州咫尺间。
（朱允湖）

斗室能观天下事；
方箱可纳世间人。

世界风光收眼底；
神州美景注心头。
（曹树汉）

电波辐射输千里；
视像屏开娱万家。
（胡之锦）

图像生辉照四海；
荧屏放彩乐万家。

电波声飞五洲四海；
屏幕光映万户千家。

草草光阴，我宜惜此；
空空色相，人其鉴诸。

消息灵通，无处不到；
画图明了，一望便知。

音响悠扬，九州称妙品；
像图清晰，五色绽奇葩。

一幅玉屏，托出雅俗万般景；
几度紫燕，飞入寻常百姓家。

电讯九霄，国策民情皆入耳；
视通万里，山光水色尽怡眸。
（赵孟俊）

电波越五洋，纵览古今中外；
金塔高千尺，尽收南北西东。
（李瑞香）

电视荧屏，笑语欢声春意闹；
文坛艺苑，超声特技国风清。
（张耕余）

幻梦已作世间真，全球尽览；
居家能知天下事，其境如临。
（叶道本）

捕捉新闻，民生国计入文稿；
追寻亮点，风土人情抢镜头。
（程经华）

岁序喜更新，新人新事新景象；
荧屏彩图绘，绘声绘色绘神情。

行业类·文化科技

报四海佳音，红波一线传
寰宇；
摄三江锦绣，荧屏方寸展
神州。

流辉增瑞彩，红橙黄绿映
春色；
奇葩贯星球，青蓝紫白放
光华。

银线连千镇，五洲信息收
眼底；
荧屏赏万家，四海忧欢汇
心中。

（粟　坚）

线有来头，听山水清音、楼
台雅韵；
足不出户，观九垓晴雨、四
海风云。

（刘新猷）

图书馆

文章江海；
书籍林泉。

书山觅宝；
学海泛舟。

书林漫步；
学海邀游。

行千里路；
读万卷书。

读书益智；
阅报宽心。

（粟　坚）

内藏千古事；
外揽五洲宾。

（李其光）

书中乾坤大；
笔下天地宽。

学海凭鱼跃；
书林任鸟翔。

图书腾凤彩；
文笔若龙翔。

萃古今著作；
罗中外篇章。

藏书千万卷；
接待四方人。

藏古今学术；
聚天地精华。

广藏古典名著；
快读现代新书。

荟萃古今宝典；
集存中外奇书。

（冯萌献）

入学海洞开世界；
登书山纵览人寰。

（赵明度）

天下妙文随意读；
书中精义用心铭。

（戚万丰）

长留天地无穷趣；
最爱书田不老春。

名典常为学子借；
大门总对凤才开。

（冯萌献）

奇书贪录如增产；
佳卉分培当树人。

图中绘出光辉景；
书里深藏智慧花。

（唐绮德）

图中展示凌云志；
书里深藏锦绣程。

（覃青松）

图观中外新奇美；
书看古今天地人。

（孙振声）

图载古今名士画；
馆藏中外大师书。

（曹大举）

总汇五千年历史；
长辉九万里人文。

（冯萌献）

屋藏二酉春有韵；
书守三余乐无边。

（孙　起）

架集古今书万卷；
柜藏中外帖千函。

常阅报刊开眼界；
深研科技扩胸襟。

行业类·文化科技

馆列百科藏日月；
书读万卷运乾坤。

（石廷秀）

蓄得奇书且勤读；
忽逢佳士喜同游。

翰墨图书皆凤彩；
往来谈笑有鸿儒。

大块文章，百城富有；
名山事业，千古长留。

广收历代所珍藏古籍；
补读名山不经见新书。

不出户庭，能知天下事；
有好消息，说与大家听。

宇宙大文章，莫过乎是；
古今真学问，几见其人。

知识如海洋，学无止境；
图书是朋友，室有余香。

（马萧萧）

勤学习，真学习，善学习；
爱读书，多读书，会读书。

（马萧萧）

聚典籍精华，嘉惠后进；
汇中西学术，乐育新民。

万卷图书，启迪万民智慧；
千秋史册，可知千载兴衰。

（萧树思）

广搜百代遗编，迹追虎观；
嘉惠四方来学，价重龙门。

左图右史，珍藏古今典籍；
琢玉磨金，传播中外文明。

（符济舟）

东西汉，南北宋，人物备考；
山海经，水浒传，今古奇观。

用世界眼光，观百年痛史；
借国家财力，收四海奇书。

书盈诸子百家，与先贤对话；
馆纳古今中外，任学海泛舟。

（刘新猷）

书海扬帆，无限风光开眼界；
图林揽胜，全新知识入胸怀。

（胡吉祥）

罗列奇书，看无数曹仓邺架；
溪流倒峡，揽不尽苏海韩潮。

查史阅经，入得门来皆满足；
读诗论典，离开馆时尽欣然。

（刘继相）

漫步书山，广搜中外古今
信息；
畅游学海，博采东西南北
精华。

（程经华）

上下几千年，翰海精华，尽
藏书内；
纵横数万里，神州春色，咸
集门中。

博藏中外文，包罗万象，学
海凭君渡；
广集古今典，历载千秋，书
山任吾攀。

（曾宪钊）

图汇千流，钩沉文海，直挂
风帆三万里；
馆藏万卷，求索书山，敢攀
云级五千层。

（李学文）

博物馆

文章溯古迹；
博物寻原宗。

江山助磅礴；
文物照光辉。

石刻六朝传百本；
风流九代仰千秋。

物展雄姿辉盛世；
馆藏瑰宝灿神州。

（陈景章）

博古通今求国富；
物华天宝兆民丰。

（叶善胜）

东壁藏珍，遗书秘笈；
西清古鉴，列说绘图。

博大精深，馆藏珍宝；
物源广泛，史载瑶章。

（曹大举）

物华天宝，锦城名博古；
人杰地灵，文馆誉通今。

（张玉复）

裕后光前，藏千秋信史；
观今鉴古，索万代真传。
（刘爱芳）

残碑遗墨，流传至今成瑰宝；
夏鼎商彝，罗列博古属奇珍。

博大精深，煌煌胜迹蜚中外；
物华天宝，熠熠奇珍灿古今。
（常　春）

文化馆

文章焕彩；
翰墨传神。
（贺海南）

遄飞逸兴；
畅叙幽情。

文心昭日月；
化境耀山河。
（翁景星）

文章锦绣诗情染；
化雨绸缪画意融。
（夏世峰）

民间艺术真精品；
传统丝弦妙古风。
（冯萌献）

金谷园中罗锦绣；
玉楼天半起笙歌。

诗文尽赋山河志；
歌舞常抒民族情。
（冯萌献）

诗画书刊抒壮志；
琴棋箫笛振精神。

诗赋胜熙春硕蕊；
管弦传盛世谐音。
（林　曲）

莫叹光阴殊草草；
且从世界惜花花。

笔下诗文呈凤藻；
画中山水染丹青。
（冯萌献）

悦目丹青驻春色；
怡情弦管起遐思。
（赵金华）

行业类·文化科技

雅怀深得花中趣；
妙虑时闻笔里香。

电影院

堪为艺苑新天地；
原是文坛小翰林。

（冯萌献）

石火电光空有影；
镜花水月总无痕。

莫叹人情多闪烁；
须知片面亦文章。

文华百艳，春图洵美；
化日千辉，世象长新。

（孙振声）

电光悦目，有声有色；
影像赏心，亦古亦今。

（常　春）

好风与俱，有客同至；
终日为乐，共兴未阑。

故乡人来，桑麻共话；
围场客聚，鸟雀纷飞。

悲欢聚散，悠游岁月；
酸甜苦辣，玩笑人生。

（翁月卿）

弹唱吹拉，欢歌阵阵；
琴棋书画，笑语声声。

幕上景象，情文备至；
镜中花月，色相皆空。

可兴可观，鸟兽草木资多识；
一觞一咏，管弦丝竹寄闲情。

世界大千，电光浓缩万象；
人生五味，影像神传七情。

（刘新猷）

弹唱吹拉，豪情满怀歌盛世；
墨吟书画，壮志凝笔写春秋。

七彩银屏，赤橙黄绿青蓝紫；
千般好戏，离合悲欢苦辣甜。

（叶善胜）

行业类·文化科技

亦实亦虚，动人画面登银幕；
有声有色，无限风光在眼前。

（黄　钟）

映出山河壮丽图，转眼即逝；
摄来儿女情长事，动心所思。

银幕荧屏，五光十色春意闹；
文坛艺苑，万紫千红局面新。

银幕大乾坤，体现兴衰有
规律；
舞台小天地，熏陶心性长
精神。

（翁月卿）

真事真人，历史长河，喜
怒哀思银幕现；
为公为道，沧桑大地，忠
诚信义世间传。

（覃鸿规）

银幕虽小，能容下近水遥山、
今人古事；
镜头不大，可变幻奇歌妙舞、
喜调悲腔。

戏曲舞台

南腔北调；
古韵今声。

（周文举）

古今真乐府；
天地大梨园。

丝竹无乱耳；
唱弹足怡情。

（康永恒）

舞台小天地；
天地大舞台。

一唱笙歌千载久；
三声锣鼓百年长。

（陆琪灿）

公侯将相皆为假；
喜怒哀乐才是真。

讽世文章宣雅静；
惑人情性在形容。

帐下鸣金知胜负；
台前拭目辨忠奸。

（辛　华）

行业类·文化科技

传扬中外文明史；
演绎古今奥妙情。

（陈景章）

传奇演尽千般景；
乐事还同万象新。

评说古事犹今事；
演唱戏情乃世情。

（陈　良）

顷刻间千秋事业；
方寸地万里江山。

真真假假真不假；
假假真真假如真。

借虚事指点实事；
托古人提醒今人。

谁为袖手旁观客；
我亦逢场作戏人。

舞台方寸悬明镜；
优孟衣冠启后人。

三两句，道出古今事；
五六步，走过万里程。

故意装腔，炎凉世态；
现身说法，游戏文章。

离合悲欢，别饶趣味；
嬉笑怒骂，自成文章。

装疯卖傻，演与人看；
擦泪抹涕，哭给谁听。

（张万鹏）

戏台千台戏，悲欢演尽；
人类百类人，恶善分明。

（施子江）

荟萃群英，高歌当盛世；
激扬众志，好戏看今朝。

（康永恒）

粉墨登场，装就旦生净丑；
丝弦叠奏，谱成离合悲欢。

（郎本驯）

演尽离合悲欢，提醒世上；
唱出愚贤忠奸，指点人间。

（秦世昌）

五法传神，虎跃凤鸣真艺术；
四功入化，莺歌燕舞妙诗文。

（冯萌献）

行业类·文化科技

191

风月管弦，静听新声催古调；
太平歌舞，雅将旧事醒今人。

古树逢春，独领风骚扬国粹；
新声竞秀，总将艺韵壮梨园。

（冯萌献）

戏演古今，顷刻间千秋事业；
台分前后，咫尺地万里河山。

（余培发）

扰扰纷纷，成败兴亡台上戏；
真真假假，悲欢离合世间情。

（陈华峰）

咫尺楼台，装成世界千般景；
数名角色，演出人间万种情。

（谢声鳌）

励志攻书，金榜题名空富贵；
齐眉举案，洞房合卺假姻缘。

（周厚敦）

粉墨登场，丑净旦生凭你唱；
宾朋入座，帝王将相任人评。

（周厚敦）

博古通今，南腔北调腾芳韵；
标新立异，铁板铜琶唱大风。

（李进维）

悲欢离合，看处便成真热闹；
中外古今，演来都爱大排场。

（王天性）

鼓板铿锵，阳春白雪霓裳舞；
管弦婉转，流水高山甘露歌。

（丁玉群）

有时欢天喜地，有时惊天动地；
或为君子小人，或为才子佳人。

演离合悲欢，当代岂无前代事；
观抑扬褒贬，座中常有剧中人。

乾坤大戏场，请君细看戏中戏；
俯仰皆身鉴，对影休推身外身。

曲是曲也，曲尽人情，愈曲愈妙；
戏其戏乎，戏推物理，越戏越真。

借得舞台，穿古今衣、流悲
喜泪；
高于生活，析天下事、娱世
上人。

（王天性）

集凤翔鸾，白雪阳春，千秋
妙曲；
鸣金启幕，衣冠文物，百代
风情。

（詹炳煌）

看场戏去，忙里偷闲，能知
千古事；
听段曲来，乐中寓教，胜过
百年书。

（梁庆逢）

鉴古观今，台上恩怨爱仇，
发人深省；
评头品足，剧中是非功罪，
资尔慎行。

（卢盛斌）

富贵荣华，雾散烟消，古往
今来只如此；
生旦净丑，胭红粉白，淡妆
浓抹总相宜。

（张阳松）

音乐厅

五声以叶；
八音克谐。

阳律阴吕；
玉振金声。

鸾笙凤管；
铁板铜琶。

弹丝吹竹；
戛石敲金。

琴瑟在御；
笙磬同音。

曲中传妙理；
弦外得幽情。

和声鸣盛世；
鼓乐庆升平。

弦中参妙理；
曲里寄幽情。

谱翻新乐调；
唱出大风歌。

行业类·文化科技

白雪阳春传雅曲；
高山流水觅知音。

飒飒移情，欧邦雅乐；
泱泱入拍，海国雄风。

别具肺肠能吸气；
谁司喉舌惯传音。

铁板铜琶，高歌盛世；
银筝玉笛，细谱新章。

音响悠扬千弦发；
乐曲雅致万籁鸣。

流水高山，会心不远；
阳春白雪，和曲其谁。

调追白雪阳春和；
心会高山流水音。

流水高山，俟诸知己；
金声玉振，集其大成。

行业类·文化科技

戛击声新传大厦；
铿锵曲妙奏钧天。

调按宫词，曲翻乐府；
声同掷地，韵含钧天。

琴唱瑟和留古调；
客来商往尽知音。

盛世和鸣，九韶并奏；
钧天雅乐，八音克谐。

不遇知音，众声俱寂；
偶然雅集，百乐齐鸣。

镂月裁云，雅调歌白雪；
陶情冶性，笑靥对春风。

（周渊龙）

乐奏钧天，凭兹叠韵；
声同掷地，发为清音。

风月管弦，静听新声催古调；
太平歌舞，雅将旧事醒今人。

引吭高歌，自娱自乐；
忘情一曲，如醉如痴。

（黄英章）

曲雅动人心，古调今风凭
鉴赏；
酒香留客醉，诗仙墨哲任
豪吟。

（李进维）

余音绕梁，确有三日；
高歌荡魄，罕无二人。

山水协清音，龙会八风，凤
调九奏；
宫商谐法曲，象德流韵，燕
乐养和。

曼舞翩翩观倩影；
轻歌阵阵唱新声。

（叶逢荣）

歌舞厅

醋歌神爽龙吟曲；
醉舞心甜蝶恋花。

（于化文）

天真流露形骸外；
体态轻盈掌握中。

楚舞生风千伴步；
轻歌悦耳万民声。

（陈振邦）

灯红酒绿情长驻；
舞曼歌轻意正浓。

（陈景章）

中西璧合，随歌起舞；
男女珠联，即景生情。

（赵义柏）

阳春韵绕歌嘹亮；
狐步光生舞翩跹。

（刘继相）

艺苑乐池，五光十色；
歌台舞榭，万紫千红。

妙曲吹开百花艳；
英姿舞得万马腾。

妙舞蹁跹，风月无价；
艳歌婉转，琴弦齐鸣。

浅酌低吟添雅韵；
轻歌曼舞蔚新风。

（胡　浩）

美景良辰，赏心乐事；
手舞足蹈，体健身轻。

（周渊龙）

点歌惬意声声妙；
曼舞健身步步高。

（许玉书）

倩影丰姿，意态悠闲真浪漫；
轻歌曼舞，风情高雅足温馨。

（李学文）

行业类·文化科技

潇洒登歌楼，歌喉婉转声声慢；
文明邀舞伴，舞蹈轻盈步步娇。

（周康杰）

摇光曳彩，绮影迷离，满室风情真幻境；
旋舞扬歌，英姿勃发，一厅人物足风流。

（孙振声）

舞步蹁跹，乐奏悠扬，要想开心来此地；
灯光摇曳，人随曲转，欲寻快活上斯楼。

（郭适文）

网　吧

联通世界；
网络人生。

（梅庆龙）

网上乾坤大；
指间乐趣多。

（杨逸民）

汇集五洲信息；
传播四海风情。

（姚振中）

人间已少忘机友；
网上仍多未了缘。

（周渊龙）

上网多知天下事；
入吧常叙腹中情。

（丁玉群）

水隔海江能会晤；
云横山岳亦聊天。

（王舍生）

电脑鼠标频点击；
荧屏网络任联通。

（胡之锦）

网中知识千般有；
吧内春风四季香。

（黄　山）

桌上荧屏容世界；
人间网络写春秋。

（王天性）

行业类·文化科技

逗手之能穿世界；
随心所欲揽风云。

（周兆浦）

网上悠游，世界何宽何窄；
屏前闲叙，嘉宾亦熟亦生。

（严立青）

假日休闲当上网；
聊天会友快来吧。

（陈景章）

荧面闪光，世界风云尽览；
鼠标指向，环球信息全收。

（黄　钟）

谨慎交朋风浪小；
轻松上网海天高。

（陈景章）

点击鼠标，知晓古今中外；
打开网页，联通欧美亚非。

（程经华）

鼠标器动人文富；
杨柳枝摇燕舞频。

（钟宝明）

入座临屏，点动鼠标联世界；
增知益智，拓开鹏路际风云。

（苏振学）

互联宽带，网罗天下；
博客聊天，点击屏前。

（黄英章）

学校育红心，点亮人材火把；
网吧呈绿色，打开智慧天窗。

（陈景章）

手指点击，游戏开始；
鼠标移动，大战正酣。

（付洪星）

荧屏发短信，心语声声，无
穷喜讯滔滔去；
网络筑平台，鼠标点点，不
尽财源滚滚来。

（刘普昌）

千年视线中，点标观史；
万里天涯外，开网述怀。

（胡敬贤）

棋牌室

开枰思子路；
得胜笑颜回。

汉界千军出；
楚河万马腾。

(唐意诚)

楸枰寻雅趣；
手谈运玄机。

(孟宪璞)

分道扬镳争快睹；
出奇制胜占先筹。

玉子频敲忘昼永；
灯花落尽觉宵深。

当头炮妙手放响；
卧槽马巧计牵来。

相聚玩牌抒志趣；
合欢结伴传友情。

(何吉怀)

胸中甲胄挥兵出；
眼底江山跃马临。

(吴柏若)

屠苏香气春风远；
麻将锵声夜雨和。

(李其光)

黑白对垒争高下；
围堵攻防决目分。

(陈景章)

楸枰橘中寻真乐；
黑白子里藏玄机。

(孟宪璞)

一角楸枰，橘中真乐；
双奁黑白，个里仙机。

开心调主，不留后路；
得意捡分，抠底上台。

(陈景章)

举步留心，棋开得胜；
扬眉放胆，马到成功。

(陈景章)

棋逢对手，败亦喜矣；
将遇良才，胜固欣然。

(刘　旺)

碰红中，自扣六九万；
出白板，单吊四七条。

(范华中)

南北西东，风水轮流转；
春秋冬夏，彩头调换来。

（陈景章）

人各一方，东西南北方方利；
年分四季，春夏秋冬季季宜。

（石道达）

对弈振精神，休为赢输消
假日；
打牌欣乐趣，不因胜负起
邪心。

（王统乾）

对弈随心，迭出奇招，纵
横舒卷风云气；
围棋启智，深研妙理，黑
白蕴涵天地心。

（李学文）

眼底江山，看老帅掌握兵
戎越界渡河，列炮横车争
胜负；
胸中甲胄，有大将指挥士
卒偃旗息鼓，飞象走马决
雌雄。

游艺场

父老闲来消白昼；
儿童归去话黄昏。

超出世界是物外；
别有地天非人间。

秉烛出游，良有以也；
逢场作戏，盍往观之。

海阔天空，索性放开手段做；
风和日暖，大家立定脚跟看。

月月风风，世界一周何足尽；
形形色色，围场百戏杂然陈。

百态惊呼，腾身翻转青云里；
一流飞下，俯首悠忽白浪中。

（李国栋）

游览游玩，难尽游园乐游地；
乐天乐土，无穷乐趣游乐场。

（孙国和）

新春瑞祥，游场开心张喜面；
金鸡唱晓，乐园遂意展芳姿。

（王祚炎）

老年活动中心

老老联欢逢盛世；
年年共庆度升平。

（胡旺进）

老树逢春花艳丽；
年禾沾雨谷飘香。

（胡旺进）

老爱消闲人爱俏；
年逢盛事树逢春。

（胡旺进）

棋琴书画能益寿；
歌舞拳操可延年。

（彭文扬）

履洁怀清，心胸海阔；
年高德劭，福寿天长。

（杨学枝）

柳线莺梭，织就三春景；
松针鹤羽，绣成百寿图。

（黄伟志）

益寿延年，乐享世间富贵；
怡情健体，欢度人生荣康。

（王祚炎）

琴棋书画加乒乓，应有尽有；
笛管箫笙与太极，能来都来。

（王文华）

琴棋麻象，各有所长凭您爱；
联对书诗，丰函绝艺任人吟。

（覃鸿规）

晚情开吉泰，养生健体增
福寿；
暮发度春秋，娱乐怡情益
康宁。

（王祚炎）

商 业

商店通用

一尘不染；
百货无欺。

万民便利；
百货流通。

门盈喜气；
店满春风。

丰财合众；
享利通衢。

丰财阜货；
裕国富民。

公平有德；
和气致祥。

货源恒足；
品物咸亨。

经商有德；
奉公以廉。

春阳乍暖；
生意勃兴。

盈余得利；
丰富多财。

隆声远布；
兴业长新。

琳琅满目；
买卖称心。

公平在交易；
信誉通往来。

巧理千家事；
温暖万人心。

百货如云集；
万川汇海通。

利泽源头水；
生涯锦上花。

门迎晓日财源广；
户纳春风喜气多。

作陶朱事业；
寄管鲍生涯。

无边信息频频至；
不尽财源滚滚来。

货好门若市；
心公客常来。

友以义交情可久；
财从德取利方长。

经商信为本；
来店客归家。

文明经商心常乐；
礼貌待客品自高。

一岁川流不息；
四方宾至如归。

生意兴隆方为富；
财源茂盛好迎春。

进门都是顾客；
到此即为亲人。

生意兴隆通四海；
财源茂盛达三江。

经商斤两不克；
办店老少无欺。

生意如同春意美；
财源更比水源长。

一点公心平似水；
十分生意稳如山。

生意藉春风鼓动；
财源凭和气招来。

三尺柜台传暖意；
一张笑脸带春风。

买卖公平招顾客；
交易合理颂来宾。

三春草木如人意；
九州江河似利源。

百般货色财源广；
满面春风顾客多。

行业类·商业

名牌誉满三江水；
好货诚招四海宾。

货有高低三等价；
客无远近一般亲。

买卖公平招顾客；
交易合理悦来宾。

货向千家万户送；
门朝四海五湖开。

远近不分如春意；
老少无欺似月明。

经济随时观变化；
操持与世在枢机。

花发上林生意盛；
莺迁乔木好音多。

经营不让陶朱富；
贸易长存管鲍风。

赤心迎来三江客；
笑颜送走四海宾。

信息打通致富路；
商德架起黄金桥。

财如金穴无穷利；
品出珠江悉属珍。

客来商店情来店；
货出铺门笑出门。

财源茂盛凭周转；
生意兴隆靠竞争。

根深叶茂无疆业；
源远流长有道财。

事与人便人称便；
货招客来客自来。

陶朱事业高千古；
管鲍生涯遍五洲。

和气永招千里客；
公平广进四方财。

常有春夏秋冬货；
招来东南西北人。

货无大小皆添备；
物纵零星不忧烦。

喜迎东西南北客；
献上兄弟姐妹情。

集市繁荣财源旺；
买卖公道物价平。

内外交流，东西咸备；
城乡互助，南北兼收。

雷陈结契胶投漆；
管鲍同心利断金。

气爽天高，经营伊始；
日增月盛，利益均沾。

频接五洲通贸易；
广交四海展鸿猷。

文明经商，招来贵客；
礼貌待人，引进嘉宾。

满面春风迎客至；
四时生意在人为。

白雪拥门，门市凝瑞；
红梅开店，店前征祥。

满面春风迎顾客；
一腔热情暖人心。

百业鼎新，一团热火；
万商云集，满面春风。

满面春风送客出；
一身恭敬迎宾来。

名正言顺，买卖不诈；
秤平斗满，童叟无欺。

满意而归携所爱；
高兴而来择所需。

志在陶朱，经营商业；
和崇管鲍，开辟富源。

操胜算则财足矣；
乘时机而货殖焉。

近悦远来，转运百货；
水程陆路，惠利群商。

懋迁化居师夏禹；
经营致富学陶朱。

灵活经营，财源茂盛；
热情服务，生意兴隆。

人以攸资，货以攸叙；
俭则有用，勤则有功。

货纵零星，百挑不厌；
物无大小，一应俱全。

货架上下，鲜花朵朵；
柜台内外，春意融融。

三尺柜台，温暖千家万户；
一爿商店，誉满四海五湖。

经之营之，财恒足矣；
悠也久也，利莫大焉。

五洲信息灵通，风驰电掣；
四海财源发达，雨集云蒸。

夏日征祥，开基创业；
熏风奏曲，得意阜财。

斤两足，尺寸够，作风正派；
花色多，品种全，生意兴隆。

喜送笑迎，来去高兴；
东挑西拣，买卖公平。

以天下为己任，红心似火；
将顾客作亲人，笑脸如春。

一年复一载，一尘无染；
百人挑百货，百问不烦。

礼谦宜贸，无论东南西北；
应时便民，当分春夏秋冬。

三尺柜台，迎四方顾客；
一腔情意，拂二月春风。

有事业心，问不烦拿不厌；
无官商气，近者悦远者来。

购销两旺，人人心欢畅；
市场频荣，处处春色新。

展出成千产品，任挑任选；
销售上万货物，无假无欺。

货真价实，不做违法事；
尺足秤够，莫赚昧心钱。

数点梅花，放出无穷生意；
一渠活水，流来不尽财源。

面漾三月风，服务周到；
心怀一团火，接待热情。

八达四通，北往南来生意好；
五光十色，柳绿桃红花样新。

薄利多销，利逐春潮涌；
义财方取，财如晓日升。

文明经商，柜台内外添春色；
礼貌待客，城乡上下树新风。

文明经商，送来柜台百样货；
礼貌待客，献给人民一片心。

价实货真信誉好，产销通畅；
秤平斗满商德高，买卖兴隆。

春满九州，春意随同人意闹；
财通四海，财源好似水长流。

春满柜台，万紫千红迎客到；
货盈橱架，五光十色任君挑。

信息生财，经销网络连四海；
技术开路，优质产品到五洲。

信息灵通，产供销三方顺畅；
人才荟萃，农工商百业兴隆。

航海梯山，汇集五洲各市场；
云蒸霞蔚，推行百货遍中华。

商场超市

四时百货无假冒；
一诺千金有真诚。

（郭适文）

超人一着唯诚信；
市场千家独敞优。

（胡之锦）

超出寻常质与量；
市遵公德信同诚。

（许玉书）

超常意识经营旺；
市场商机运转亨。

（胡之锦）

无价爱心，琳琅满目；
有情超市，温暖盈怀。

（蒋东永）

架上百货，不分南北；
商场千人，争购东西。

（柴夫）

货真价实，诚招天下客；
心热气和，笑纳世间财。

（谢寿全）

百货琳琅，堆金积玉珠光灿；
大楼熙攘，聚宝藏珍瑞气腾。

（常春）

合理竞争，经商有信无欺诈；
任君挑选，供货择优多品牌。

（覃德开）

衣食住行，万户千门供应足；
秋冬春夏，四时八节货源丰。

（曾圣任）

取信于人，超市经营无假货；
以诚待客，迎宾服务蕴真情。

（张耕余）

综合经营，商品齐全充日用；
超常市场，物源丰裕利民生。

（胡之锦）

超级商场，廉价称心由客选；
市中奇景，琳琅满目足君求。

（朱雅基）

超级商城，货有琳琅万千品；
市场经济，客无远近一家亲。

（周渊龙）

琳琅满架，货真价实由君选；
璀璨盈场，品美样全任尔挑。

（韦业猷）

惟适者存，商场从来如战场；
以和为贵，客人何妨作亲人。

满架琳琅，店敞物丰随意选；
长期诚信，货真价实放心来。

（胡之锦）

景胜萃群贤，九州胜友如
云聚；
货高招远客，四海高商踏
浪来。

（柳德池）

集贸市场

商贸兴隆增富路；
市场络绎壮平畴。

（张宜武）

市场繁荣，五光十色；
政策开放，万紫千红。

买卖称心，任挑任选；
文明待客，无假无欺。

（卓厚瑶）

车水马龙，集贸市场生意旺；
零售批发，商品种类供应多。

创业有心，形势喜人跃马去；
经商致富，春风催我进城来。

货物交流，柴米油盐由我选；
城乡互补，住行衣食任君挑。

（张耕余）

果蔬禽蛋，干鲜杂货，油盐
调料，宗宗美好；
鱼肉鸡鸭，生熟食品，米面
粗粮，样样优良。

（龚道平）

满腔热血洒山乡，献上奇珍
异品，多姿多彩；
一片丹心挂市场，伴随常客
贵宾，任选任挑。

（娄义钊）

日用百货店

竞争活市场；
诚信促商机。

（卫　国）

两厢锦绣藏百货；
一店春风暖万家。

一秤公平，九州来客；
百家情意，满店聚财。

（靳濂镜）

三春常驻，财源长流；
百货俱兴，生意昌隆。

（倪中立）

百货百样，百看不厌；
千客千心，千选不烦。

春夏秋冬，男女老少，四处
嘉宾诚心待；
东西南北，衣食住行，万般
日用随意挑。

（杨曦光）

真心敬业，和气招财，顾客
盈门生计好；
诚意便民，文明求利，佳声
遍处商店兴。

（杨曦光）

书　店

书里乾坤广；
心中日月明。

（毛定波）

书林含馥郁；
艺海汇英华。

书载千秋事；
店迎百业人。

（叶善胜）

欲知千古事；
须读五车书。

集书山名典；
呈学海大观。

（冯萌献）

书中自有千秋事；
店里能知万种情。

（史宝明）

书似明灯辉世路；
文如丽日耀人生。

（冯萌献）

书求善读无新旧；
学欲通研有古今。

（陈志岁）

书香总引求知者；
店客皆为开卷人。

（程经华）

书添智慧知识富；
店倡文明服务优。

（丁玉群）

世上真知原是宝；
人生好友莫如书。

（康在彬）

乐观名店图书锦；
苦读华章智慧新。

（张玉复）

饱览诗书知典故；
纵观历史晓兴亡。

（马骏英）

学海扬帆寻益友；
书山辟径作良师。

（喻斯美）

欲问寰中千载事；
来翻架上五车书。

（康永恒）

博古通今登此店；
看书益智进斯门。

（曹树汉）

行业类·商业

锦绣成文非我有；
琳琅满目待人求。

（苏自宽）

腹内无才休想贵；
书中有我自成家。

（康在彬）

好书多读，能成大器；
妙语长存，可著华章。

（景宇辉）

识字清风，翻书古趣；
芸城斗富，文海撷珍。

（常　江）

欣遇好书，若逢益友；
静观典籍，如晤圣贤。

（陈华峰）

新华溢彩，亘古名篇光古邑；
书店盈辉，当今巨著誉今朝。

（常　春）

莫吝几文钱，应备些精神
粮食；
欲担千载业，且登夫知识
阶梯。

（吴亚卿）

综新旧之编，莫谓今文无
古文有；
统中西之学，请看近者悦
远者来。

（钟云舫）

文房四宝店

价为三都贵；
名因十样新。

挥毫如锦绣；
落纸似丹青。

砚中含雨露；
纸上走龙蛇。

（曹树汉）

壶中凝蜡汁；
石上印鸿文。

万选材夸湖郡美；
成章价贵洛阳多。

文气四时钟学士；
宝光一室识知音。

（赵金光）

玉露磨来浓雾起；
银笺染处淡云生。

华阳墨水和丸妙；
蜀国乌煤落纸香。

壮志漫夸班定远；
选材应法卫夫人。

匣藏铁砚青云敛；
墨洒金壶紫汁凝。

拔毛首选管城子；
拜石曾封即墨侯。

松烟清润朝挥翰；
华光月明夜校书。

松滋龙剂金同质；
易水犀纹玉比坚。

幸拜香池为太守；
待研花露佐中书。

奇香细洒金壶汁；
新谱盛传银盏烟。

悟得柳公书内法；
生来江子梦中花。

笔架山高虹气现；
砚池水满墨花香。

笔墨纸砚文房宝；
琴棋剑球娱乐天。

紫玉池中含雨露；
白银笺上走龙蛇。

铦锋梳尽山中兔；
蘸墨惊飞海上鱼。

锦绣丹青工点缀；
绫妍翰墨善装潢。

（赵金光）

碧露濡毫铜雀古；
紫泥赐篆玉龙新。

墨海翻波临古帖；
笔锋集锦写新诗。

（李瑞香）

翰墨所收皆气势；
丹青难写是精神。

爪影留鸿，得天然趣；
脂香凝蜡，具人造功。

玉管香浓，花研雨露；
金壶汁洒，纸泼云烟。

鸡距鹿毛，花开五夜；
鼠须麟角，力扫千军。

笔挟风雷，文章千古；
声争金石，价值连城。

（闻楚卿）

脱颖生花，文章增艳；
试金镌玉，翰墨扬芬。

潭近百花，自多佳制；
楼夸五凤，好助添修。

薄纸千张，请试妙手；
秀管一支，精绘花容。

放眼橱窗，尽是文房四宝；
兴怀风雅，广交学海众儒。

饮水墨花，五色奇香金壶汁；
乐山笔阵，一枝春暖管城君。

（刘继相）

文光璀璨，供君纵写千秋锦绣；
具质琳琅，让世高瞻八斗才华。

（赵义柏）

古玩店

隋珠和璧；
禹鼎汤盘。

头衔叨守旧；
骨董愧名家。

一窥篆隶知秦汉；
半向尘埃拾宝珍。

（钟云舫）

三代鼎彝昭日月；
一堂图画灿云霞。

古色古香堪细玩；
如诗如画可长看。

（韦荫炎）

玩物岂真能丧志；
居奇原只为陶情。

涂鸦辨出真书妙；
铜雀搜来古砚多。

（钟云舫）

满座鼎彝罗秦汉；
一堂图画灿烟霞。

蝶舞乍疑唐库出；
燕裁还认汉宫来。

彝鼎图书自典重；
兰苕翡翠相新鲜。

大信无欺，鬼神可鉴；
精诚所致，金石为开。

（邹卓枝）

东壁藏珍，遗书秘笈；
西清古鉴，列说绘图。

汉瓦秦砖，世之所宝；
汤盘孔鼎，识者宜珍。

价重连城，隋珠和璧；
光腾满室，夏鼎商彝。

金石图画，前人所尚；
陆离斑剥，古气盎然。

夏鼎商彝，传流万古；
秦砖汉瓦，罗列一堂。

书画店

山随画转；
云为诗留。

砚生云海；
笔舞龙蛇。

云闲山秀丽；
风静竹平安。

丹青饰山水；
金碧绘楼台。

书画怡且乐；
金石寿而康。

书法扬道义；
翰墨播文明。

兰香满素室；
月色映书窗。

观画如观景；
赏字胜赏花。

花心起墨晕；
春色散毫端。

吟雪诗情热；
画松翠笔娇。

闲洒阶边草；
轻随箔外风。

沧海驾紫浪；
泰岳吐春云。

破壁群龙舞；
临池五凤飞。

铁砚磨古法；
长毫写新书。

笔力千军阵；
词源万马兵。

笔端通造化；
意表出云霞。

润毫看凤舞；
和墨化龙飞。

笔底人间烟火；
纸上四海风云。

（刘海粟）

一气呵成凭运腕；
五更梦处顿生花。

一牛隐现穷殊相；
八马奔腾妙入神。

大地山河生笔底；
九州人物出毫端。

山间花鸟毫端现；
天上云霞腕底生。

（康在彬）

山恋晴云无墨画；
竹敲秋雨有声诗。

天外江山来笔底；
胸中丘壑写毫端。

云淡雨香诗世界；
水流花放画根源。

片纸能缩天下意；
一笔可画古今情。

月窥神韵灵根秀；
风赏图轴古墨香。

（郑　恢）

行业类·商业

玉露磨来雅兴起；
银笺染处豪情生。

许多丘壑胸中贮；
无数烟云笔底生。

快意纵横挥翰墨；
顿教咫尺起龙蛇。

（李五湖）

诗情画意来天地；
凤翥鸾回耀古今。

（石道达）

泼墨为山皆有意；
看云出岫本无心。

参天有势松方健；
肖物能工石亦妍。

挥毫墨洒千峰雨；
嘘气空腾五岳云。

笔舞龙飞书壮志；
墨落云起赞群英。

爱画有情常拜石；
学书无日不临池。

胸中本有山和水；
笔下还生鸟与花。

粉黛染山川秀色；
丹青夺造化神工。

绿水青山常在眼；
龙飞凤舞总成章。

（王天性）

逸少经文怀素草；
辋川图画鲁公书。

锦绣河山胸中贮；
奇幻烟云笔底生。

满地落红如布锦；
遍山积翠似堆烟。

境非真处皆为幻；
俗到家时自入神。

翰墨所收皆气势；
丹青难写是精神。

水上纵毫，范山松石；
雪中缀景，摩诘芭蕉。

行业类·商业

215

竹树楼台，弹指即现；
烟云丘壑，着纸而成。

纸上纵毫，万山千水；
雪中缀景，百态多姿。

浓淡分明，挥毫泼彩；
形神兼备，妙笔生花。

（黄英章）

绘色绘香，绘声绘影；
有山有水，有物有人。

铁画银钩，刚柔互济；
通神穷态，粉墨一新。

随心勾勒，跃跃欲动；
任意描绘，栩栩如生。

螺黛初匀，蛮腰乍写；
莺花正好，犀管轻描。

疏雨一帘，锦绣飞毫摩诘画；
轻风半榻，烟霞满纸米家山。

（周渊龙）

工艺美术店

良工能刻桷；
利器亦张弓。

珠名称宝素；
花样更时新。

琢玉能为器；
点石可成金。

异皿莹莹似宝；
珍禽栩栩如生。

巧手扎成珠蛱蝶；
匠心嵌就玉鸳鸯。

巧制衔珠龙似舞；
精装翡翠凤如飞。

（苏自宽）

玉待切磋方润泽；
器宜磨琢始生光。

东方艺术随君赏；
时尚品牌任尔挑。

（黄汉如）

行业类·商业

尽如人意花常好；
巧夺天工蝶也迷。

刻鹄能成称巧手；
雕龙亦足见人心。

绚烂欣看绮席丽；
光华添得锦堂春。

珠树一林皆隽品；
宝山片石亦奇珍。

缀出珠球光灿烂；
扎成花朵巧玲珑。

催花不用滋荣术；
剪彩能探造物功。

塑花常开能迷蝶；
翠鸟时鸣不争春。

膝下披来能悦目；
堂中看去亦舒怀。

妙手雕龙龙起舞；
精心刻凤凤腾飞。

（陈华峰）

切磋琢磨，器乃可用；
玲珑剔透，玉汝于成。

玉簇花团，混珠鱼目；
珠围翠绕，光夺蚌胎。

西方圣人，须眉自古；
南海妙相，面目毕真。

技擅雕龙，是君子器；
功成刻鹄，有高人风。

裁取鸾笺，洛阳纸贵；
催来羯鼓，唐苑花开。

锦绣纷披，焕然呈采；
云霞蒸蔚，烂其盈门。

凭慧眼灵心，琢磨而成器；
经裁云镂月，雕刻以见珍。

（吴亚卿）

琳琅满目，装点金碧辉煌，
艺夸圣手；
色彩纷呈，流韵晶莹典雅，
巧夺天工。

（周渊龙）

行业类·商业

金银珠宝店

奇搜山海；
品重圭璋。

生制心思巧；
新翻手段高。

光华能照乘；
身价重连城。

昆冈明月满；
合浦夜光回。

钗钿添异彩；
珠宝斗新妆。

佳制玉条脱；
新成金步摇。

珠光腾赤水；
宝气蕴蓝田。

银花呈异彩；
宝树献金辉。

楼阁五云起；
金银百宝盈。

几缕嫩蓝增艳色；
一痕新绿助晨妆。

门前珠履三千客；
头上金钗十二行。

（蓝佐国）

天上明河银作水；
海中仙树玉为林。

天开宝藏三都富；
人醉金瓯满店春。

四时恒满金银气；
一室常凝珠宝光。

汉璧秦璆相伯仲；
吕璜雍玉自光辉。

沙里淘来金足赤；
炉中炼出火纯青。

依稀鲛自眸中泣；
恍惚龙曾颔下寻。

金柳若摇莺欲语；
银花如绽蝶疑飞。

宝盒丛中藏翡翠；
金钗队里护鸳鸯。

积珍珠妆成宝树；
聚美玉摆出银花。

鸳鸯并集云鬟里；
翡翠深藏宝髻中。

银花娇衬云鬟艳；
宝钿新添雾鬓妆。

掌上明珠求合浦；
世中珍宝识波斯。

仙羽飞来，芙蓉江渚；
明珰妆罢，翡翠兰苕。

闪烁圆匀，珠辉夺目；
光明磊落，宝艳惊心。

闪烁圆匀，珠辉照乘；
光明磊落，宝贵连城。

丽水生来，有条如蒜；
宝山运到，其灿若花。

丽水所生，床头不足；
宝山之产，囊里常盈。

贡出扬州，宝登三品；
质生丽水，名重连城。

体格坚贞，琢磨成品；
容光焕发，闪耀惊人。

身入宝山，名高北斗；
封占丽泽，美重南金。

沧海月明，蓝田日暖；
怀珠川媚，蕴玉山辉。

金钏玉环，随时巧制；
珠花宝髻，尽态极妍。

金柳若摇，燕莺欲语；
银花如绽，蝴蝶相寻。

珍品齐罗，探骊衔雀；
宝光森列，记事招凉。

点缀螺髻，兰苕生色；
交加雀羽，翡翠翔华。

品物敷陈，光摇银海；
财源广茂，富胜金山。

宝钿鸳鸯，金钗翡翠；
龙鬓助艳，鸦髻添娇。

海市云深，鲛人献宝；
蓝田日暖，龙女量珠。

黄雀飞来，有条如蒜；
青蚨引到，其源若泉。

掌上奇珍，来从合浦；
椟中佳品，出自昆冈。

刻细雕精，善于亮相；
名高格贵，足可文身。

（李五湖）

满店银光，一团紫气；
千枚翠钻，万点金星。

（陈景章）

满室妆银，匠心独运；
层楼耸翠，宝气常凝。

翡翠金钗，娇添鸦鬓；
鸳鸯宝钿，艳助风鬟。

镂雪镌冰，光摇银海；
镶珠嵌玉，身入宝山。

钟表店

可取以准；
勿失其时。

待时而动；
不叩自鸣。

分阴宜爱惜；
刻漏逊精奇。

如钟以应也；
必表而出之。

二十四时凭我报；
万千百事任君行。

三百六旬归掌握；
二十八宿列心胸。

万千星斗心胸里；
十二时辰手腕间。

千秋伟业千秋福；
一寸光阴一寸金。

功迈周官挈壶氏；
制超汉室浑天仪。

非从朝暮观时刻；
要识光阴等箭梭。

制胜当年记里鼓；
灵于清夜知更鱼。

行业类·商业

刻刻催人资警省；
声声劝尔惜光阴。

能于细处求精确；
惯与时间较短长。

嘀嗒钟声催史进；
玲珑手表记时迁。

（汪从周）

十二时辰，运诸掌上；
三千世界，尽在眼前。

宏业新开，必表而出；
义气相应，如钟自鸣。

按部就班，有条不紊；
继日以夜，无懈可攻。

掌握璇玑，胸罗星斗；
权衡日月，烛照乾坤。

眼镜店

江山澄气象；
冰雪净聪明。

春风常识面；
秋水惯传神。

胸中存灼见；
眼底辨秋毫。

悬将小日月；
照彻大乾坤。

镜照千秋色；
眼观八面春。

（靳濂镜）

生来日月重华世；
业得神仙不老方。

存心为补先天缺；
有技能开后世矇。

好句不妨灯下草；
高年能辨雾中花。

两轮宝镜悬星月；
一对明眸望海天。

（程步云）

助君好句银灯草；
愿汝高年灼见真。

（吴柏若）

但愿归来心共照；
自然看去眼同明。

眼前览清明世界；
镜里收亮丽春光。

（程经华）

察及秋毫如照烛；
看来老眼不生花。

邀来日月悬隆准；
搅得河山入玉眸。

远近模糊，皆登快境；
重光日月，幸遇昌时。

使众昭昭，若岩下电；
与世珞珞，望眼中人。

秋水澄清，菱花七出；
春山浮翠，桂月双圆。

扫去尘氛，万卷诗书供赏鉴；
拨开云雾，两轮日月放光明。

老花有度，如用之皆自明也；
近视无妨，苟合矣不亦善乎？

明察秋毫，十样名笺灯下草；
细观春色，一双慧眼锦生花。

（周渊龙）

重开千里目，好把丹青描
远景；
再览四时春，堪吟锦句颂
鸿图。

（刘继相）

衡器店

权衡凭正直；
轻重在公平。

星点分轻重；
铁砣定亏盈。

（刘剑光）

钩悬凭正道；
衡直在公平。

（刘继相）

公平在我一丝纽；
正直凭兹几点星。

（刘继相）

衡量轻重无私弊；
保证公平有准星。

（和西典）

轻重得宜，一杆在手；
偏颇无倚，双钮关心。

理贵持平，不卑不亢；
心能守正，无私无偏。

足以开心，丝纽不长连万户；
岂能藐视，秤砣虽小压千斤。

（唐绮德）

刀剪店

剪将淞水；
快若并州。

云霞裁巧手；
灯火试寒宵。

白虹时切玉；
紫气夜冲宸。

不历几番锤炼；
怎成一段锋芒。

与丝缕而并赐；
应刀尺之同催。

能教二月春风似；
为取半江淞水来。

最宜绣阁裁云锦；
恰好银炉锻雪锋。

名重并州，推为利器；
裁成蜀锦，赖此新硎。

淞水半江，可剪而得；
并州双戟，其快何如。

雨具店

紫云张日艳；
绣羽带风飘。

路人蒙覆庇；
新货赖撑持。

醍醐难灌顶；
荫蔽赖当头。

千颗碎珠寒带雪；
半身柔翠冷披烟。

无事芰荷遮雨露；
却教苔草化衣裳。

任是滂沱浸大道；
偏能坦荡到光天。

头顶何愁风阻向；
手擎不怕雨迷程。

（吴柏若）

行业类·商业

衣冠整洁先防备；
风雨行藏后免忧。

往来宛若祥云覆；
出入何嫌微雨淋。

卷舒方便随身带；
晴雨皆宜顺手撑。

（刘天渠）

看我当头撑掩盖；
赖君妙手护跳珠。

铁骨根根撑苦雨；
绢花朵朵蔽骄阳。

能张能折脊梁直；
宜雨宜晴筋骨坚。

（程经华）

绸缪未雨叨君庇；
掩护如云胜舶来。

虚心原具冲风力；
瘦骨犹怀向日心。

晴时假得扶持力；
雨日叨将覆庇功。

遍身滑泽同华服；
适体轻盈遮炎凉。

入手岁蕤，风日呈彩；
当头庇护，晴雨随时。

操节持身，以栋梁自许；
肩危任重，立天地之间。

遮阳遮雨，何惧风云变幻；
能屈能伸，以应人世流迁。

（刘八忍）

不怨弃捐，投闲在光天化日；
能楚飘泊，与人共苦雨凄风。

（钟云舫）

家电商场

寒冬温暖送；
炎夏冷凉输。

（祖裘尧）

万般风味藏银柜；
一片冰心在玉壶。

（白启寰）

行业类·商业

不辞劳苦团团转；
为送清风阵阵来。

（莫石麟）

为使千家消暑热；
能教六月变秋凉。

（白启寰）

吐气生风融冷暖；
随缘入世耐炎凉。

（苏　白）

酷暑临门凉遂意；
高科入室夏成春。

（汪从周）

烈日无情侵雅室；
空调有意降高温。

（曹作伦）

能热能凉你可捡；
是方是扁它该行。

（陆琪灿）

足未出门，周游世界；
身犹在室，遍览湖山。

（祖裘尧）

电掣风驰，变化无穷于方寸；
形虚影幻，咫尺景观遍五洲。

（赵克恭）

电器益人，万众选挑迎岁瑞；
名牌亮彩，千家争购贺春新。

（范全文）

夏为良友，不觉人生多宠辱；
秋入冷宫，方知世态有炎凉。

（刘八恕）

电器创名牌，更新换代如
珠美；
商城争信誉，务实求真似
玉纯。

（仲伟凡）

电脑店

视听千姿百态；
查寻万宝全书。

（刘天渠）

电传信息知中外；
脑记全书识古今。

（曾宪钊）

电脑功成行有速；
神头笃厚信无疑。
（王利国）

万语千言全靠手；
五湖四海尽藏芯。
（韩崇文）

妙手按开新宇宙；
光辉永照大乾坤。
（郑　敏）

行业类·商业

善断奇谋藏店内；
良师益友在神宫。
（赵明度）

遐想千般三岛近；
疑团万种一时开。
（刘天渠）

鼠标点击图文茂；
按键搜寻信息通。
（柴　逸）

满脑尽装天下事；
一盘点击世间奇。
（陆琪灿）

一盘键子，打出千家绝作；
两尺荧屏，联通万里精华。
（刘继相）

拓展时空，程序编排看世界；
联通古今，鼠标跳动露玄机。
（潘文杰）

指敲键动，转瞬即察寰宇事；
光闪标移，须臾可览世间情。
（李泓禧）

交友谈天，赛弈打牌，万全
娱乐境；
吟诗撰对，读书刻字，十美
育才宫。
（祖袭尧）

眼明手快，键盘符号联络上
中下；
口顺耳熟，程控音响沟通你
我他。
（刘进亮）

敲打键盘，神妙电脑，映照
浩瀚天地；
点击鼠标，方寸荧屏，涌动
环球风云。
（刘进亮）

电脑传真，一朝喜事屈指临，
讯息准确；
人机对话，万里欢心应声到，
报导灵通。

（王成章）

手机店

一机在手；
随处谈心。

（许玉书）

一机在手天涯近；
两地谈心顷刻间。

（袁朝领）

八方信息举机晓；
万里财源弹指来。

（叶良方）

千男万女掌中握；
四海五洲袋里装。

（陆琪灿）

从此谈心有捷径；
何须握手始言欢。

（郑礼敏）

地北山南归掌上；
天涯海角在身边。

（赵明度）

机知岁月随人转；
手握乾坤任尔言。

（韩崇文）

铃声跨越成功路；
笑语飞铺友谊桥。

（陈景章）

绵绵短信招人喜；
款款新机动客心。

（陈景章）

柳暗花明，频传电讯；
山重水复，好报佳音。

（李国栋）

海外亲人，随时通话；
天涯游子，即刻谈心。

（祖袭尧）

一机在手，世界风云皆掌握；
万事关心，财经信息系胸怀。

（叶良方）

行业类·商业

讯达四海，常送佳音千里喜；
联通九州，永存信誉万民欢。

（曾宜华）

举手诚邀千里客，客来福至；
开机广纳八方财，财盛粮丰。

（康宏河）

五金店

五金用品琳琅耀；
百种器材精彩呈。

（胡之锦）

物配五行，金当为首；
名传三品，铁寓其中。

敲敲打打，桩桩俱备；
刨刨拉拉，件件功全。

（李　洪）

化学器材，零零总总安排足；
交通用具，件件桩桩配置全。

（胡之锦）

日月揽光华，银焰飞弧，云
兴霞映；
钢铁任缝剪，金针度巧，神
化天工。

（周渊龙）

花木盆景店

山中无岁月；
花草有春秋。

为世常添美；
愿人都爱香。

（苏　白）

匠心随所欲；
着手便成春。

观花听鸟语；
对竹品茶香。

（王天性）

牡丹呈富贵；
茉莉溢清芬。

（段志英）

万紫千红工点缀；
春桃秋菊费平章。

万紫千红花似锦；
五颜六色景如春。

（叶逢荣）

扑鼻香味精神爽；
夺目鲜艳蜂蝶来。

（翁月卿）

四季争奇花秀美；
千枝斗艳店娇娆。

（刘普昌）

百态千姿来者赞；
五颜六色顾客惊。

（张养浩）

朵朵鲜花融爱意；
张张绿叶蕴亲情。

（陈景章）

花草钟灵迎客到；
芳菲播瑞送春来。

（李瑞香）

花香鸟语春常驻；
鱼跃虫欢业永兴。

（陈景章）

花香惹得行人入；
木翠招徕彩蝶飞。

（李熙才）

听鸟观鱼堪养性；
栽花育草总关情。

（王天性）

盆小纳山川灵气；
景奇聚日月精华。

（刘忠信）

姹紫嫣红春错落；
姣枝艳蕾玉参差。

（周渊龙）

红红绿绿，一年皆秀；
袅袅娉娉，四季如春。

草列千珍，弘扬园艺；
花开四季，装点人生。

（王天性）

竹器店

劲节思君子；
虚心应世人。

行业类·商业

虚心成大器；
劲节见奇材。

竹木而外有余利；
岩壑之中无弃材。

竹藤编织称能手；
款式新颖数此家。

（邹万寿）

红日三竿觇盛气；
绿云千亩益生机。

刮磨精光君子器；
疏通致用雅人风。

（刘继相）

翠竹编成千样雅；
青条做就百般精。

风雅宜人，亦标劲节；
和平应世，定解虚心。

同君子居，高情云上；
与佳人坐，生气风从。

竹屋纸窗，素多逸趣；
虚心直节，确是奇材。

莫笑雕虫，君子之器；
可知刻鹄，巧匠所营。

劈刮排编，全随人意志；
筐篮椅席，尽显竹精神。

（赵义柏）

虚心方成大器，行家曰善；
劲节尚守柔能，老子称强。

（蔡寿昌）

木器店

从绳则正；
因椭而圆。

有材皆中选；
适用乃为宜。

精工为世用；
美器在人成。

门凝瑞气千秋富；
室聚清香百里飘。

（李熙才）

佳木由来堪作器；
良工自古不遗材。

厚薄短长，量材使用；
参差重叠，积货充盈。

点缀新居，满堂春色；
装成家具，一室霞光。

雕刻成纹，材殊樗栎；
琢磨为器，品重檀梨。

天下名材，总归工肆去；
世间奇器，都自匠门来。

鲁班艺巧，动斧似无迹；
轮扁技高，运斤如有神。

为鲁班师，原擅雕楹刻桷；
称公输子，岂但削墨引绳。

家具店

巧匠能工施绝技；
名牌精品领新潮。

（刘万城）

古香古色欣仿古；
新形新款爱时新。

（叶逢荣）

安居首配新家具；
享受先装美客厅。

（龚道平）

不尽家风，相同意旨；
有情选择，无限温馨。

（胡敬贤）

曲直均宜，量材使用；
松杉不论，听你道来。

（彭庆治）

满目琳琅，纷陈特色；
连编珠玉，迭出新姿。

（徐泽先）

深山良木，精工成上品；
旷世名师，巧手饰新潮。

（李远）

中西合璧，尽除家具旧风貌；
金木联盟，添来居室新光辉。

甲木精雕，百店家具此更好；
低价销售，一分薄利我最诚。

（宋元茂）

式样时髦，中西家具符客意；
色泽明艳，南北品牌称君心。

（李学文）

行业类·商业

精益求精，规轨准绳精货品；
好中挑好，圆方平直好家私。

（王文俊）

纵不是栋梁材，仍可登堂
入室；
亦无非灵巧手，尽堪如意
称心。

（吴亚卿）

能工施睿智，制箱造柜财
源广；
巧匠费神思，刻凤雕龙生
意隆。

（粟　坚）

渔具店

钓竿直垂能赚利；
文心闲放可雕龙。

（胡敬贤）

游山玩水何如钓；
美酒佳肴哪及鱼。

（谢寿全）

钩虽小，可钓大江深海；
线不粗，能拉万尾千条。

（石道达）

紧结匀编，网络四方利；
精装细制，钩连万户心。

（魏家魁）

灯具店

心香一瓣；
画烛双辉。

一炷通诚意；
双辉焕宝光。

不愁夕阳去；
还有夜珠来。

双辉花焕彩；
四序玉调辰。

闪影同天笑；
流光夺月辉。

灯光天欲笑；
泡影月争辉。

远射无须电；
高悬不畏风。

行业类·商业

灵芬铺檀宇；
宝焰度莲台。

驱逐阴暗影；
怀抱光明心。

看乾坤不夜；
与日月争光。

高悬如皓月；
远照若明星。

烛向窗前剪；
香从云外飘。

室外偏能留影；
夜中自足生光。

一瓣氤氲炉中热；
九天馥郁云外飘。

千乘宝车珠箔卷；
万条银烛碧纱笼。

开灯装就机关巧；
发电还凭线索通。

不是金檠光照烛；
还疑玉女戏投壶。

气吐麝兰香一瓣；
影摇龙凤烛双燃。

电似明珠城不夜；
灯如焰火景长春。

（曹树汉）

百尺高悬如皎月；
一灯远照若明星。

光耀九天能夺月；
辉腾一室胜悬珠。

华灯光耀如明月；
彩管辉煌胜艳阳。

（叶逢荣）

灯火为山川添色；
霓虹与日月增辉。

（曹树汉）

一缕通诚，烧成心字；
双辉耀彩，照彻眼帘。

开顷刻花，光腾火树；
博天公笑，镜借丰隆。

不借膏焚，光生四壁；
宛如月朗，照澈通衢。

气吐龙涎，清香馥郁；
花开蜡炬，瑞焰辉煌。

闪烁金光，一旋机括；
玲珑玉照，普放光明。

焰吐金莲，光摇霞影；
花开银粟，彩彻星衢。

焰吐银丝，贯通线索；
辉腾金粟，笼罩琉璃。

篷脚云开，竿头日上；
灯光不夜，月色同明。

烁若繁星，集万人视线；
明如皎日，放一代光明。

小小晶球，点燃万家灯火；
支支虹管，放出满室光明。

烟花爆竹店

花飞龙吐彩；
爆响幕生霞。

(彭文扬)

万朵金花催民富；
千声响炮壮国威。

(钟宝明)

发于声如雷如电；
其为气至大至刚。

顷刻花开飞石火；
平安竹报动雷鞭。

炮炮震惊鸣大地；
花花艳丽映长天。

(韩崇文)

截来淇上平安竹；
开到人间顷刻花。

礼花竞放，但为五洲添异彩；
爆竹齐鸣，尽朝百业报佳音。

(赵义柏)

束缚冲开，动地惊天迎富贵；
自由取得，流光溢彩报平安。

(钟宝明)

炮以花名，遍地鲜花时有绽；
情如雨降，满天星雨夜常辉。

(吴柏若)

行业类 · 商业

炮竹如雷，震响九霄传盛韵；
烟花似锦，宏开七色展琼姿。

（姚　忠）

炮响千声，大地变成花世界；
目迷五色，人间幻出锦乾坤。

焰火升空，花雨缤纷天灿烂；
金龙起舞，珠光闪亮夜辉煌。

（钟宝明）

靠响成名，动地惊天真斗胆；
乘虚升帐，冲锋陷阵出凡尘。

（李五湖）

匠心造就，红黄紫蓝，五彩
缤纷燃曙色；
巧手琢成，噼哩啪啦，八音
激荡奏凯歌。

（袁昌鹄）

化妆品店

永芳资润泽；
香水自成溪。

香水春雨润；
粉面艳阳开。

美人来选胜；
香国惯留春。

雪花资润泽；
香水溢芬芳。

淡浓随意着；
深浅入时新。

蝶粉香迷白；
燕脂色润红。

磨来巧匠手；
助得美人妆。

兰陵妙制工镂月；
菱镜新妆助掠云。

百美图中资润色；
众香国里试催妆。

香送春风令我醉；
粉添花气袭人来。

桃李春风花有韵；
芝兰香气玉无瑕。

淡描轻画添姿色；
浓妆艳抹出丽人。

晶瓶香滴黄金露；
粉靥膏涂白玉霜。

蝶绕蜂围浑欲醉；
花香粉气不分明。

颜色还疑红线女；
因缘莫误赤绳仙。

西子增妍，嫫母掩丑；
何郎如傅，荀令曾熏。

花国经纶，不离脂粉；
妆楼点缀，愈显妖娆。

肤滑脂凝，水流香腻；
光分月白，色映妆红。

韩掾难偷，夷光莫借；
何郎慢傅，荀令曾熏。

蝶粉迷香，栩栩入梦；
燕脂润色，飘飘欲仙。

蝴蝶恋香，庄生入梦；
凤鸾对舞，天仙化人。

九畹兰馨，美人呈秀质；
三春日暖，天使展华姿。

（王广华）

人皆思美，香露匀施，胜似
春花吐艳；
眼贵传神，秀眉勤画，常如
秋月流辉。

（平立滨）

农资店

化学合成氮磷钾；
肥源分送镇乡村。

（白启寰）

科学种田，勤奋家家富；
政策落实，争先处处新。

（张希彦）

为增产，种子优良堪第一；
要消灾，农药质量是当先。

（李承华）

细植精培，育成良种施农户；
精耕细作，装满铁仓富国家。

（夏世峰）

谋畎亩粮丰，宜植优良品种；
为农家岁稔，专销上等化肥。

（韦业猷）

行业类·商业

饲料店

糟糠莫断三餐喂；
猪崽好教五月肥。

（许谋成）

生意不大，祝愿禽畜兴旺；
门面虽小，只求你我发财。

（王维镜）

饲料精良，牛生麒麟猪下象；
配方合理，鸡化丹凤鱼成龙。

（车静轩）

五谷丰盛，施行科技大显身手；
六畜繁兴，全赖精料速长膘头。

（银方明）

建材店

建材闪光霓虹美；
市场繁荣岁月新。

（孙德孚）

美奂美轮兴大业；
华堂华厦赖良材。

（周渊龙）

得水而坚，高楼林立；
和泥为用，大石天成。

（白启寰）

高科涂料，透染全新生活；
长效性能，精装至美空间。

（赵义柏）

彩釉瓷砖，铺出人间锦绣；
春风笑脸，迎来生意兴隆。

（王文俊）

广厦千间，处处高楼平地起；
建材万种，源源好货适时来。

（余远鉴）

油漆店

万家资利用；
五彩焕光华。

有光皆可鉴；
其固比于胶。

惟素能为绚；
取精自用宏。

鸿猷资润色；
乌革快增辉。

一心油就千行锦；
双手漆出七彩霞。
（郭俊杰）

开间五颜六色店；
迎接四面八方宾。
（方郡雄）

金碧丹青资色泽；
门阁楹桷焕光华。

能使素妆成彩画；
也将陈旧复翻新。
（陆琪灿）

彩毫巧向云间写；
丽色婉从春外描。

一抹生涯，良工献技；
万间广厦，寒士欢颜。

色配丹青，辉腾金碧；
恩施膏泽，彩焕云霞。

贴翠涂丹，精描钿盒；
饰金绘碧，巧制雕盘。

绘碧心思，精描璀璨；
饰漆手段，巧制玲珑。

藻绘成文，彰施有色；
金碧奇彩，云霞俪光。

玻璃店

乍来清净地；
如履水晶宫。

台上冰华彻；
窗前月影清。

入户观春花秋月；
隔窗望山色湖光。

玉洁冰清琼阁体；
珠明璧绿水晶宫。

明媚春光窗内见；
祥和喜气镜中看。
（石道达）

瑶台未必如斯洁；
玉宇何曾若此明。

秋水为神，纤尘不染；
寒冰作骨，皓月同明。

珠玉腾辉，琉璃焕彩；
天中皓月，海外明星。

装潢装饰店

装得兰风度槛；
饰新梅影横窗。

（张文鉴）

优材装饰一舍瑞；
地板铺开满堂春。

（陈景章）

房间秀雅凭装饰；
铺面堂皇靠整修。

（龚道平）

装潢字画全身锦；
修饰芳容满面春。

（蓝佐国）

装潢铺面欣来客；
修饰居家乐住人。

（龚道平）

精板良材铺吉地；
新潮饰料靓新居。

（陈景章）

科技兴风，精制迭出；
楼台装饰，工艺日新。

（徐泽先）

价实货真，生意兴隆凭信誉；
屋华室雅，住居舒适靠装潢。

（王治华）

创意多方，革旧鼎新开格局；
整容有术，施朱敷翠换门庭。

（李五湖）

金粉银妆，五光十色辉华宅；
匠心妙手，百态千姿灿靓居。

（张夜虹）

美构溢彩，胜过瑶台频焕彩；
华厦增光，惊出桂殿更辉煌。

（张夜虹）

精材靓妆，万缕清新盈画栋；
巧饰奇嵌，千丝瑞彩绕华堂。

（张夜虹）

行业类·商业

装修生活，高科材料任君
选取；
美化厅堂，上等技能随世
赏评。

（赵义柏）

车 行

九天龙种凭驱遣；
万里鹏程任纵横。

（刘太品）

承载身心君代步；
追求梦想尔先达。

（李群懿）

轮驰万里鲲鹏志；
盘定一方锦绣程。

（宋正文）

广开富路，国施善政；
大展宏图，民爱新车。

（谢承浩）

东风送迅轮，畅通佳境；
春蕊催雄志，直奔小康。

（林 曲）

缩地腾云，海角三时到；
追风逐电，天涯一日还。

（祖裳尧）

农机公司

农机时耗符民用；
器具型精省力操。

（符景兰）

机械耙田，力省效增人不累；
铁牛犁地，土深苗壮果丰殷。

（韦业猷）

农业腾飞，勇往直前酬壮志；
机器先行，轻装上阵展宏图。

（欧阳海洲）

地尽利，物尽用，人尽才，
机械领先开路；
粮满仓，鱼满塘，猪满圈，
科技发展得来。

（赵学锦）

春雨滋锦甸，机耕万亩良田，
凭一双巧手；
秋光晒新粮，力垦一坡荒地，
须四季精心。

（魏明德）

行业类 · 商业

布　店

云锦天女织；
霓裳巧妇裁。

云霞分五色；
锦绣累千纯。

华章凭裁剪；
云霞任卷舒。

冷暖随人意；
缠绵动客心。

聚来千亩雪；
化作万家云。

于今已改丝纶美；
他日还看绤绤精。

经纶有绪原同锦；
衣被群生总赖棉。

经纶事业从针下；
锦绣文章在掌中。

原同君子经纶业；
特著苍生衣被功。

紫白红黄皆悦目；
麻棉毛葛总因时。

如茧所抽，取之原野；
有条不紊，生自丘中。

君子经纶，功先展布；
苍生衣被，喜得同袍。

易事通工，抱无余布；
经天纬地，具有大材。

暑往寒来，功用兼备；
棉温葛软，表里咸宜。

丝绸棉麻尼，品牌多样；
青紫蓝白黑，花色齐全。

（刘剑光）

花样翻新，装点文明世界；
机杼出色，竞争锦绣前程。

掌握千丝，织就中天美锦；
胸罗万象，绣成上苑奇葩。

窗帘店

室可留香久；
堂更避暑宜。

淑气藏金屋；
嚣尘绝绣闺。

晶纹摇素月；
竹影动清风。

万里横陈银世界；
一尘不染水晶宫。

月明楼上珍珠卷；
风袅帘前翡翠垂。

迎来君子居尘市；
好送湘妃伴绣闺。

雨卷珍珠璇阁晓；
风开斑竹画堂春。

玲珑雾縠三千缕；
隐约金钗十二行。

映砌斜流波影皱；
当窗横织雨丝长。

绣户远笼寒色重；
玉楼高挂曙光分。

窗帘入户美如画；
风景宜人柔似春。

玩具店

具内寓智慧；
玩中长精神。

烦劳工匠巧；
博得小儿欢。

巧匠心中生妙态；
小儿眼里得迷情。

（徐龙保）

助宝宝聪明灵巧；
育娃娃活泼健康。

剪纸团沙小智慧；
肖形象物巧心思。

精心拼出七巧板；
妙手解开九连环。

博得儿童，大家欢喜；
造成物具，小巧玲珑。

形仿卡通，制成器玩千家爱；
技涵声电，按动机关百趣生。

（魏家魁）

乐器店

管弦谐矣；
钟鼓乐之。

（许谋成）

和声鸣盛世；
雅乐协元音。

韵出高山流水；
调追白雪阳春。

白雪阳春融两岸；
高山流水和千山。

（吴柏若）

琴唱瑟和留古调；
客来商往尽知音。

键子升沉龙虎啸；
管弦顿挫凤凰鸣。

（许玉书）

五音以叶，洋洋盈耳；
八乐克谐，沨沨宜人。

（梁绍新）

流水高山，会心不远；
阳春白雪，和曲其谁。

盛世和鸣，九韶并奏；
钧天雅乐，八音和谐。

服装店

一目观十锦；
百姿选千衣。

（王鸾声）

云织天宫锦；
霓裁月姊裳。

天上云霞服；
人间锦绣衣。

巧呈千般锦；
装扮万家春。

时装随节令；
花色似奇葩。

云锦托出一轮月；
时装拥来万朵花。

中西内外千款美；
春夏秋冬四时新。

（刘天渠）

行业类·商业

243

中西老少名牌广；
男女春秋款式多。

（石道达）

中西盛服由君选；
老少时装任尔挑。

（黄汉如）

男添庄重女增俏；
夏透风凉冬御寒。

时装靓丽丽时尚；
品类繁多多品牌。

（程经华）

肥瘦短长皆有度；
精细表里显其能。

服装入时招来客；
笑容有致送友情。

（邹万寿）

称意称心寻感觉；
比新比美逐流行。

（程经华）

倩影扮装多俊俏；
青春焕发更娇娆。

（叶逢荣）

式样美观，齐夸手艺巧；
经济耐穿，人称质量高。

西服衬丰姿，时代新潮呈
国色；
中装显韵采，英髦俊彩足
风流。

（李学文）

档次有高低，什么价钱什
么货；
身材分胖瘦，各样体形各
样衣。

（袁朝领）

鞋 店

人行千里远；
足步九重高。

（谢运喜）

凤集双双小；
凫飞步步娇。

劝君行实地；
助你步青云。

（吴柏若）

步月凌波去；
登堂入室来。

步月能飞舄；
登云可代梯。

祝君多进步；
踵事且增华。

一生惯踏不平路；
双履敢登最险峰。

（胡之锦）

大可人前全得体；
何妨足下最生辉。

（余良佐）

万水千山常伴我；
一年四季不离君。

（李玉元）

月生帘影初弦夜；
水浸莲花一瓣秋。

步步登高成双去；
朝朝向上结对来。

（陈景章）

伴尔一生遵大道；
助君万里迈新程。

（胡之锦）

改良形式非皮相；
尚武精神在革新。

品类齐全何削足；
步行舒适自生风。

（程经华）

洛水出时尘不染；
花蹊踏处履凝香。

桥边堕去留侯取；
天半飞来邺令归。

借此可登云步月；
任君尽涉水攀山。

（李其光）

站稳脚跟行正道；
迈开步履奋荆途。

（胡之锦）

随君越险攀峰去；
伴我寻幽览胜来。

（陈华峰）

游山直上多豪兴；
踏月归来少俗尘。

愿随足下征途闯；
定使心中梦想成。

（陈华峰）

锦绣前程宜奋进；
光辉大道任奔驰。

（胡之锦）

走康庄路，程程焕彩；
穿实惠鞋，步步登高。

（陈景章）

足迹飞行，仙传凫舄；
脚跟站定，地固鸿基。

事纪玉奴，金莲贴地；
赋夸子建，绣屧凌波。

制凤栖鸾，心思入巧；
镂金错彩，手段逞能。

制仿鲁风，珍夸楚客；
光生玉步，花映香尘。

洛水凌波，一尘不染；
瀛州就日，三级平升。

踵纳香尘，踏花归去；
履行芳径，步月来游。

踵事增华，务求实践；
履绥纳福，不尚虚声。

前程远大，脚跟须站稳；
工作浩繁，步骤要分清。

花样新鲜，着去踏将城市尽；
模型适合，穿来不怕路途遥。

梯上青云，此处可称发迹地；
诗赓赤舄，个中应有救时人。

喜在眼前，登月凌云，精神抖擞开新路；
乐随足下，有条不紊，步调和谐奔小康。

（胡吉祥）

中西新款标，显君脚秀，千姿百态随精选；
男女大潮领，壮我神威，四海五洲任远行。

（赵义柏）

行业类·商业

帽 店

有冠真增色；
此帽最宜人。

看书狂欲脱；
得意喜频弹。

清斯缨乃濯；
纯以俭而廉。

新妆花帕首；
巧样锦缠头。

岂是簪缨世胄；
不过冠冕家风。

对镜掠鬓宜丽质；
簪花抹额助新妆。

名驰津汉三千里；
冠盖华中第一家。

（石楚铭）

品牌盛誉非高帽；
质量蜚声得桂冠。

（程经华）

冠冕堂皇人楚楚；
头衔荣耀态翩翩。

（胡之锦）

脱帽无心惊露顶；
请缨有路庆弹冠。

遮日遮风唯护脑；
宜冬宜夏俱当头。

（胡之锦）

戴帽亦能光世面；
为人莫乱出风头。

（胡之锦）

云压花冠，越增美态；
风摇翠羽，雅称欧装。

风落孟嘉，不妨舍旧；
雨逢郭泰，大好更新。

巧制兜云，对镜斗艳；
新妆带露，掠鬓争妍。

名重进贤，剪云裁月；
礼尊博士，围结插花。

冠冕入时，式相好矣；
社会进步，福履绥之。

行业类·商业

冠冕群伦，盛名鼎鼎；
赞襄大礼，博士峨峨。

木屑竹头，万全备用；
山珍海味，百里所求。

不时之需，取携甚便；
凡物皆备，价值无欺。

杂货店

万物我皆备；
千金利自充。

斤两钱分，一厘不减；
酸甜苦辣，五味齐全。

（李求真）

休嫌生计小；
聊备不时需。

产品新鲜，香甜有味；
价钱公道，老少无欺。

奇珍搜两粤；
生计达重洋。

河淡海咸，民生日用；
草木鳞介，国产丰盈。

罗陈夸物备；
点缀得时新。

杂售零销，顾客踊跃；
日兴时异，佳宾争来。

七事预存供客急；
一般常备解君忧。

春笋秋菘，星移物换；
仙芋魁栗，并蓄兼收。

罗列珍奇供日用；
流通货物旺财源。

海味山珍，东西咸备；
车驮舟载，南北兼收。

欲人家用时时足；
遂我财源日日通。

源源而来，生涯日盛；
多多益善，用物云屯。

零零碎碎分南北；
七七八八是东西。

酸甜苦辣咸，浮香千户；
油盐酱醋茶，情牵万家。

油盐杂货，物美价廉包满意；
糕点糖果，味甜质好定称心。

锅瓢碗盏，一日三餐皆有用；
桶钵盆缸，千家万户总相关。

（萧树思）

备足油盐酱醋，漫调人生
百味；
配成酸辣苦甜，巧佐君子
一餐。

（王天性）

得其门而入，有点糖酱油
盐，予人方便；
所赚钱不多，沾些毫厘忽
丝，供我开支。

（胡钝愈）

粮油店

谷乃国之宝；
民以食为天。

金穰称国宝；
玉粒济民生。

堆盘皆玉粒；
调鼎尽银沙。

粮是民生宝；
油为厨味珍。

（胡之锦）

一心经营供人口；
万家饥饱系心头。

诚信经营生意好；
精粗搭配健康多。

（黄汉如）

经营世上宝中宝；
奉献人间天外天。

（黄汉如）

欲把名声充宇内；
先将膏泽布人间。

粮供千家歌食足；
油调五味赞肴香。

（胡之锦）

粮食丰盈缘岁稔；
店堂红火裕民生。

（胡之锦）

食为民天，济所不足；
农乃国本，利其有余。

行业类·商业

民以食为天，粮丰民健；
国惟农是本，物阜国强。

油清似镜，定叫人人满意；
米白如玉，须知粒粒苦辛。

粮储千仓，丰岁不忘歉岁困；
食尽百味，饱时常忆饿时艰。

肉食店

屠将学樊哙；
宰可效陈平。

拣瘦挑肥随便；
称多买少不论。

（杨传梁）

斤两不失一刀准；
肥瘦可匀千客夸。

买肝买肺由你挑；
剁肥剁瘦等我来。

君子闻声心不忍；
庖丁善解目无全。

燕市高歌豪杰士；
屠门大嚼建安才。

比德呼名，珍禽广备；
登盘入馔，佳品咸罗。

我有肥牡，游刃于虚；
目无全牛，操刀能割。

铢两能均，陈平割肉；
方寸不失，韩子鼓刀。

海鲜店

奇珍来海国；
异味备天厨。

鱼蟹龙虾来海上；
鹅鸭禽蚌产江中。

（陈景章）

南北东西千客乐；
鱼鳖虾蟹四时鲜。

（管殿生）

蟹肥虾活供筵席；
螺爽鳞鲜佐酒杯。

（曾圣任）

行业类·商业

一脔之尝，百珍之味；
万商所集，四海所求。

活泼鱼蟹，健身美味；
生猛海鲜，待客佳肴。

（陈景章）

水果店

冰桃雪藕；
绿橘黄橙。

尝新皆适口；
食后自清香。

未登瑶池宴；
已成蟠桃仙。

王母频夸桃李艳；
瑶池难比店堂新。

（孙德孚）

月中采得吴郎桂；
天上分来王母桃。

北桃味美千家喜；
南果甘甜十里香。

（张养浩）

四季珍瓜甜醉客；
九州鲜果暗飘香。

（陈景章）

交梨火枣仙家品；
雪藕冰桃世上珍。

应时瓜果新鲜好；
爽口香甜美味佳。

（龚道平）

沉李浮瓜添雅兴；
雪桃剥枣佐清谈。

甜梨一任孔融让；
香橘最宜陆绩怀。

（许谋成）

瑶池火枣谁家有；
天上蟠桃我处陈。

（刘继相）

满店水果千岭集；
一台香气万山来。

绿橘红柑，奇香可挹；
香梨甜枣，仙品同陈。

行业类·商业

蔬菜店

长年瓜果无停卖；
终日菜疏不断供。
（曾圣任）

青菜质高堪益寿；
绿蔬鲜艳可延年。
（张养浩）

笋嫩菱鲜蔬胜肉；
芹香韭稚素优荤。
（曾圣任）

翠盈菜店市添彩；
香沁瓜摊气醉人。
（夏世峰）

四季新鲜，带露开畦剪葱韭；
百蔬硕嫩，乘曦绕圃挑豆瓜。
（方 春）

豆菜瓜茄，红黄白绿般般好；
鸡鹅果蛋，春夏秋冬样样鲜。
（汪从周）

嫩蔬呈彩，红黄紫绿时时好；
鲜果飘香，春夏秋冬日日新。
（周康杰）

豆腐坊

小店生涯惟在此；
故乡风味说来其。

瓦缶澄来银有影；
金刀割处玉无瑕。

巧手制成真玉版；
琼浆凝就假芙蓉。
（江冠英）

奋力推磨浆水涌；
开锅入匣腐坨馨。
（粟 坚）

味超玉液琼浆外；
巧在燃箕煮豆中。

滔滔玉液磨方出；
块块银砖挤可来。
（吴柏若）

洁白如银，晶晶体态；
嫩鲜似笋，柔柔情怀。
（程亚林）

行业类·商业

水豆腐，油豆腐，豆腐脑，
天天供应；
香干子，臭干子，干子丝，
样样俱全。

废品收购站

集腋成裘图大用；
收荒利废是长谋。

（王建中）

破铁烂铜，冶炼又成材料；
碎棉废纸，翻新再写文章。

（刘新猷）

李谪仙铁杵磨针，应无弃物；
陶都督竹头木屑，各有用场。

（白启寰）

须节约资源，片纸寸钉争
再造；
已更新观念，千村万户结
同盟。

（冯珍才）

冥品店

五色纸花含敬意；
千重思念寄哀情。

（平立滨）

在世常行添寿孝；
升天早备送终衣。

（赵明度）

香祭神仙求幸福；
烛供菩萨盼平安。

（韦荫炎）

精工制就花清雅；
巧技扎成圈美观。

（平立滨）

就材则乐，福至三长两短；
入土为安，祥居八稳四平。

（赵义柏）

篾扎纸糊，为作祭奠必然要；
红写绿画，不忘故人应该来。

（程亚林）

服务业

宾馆旅店

日暮希君快投宿；
天明请客早登程。

江山如画；
胜友似云。

今晚栖身留燕寓；
明朝展翼赴鹏程。

其来由自；
且住为佳。

风尘小住计亦得；
萍水相逢缘最奇。

一樽开夜月；
千里盼停云。

过客相逢应止宿；
征途到此便为家。

未晚先投宿；
鸡鸣早看天。

茅店月明鸡唱早；
板桥雪滑马行迟。

进门俱是客；
到此即为家。

草席布衾迎远客；
粗茶淡饭款佳宾。

相逢皆萍水；
小住息风尘。

相留燕赵齐梁客；
借寓东西南北人。

乡梦不随春夜永；
客思偏向雨声多。

浮生若寄谁非梦；
到处能安即是家。

行业类·服务业

乾坤到处皆吾室；
风月谁家不是邻。

萧斋特下高人榻；
大道频来长者车。

至此不觉身是寄；
于兹方便客如归。

（万中伟）

游人岂怯征程苦；
旅店常能待客诚。

（胡之锦）

楼里楼外藏温暖；
客来客往见深情。

中彦西英，望门投止；
南来北往，扫榻相迎。

（刘凤翔）

同人于门，群贤毕至；
适子之馆，吉事有祥。

适馆授餐，客来不速；
联床话旧，宾至如归。

送水送茶，热情备至；
问寒问暖，体贴入微。

宾至如归，少安勿躁；
客来不速，小住为佳。

萍水相逢，见面如亲友；
停车暂住，入店似归家。

鸿雁远去，皆因大地春暖；
旅客常来，只为小店情深。

玉宇琼楼，迎来春夏秋冬客；
锦衾绣被，温暖东西南北人。

来往如云，萍踪鸿影天涯客；
奔波似箭，秋水春风世面人。

（胡之锦）

终日开门，深夜不辞迟到客；
全天营业，热情恭候后来人。

（易汝浩）

旅行诸宾，起居饮食休他虑；
社会各界，信息交流在此间。

馆门敞开，迎八面春风入院；
服务周到，接四方宾客归家。

随地可安身，莫讶乾坤为
逆旅；
当前堪适意，且邀风月做
良朋。

行业类 · 服务业

255

风雨送劳人，特为筑室道旁，聊避劳人风雨；
光阴如过客，快去做羹厨下，莫延过客光阴。

熙熙攘攘，可怜他去去来来，个个劳劳碌碌；
我我卿卿，但愿得平平稳稳，年年喜喜欢欢。

酒店酒楼

行业类 · 服务业

人游千里外；
兴在一杯中。

五斗助吟兴；
千杯壮雄心。

世间无此酒；
天下有名楼。

对酒歌盛世；
举杯庆丰收。

共对一樽酒；
相看万里云。

此处有欢伯；
何人封醉侯。

光浮竹叶翠；
色借郁金黄。

杯中倾竹叶；
人面笑桃花。

店好千家颂；
坛开十里香。

美肴陈倚席；
菊醴溢杯芳。

座上客常满；
杯中酒不空。

酒筵五湖客；
楼傍九霄云。

捧杯消倦意；
把酒振精神。

梅花香锦砌；
旭日漾金樽。

绮阁云霞满；
清樽日月新。

楼小乾坤大；
酒香顾客多。

铁汉三杯软脚；
金刚一盏摇头。

入筵席五味共品；
行酒令六合同春。

三杯足壮英雄胆；
一盏能清雅士心。

（蒋焕文）

三春曙色迎佳客；
一片冰心在玉壶。

开瓶疑领醍醐味；
品曲齐观琥珀光。

（苏自宽）

五味调和香十里；
四方顾客酒三杯。

好酒未尝人已醉；
帘旗不挂客仍来。

（翁月卿）

水如碧玉山如黛；
酒满金杯月满楼。

过门已是涎三尺；
畅饮何妨酒一杯。

红杏林中多酒客；
绿杨堤畔少诗人。

把酒临风神奕奕；
登楼望月乐悠悠。

（康在彬）

画栋前临杨柳岸；
青帘高挂杏花村。

沽酒客来风亦醉；
卖花人去路还香。

香闻十里春无价；
醉买十杯梦亦香。

举杯歌升平盛世；
把酒庆胜纪丰年。

（邹万寿）

美似文君垆畔转；
才如太白酒家眠。

（胡术林）

酌来竹叶凝松绿；
饮置桃花上脸红。

莼羹鲈脍多风味；
竹叶梨花送酒香。

银丝细借吴刀切；
玉液香先洛酒淘。

喜吟春色诗千首；
畅饮芳香酒一杯。

楼小常招仙客饮；
天低时采白云炊。

（康永恒）

行业类·服务业

饮千樽美酒，佳宾满座；
食四海珍肴，贵客欢心。

太白酒楼，喜见朝朝多醉客；
碧霞餐馆，欣逢日日有嘉宾。

竹叶杯中，万里溪山闲送绿；
杏花村里，一帘风月独飘香。

店有佳肴，但可随心拣几样；
客爱名酒，不妨就此喝一杯。

高朋满座，虎啸龙吟诗千首；
嘉宾咸集，客往人来酒数盅。

席上风生酒德，刘伶曾作颂；
盘中味美鱼鲜，张翰不思乡。

座雅窗明，盛意喜迎千里客；
佳肴酒美，竭诚温暖万人心。

酒醉十里，招客举杯邀明月；
饭香一堂，引人挥箸唱春风。

瓮畔香风，自引陶公来贵店；
座中佳酿，应斟李白满金樽。

（苏自宽）

象箸琼杯，尽为嘉宾安设；
山珍海味，全凭众口品尝。

（吴亚卿）

清樽万斛醉刘伶，垂名百世；
明月一轮邀李白，对影三人。

（康在彬）

旗飞白云，云里闻香仙下店；
笑满春风，风中买醉客登堂。

（宋承琨）

个里富诗情，常招李白骑
驴至；
此中足游兴，每引刘伶荷
锸来。

（蒋焕文）

买醉多青衫，沽酒常来李
太白；
添香有红袖，当炉仍是卓
文君。

（赵孟俊）

煮酒论英雄，量今酌古情
何限；
持杯抒慷慨，醉月飞觞梦
有痕。

（周渊龙）

酒增诗客清狂，李白花间
邀月饮；
杯惹雅人深致，陶潜篱下
对山吟。

（赵孟俊）

一脔之尝，八珍之味，易
牙堪称调羹手；
四方所集，万客所需，酒
楼常恋美食家。

（周康杰）

百味佳肴容易得，爽口时
分，切莫吃成十足；
一生顺意最难求，称心日
子，何妨痛饮三杯。

（钟宝明）

饭店餐馆

一枕黄粱熟；
三餐白粲香。

叶根堪细嚼；
肉食鄙无谋。

闻香须止步；
知味且停车。

烹煮三鲜美；
调和五味香。

嘉宾同宴乐；
胜友共加餐。

领略家乡风味；
难忘故土人情。

一片真情迎百客；
三杯美酒醉八仙。

（王永龙）

无人不道佳肴美；
有客常来满座春。

行业类·服务业

五味烹调香千里；
三鲜蒸炸乐万家。

美味招来云外客；
香气引出洞中仙。

水陆兼呈皆上味；
宾朋尽兴共加餐。

饭菜飘香千客赞；
美名远播万宾来。
（张国安）

甘旨味惊云外客；
流霞香染月中泉。
（赵金光）

佳肴沁美精神爽；
老酒飘香肺腑酣。
（王统乾）

且饮乡间新酿酒；
莫笑田家老瓦盆。
（周渊龙）

美味佳肴迎挚友；
名楼雅座待高朋。

行业类·服务业

乍看惊觉色香美；
细品还言韵味长。
（曹大举）

座中好对知己饮；
天下无如吃饭难。
（康永恒）

汉三杰闻香下马；
周八士知味停车。

数碗撑肠真智慧；
三杯落肚小神仙。
（康永恒）

肉丝虾面鲜而美；
烧饼点心酥又香。
（胡之锦）

旨酒珍馐，十成美味；
迎来送往，四海春风。

饭好菜香早晚便；
茶热汤美老少宜。

花样新蒸，煮炸皆好；
质量优色，香味俱佳。

饭熟菜香春满座；
窗明几净客如云。

胜友常临，可修食谱；
高朋雅会，任选山珍。

餐用名厨，饭香菜美；
馆聘师庖，汤好味鲜。

百款烹鲜，回味无穷堪品赏；
一心待客，热情不尽足流连。

（李求真）

顾客盈门，酒美菜香诚作本；
宾朋满座，情真意切信当头。

（段志英）

倚柱摩天，阆苑蟾宫辉北斗；
乘风抚掌，玉屏石室醉东坡。

（常 江）

座无虚席，人流恰似春潮涌；
案有奇珍，色泽如同锦绣堆。

烹术高超，清香醉倒三江客；
鲈羹纯净，美味迎来四季春。

（萧锡义）

为吃饭而来，万般烦恼皆须忘；
漫停杯便去，一样酸甜好再来。

（康永恒）

案板响当当，功夫怎样无须问；
炉膛红火火，生意如何不用吹。

（黄 钟）

火锅店

火上燃情新岁月；
锅中品味大文章。

（萧树思）

一锅涮尽陆空海；
三盏醮迷你我他。

（侯玉章）

小火锅经济实惠；
自助餐宾客随心。

（邹万寿）

火烧乾坤添春暖；
锅煮温馨焙情浓。

（孟宪璞）

火煮千山山珍美；
锅烹四海海味鲜。

（周康杰）

会友邀朋麻辣烫；
燃情品味海陆空。

（周康杰）

香心一瓣三冬暖；
妙底半锅四季春。

（管殿生）

火火红红，人兴财旺；
锅锅辣辣，味美情殷。

（邹涌运）

火花含笑燃情四海；
锅浪腾欢品味五洲。

（周康杰）

调配奇香远，初闻不信；
煎熬特色浓，一啖方知。

（辛　华）

妙火生千香，进门一见喜；
奇锅纳百味，出店数回头。

（赵明度）

火候适度，肉醇丁脆色香俱；
锅味巧调，块嫩汤鲜宾客宜。

（夏世峰）

热气腾腾，火锅涮出新鲜
口味；
笑声朗朗，顾客同欢大好
时光。

（王成仁）

银盘陈水陆，红黄紫绿循
环过，可餐秀色；
雅客烫火锅，麻辣鲜香反
复尝，品味真情。

（周康杰）

拉面馆

一线龙盘红绿盖；
千家海口白清汤。

（李庆松）

拉出情丝千万缕；
引来食客万千人。

（刘赓贵）

喝汤喝出三春貌；
拉面拉来万寿图。

（王世淳）

晃晃悠悠，拉拉扯扯；
丝丝缕缕，爽爽滑滑。

（蒋东永）

白璧百拉，成千丝玉线；
面条一碗，敬万里嘉宾。

（陈玉华）

手有绝活，拉面何须拉客；
心无旁骛，闻香更是闻名。

（程　鸿）

拉成细面如丝，丝丝入口；
切得肥牛为片，片片飘香。

（胡承鸿）

一缩一伸，圆团瞬变千条线；
三揉三扯，滚水顿生万道波。

（韩崇文）

闻香来看看，情如华岳三峰重；
知味请尝尝，面似黄河九曲长。

（李汝泽）

饺子馆

品味常来欣赏；
做人贵在包容。

（王庆新）

诚信为皮仁作馅；
春风调味馆凝香。

（万十千）

满腹经纶藏美味；
出身水火溢奇香。

（卢文贵）

酒　吧

席间三酌酒；
对面两春风。

（刘剑光）

酒坊邀雅客；
歌馆谢知音。

（钟宝明）

鸡尾香槟，享受西洋清冽；
茅台古井，品尝中土甘醇。

（黄　钟）

好酒不停杯，醉醇寒香千杯少；
知音无戒语，畅谈秋色万言欢。

（刘剑光）

行业类·服务业

盛意洗风尘，美酒三杯酣
夜梦；
琼楼溶月色，轻歌一曲解
乡愁。

（万中伟）

茶馆茶叶店

新香嫩色；
淡绿微黄。

一天无空席；
四时有香茶。

三江待茶客；
四海迎春风。

飞羽觞醉月；
品佳茗清心。

（翁月卿）

切来云片薄；
制出月华新。

玉盏霞生液；
金瓯雪泛花。

龙井腾云雾；
碧螺焕青春。

（李恭仁）

希文传雅韵；
陆羽赋经书。

（钱述锣）

扬子江中水；
蒙山顶上茶。

有茶桐叶暖；
无酒竹梗寒。

尘虑一时净；
清风两腋生。

竹粉标新意；
松风寄豪情。

名山采雀舌；
雅室煮龙团。

宜作终身伴；
难忘半碗情。

（李五湖）

春共山中采；
香宜竹里煎。

茶心唯重道；
和气可成祥。
（陈香白）

茶煮三江水；
馆迎四海宾。
（胡之锦）

香分花上露；
水汲石中泉。

客至心常热；
人走茶不凉。

捧杯邀明月；
煮茗洗俗肠。
（赵金光）

烹茶香十里；
回味沐三春。
（杨逸民）

淡中知品位；
浓里见功夫。
（吕光源）

趣言能适意；
茶品可清心。
（施子江）

龙井泉多奇味；
鹿宛茶发异香。

渴饮不妨七碗；
好茶出自三山。
（许谋成）

一品天香和露泡；
满杯龙液咂唇尝。
（万中伟）

一盏清茶香雾绕；
两行玉律醉心吟。
（曹大举）

一壶春色香而艳；
万里友情笃且真。
（陈华峰）

一鼎茶烟香醉客；
十分春色绿盈杯。
（孙　起）

一碗香茶当美酒；
四方贵客似亲人。
（康在彬）

为品清香频入座；
欢同知己细谈心。

行业类·服务业

龙井雀舌茶色艳；
虎骨鹿茸酒味香。

十德良言盟素志；
一杯香茗励清心。
（戚万丰）

入口清香清肺腑；
开心暖意暖人生。
（廖家驹）

九曲夷山采雀舌；
一溪活水煮毛尖。

北汲白泉池中水；
南采龙井山上茶。

叶叶含芳清气溢；
杯杯助兴雅怀添。
（陈华峰）

只缘清香成清趣；
会因浓酽有浓情。

沏茶须用梅花雪；
会友当来竹叶风。
（施子江）

陆羽闲情常品茗；
元龙豪气快登楼。

花间渴思相如露；
竹下闲参陆羽经。

瓦壶水沸邀清客；
茗碗香腾遣睡魔。

三月莺歌唱淑景；
四时香茗醉诗人。
（蓝佐国）

六如空相生香色；
七碗清风饮太和。
（刘太品）

杯中茶色皆春色；
口里清香胜酒香。
（韩崇文）

松涛烹雪醒诗梦；
竹院浮烟荡俗尘。

细品香茶消烦恼；
诚邀好友乐逍遥。
（周康杰）

春来雀舌留君醉；
风送茶香助客吟。

（曹大举）

南峰紫笋来仙品；
北宛春芽快客谈。

茶登极品凝甘味；
馆聚名流尚雅风。

（胡之锦）

品茶总效梅兰好；
得道浑如水月清。

（施子江）

品茗三杯酬雅韵；
登梯百步壮豪情。

（戚万丰）

香茶一杯解乏力；
吉言三句振雄心。

泉香好解相如渴；
火候闲评坡老诗。

壶盏和声香一室；
叶芽入口熨五中。

（杨曦光）

莫道迷人唯美酒；
须知醉客有香茶。

（李求真）

爽口莫如龙井水；
清心还是铁观音。

（陈景章）

清茶漫饮清思发；
好友频临好梦圆。

（陈华峰）

雀舌未经三月雨；
龙团先占一枝春。

清香博得千人笑；
美味招来万众欢。

翠叶烟腾冰碗碧；
绿芽光照玉瓯青。

凝成黄山云雾质；
飘出武当晨露香。

落座便成三岛客；
舒心细品一壶香。

（王天性）

紫罐白瓯流古韵；
金英绿片溢奇香。
（张夜虹）

红绿为媒，香盈茶舍；
诗书作伴，福满人家。
（孙 起）

滋味美似花上露；
清凉净如石中泉。

采向雨前，烹宜竹里；
经翻陆羽，歌记卢仝。

瑞草抽芽分雀舌；
名花采蕊结龙团。

茗碗凝香，清遣岁月；
高朋满座，畅谈古今。

道传天地融雅兴；
茶喝古今入豪情。
（张贵祥）

客喜登楼，携云入坐；
茶偏招月，穿阃投壶。
（李五湖）

满盏香茶迎贵客；
一片冰心在玉壶。
（蓝佐国）

金瓯腾雾中，清神纳福；
翠叶飘香处，解愠和人。
（杨曦光）

碧玉香分花上露；
乌龙水吸石边泉。
（苏自宽）

书能启智，常怜太白千杯酒；
茶可怡神，堪羡卢仝七碗诗。
（丁玉群）

燕舞莺歌傍峡谷；
桃红柳绿伴茶亭。
（翁月卿）

四方来客，坐片刻无分你我；
两头是路，吃一盏各奔东西。

眼里佳人，闭月羞花真国色；
杯中风景，沉鱼落雁是天姿。
（韩崇文）

一碗茶清，杯心得月；
半窗风袅，雪蕊浮香。
（李五湖）

淡水一杯，细细饮来堪当酒；
香茶半盏，徐徐品去可清心。

满座香蒙，酽沏名茶神自醉；
高朋雅聚，鲜尝极品性堪怡。

（胡之锦）

半榻梦刚回，活火初煎新涧水；
一帘春欲暮，茶烟漫卷落花风。

是处合安闲，把碗还希招陆羽；
此间宜放荡，倾觞不必效刘伶。

（李五湖）

品陆羽三经，雪沦一壶招雅客；
啜卢仝七碗，风生两腋激豪情。

（胡之锦）

洗浴中心

一池春水；
万人舒心。

共沐一池水；
分享四季春。

华清妃子浴；
绰约美人妆。

树立新风尚；
洗掉旧东西。

池清水热室雅；
人勤情暖茶香。

（王永龙）

一池清水洗洁体；
满面春风展笑容。

入池但洗风尘累；
涉世不随流俗牵。

（胡之锦）

万缕雨丝增爽意；
一泓温水洗凝脂。

（冯萌献）

气浪来时通体透；
汗雨尽头一身轻。

（王永龙）

石池春暖人宜浴；
水阁冬温客更多。

行业类·服务业

此是寓公汤沐邑；
且听孺子沧浪歌。

汤泉中有沉浮客；
水阁旁多徙倚人。

红楼洁室荡春意；
碧泉浴池洗风尘。

沐前懒照菱花镜；
浴后先弹旧日冠。

（冯萌献）

行
业
类
·
服
务
业

到此皆洁己之士；
相对乃忘形之交。

金鸡未唱汤先热；
旭日东升客满堂。

荡漾香汤和气脉；
淋漓津汗长精神。

振衣弹冠遗老语；
澡身浴德大儒风。

晓日芙蓉新出水；
春风豆蔻暖生香。

濯缨不待临沧水；
搔首休教问碧天。

濯濯却凭孺子兴；
新新可作汤王铭。

玉洁冰清，温泉试浴；
渭流涨腻，脂水生香。

池中温泉，请君入浴；
足下顽疾，寻我来医。

身上皮毛，几经洗伐；
胸中块垒，亦可涤除。

泥垢自去，身适肤爽；
洁水涤来，心旷神怡。

温凉恰好，堪称泉浴；
寒暑相均，可比天池。

濯垢香泉，洗心涤虑；
去污春水，浴德澡身。

露浥蒹葭，漫怀秋水；
风熏豆蔻，好试温泉。

浑体无拘，何负一池清液；
洁身自好，莫留半点污痕。

（胡之锦）

池水溢温馨，何吝身临斯境；
喷流淋惠泽，莫辞首当其冲。

（胡之锦）

池洁水清，洗搓舒服人心暖；
床明褥净，休歇安然体态轻。

（张养浩）

温馨自含情，由君洗心涤虑；
泉流原不竭，待我浴德澡身。

（周渊龙）

玉池水暖，涤垢去污，盈室
芝兰和气脉；
锦座风清，消忧解乏，满轩
冰麝畅身心。

（丁玉群）

美容美发店

刹那容颜换；
瞬时面目新。

面前成事业；
头上见功夫。

（王天性）

就我生春色；
逢人作好容。

手巧能添秀色；
技精可驻青春。

（辛 华）

来如张飞再现；
去若周瑜重生。

虽然毫末技艺；
却是顶上功夫。

理发如同理政；
洗头即是洗心。

大事业从头做起；
好消息自耳得来。

不让须发减君色；
定叫春风美尔容。

不教白发催人老；
更喜春风满面生。

手中绝技凭施展；
头上乌云任卷舒。

（黄汉如）

行业类·服务业

·271·

风吹秀发层层浪；
气烫彩云卷卷波。

（陈景章）

去垢涤污新面目；
整容净发识英雄。

头颅岂肯闲中老；
面貌常留少壮春。

动刀不觉容颜改；
对镜才知面貌新。

压花卷浪随人意；
齐额披肩任客挑。

有改头换面奇技；
得弄假成真秘方。

（李五湖）

进店来乌头宰相；
出门去白面书生。

角艺每求新面目；
论人岂不重须眉。

到来尽是弹冠客；
此去应无搔首人。

莫愁白发长千丈；
喜有巧手剪三春。

致力面前新事业；
醉心顶上硬功夫。

（李求真）

俯首甘为毫末业；
立足就显绝顶功。

理时面似春风拂；
饰后眉如月亮弯。

（黄汉如）

椅随人转容貌变；
镜对目张笑颜开。

舒心岁月从头起；
锦绣前程迎面来。

（周文举）

善心不欲世人老；
巧手能教颜面新。

新事业从头做起；
旧容颜一手推平。

操天下头等事业；
做人间顶上功夫。

行业类·服务业

发式创新，头头是道；
容光焕发，面面皆春。

对面得来，毫末生意；
从头做起，顶上功夫。

顶上圆光，尽生美泽；
眉间英气，更露清扬。

刮垢磨光，功夫细致；
修容剪烫，技艺高超。

顶上春光，凭君从头开拓；
高超艺术，看我信手拈来。

暮暮朝朝，洗洗梳梳剃剃；
停停歇歇，光光挖挖敲敲。

美女俊男，过门不入憾外憾；
云鬟花髻，妙手梳成奇中奇。

理面美容，男子汉轩昂仪表；
烫发添艳，女儿家飒爽英姿。

满座嘉宾，尽是洗头与革面；
盈门胜友，无非搔首带修容。

整顿乌云，男换新貌女添俏；
修刮白髭，少葆青春老还童。

磨砺以须，问天下头颅几许？
及锋而试，看老夫手段如何！

巧手播春光，收拾愁云飞喜雨；
精心操美业，变更旧貌展新颜。

（易庚山）

足疗店

千里始于足；
一修可回春。

（梅庆龙）

疗足一身爽；
泡脚百病消。

（陈景章）

足下清云紫液；
胸中热浪温涛。

（王文华）

舒舒服服泡脚；
坦坦然然养神。

（陈景章）

何忧双足疲劳至；
可使一身爽快归。

（杨逸民）

按压三关抒气血；
摩通六脉壮精神。

（李第兰）

揉搓健体炎凉水；
调理舒心坐卧姿。

（廖家驹）

足通经络，劝君呵护；
疗治身心，阁下珍惜。

（陈景章）

抒足扯趾，烫浴敷中草；
疗脚搓穴，按摩沐药汤。

（付洪星）

煮药香满衣，且看顶尖技术；
掬水月在手，诚祝足下安康。

（周渊龙）

按穴舒经，惬意相随推拿去；
摩身活络，欢心共伴捏揉来。

（钟宝明）

只花百分钟，浴浴足，解解乏，脉通血畅精神爽；
忙活几多日，清清脑，松松骨，揉穴推拿道理深。

（任志刚）

照相馆

悟得幻中幻；
现来身外身。

摄将真影去；
幻出化身来。

一道镁光留倩影；
三生丰韵伴流年。

（冯萌献）

人生最幸合家照；
玉影总关一世情。

（冯萌献）

个个镜头凝情谊；
张张笑脸带春风。

风姿衬出江山美；
光彩借来日月辉。

（康永恒）

本色依然还本色；
真容照旧是真容。

（李求真）

还我庐山真面目；
爱他秋水旧丰神。

时光冉冉春永驻；
风度翩翩笑长存。

体态须眉都活泼；
心神毫发不参差。

披上婚纱圆美梦；
摄留喜照纪佳期。

（黄汉如）

若把端身对宝镜；
自然真相摄莲池。

显真容惟妙惟肖；
观姿态活影活形。

俊颜丽貌无虚假；
秀水青山最逼真。

（叶逢荣）

美化生活多快乐；
留住青春永年轻。

倩影留真犹本色；
芳姿焕彩益增辉。

（白启寰）

留得本来真面目；
映成绝世好风姿。

常留桃李春风面；
聊解蒹葭秋水思。

雅度翩翩拍玉照；
威仪棣棣见美容。

今日留影，取姿随便；
他年再看，其乐无穷。

佳照传神，亦庄亦谐；
芳容写真，惟妙惟肖。

美男美女，人人俱俊；
形态形容，栩栩如生。

绘影绘形，神乎其技；
惟妙惟肖，色即是空。

毫发无遗，眉须入画；
风姿比玉，声价论金。

行业类·服务业

彤红吉服，良缘呈喜庆；
洁白婚纱，爱侣见清纯。

（陈更新）

刹那凝眸，留取光华倩影；
粲然微笑，显扬亮丽仪形。

（段志英）

速度微调，靓丽时空定格；
光圈设定，缤纷生活存盘。

（程经华）

一代风流，倩影英姿皆入品；
九州生气，春兰夏菊尽含芳。

非神工、胜似神工，只电光
一闪，便留住伊人风采；
著我相、即为我相，虽道貌
不扬，犹保持本色天真。

（康永恒）

洗衣店

五光霓异彩；
十色灿宏文。

事业传清白；
生涯在水乡。

一霎清除衣靓丽；
四时漂洗色斑斓。

（倪长贵）

五色云霞渲作艳；
三江锦浪濯来鲜。

五色文章能配合；
千般锦绣益鲜明。

轻黄嫩绿齐生色；
姹紫嫣红总入时。

流水映霞红胜锦；
远山凝黛碧如烟。

欲待春花明锦绣；
先从晓日焕丝纶。

鹅黄鸭绿鸡冠紫；
鹭白鸦青鹤顶红。

入机脱垢，舒松平展；
无水洗衣，洁净清新。

（赵义柏）

六宫粉黛，几无颜色；
五彩彰施，其有文章。

水洗干洗，上门大喜；
熨平烫平，进店太平。

（刘连第）

荡垢涤瑕，还我清白；
刷新换旧，焕乎文章。

洗刷一新，电机熨帖；
焕成五色，云锦鲜明。

洁丽爽，阵阵香风携梦去；
净清新，深深爱意迎宾来。

（陈景章）

仪表堂堂，染尘服饰当常洗；
暖风阵阵，赴宴时装能快干。

（赵明度）

还君白璧无瑕，华衮初回新气象；
洗汝古尘万斛，威仪重整汉衣冠。

缝纫店

金针凤舞；
玉尺龙飞。

裁春风如笑脸；
剪云彩作衣裳。

（周继舟）

人着新衣增美态；
我拿快剪似春风。

（胡之锦）

人或冻寒非我愿；
世都温暖是予怀。

五光十色百针线；
万缕千丝一剪刀。

（辛　华）

巧手剪开千尺布；
精心缝得万家衣。

（胡之锦）

男添庄重女增俏；
夏透风凉冬御寒。

灵机夺尽天工巧；
彩线添来瑞日长。

金针度处功夫密；
铁剪裁来体制新。

行业类·服务业

金针度出新潮款；
玉剪裁成满目春。

（吴柏若）

金剪裁成丹凤舞；
银针引出彩鸾飞。

帘前紫燕真如剪；
天上秋云巧似罗。

裁红剪绿妆春色；
挑花绣朵美仪容。

寒衣熨出春风暖；
彩线添来瑞日长。

敢谓金针能度世；
漫夸玉尺可量才。

愿将天上云霞服；
换作人间锦绣衣。

花样翻新，服装重任；
霓裳绚彩，时代精神。

（唐棣华）

织柳缝裳，穿针引线；
采兰纫佩，转轴旋机。

春柳衣缝，金针巧度；
秋兰香纫，翠佩多情。

浓纤得衷，修短合度；
款式如意，尺寸自量。

（康棣华）

量体裁衣，匠心别具；
穿针引线，妙手常新。

蜀锦湖绫，剪裁入妙；
吴绵赛布，熨帖皆宜。

燕剪裁来，敢夸手技；
鸳针度处，别出心裁。

一剪巧裁云锦，百家满意；
千针密缀情丝，万众称心。

（段志英）

服饰宜人，世态炎凉皆可御；
衣冠得体，时情冷暖不须忧。

（胡之锦）

剪凤裁龙，激情荡漾三江水；
飞针走线，巧艺温暖万人心。

精缝男女新装，胸膛挺挺
英雄汉；
巧制中西美服，风度翩翩
高尚人。

（康在彬）

一天好雨细如丝，问谁织
得神州锦绣；
二月春风锋似剪，待我裁
就祖国新装。

（阮兆安）

万线千针，不论城乡，但
教世上无寒士；
七量八剪，毋分冬夏，终
究人间多布衣。

（胡之锦）

弹花店

聚来千亩雪；
贮得一畦云。

三尺冰弦弹夜月；
一天飞絮舞春风。

（祝允明）

弓弦弹响温馨曲；
纱线织成幸福图。

（李宗宁）

好向人间听轧轧；
愿从世界说花花。

弹来白絮皆成朵；
衣遍苍生是此花。

欣弹棉被声声曲；
敢教冬天日日春。

（郑敏光）

新花雪白晴能舞；
古调琴声静可弹。

装裱店

裱褙承绝技；
衬托见精华。

（魏明德）

八体六书文得色；
一时三刻字成花。

（赵明度）

丹青古美留真迹；
翰墨因缘壮大观。

交游尽属斯文辈；
生活还寻故纸堆。

宋锦吴绫工绚饰；
六书三篆善装潢。

法书名画搜罗富；
宋锦吴绫采饰新。

能手拂来频溢彩；
匠心润过顿生辉。

（汪从周）

点缀烟云邱氏锦；
装潢书画米家船。

裱褙丹青天翼锦；
装潢翰墨玉圻绫。

（高秋霖）

玉轴纵横，观者止也；
锦装什袭，裱而出之。

术擅装潢，如春之丽；
技工绚饰，与岁诸新。

割方寸笺，裁尺幅锦；
黏东坡像，展周昉屏。

世间翰墨传千古，精装细裱；
手下丹青过万家，雅聚风凝。

（赵义柏）

妙手烘云，锦羽增灵花更艳；
神工托月，瑶山添秀水弥清。

（郑恢）

打字复印店

只用键盘操电脑；
无须笔砚作文章。

（叶逢荣）

开机瞬息，分身有术；
按键须臾，出字成文。

（陈更新）

现代办公，一流帮手；
图文打印，百个称心。

（陈景章）

镂云裁月，图文并茂；
经天纬地，绘印俱佳。

（韩崇文）

纸上华章，靠鼠标移动；
文中锦绣，凭人手操劳。

（陈景章）

行业类·服务业

电脑神奇，打出华文如锦绣；
微机巧妙，刷成彩画胜丹青。

（韦业猷）

婚姻介绍所

牛郎织女喜相会；
月老红娘乐搭桥。

（魏明德）

包揽民间男女事；
省操天下父母心。

（罗桂章）

红娘巧配连心锁；
婚介妙铺友谊桥。

（陈景章）

踏破铁鞋无处觅；
得来佳偶自天成。

（林振强）

婚结良缘，乐牵红线；
姻成佳偶，甘搭鹊桥。

（梁绍新）

月老有心，八方情侣两厢会；
红娘再世，千里姻缘一线牵。

（周兆浦）

好事成双，月老喜牵新伴侣；
与人作对，鹊桥联结美姻缘。

（程经华）

白玉有微瑕，十全十美人
难遇；
青春无再少，千选千挑机
易失。

（刘才万）

职业介绍所

求职无门找我；
谋生有路凭才。

（和西典）

资讯纷繁，看清条件；
自身轻重，把定准星。

（严立青）

志在四方，人才荟萃风云聚；
情驰千里，骏业纵横气色添。

（周兆浦）

到此有缘，奇巧机遇莫放手；
祝君好运，向阳花木早逢春。

（周渊龙）

家政服务

但使千门喜；
何妨一户忙。

（常　江）

一户奔波千家暖；
九门安定百业兴。

（常　江）

事无巨细全包揽；
家有艰辛总代劳。

（林振强）

城市凉台添美丽；
居民住室亮洁华。

（李桂洲）

计时服务，包君满意；
随处效劳，做事称心。

（赵义柏）

精细家庭服务，随呼随到；
优良器物维修，保质保时。

（赵义柏）

快递公司

九州万里递春色；
十色五光到汝家。

（石　青）

千户芳音谁快递；
四方重担我轻挑。

（兰梦宁）

电掣风驰千里马；
山重水复万方情。

（王庆新）

快马加鞭不误点；
春风得意正及时。

（嘘　云）

通达顺畅，安全快速；
送递及时，便利生活。

（高　立）

八百里加急，急中生智；
万千家饮誉，誉内流金。

（万十千）

行业类·服务业

工矿企业

工业通用

人才辈出随春到；
企业兴隆带富来。

人变精神厂变貌；
车如流水马如龙。

座座厂房，形同棋布；
隆隆机器，响若雷声。

渠道通畅，引百舸竞驶；
市场放开，招千帆争渡。

夺高产，攀高峰，催动千里马；
迎新春，创新业，更上一层楼。

钢铁厂

一炉鼓响；
百炼钢成。

阴阳作炭；
天地为炉。

钢花映日；
马达迎春。

钢花飞溅；
铁水奔流。

炼成钢铁汉；
铸就栋梁材。

精纯归大冶；
煅炼出洪炉。

千锤打就从头数；
百炼熔成绕指柔。

炉火丹心映旭日；
桃花人面笑春风。

心花怒放，钢花飞舞；
汗水挥淋，铁水奔流。

（童双清）

炉火熊熊，钢花飞舞；
红光闪闪，铁水奔流。

百里焊花迎雪舞；
一声汽笛报春回。

（黄肇尧）

铸成大富，开春结硕果；
锻就奇才，淬火见纯真。

炉火上升冲霄汉；
锤声远播震乾坤。

力战高温，热汗熔成金瀑布；
面迎烈火，雄心造就好钢材。

炉火纯时工制造；
橐金熔处焕光华。

炼钢炉前，钢花与心花齐放；
出铁槽内，铁水共汗水同流。

援助人工机独巧；
转输地轴器维新。

烈火红心，辉映江山无限彩；
高温热汗，熔成强大百年魂。

（娄义钊）

造成天下万千器；
夯作世间老大哥。

（刘之彬）

经百炼以成钢，洵是真材
实料；
越千年而不朽，无愧烈火
雄心。

（吴亚卿）

智慧超人看电脑；
开关随意握机枢。

敲金奚止千锤下；
制器方成百炼精。

机械厂

精工为世赏；
美器在人成。

矿山勘探

大开山门寻珠宝；
广纳科技接财神。

采得深山稀世宝；
探明大地少见材。

登奇山风雪为友；
宿大地星月伴眠。

滚滚乌金出煤海；
皑皑白雪映矿山。

攀高峰可观壮景；
掘深井能得甘泉。

罗盘引路，探明山中翡翠库；
钻杆作笔，绘出地下宝藏图。

春风送暖，锦绣山河任我走；
化雨洗尘，无限宝藏胸中装。

冶炼业

一炉鼓响；
百炼钢成。

钧陶万物；
煅炼一身。

十分臻火候；
百炼见功夫。

财源来浩荡；
声韵发铿锵。

敛才以就范；
如金之在熔。

销熔归大冶；
煅炼出洪炉。

一派薪传资煅炼；
十分火候见精纯。

团捏泥沙堪作范；
销熔炉火自成型。

农器赖乎供未耜；
军装自此足戈矛。

阴阳炭炽陶熔广；
天地炉开造就多。

赋性由来坚似石；
有时亦可化为金。

一派薪传，光焰不息；
十分火候，功夫纯青。

团沙成形，范金合土；
铸鼎象物，铭钟褒功。

如金斯熔，敛才就范；
炉锤在手，规矩从心。

管氏敛财，与盐并榷；
嵇生锻灶，其名遂传。

唯精诚所感，能开金石；
兴山泽之利，以致富强。

农如服田，借此春耕秋获；
工欲善事，也须鲁削宋斤。

战高温，热汗化作千尺金
瀑布；
腾烈火，雄心铸成万吨好
钢材。

煤　矿

春潮溢彩；
煤海生龙。

红日矿山照；
妙诗煤海流。

（曹兆发）

春染矿山景；
潮催煤海帆。

（曹兆发）

铁骨纵横煤海；
丹心温暖人间。

（甘学文）

业兴事顺繁华景；
矿富人安锦绣程。

（王达民）

矿山掘宝人为本；
煤海发财安必先。

（程木生）

煤海喜报报春早；
矿山凯歌歌日新。

遍采乌金辉世界；
聊将炽焰耀乾坤。

（曹兆发）

锦上添花，春潮溢彩；
雪中送炭，煤海生辉。

（刘　旺）

战鼓催春，煤海春潮泛；
炮声报喜，矿山喜讯传。

（甘学文）

煤海长安，心中春浩荡；
矿山大治，井下日光华。

（张贵祥）

掘来温暖光明，人间送瑞；
献上康宁福寿，天下皆春。

（曹大举）

四季安全，万象更新三阳泰；
八方吉利，千祥云集百福臻。

（邹涌运）

创业煤山，矿内乌金真宝藏；
扬名华夏，心中热土好风光。

（谢涵仁）

挖地穿山，千重艰险由它设；
采煤送炭，一路平安任我行。

（张贵祥）

石油开采

唤醒油田，冲破荒原沙漠；
匿身管道，贯通上海天山。

（张殿志）

井架朝天，直破白云疏玉液；
钻机入地，倒穿黄土滚乌龙。

（宋承焜）

去垢除尘，石自砺磨光且洁；
扬清激浊，油经过滤净而纯。

（周炽荣）

春风惠八方，石油如潮供世界；
化雨滋万物，钻塔似笋入云天。

（聂正光）

水泥厂

献身擎大厦；
捐躯驾长虹。

固体强基凝聚力；
连筋壮身向心图。

（冯珍才）

烈火燃烧，粉身碎骨；
溶浆浇筑，固柱硬梁。

（符景兰）

化顽石，碎筋骨，终成齑粉；
拌清水，和泥浆，再造栋梁。

（史宝明）

心系千家，凝固万代泱泱业；
日销百吨，引来八方滚滚财。

（吴洪美）

砖瓦厂

万丈高楼由土起；
千秋基业自砖升。

（平立滨）

百炼千锤磨铁骨；
小材大用砌高楼。

（李求真）

砌柱筑墙兴大厦；
添砖加瓦建华楼。

（叶逢荣）

如琢如磨，砌成碧玉；
绘香绘色，辉映丹墀。

宜作室家，勤涂丹膔；
是虽瓦砾，亦费甄陶。

片片红砖，拔地入云泥变玉；
鳞鳞碧瓦，凌空耀彩土成金。

（夏世峰）

石料场

嶙峋成大器；
磊落有良工。

自以灵心施砥砺；
应教顽石作琳琅。

凿石不须力士力；
移山颇类愚公愚。

娲皇炼来，天亦可补；
愚公移处，山为之开。

木料场

以外岂无桢干品；
此中大有栋梁材。

选择良材支大厦；
振兴伟业在名山。

大匠搜求，取材宏富；
良工斩削，定价公平。

松柏多材，支持大厦；
栋梁精选，游息名山。

大器晚成，乃庙廊桢干；
奇材供应，作国家栋梁。

造纸厂

硬黄仿古制；
匀碧制新笺。

毫端挥去知棉薄；
几上铺来映麦光。

云绕风回飘玉练；
乾翻坤转滚银球。

（易先知）

毛布频传浆现影；
烘缸屡卷纸成形。

（姚　忠）

品重三都，硬黄匀碧；
巧传十样，剪翠裁红。

洁白无疵，出身早向清池浴；
文章有价，立品先从玉笋斑。

建筑公司

广厦连云立；
春风送暖来。

经营有大志；
建造集良工。

庭园千古秀；
楼阁四时新。

高楼手中起；
重任肩上挑。

万丈高楼平地起；
千秋伟业顺天攀。

（李求真）

观其器而知其巧；
应于手以得于心。

建成大厦高华宅；
留予后人久远居。

建筑崇高成伟业；
规模宏大仗良师。

顿看平地楼台起；
忽送高峰紫翠来。

高楼万丈平地起；
大厦千间手中兴。

喜建华堂频焕彩；
乐兴大厦屡腾辉。

（段志英）

凝成似铁如钢志；
擎起摘星揽月楼。

（陈华峰）

幢幢新楼含瑞气；
翩翩明窗纳春光。

毕生志在千间广厦；
一颗心留百姓华居。

（娄义钊）

金碧辉煌，藻文富丽；
香木雕筑，花样新奇。

经之营之，大启尔宇；
轮矣奂矣，聿观厥成。

营室单元，平民领首；
造厦千万，寒士欢颜。

筑厦建楼，为民造福；
添砖加瓦，与国增辉。

以夜继日，笑洒热汗千滴；
沐雨栉风，喜建广厦万间。

万丈高楼，筑在全心全意上；
百年大计，系于一线一砖间。

（娄义钊）

加瓦添砖，万丈高楼平地起；
励精图治，千秋大业满城兴。

（段志英）

建屋造楼，万丈皆从平地起；
明窗净几，一心只向上游争。

（吴亚卿）

映日红旗，五色云中飞彩凤；
凌云画栋，万花丛里耸虬龙。

盘石奠基，百丈高楼平地起；
镶金嵌玉，千间大厦接云齐。

（胡之锦）

筑百丈高楼，风雨更无忧患；
兴万间广厦，城乡日见欣荣。

（陈华峰）

万丈高楼平地起，有我添砖加瓦；
千间广厦小城新，保君乐业安居。

纺织厂

心存锦绣；
手掌经纶。

经纶天下；
衣被苍生。

（张之洞）

经纶其业；
杼轴予怀。

丝纶常执掌；
经纬自分明。

运机资手巧；
转轴见心灵。

庇寒开广厦；
度世有金针。

洛水凌波去；
云衢踏月来。

裁花抛燕剪；
织柳掷莺梭。

聚来千亩雪；
纺出万机云。

工织成裘宜集腋；
文同制锦莫求疵。

开缄日映流霞色；
满幔纹生秋水文。

今日方知机杼好；
异时可结布衣交。

巧比天孙工织锦；
轻如仙子稳凌波。

金梭织就千重锦；
巧手绣成万朵花。

金缕机中抛锦字；
银花廊下映竹栏。

试听轧轧机声起；
不惮纤纤女手劳。

美锦争来夸巧制；
成章自是合时宜。

洛水通辞尘绝染；
花蹊选胜缕凝香。

胸中常贮七襄锦；
手里时藏四季花。

着去浑然忘白雪；
步来还得映青云。

掌握经纶兴事业；
织成黼黻焕文章。

万国山川，但成锦绣；
四时花草，织就文章。

万缕千丝，宛如神力；
五颜六色，尽在化工。
（吴亚卿）

日彩月华，文成五色；
云罗霞绮，锦致七襄。

石赠支机，梭投织女；
文夸制锦，巧夺天工。

机杼从心，分条析缕；
经纶展志，通商惠工。

织纬组经，功夫细腻；
冬棉夏葛，花样新奇。

美富文章，云蒸霞蔚；
经纶事业，锦簇花团。

艳夺鲛绡，经纶事业；
华翔凤彩，锦绣文章。

挈领提纲，分条析缕；
运机转轴，剥茧抽丝。

续命抽丝，分茧功析；
运机手巧，转轴心灵。

蜀锦吴绫，经纶五彩；
齐纨赵縠，机轴一家。

叠雪堆云，拈花惹絮；
运机转轴，析缕分条。

经纬同施，志在兼营天下；
坚柔合度，全凭善治纲维。
（李五湖）

纬地经天，敢创名牌惊广宇；
穿梭引线，力求质量盖全球。
（曹树汉）

衣被遍寰中，何人巧试玲珑手；
机关妙天下，此地能开顷刻花。

（邓　濂）

服装厂

缝得天孙锦；
穿来月姊针。

巧手一剪裁锦绣；
飞针千家布春图。

妙手巧裁千户锦；
新装喜称万人心。

好将妙手夸针巧；
漫把春光细剪裁。

走线飞针心灵巧；
剪霞裁云技艺高。

金线裁成丹凤舞；
银梭引出彩鸾飞。

金剪细裁风下柳；
银针精绣雨中花。

金剪裁成新世界；
银针缝就锦乾坤。

玉剪巧手，百裁百样；
金针妙技，千式千装。

玉尺量才，裁天章云锦；
金针度巧，制月殿霓裳。

（周渊龙）

款款时装，由我精心制；
翩翩美服，容君满意穿。

（吴亚卿）

车梭如珠，让我春荣秋富；
尺剪似宝，叫人冬暖夏凉。

手巧心灵，剪裁万端云锦；
针飞线走，缝制千种衣裳。

裁凤剪龙，激情荡漾三江水；
飞针走线，巧艺温暖万众心。

量体以裁，长袖短襟皆适度；
因时而异，浓装淡色总相宜。

印刷厂

印出新文歌盛世；
刷成锦翰赞华章。

印成今古千秋业；
刷出江山万里图。

（李求真）

绘声绘色真姿相；
有彩有光巧工程。

莫笑文章多印版；
从知大雅尽扶轮。

笔底能描千样彩；
机中可绽万般花。

心机相印，奇文赏鉴；
精神振刷，大雅扶轮。

印奇书锦翰，翰墨飘香香
万里；
刷巧构佳图，图文并茂茂
千章。

（杜正尧）

酒　厂

生涯存曲部；
心事托糟丘。

香醪殊旧制；
佳酿熟新酩。

佳醅销万里；
名士醉三秋。

（许谋成）

一壶藏秀色；
五谷酿醇香。

（李周宣）

酿就天宫玉液；
招来海上客商。

（刘继相）

土窖珍醪香淡雅；
天泉玉液味纯真。

（李周宣）

玉井秋香堪醉月；
洞庭春色最迷人。

（曹树汉）

宏愿尝思酿沧海；
佳节正可醉黎元。

（刘太品）

酒伴春风香万里；
厂逢盛世纳千祥。

（时　杰）

玉井积香，清泉可酿；
洞庭春色，生涯日佳。

地道蒸馏，谨遵古训；
天工酿造，独占春风。

（李周宣）

化肥农药厂

机器声声唱；
肥源滚滚来。

多销氮磷钾；
催长麦稻粱。

（许谋成）

化雨春风兴万象；
肥源神效富三农。

（杜正尧）

世上百灵人为贵；
民间五谷肥当家。

（刘建平）

宏图大展九州富；
肥源广开五谷丰。

改革浪潮推国富；
竞争声中出肥多。

除害杀虫功力大；
催花增果效能高。

（符景兰）

农林牧副渔

农　业

亩亩禾苗壮；
坡坡花果香。

（卓厚瑶）

棚内菇瓜旺；
田间稻谷香。

（姚　忠）

春播满腔希望；
秋收一地辉煌。

（冯萌献）

一心绣出丰收景；
双手浇开幸福花。

（时　杰）

大地阳春欣胜景；
神州瑞雪化甘泉。

（高承信）

行业类·农林牧副渔

295

丰收稻麦田家乐；
盛产棉麻画栋多。

（黄祖光）

网上觅来新信息；
棚中做出大文章。

（胡　浩）

兴农奠定千秋业；
重教昌隆万代基。

（段志英）

农田种好衣食富；
副业搞活买卖兴。

（陈　良）

村后牛羊肥且壮；
房前瓜果大而丰。

（姚　忠）

沃土大棚农展翅；
繁花硕果富生根。

（谢根藏）

金黄稻海千层浪；
碧绿湖波万颗星。

（高承信）

鱼肥鸭壮猪盈圈；
稻稔棉丰果满园。

（黄汉如）

春播农家胸浩荡；
秋呈金谷地辉煌。

（娄义钊）

笑种田间千顷玉；
喜收原上万车金。

（郑　恢）

清风明月千秋瑞；
淑景丰年四海祥。

（童双清）

粮丰果硕牛羊壮；
水秀山青景象新。

（黄汉如）

缫成白雪桑重绿；
割尽黄云稻正青。

繁花硕果家山好；
沃野平畴稻菽香。

（童双清）

千里松涛，无山不绿；
万顷麦浪，有地皆春。

日色融融，田畴滴翠；
春光灿灿，庭院飞红。

（陈华峰）

闹春耕，十分汗水十分获；
抢农时，一寸光阴一寸金。

大富村中，玉树花开兴特色；
小康路上，金樽酒满醉春风。

（张贵祥）

万象承乾，处处春光寒转暖；
三阳开泰，年年淑景去还来。

好戏连台，喜看稻菽千重浪；
高朋满座，福到寻常百姓家。

（方　予）

湖波荡荡，茶果千山香不断；
渠水粼粼，田园万顷绿无边。

（陈华峰）

人欢早出勤，踏消朝露送
残月；
牛壮不知累，驮着夕阳耕
彩霞。

（童双清）

农村大丰收，粮似金山棉
似海；
乡间新建设，车如流水马
如龙。

致富好时机，屯田聚宝风
苏柳；
扶贫新举措，放水养鱼雨
润花。

（万中伟）

春雨秋风，看大好河山都
成锦绣；
粮山棉海，算无边景物尽
占芳菲。

林　业

一排春柳绿；
千里菜花黄。

成林千亩秀；
秀木十年成。

（曹树汉）

笋尖破土出；
春风迎面来。

遍山松柏树；
满园桃李花。

山山植树山山秀；
处处营林处处春。

（梁定源）

山向朝阳四时绿；
水随人意八方流。

引来碧水浇花好；
留得青山听鸟啼。

（王天性）

甘霖润绿千村树；
旭日映红万姓心。

育苗绣出千秋锦；
造林装点万年春。

春林明媚李桃绽；
芳圃清幽莺燕飞。

给大地增添绿意；
让人间充满生机。

（程经华）

绿屏碧嶂遮风砾；
林海雪原育栋梁。

保护芳林，有花有果；
栽培大木，成梓成楠。

（许谋成）

林木成荫，无山不绿；
沟渠结网，有水皆清。

绿满林区，千山滴翠；
春临茶场，万里飘香。

植树造林，山添秀色；
开渠兴堰，水泛碧波。

植树造林，青山不老；
修河整坝，绿水长流。

栽树即栽金，金殷家国；
造林诚造福，福惠子孙。

（杨　怀）

山欢水笑，乡村处处农家乐；
林茂粮丰，华夏年年国运昌。

（姜义钊）

百业根繁，家家富裕人人福；
三农果硕，岁岁丰盈日日甜。

（姜义钊）

行业类·农林牧副渔

种草栽花，还与城乡一片绿；
涤污除垢，好教山水四时新。

（李学文）

绿荫深深如诗，似留泽后意；
茂林郁郁若画，当记播春人。

（张志玉）

建绿色长城，林木参天新
草茂；
赏高原美景，春花遍野朔
风清。

（万中伟）

畜牧业

六禽兴旺；
五谷丰登。

牛羊游绿野；
鹅鸭戏清波。

草茂牛羊壮；
山幽树木多。

秋草能肥马；
春溪可饮牛。

人奋芳原驰骏骥；
情衷草地牧牛羊。

（段志英）

日暖冰融春光美；
鸡鸣鸭舞喜事多。

牛马猪羊六畜旺；
鱼虾莲藕一池香。

牛羊并壮猪盈圈；
鸡鸭成群鱼满塘。

同槽尽是名驹选；
入厩无非上驷材。

鸡唱鸭鸣争春早；
水笑山欢报喜多。

牧地有闲皆犀笛；
草原无处不飞花。

鹅鸭戏水春池暖；
花木成荫夏日凉。

景象承平开泰运；
猪肥如意获丰财。

槽净圈干精饲养；
人欢马叫闹春耕。

鸡啄庭前，牛息树下；
鱼游水底，鸭戏池边。

马壮牛肥，地生百宝；
人勤春早，土出万金。
（夏民安）

栏干槽净，六畜兴旺；
肥多水足，五谷丰登。

藕白梨黄，橘红茶绿；
鲈鲜鲤嫩，鸭壮鸡肥。

金蚕啃叶，孕就千章锦绣；
玉茧抽丝，织成万片云霞。
（翁景星）

春江水暖，鹅鸭成群鱼跃；
青山草茂，牛羊遍野猪肥。

春到禽舍，翔鸾舞凤鸡唱晓；
日暖鱼池，跃龙腾蛟水扬波。

鸭游春池，层层波纹皆锦绣；
人乐老天，行行专业有文章。

圈养猪羊栅喂鸡，六畜兴旺；
池放鱼蚌塘育藕，五谷丰登。

行业类·农林牧副渔

种植业

春风拂麦绿；
蜂鸟戏黄花。

雨露滋肥豆麦；
春晖浴暖人心。

粮食堆山塞海；
棉花盈库满仓。

万朵彩霞呈瑞气；
一园硕果沐东风。

千重稻海翻金浪；
万座棉山发宝光。

门前千顷豆麦绿；
屋后十里桃花红。

风吹稻麦舞金浪；
日照棉麻闪银光。

春风着意棚中暖；
瑞象随花心上开。
（李周宣）

春暖花开香遍地；
秋凉稻熟谷满场。

常年宝室无冬日；
瓜果应时四季鲜。

（郭成甫）

绿野变成风景市；
红楼引进稻香村。

遍山粮果千里秀；
满架瓜豆一院香。

遍地黄金垂熟穗；
满山绿树尽良材。

稻田一片黄金浪；
棉地千层白玉花。

稻花香送千家喜；
捷报语传万户春。

稻菽千重连沃野；
肥鱼万担接城乡。

燕剪细裁陌上锦；
秧针精绣雨中花。

日丽风和，棚中果秀；
人勤春早，院里花香。

田园广阔，千苗竞艳；
土地肥沃，万物争荣。

花果飘香，桑麻挺秀；
牛羊肥壮，稻麦丰登。

粮廪棉仓，堆金积玉；
禾场垅畔，载舞飞歌。

精心养殖，鱼禽高产；
科学种田，粮棉丰收。

稻麦菽粱，满仓满库；
猪鸡鹅鸭，成队成群。

张耳听春风，六苗生长；
转眼看秋月，五谷丰登。

地换新貌，麦遍田间歌遍野；
山着彩装，花盈枝上笑盈林。

金谷银棉，丰收美景看不尽；
山清水秀，幸福生活乐无疆。

春到田间，犁牛解语千蹄奋；
秋收景下，爱国售粮万户忙。

科学种田，谷似金山棉似海；
勤劳致富，车如流水马如龙。

献粮万斤，献出满腔爱国意；
送肥千担，送来一片支农情。

行业类·农林牧副渔

稻围金帐，农家高唱致富曲；
棉铺银床，山村喜挂锦绣图。

有山皆披彩，满山花果满
山笑；
天地不生财，遍地金银遍
地歌。

湾水秀千层，肥鱼壮鸭知
春暖；
山风香四野，嫩韭鲜瓜令
客酣。

（张志玉）

嫩菜着时装，棚棚富庶人
心暖；
鲜菇打银伞，架架盛情冬
夏浓。

（张志玉）

渔 业

塘栽白莲藕；
池养红鲤鱼。

摇橹时弄月；
挂帆自生风。

碧海澄朝曙；
白帆望暮烟。

一江春水连天碧；
两岸渔村向日红。

（郭耀桃）

一坡鲜花一坡果；
半塘绿水半塘鱼。

一泓春水鱼儿长；
万里蓝天燕子飞。

几树斜阳晴晒网；
一篷凉月夜吹箫。

云淡天空飞白鹤；
风涛水面起金鳞。

五岭山歌传喜讯；
三江渔唱起春潮。

水宽鱼跃添春色；
天高鸟翔喜丰年。

水满玉池红鲤跃；
春回大地鲜花开。

白帆摇出东方日；
银网收回南海潮。

有水皆清鱼莲美；
无山不绿花果香。

金翅银鱼戏碧水；
红掌白鹅划清波。

金鳞戏水知年早；
喜鹊唱梅报春迟。

鱼水合欢春意暖；
江天一色杏花红。

鱼跃湖中水淼淼；
鸟鸣山上木森森。

桃花流水春取鳜；
枫叶空江晚卖鲈。

乘风破浪扬帆去；
金甲银鳞满舱归。

晨风拂面扬帆去；
红日当头满舱归。

银塘水底情何逸；
玉浪波间乐自如。

渔船冲破千层浪；
银网拖来万担鱼。

渔歌晓迎红日出；
风帆暮载锦鳞归。

朝争潮汛歌满海；
夕映归帆喜盈舱。

碧海金波涌旭日；
春风银网耀朱鳞。

熙春渔港千帆集；
出海云涛万网张。

日映清波，龙门跃鲤；
鹅浮绿水，玉宇鸣春。

柳绿桃红，春来冬去；
鸢飞鱼跃，海阔天空。

日照柳堤，莺飞芳草绿；
春来花港，水暖鱼儿肥。

渔歌互答，齐唱丰收乐；
网船相邀，同绘闹春图。

春绿江南，喜见九州仓廪实；
梅红塞北，乐闻四海鱼虾肥。

翠柳九行，喜迎白鹤栖渔户；
碧波千顷，笑送红鲤跃龙门。

春水接天长，一网收来鱼满载；
东风吹地暖，千锄种下谷盈仓。

南塘北沼，东港西池，一网渔歌一网锦；
秋鲫冬鳊，春鲇夏鲤，四时鱼市四时鲜。

（李学文）

多种经营

门前禾苗翠；
屋后花果园。

时雨润硕果；
春风绿山乡。

珍珠殖春水；
莲藕栽绿涛。

鱼倾荷叶露；
鸟散竹林风。

山山绿岭金橘挂；
水水银波红鲤肥。

四季栽花香千里；
三晌酿蜜甜万家。

多种经营多献宝；
广开富路广招财。

多种经营财路广；
精耕细作产量高。

多植广种摇钱树；
扩业增收聚宝盆。

遍山粮果千里秀；
满架瓜豆一院香。

花果飘香，桑麻挺秀；
牛羊繁殖，稻菽丰登。

天知人心，碧桃万株勤家种；
地解我意，红杏千树富户栽。

养猪养羊养鸡兔，门庭溢彩；
种瓜种豆种桑麻，院宇生辉。

栽桑植柳种泡桐，青山常秀；
摘果采菇收药材，翠岭生金。

实用楹联手册

庆吊类

贺 婚

通用婚联

三星并耀；
五世其昌。

夫妻恩爱；
鸾凤和鸣。

月圆花好；
凤舞龙飞。

百年好合；
五世其昌。

欢联二姓；
缘结三生。

花开并蒂；
爱结同心。

珠联璧合；
凤翥鸾翔。

射屏得偶；
种玉有缘。

箫管并举；
凤凰来仪。

于飞谐凤卜；
维梦叶熊占。

才高鹦鹉赋；
春入凤凰楼。

云拥妆台晓；
花迎宝扇开。

今宵欢解佩；
他日快乘龙。

双莺鸣高树；
对燕舞繁花。

吉士行嘉礼；
诗人咏好逑。

芝兰茂千载；
琴瑟乐百年。

百年歌好合；
五世卜其昌。

光射屏中雀；
名标阁上麟。

当门花并蒂；
迎户树交柯。

乔木萦萝茑；
蒹葭倚玉枝。

行周公大礼；
结雍伯奇缘。

吹箫堪引凤；
攀桂喜乘龙。

传芳新酒韵；
调意旧琴心。

金杯斟喜酒；
彩笔写婚书。

鱼水千年合；
芝兰百世荣。

春融花并蒂；
日暖树交柯。

柳气眉间展；
梅花陌上生。

香生花并蒂；
彩结缕同心。

亲迎期白首；
交拜设青庐。

栽下爱情树；
绽开幸福花。

调羹称素手；
举案正齐眉。

琴和瑟亦静；
花好月常圆。

琴瑟春常润；
人天月共圆。

暖生百子帐；
喜溢七香车。

锦堂双璧合；
玉树万枝荣。

锦瑟调鸿案；
香词谱凤台。

十里莲花开并蒂；
百年瓜瓞庆长绵。

新婚树新俗；
春燕衔春泥。

人倚玉楼花解语；
娇藏金屋草宜男。

鲜花簪凤髻；
大笔画蛾眉。

三千翡翠皆珠箔；
十二楼台尽管弦。

滴露朝研黛；
添香夜读书。

才人物望标麟阁；
吉士风流挽鹿车。

两姓同心伉俪；
百年结发夫妻。

千尺丝萝欣有托；
百年琴瑟喜和鸣。

易曰乾坤定矣；
诗云钟鼓乐之。

千里姻缘一夕会；
半生结缡百年亲。

佳男佳女佳偶；
良夜良辰良缘。

门迎绿水宜提瓮；
帘卷青山好画眉。

银河双星庆会；
金屋大礼观成。

云中翠黛修眉好；
树里清波提瓮宜。

一对鸳鸯成好梦；
五更鸾凤换新声。

五世其昌谐凤卜；
二南之化兆麟祥。

一索得男占取妇；
大邦有子咏宜家。

互学互帮齐上进；
相亲相爱结同心。

互谅互帮春永驻；
同心同德乐无穷。

玉树风前夸并倚；
绣帷月里看双飞。

今日结成并蒂蕊；
明朝共戴英雄花。

玉镜能谐温峤志；
荆钗甘为伯鸾容。

凤落梧桐梧落凤；
珠联璧合璧联珠。

百合芸香消永昼；
几回絮话伴清宵。

凤管久谐萧史配；
梅花已点寿阳妆。

有甚于画眉者也；
如此则动心否乎。

凤管谐声欣得偶；
雀屏中目不须媒。

且看淑女成佳妇；
从此奇男已丈夫。

文鸾对舞珍珠树；
海燕双栖玳瑁梁。

对对莲开映碧水；
双双蝶舞乘东风。

文窗绣户垂帘幕；
银烛金杯映翠眉。

此日莺迁欣衵腹；
今宵燕梦喜投怀。

订百年学习伴侣；
结一对恩爱夫妻。

齐眉共举梁鸿案；
中目欣看孔雀屏。

双飞却是关雎鸟；
并蒂常开连理枝。

齐家典则存三礼；
经国文章在二南。

双飞黄鹂鸣翠柳；
并蒂红莲映碧波。

并蒂花开连理树；
新醅酒进合欢杯。

关雎四句今朝咏；
麟趾三章他日歌。

帐前新绾鸳鸯带；
堂上今开孔雀屏。

安排范李丹青笔；
绘出朱陈嫁娶图。

迎来红粉千般喜；
堪慰苍颜二老心。

红叶喜题子祜句；
黄梅新点寿阳妆。

青庐交拜成双美；
白首团圆到百年。

红桃宜插新人髻；
翠柳巧成同心结。

杯交玉液飞鹦鹉；
乐奏琼箫引凤凰。

红烛夜深观博议；
绿窗风静咏周南。

画眉喜有临川笔；
举案欣看德耀妆。

花开并蒂鸳鸯暖；
酒醉同心琥珀浓。

画屏射雀成双璧；
桂树鸣鸾庆百年。

花添锦上珍珠结；
酒泛林中琥珀浓。

奇缘自古称双璧；
大化于今始二南。

杜广有才婚淑女；
裴航无意遇仙姬。

佳句记曾传柳絮；
淡妆修得到梅花。

两姓婚姻原古礼；
百年夫妇结良缘。

佳偶屏开光中雀；
良缘夜会快乘龙。

连理枝头腾凤羽；
合欢筵下对鸾杯。

欣逢佳节迎淑女；
聊备水酒待亲朋。

金谷园中花一簇；
蕊珠宫里烛双辉。

金屋春浓花馥郁；
琼楼夜永月团圆。

周诗自合关雎乐；
秦辇遥瞻彩凤来。

迨其吉兮花叶映；
式相好矣室家宜。

带结同心怜比翼；
铃鸣百子试新妆。

柳荫双栖莫忘志；
荷塘并蒂当知时。

种玉情怀期旦夕；
结晶品质重圭璋。

秦台有凤凭吹引；
同寝留熊待梦征。

莫道无才便是德；
须知治国在齐家。

菡萏到头皆并蒂；
鸳鸯生小便双飞。

笑拥梅花迎翠步；
题留红叶动仙娥。

翁上为翁翁不老；
妇前称妇妇皆贤。

爱情结合成佳偶；
吉礼文明重主婚。

座上漫谈同志爱；
堂前合庆自由婚。

烛下交杯花两朵；
床头共枕漏三更。

能调琴瑟方称德；
不薄糟糠转爱才。

绿华偏重词人笔；
红烛初修学士书。

梦回鸳侣惊宵柝；
旦戒鸡人报晓筹。

梦圆花好兼良夜；
云蒸霞蔚衬新妆。

梧桐枝上栖双凤；
菡萏花间立并莺。

庆吊类·贺婚

堂上画屏开孔雀；
闺中绣幕隐芙蓉。

唯有香车迎淑女；
愧无美酒宴嘉宾。

雀屏方中偕伉俪；
凤律初调过百年。

鸾凤双栖桃花岸；
莺燕对舞艳阳天。

鸾凤和鸣昌百世；
鸳鸯合好庆三春。

鸾凤管教春几许；
鸳鸯休问夜如何。

情书曾凭红叶寄；
洞房全仗黄花装。

鸿雁贺喜衔霜叶；
秋风迎亲带桂香。

喜见洞房称合卺；
欣逢吉屋正添筹。

喜结鸳盟相永爱；
壮怀鹏志共双飞。

握手初行平等礼；
同心合唱自由歌。

紫箫吹月翔丹凤；
翠袖临风舞彩鸾。

谢女新词传柳絮；
秦家密意报榴笺，

瑞霭华堂偕凤卜；
春生锦帐叶熊占。

蓝桥求饮良缘缔；
金屋藏娇凤愿偿。

锦瑟声中鸾对舞；
玉梅花际凤双飞。

鹏背欲搏先射雀；
蜗头将占已乘龙。

意似鸳鸯飞比翼；
情如鸾凤宿同林。

碧纱待月春调瑟；
红袖添香夜读书。

碧岸雨收莺语柳；
蓝田日暖玉生香。

庆吊类·贺婚

疑义不须良友析；
论文可向细君谈。

吉日良辰，兰茝发色；
华堂曲宴，孔雀群翔。

霞气暗滋青桂苑；
风流合在紫薇天。

当使尊章，相见交贺；
自今夫婿，得助益彰。

大起驷门，金张华胄；
相庄鸿案，梁孟高风。

竹书旧堂，馨香奕世；
玉台新咏，清丽为邻。

山水为媒，千秋佳话；
琴瑟永乐，万里姻缘。

好鸟双栖，嘉鱼比目；
仙萉并蒂，瑞木交枝。

云拥妆台，和风正暖；
花迎宝扇，丽日初长。

志同道合，幸福伴侣；
谊厚情深，恩爱夫妻。

日丽风和，门庭有喜；
月圆花好，家室咸宜。

女爱男欢，鸳鸯戏水；
情投意合，鸾凤朝阳。

风暖丹椒，青鸾对舞；
日融翠柏，宝镜齐开。

男宜种草，合欢佩草；
女貌如花，郎笔生花。

凤凰于飞，大昌五世；
睢麟之化，肇始二南。

何处瑶台，降来仙子；
今宵银汉，稳渡牛郎。

文就千言，东都才子；
妆成七宝，南国佳人。

佳节佳期，喜上加喜；
新春新婚，情中添情。

六辔如琴，音谐鸾凤；
两心相印，谱证鸳鸯。

诗礼传家，鲤庭垂范；
琴瑟在御，鸿案修仪。

诗诵纫兰，襟怀风雅；
筵开酌桂，时节月圆。

婚姻自有室有家始；
爱敬从佳儿佳妇来。

迨其吉兮，毂我士女；
式相好矣，宜尔室家。

琴瑟友之，克昌厥后；
凤凰鸣矣，长发其祥。

经国才华，二南布化；
齐家典则，两性规型。

愉色婉容，悦亲有道；
严气正性，教妇初来。

春信报梅，瑶琴三弄；
良缘谐凤，仙桂五枝。

锦帐春浓，祥占熊梦；
华堂日永，庆衍螽斯。

种玉蓝田，连成凤侣；
牵丝蕙室，福祚螽斯。

箫引凤凰，春生斑管；
杯浮竹叶，香到梅花。

美事流传，镜台一座；
良缘结合，银烛双辉。

箫彻玉楼，声和凤侣；
花盈金屋，香满蟾宫。

室霭祥光，花团锦簇；
天生佳偶，璧合珠联。

燕舞莺歌，云开五色；
兰馨芝秀，志在九州。

造端夫妇，察乎天地；
顺其父母，乐尔妻孥。

嫁女婚男，处处从简；
移风易俗，事事当先。

焕乎文章，璠玙其采；
蔼然和乐，鸾凤之音。

是月下老人，鸾书注定；
看云中仙子，凤辇迎来。

鸿案相庄，百年好合；
凤占叶吉，五世其昌。

费十斛明珠，石崇豪富；
种五双白璧，雍伯奇缘。

结两姓姻缘，山盟海誓；
祝百年伉俪，地久天长。

海上订婚，珊瑚连理树；
人间合卺，琥珀夜光杯。

缕结同心，日丽屏间孔雀；
莲开并蒂，影摇池上鸳鸯。

千里良缘，共贺联姻成大礼；
百年佳偶，定教偕老乐长春。

红雨花村，交颈鸳鸯成匹配；
翠烟柳驿，和鸣鸾凤并于飞。

连理花开，看今日鸾俦凤侣；
宜男草长，卜他年麟趾螽斯。

我亲你爱，你我好比鸳鸯鸟；
意合情投，情意恰如连理枝。

卓尔不群，百尺楼前临吉曜；
然否有约，三生石上订姻盟。

恭让温良本能知，才人佳配；
贞静幽闲全淑德，君子好逑。

绣阁灯明，鸳鸯并立齐欢笑；
妆台镜照，鸾凤和鸣共谈心。

婚姻从礼教产生，青庐仍设；
夫妇为爱情结合，白首不渝。

瑞应画堂，旭日和鸣谐凤侣；
祥迎绣榻，瑶阶熙育长兰芽。

翠竹碧梧，丽色映屏间孔雀；
绿槐新柳，欢声谐叶底新蝉。

鸟恋林，鱼恋水，情哥恋
情妹；
云配月，叶配花，佳女配
佳男。

不愿似鸳鸯，卿卿我我戏
浅水；
有志学海燕，朝朝夕夕搏
长风。

以八斗才赋催妆诗，小题
大做；
拿五色笔作画眉用，淡写
轻描。

试问夜何如，牛女双星缠
碧汉；
欲知春几许，凤凰比翼下
秦台。

· 315 ·

称美满姻缘，仵见门庭增
彩色；
负完全责任，要为国家诞
英才。

博议已成书，画眉剩有东
莱笔；
良缘欣得偶，合卺同开北
海樽。

新婚洞房

鸳鸯福禄；
鸾凤吉祥。

鸟语纱橱晓；
莺啼绣阁春。

屏中金孔雀；
枕上玉鸳鸯。

琼楼新眷属；
洞府美鸳鸯。

花间金作屋；
灯下玉为人。

金风过清夜；
明月悬洞房。

香溢芙蓉帐；
烛辉锦绣帏。

锦瑟调鸿案；
香词谱凤台。

日丽风和桃李笑；
珠联璧合凤凰飞。

如月之恒蟾对镜；
其风肆好凤调笙。

灯下一对幸福侣；
洞房两朵爱情花。

杯交玉液飞鹦鹉；
乐奏瑶笙引凤凰。

金屋交杯浮卺酒；
玉堂燃烛灿琼花。

金屋笙歌偕彩凤；
洞房花烛喜乘龙。

结彩张灯良夜美；
鸣鸾和凤伴春来。

对对莲开映碧水；
双双蝶舞乘东风。

伉俪好合般般好；
家庭新建样样新。

芙蓉镜映花含笑；
玳瑁筵开酒合欢。

意似鸳鸯飞比翼；
情如鸾凤宿同林。

金屋春浓花馥郁；
琼楼夜永月团圆。

情投两姓结伉俪；
意合百岁称祝梁。

人间乐事，今宵最乐；
盛世新婚，此日尤新。

大地春光，喜期新岁；
洞房花烛，吉日良辰。

开镜香生，门迎皓月；
启窗花暖，座有清风。

花烛光中，山盟海誓；
洞房深处，道合志同。

新郎新娘，心心相印；
似龙似凤，事事呈祥。

鸾凤和鸣，琼花并蒂；
螽麟瑞叶，玉树莲枝。

翠帐飘香，红花并蒂；
春风拂柳，紫燕双飞。

心愿话诚，房中鸾凤；
情投意合，枕上鸳鸯。

红锦裁云，紫箫吹月；
翠屏引凤，彩帐栖鸾。

珠联璧合，洞房春暖；
花好月圆，鱼水情深。

金屋藏娇，喜抱鸳衾开锦帐；
玉堂燕誉，笑依鸿案进芳杯。

洞房花烛，交颈鸳鸯双得意；
夫妻恩爱，和鸣鸾凤两多情。

喜气满门，春风堂上双飞燕；
新事临阶，丽日池边并蒂莲。

蟾影浮光，皎月交明花烛夜；
龙缠应律，祥云直逼星桥天。

春日婚

柳画眉梢黛；
梅添额上妆。

芙蓉帐里春育暖；
梅柳江头物候新。

花月新妆宜学柳；
芸窗好友早栽兰。

春窗绣出鸳鸯谱；
夜月香斟琥珀杯。

春催梅蕊资妆额；
人傍菱花学画眉。

春暖墨融河北纸；
夜深人试海南香。

日丽华堂，莺歌燕笑；
春融绣幕，凤舞鸾翔。

乐事便蕃，鸾翔凤舞；
韶华绮丽，燕笑莺歌。

景丽三春，天台桃熟；
祥开百世，金谷花娇。

夏日婚

栀缩同心结；
莲开并蒂花。

玉楼冰簟鸳鸯枕；
璇阁晶帘鹦鹉杯。

红妆带缩同心结；
碧沼花开并蒂莲。

采莲君子新求偶；
雪藕佳人旧有才。

银沼莲花开并蒂；
绣帏兰带结同心。

云拥妆台，熏风正暖；
花迎宝扇，丽日方长。

户灿三星，诗歌东楚；
祥征百子，图写安榴。

满架蔷薇，香凝金屋；
倚阑芍药，翠锁琼楼。

秋日婚

书屏银烛灿；
宝镜玉台新。

几朵秋花簪凤髻；
一弯新月画蛾眉。

巧借花容添月色；
好将秋夜作春宵。

笑把黄花轻插凤；
闲拈黛笔淡描蛾。

皓月清光增客兴；
中秋佳节乐宾筵。

秋色清华，吉祥止止；
威仪徽美，乐意陶陶。

酒酿黄花，情联鸾凤；
诗题红叶，梦叶熊罴。

绣幕风清，凤箫吹处；
金轮月满，鸾镜圆时。

银汉三星，蓝田双璧；
人间巧节，天上佳期。

冬日婚

雁鸣冰未泮；
燕乐岁之余。

不夜珠明花灿烂；
解寒钗暖雪消融。

评花赋就梅妆额；
吟絮诗成雪满阶。

刻烛共吟艾隐句；
爱梅先试寿阳妆。

皓月描来双影雁；
寒霜映出并头梅。

律应黄钟谐凤卜；
春回紫帐协熊占。

堆金橘映黄金屋；
缀玉梅添白玉妆。

婚筵留客情弥重；
腊鼓催人酒不酣。

关雎好逑，鸡鸣戒旦；
桂房冬耀，兰闳春光。

庆吊类·贺婚

问夜何如，三星在户；
及时行乐，十月之交。

锦里枫丹，芳联奕叶；
华堂藻耀，瑞霭琼英。

正月婚

已睹春云笼彩鬓；
还窥夜月映金莲。

火树叶花光璀璨；
银蟾绚彩影团圆。

吉日吉时传吉语；
新人新岁结新婚。

良辰占尽无双福；
新岁初开第一筵。

和声正听房中乐；
佳偶应疑天上仙。

梅实标纷观迨吉；
桃花初灼喜于归。

桃符新换迎春帖；
椒酒还斟合卺杯。

梅蕊春催妆点额；
椒花颂献结同心。

熊罴吉兆添丁喜；
钟鼓元宵极盛时。

一代桃符，宜春共写；
万家柏酒，合卺同斟。

风暖丹椒，青鸾起舞；
日融翠柏，彩凤来翔。

吉语饼蕃，祥征彩胜；
韶华燕喜，辉映春灯。

紫芝朱草，欢乐有得；
更旦初岁，与福为婚。

簇律新声，厘延岁首；
华堂喜气，结缡同心。

二月婚

一对璧人开吉席；
二分春色耀华堂。

三岛客星归故国；
百花生日贺新婚。

凤翙鸾鸣春正丽；
莺歌燕舞日初长。

鸟弄芳园传巧韵；
花明丽月映娇姿。

因缘缔结三生约；
旖旎平分一半春。

并翅金莺初织柳；
双飞紫燕未衔泥。

花朝春色光花烛；
柳絮奇才画柳眉。

苑内桃花开并蒂；
帘前燕子习双飞。

柳暗花明春正半；
珠联璧合影成双。

银灯光摇金缕紫；
玉楼人映杏花红。

芳草庭前，箫声引凤；
杏花村里，曲谱求凰。

杏雨红酣，芳心乍展；
梨云香袅，同梦初回。

宴启合欢，觥飞月夕；
枝成连理，颂献花朝。

梁燕于飞，双栖双宿；
彩鸾对舞，若醉若痴。

三月婚

一代诗才称谢女；
十分春色醉刘郎。

十里好花迎淑女；
一庭芳草长宜男。

车辆喜乘芳草路；
琴瑟欣鼓杏花天。

乐和笙箫吹夜月；
花开桃李笑春风。

名花艳映同心侣；
美酒春留婪尾杯。

灼灼桃花遥映面；
弯弯柳叶远归眉。

柳色映眉妆镜晓；
桃花照面洞房春。

荷钱掩映楼头月；
燕剪差池槛外风。

烟开柳叶香风起；
春入桃花暖气匀。

万紫千红，十分春色；
双声叠韵，一曲新歌。

天朗气清，三星在户；
琴耽瑟好，百辆盈门。

杨柳楼台，同斟白酒；
桃花门巷，相映红妆。

四月婚

才逢芍药开花日；
正是标梅迨吉期。

池上绿荷挥彩笔；
天边朗月偃新眉。

杨柳荫浓莺度曲；
荚荷花好燕于飞。

采莲词调更新曲；
咏絮才华写入诗。

宝镜台前人似玉；
金莺枕侧语如花。

美满姻缘天作合；
清和时节日初长。

探花幸际辰初夏；
梦燕欣逢麦至秋。

玉轸风熏，琴声和畅；
金闺日永，花气氤氲。

青草池塘，歌声两部；
黄梅时节，比翼双飞。

满架蔷薇，香浮白酒；
沿街芍药，簇拥红妆。

燕尔新婚，四月维夏；
君子偕老，百年长春。

樱笋厨开，华筵合卺；
芙蓉帐暖，绣闼留春。

五月婚

云开兰叶香风起；
火灿榴花暖意融。

只因菡萏连枝发；
惹得鸳鸯比翼游。

妆奁尚留金翡翠；
麝香数度绣芙蓉。

青鸾镜里花如锦；
黄鹤楼头笛正吹。

壶酒香浮蒲酒绿；
榴花艳映烛花红。

荷花傅粉疑归脸；
荔子拖前似入唇。

艾绥舒风，榴花耀火；
鸣鸾歌日，彩凤翔云。

莲炬生辉，菱琴谱曲；
榴花映日，蒲叶摇风。

蒲柳迎风，彩摇绢扇；
榴花映日，红衬绯裙。

六月婚

一岁光阴今过半；
百年伉俪喜成双。

已向蓝桥收白璧；
还于绣幕引红绳。

沼上莲花舒并蒂；
庭中荔子缀连枝。

和羹新遗细君肉；
雪藕同调公子冰。

莲沼鸳鸯歌福禄；
蓉屏孔雀绚文章。

酷暑正当三伏后；
婚期恰值一年中。

酷暑锁金金屋见；
荷花吐玉玉人来。

并蒂花开，莲房多子；
同心缕结，竹簟生凉。

鸾凤新声，早秋叶律；
鸳鸯好梦，盛暑弥酣。

弹琴咏诗，且以喜乐；
浮瓜沉李，大好时光。

七月婚

九华灯迓仙姬驭；
七孔针穿织女丝。

月照碧梧双凤影；
风流绿柳偶莺鸣。

菱花光映妆台镜；
瓜果香分合卺杯。

银河驾鹊欢今夕；
绣幄迎鸾叶吉期。

鹊桥初驾双星渡；
熊梦新征百子祥。

路入桃源花灿烂；
桥横银汉水涟漪。

燕子漫疑钗是玉；
仙郎应悟鹊为桥。

才子佳人，世间两美；
牛郎织女，天上双星。

银汉新秋，金闺嘉偶；
人间巧节，天上佳期。

八月婚

丹桂香从蟾窟取；
珮环声向洛滨来。

兰室夜深人旖旎；
桂轮香满月团圆。

豆蔻清香传合卺；
芙蓉丽色映新妆。

金风已度黄金屋；
玉露还滋白玉田。

桂苑月明金作屋；
蓝田日暖玉生香。

秋色平分佳节夜；
月华照见美人妆。

新涌思潮枚乘笔；
初成蜜月吕生书。

月下花前，十分美满；
人间天上，一样团圆。

喜溢华堂，琴瑟并奏；
香飘桂苑，人月双圆。

花鲜艳，月团圆，人双好；
玉玲珑，珠宛转，喜联翩。

十月婚

云抱玉林芝草苗；
香飘金屋篆烟清。

九月婚

凤凰簪挂茱萸蕊；
鹦鹉杯浮杞菊香。

同心盟证三生石；
连理枝开十月花。

合卺欣逢人送酒；
开筵喜见客题糕。

花放芙蓉春尚小；
酒斟琥珀夜初长。

诗题红叶同心句；
酒饮黄花合卺杯。

画蛾自见银钩灿；
簪凤犹闻玉骨香。

送酒刚逢开径后；
调羹时值授衣时。

梅花芳讯先春试；
柳絮吟怀小雪初。

堂上琴瑟看并蒂；
天边鸿雁听和鸣。

满院玉梅参玉脸；
绕篱金菊映金莲。

酒熟黄花，杯斟合卺；
诗题红叶，结缡同心。

乐奏鸾箫，节逢双十；
春生螺黛，眉画初三。

昨日重阳，佳婿催妆有佳句；
明朝双十，新人启笥试新衣。

南面百城，拥书万卷；
小春十月，有美一人。

点额新妆，香探梅岭；
同心佳偶，喜溢兰闺。

庆吊类·贺婚

翡翠帘前，数声鹦鹉；
芙蓉帐里，一对鸳鸯。

雪压梅花，昨夜不知五六出；
灰飞葭管，小阳初入二三分。

十一月婚

不虑严霜帏外妒；
应怜美玉帐中香。

凤琯吹成三弄曲；
熊占吉叶一阳生。

灰飞葭管声谐凤；
玉种蓝田兆梦熊。

黍谷春回添绣线；
兰闺宵永灿银釭。

律应黄钟，祥征凤卜；
春生斑管，巧画蛾眉。

麟趾呈祥，一阳初复；
螽斯衍庆，五世其昌。

鸾凤和鸣，葭管飞灰刚十日；
鸳鸯载福，桃符焕彩报新年。

十二月婚

菊垂金作屋；
梅点玉为容。

合欢共醉黄封酒；
度岁新添翠袖人。

堆金菊映黄金屋；
缀玉梅添白玉妆。

紫鸾对舞菱花镜；
海燕双栖玳瑁梁。

腊鼓声喧添喜气；
卺杯酒满畅欢怀。

翠黛画眉才子笔；
红梅点额美人妆。

宝镜辉生，语听吉利；
金钱夜卜，颂献嘉平。

鸳枕香生，频添绣线；
鸾笙韵叶，低背银釭。

箫引凤凰，律回葭管；
杯斟鹦鹉，香挹梅花。

翠幕牵丝绣阁绾,同心之结;
蓝田种玉麟趾兆,公子之祥。

日暖柳营春试射;
风和兰阁夜开樽。

政界婚

风流京兆画眉笔;
潇洒河阳插鬓花。

虎帐运筹添内助;
鸡声戒旦赖夫人。

众仙竞奏霓裳曲;
淑女争看象服宜。

咏絮挥毫怜谢女;
评花顾曲有周郎。

堂上鸣琴留政绩;
房中鼓瑟缔良缘。

柳营秋色黄金缕;
桂苑天香碧玉箫。

大起驷门,金张华胄;
相庄鸿案,梁孟高风。

莲花帐下成嘉礼;
杨柳营中咏好逑。

弹铗归来,为家伊始;
佩环宴寝,同梦方甘。

请缨具有终军志;
合卺先将淑女求。

君子至斯,风度翩翩如玉树;
德音来括,鸾声翔翔学关雎。

梦虎联姻曾射虎;
屠龙有技好乘龙。

占凤协祥,有情眷属;
闻鸡起舞,尚武精神。

佩虎纪勋,乘龙获选;
闻鸡起舞,射雀中屏。

军界婚

才女新词夸咏雪;
将军豪气欲凌云。

威武将军,风云际会;
窈窕淑女,冰雪聪明。

庆吊类·贺婚

吴门小隐神仙尉；
孟案相庄伉俪贤。

学界婚

合欢词赋传鹦鹉；
连理花开引凤凰。

黄金晷刻春无价；
红袖香添夜运筹。

画眉笔带凌云志；
种玉人怀咏絮才。

喜气萦回双美合；
爱情交易百年长。

枣栗献新新妇赞；
诗书守旧旧家声。

入户三星，辉增天市；
盈门百福，喜溢华堂。

学诗初诵关雎什；
习礼先行奠雁仪。

良冶良弓，箕裘克绍；
宜家宜室，琴瑟新调。

盟书早订三生石；
彩笔新开五色花。

续　弦

彩笔生花，书成锦字；
新诗撷艳，体合香奁。

传芳新酒酌；
调绮旧诚心。

玉梅再探香初绽；
锦瑟重调声自和。

工商界婚

百世凤凰重卜吉；
千年瓜瓞更开祥。

风送鸾箫声入市；
云扶凤辇喜临门。

花结同心开并蒂；
琴弹一曲动新弦。

生财预卜前程远；
握算还须内助贤。

豆蔻正开香尚蕊；
蔷薇才放露初匀。

松柏同心连夜永；
枕花结子爱阳春。

依旧调羹新洗手；
从新举案定齐眉。

桃开苑里花仍灼；
柳放江头絮又新。

鸾胶新续征双美；
凤翼齐飞庆百年。

博议书成临月读；
合欢酒熟对花斟。

愧比画屏观射雀；
略陈钟鼓和鸣鸠。

黛画青山春不老；
香添绣阁月重圆。

洛浦乍逢，昔年子建；
天台重到，前度刘郎。

鼓瑟鼓琴，鸾胶新续；
宜家宜室，熊梦同甘。

复 婚

苑上梅花二度；
房中琴韵重调。

前情谅解都如梦；
后景欢娱总是春。

珠帘日影重辉夜；
锦阁花香两度春。

梅开二度花复艳；
月缺重圆光更明。

堂前乍见浑如昨；
帐里回思恍似新。

花满酒满，婚姻美满；
月圆镜圆，夫妻团圆。

两情鱼水，雅歌复咏；
百岁鸳鸯，宝镜重圆。

兄弟同婚

同奏鸾笙发画阁；
双排雁翼到天台。

伯仲阶前分姊妹；
弟兄花下各西东。

奎壁联辉明月夜；
埙篪迭奏洞房春。

锦堂叠见双星聚；
绣阁宏开百子图。

如足如手，如宾如友；
大宋小宋，大乔小乔。

伯仲分班，花联姊妹；
琴瑟合奏，乐如埙篪。

序列雁行，郊祁媲美；
迎来凤辇，钟郝齐辉。

声送玉箫来引凤；
影摇银烛照乘龙。

娇客不劳萧史凤；
佳人即是女元龙。

选获乘龙，音谐引凤；
射欣中雀，喜溢鸣鸾。

好合良缘，射雀喜画屏中选；
欢谐嘉礼，乘龙依贰室而居。

座有佳人，无事奏求凰艳曲；
选来快婿，果然称配凤才华。

嫁 女

于归好咏宜家句；
往送高歌必戒章。

名流喜得名门婿；
才女欣归才子家。

宝马迎来天上客；
香车送出月中人。

淑女吹箫宜跨凤；
新郎弄笛应乘龙。

赘 婿

瓜瓞连绵鱼入梦；
茑萝附结雁临门。

未必生男胜生女；
不妨佳婿作佳儿。

在昔吹箫传弄玉；
只今坦腹得王郎。

瑟鼓房中，凫翔静好；
箫吹楼上，凤律归昌。

咏桃夭，时值摽梅之吉；
歌鹊巢，礼逢奠雁之隆。

凤律协归昌，缔偶来画眉京兆；
雀屏欣中选，问名是坦腹王郎。

贺　寿

通用寿联

秀添慈竹；
荣辉萱花。

樽开北海；
曲奏南熏。

元鹤千年寿；
苍松万古春。

心宽能增寿；
德高可延年。

酒介南山寿；
觞开北海樽。

鸿钧开寿域；
凤彩焕朝阳。

椿树千寻碧；
蟠桃几度红。

鹤曲闻瑶鸟；
龙章敞寿筵。

一庭乔梓皆华发；
四世芝兰尽白眉。

七叶仙葖承月吐；
万年琼树倚云栽。

三千蟠桃开寿域；
九重春色映霞觞。

天上星辰可作伴；
人间岁月不知年。

青鸟飞来云五色；
碧桃献上岁三千。

云霞辉映千年鹤；
雨露滋培九畹兰。

青霜不老千年鹤；
锦鲤高腾太液波。

白首壮心驯大海；
青春浩气走千山。

春放万花晴献寿；
云呈五色晓开樽。

仙郎玉署联螭陛；
金母瑶池协凤生。

春秋不老同陵颂；
甲子重添福寿花。

芝兰玉树竞娟秀；
青鸟蟠桃共年华。

春满东园观玉树；
樽开北海映霞光。

红梅绿竹称佳友；
翠柏苍松耐岁寒。

室有芝兰春自韵；
人如松柏岁长新。

庆吊类·贺寿

寿同松柏千年碧；
品似芝兰一味清。

柏节松心宜晚翠；
童颜鹤发胜当年。

寿酒频倾仙掌露；
斑衣笑舞玉堂春。

桃花已发三层浪；
人瑞先征五色云。

花开红杏酣春色；
酒进南山作寿杯。

桃实拟来三度献；
椿庭高祝八千龄。

龟衔玉柄增年算；
鹤舞华筵献寿杯。

斑舞久承欢日永；
鹤筹隆算祝峰高。

萱花挺秀辉南极；
梅萼舒芬绕北堂。

萱草千秋荣玉砌；
桃花万树映琼林。

紫松树里千年鹤；
青凤池边五色云。

辉腾宝婺三千丈；
春发奇花十万枝。

晚景弥坚松柏节；
好风常度桂兰香。

瑶池早熟三千岁；
海屋添筹九十春。

白发朱颜，喜登上寿；
丰衣足食，乐享晚年。

南极辉腾，彤云瑞霭；
西池宴会，绛雪香芳。

海屋云开，筹添八百；
琼林雾霭，桃熟三千。

男寿通用

天锡纯嘏；
人祝箕畴。

云山风度；
松柏精神。

筹添海屋；
寿比南山。

天开仁寿镜；
人引紫霞杯。

五云飞玉岛；
百福上瑶台。

四时调玉烛；
千算祝瑶觞。

声名高北斗；
甲子配南山。

良辰逢岳降；
瑞气霭春晖。

青松多寿色；
丹桂有丛香。

庆吊类·贺寿

松龄长岁月；
鹤语记春秋。

上寿人呈青玉杖；
延龄酒进紫霞杯。

修龄堪澄道；
上寿不知年。

山静故教仁者寿；
齿尊应笑德无邻。

愿献南山寿；
先开北海樽。

天上星辰应作伴；
人间松柏不知年。

瑶池春不老；
寿域日升祥。

五色云中三瑞草；
九重天上万年松。

仁者有寿者相；
福人得古人风。

五色芝因仙露长；
九如图向瑞云开。

汉柏秦松骨气；
商彝夏鼎精神。

文移北斗成天象；
日捧南山入寿杯。

此老得摄生法；
其人有命世才。

玉树暖迎沧海日；
绮筵春泛赤城霞。

如冈如陵如阜；
多福多寿多男。

北苑春风挥翰墨；
南山佳气接蓬莱。

大年不恃长生药；
多寿还须厚福人。

仙居十二楼之上；
大寿八千岁为春。

大德者为天所寿；
长才独掌命之衡。

芝兰气味松筠操；
龙马精神梅鹤姿。

有翠竹苍松节操；
抱浑金璞玉寿征。

负人望而全所学；
有仙骨以寿其身。

名山梅鹤饶清福；
陆地神仙占大椿。

旭日禀东方朝气；
大星应南极寿昌。

身似西方无量佛；
寿如南岳老人峰。

桂兰同馨称眉寿；
松柏长春颂遐龄。

酒进壶天增景福；
筹添海屋衍昌期。

海屋有寿多附鹤；
春城无处不飞花。

海屋仙筹添鹤算；
华堂春酒宴蟠桃。

紫气远环高士宅；
祥云常护善人居。

霄汉鹏程腾九万；
锦堂鹤算颂三千。

鹤群长绕三株树；
人瑞先征五色云。

天与长春，神芝五色；
人传竞爽，宝树三株。

立德立言，于兹不朽；
寿人寿世，共此无疆。

有德有仁，天锡纯嘏；
尔昌尔炽，人颂康强。

含和履中，执义秉德；
驾福乘喜，获寿保年。

受爵传觞，允怀多福；
颐性养寿，屡获嘉祥。

宜尔子孙，受德之祜；
使君寿考，与福相迎。

诗谱南山，筵开西席；
樽倾北海，彩绚东阶。

浑金璞玉，是寿者相；
碧梧翠竹，得气之清。

庆吊类·贺寿

酒晋长春，香浮玉座；
花开益寿，彩映斑衣。

瑶池日永；
璇室春长。

绿野云天，丹崖春霁；
瑶池桃熟，海屋筹添。

一星辉宝婺；
九酝湛金觞。

得古人风，有为有守；
惟仁者寿，如冈如陵。

玉树盈阶秀；
金萱映日荣。

温温恭人，德音是茂；
蔼蔼吉士，寿考维祺。

觞晋延龄酒；
簪添益寿花。

熊钓磻溪，芝餐商岭；
龙游函谷，鹤峙香山。

萱草千年绿；
桃花万树红。

周雅赓歌，如山如川如日月；
箕畴敛福，曰富曰寿曰康宁。

萱草凌霜翠；
兰英挹露香。

南海普陀，公是诸天佛子；
东方曼倩，人称陆地神仙。

慈竹青云护；
灵芝绛雨滋。

瑶池春不老；
寿域日方长。

女寿通用

春云霭瑞；
宝婺腾辉。

人间贤母皆称孟；
天上神仙本姓何。

筹添海屋；
桃熟瑶池。

天护慈萱春不老；
云弥古树岁长青。

天锡昌期垂母范；
人登寿域瞻坤仪。

春晖永丽慈云荫；
皓月常联宝婺光。

云边仙籍翔青鸟；
日下题封降紫鸾。

祥鸾仪羽来三岛；
天姥峰峦出九霄。

丹宝晓传青鸟字；
瑶池时进白云谣。

堂北峰看天姥秀；
弧南光放婺星明。

玉露常凝萱草翠；
金风远送桂花香。

麻姑酒满杯中绿；
王母桃分天上红。

仙醅香浮红玉盏；
慈云晴护绛纱帏。

璇阁雪花吟柳絮；
瑶池露蕊熟蟠桃。

华堂寿晋无疆福；
慈室祥开不老春。

蟠桃子结三千岁；
萱草花开八百春。

自是荀龙堪继志；
由来陶母善贻谋。

蟠桃已结瑶池露；
玉树交辉阆苑枝。

金母晋桃开绮席；
素娥分桂酿琼浆。

日丽萱堂，光分莱彩；
春传梅岭，香泛霞觞。

宝婺辉联南极晓；
斑衣彩舞北堂春。

乐善好施，是寿者相；
断机画荻，为母之仪。

宝婺腾辉双目顺；
芳林介寿六神怡。

兰阁风熏，瑶池益寿；
萱庭日丽，彩缕延龄。

花灿金萱，瑞凝堂北；
星辉宝婺，彩映弧南。

锦帨增辉，瞻星比婺；
兰肴兼御，望月方娥。

我求馨德，终温且惠；
天锡纯嘏，俾寿而康。

鹤算添筹，瑞凝萱室；
兕觥晋酒，雅谱兰陔。

青鸟衔笺，祥凝萱阁；
丹麟晋酒，庆溢兰阶。

霞彩晋觞，辉腾锦帨；
琼枝绕膝，瑞霭金萱。

昔之孟母，今之孟母，
儿有文章，孙有文章；

露湛花兰，萱荣堂北；
日长逢岛，桃熟池西。

宝帨生辉，衣嬉莱子；
华堂开宴，酒晋麻姑。

家政长操，克勤克俭；
子孙蒙教，为国为民。

宝瑟云璈，歌传仙曲；
琼酥玉液，觞晋慈帏。

婺曜呈祥，近对瑶池王母；
琼花并蒂，恍疑姑射仙人。

恭俭温良，宜家受福；
仁慈笃厚，益寿延年。

玉佩仙琚，共看婺光联寿域；
青童白发，争传王母下瑶池。

堂北萱荣，慈云拥护；
陔南兰洁，爱日绵长。

双寿通用

淑慎其仪，绥我眉寿；
嘉柔维则，宜尔子孙。

鹤筹添屈指；
兕酒介齐眉。

婺宿腾辉，嫦星焕彩；
慈云集祜，爱日延釐。

洵是人中真瑞；
居然地上神仙。

千载桃开连理木；
万年枝放合欢花。

南极星辉牛女度；
北堂萱映凤凰枝。

日月光华常复旦；
神仙眷属总长生。

神仙六一襟期阔；
福寿三千岁月宽。

凤引斑衣人绕膝；
觞飞绿醑案齐眉。

堂上椿萱欣并茂；
壶中日月庆双辉。

凤凰枝上花如锦；
松菊堂中人比年。

堂宴双眉看白发；
兰生四叶映朱颜。

双星竞渡瑶池月；
五桂争开玉海秋。

彩衣争舞祥光霭；
白首相庄乐事多。

双栖珠树千年鹤；
三秀琼田五色芝。

鸾笙合奏华堂乐；
鹤算同添海屋筹。

白首相庄多乐事；
朱颜并驻祝长生。

棠棣齐开千载好；
椿萱并茂万年长。

汉宫夜结双星露；
瑶圃春开五色云。

山水怡情，鹿门望重；
凤凰娱目，鸿案齐眉。

交梨火枣仙家味；
日耀月华海岛春。

天上人间，庚明娶焕；
瑶阶玉砌，彩舞饴含。

并蒂蟠桃和露种；
交梭织锦带星悬。

日月升恒，重华复旦；
神仙眷属，不老长生。

玉液同斟，春秋不老；
丹砂分酌，夫妇俱仙。

弧帨同悬，筹添海屋；
桂兰齐馥，彩绚瑶阶。

南极西池，齐称福海；
木公金母，同是神仙。

南极星辉，天高气爽；
西池开宴，酒熟菊香。

绕膝承欢，图开家庆；
齐眉至乐，福备人间。

颂晋三多，德辉并耀；
诗歌百禄，仙偶齐龄。

鸿案齐眉，庚星耀彩；
凤毛绕膝，棣萼联芳。

福曜春回，彩嬉莱子；
寿星辰见，酒进麻姑。

德备刚柔，福全畴范；
情深伉俪，寿并冈陵。

老人灿南极星，悬弧进秩；
王母献西池寿，合卺称觞。

椿树萱花，庭下齐滋化雨；
桑弧帨锦，门前共霭春风。

日升月恒，天运兆长生之庆；
椿荣萱茂，地灵钟不老之祥。

仙侣笃生，比翼共乘丹凤下；
华堂介寿，重轮齐涌月蟾来。

伉俪交欢，鸿案相庄春不老；
宾朋毕集，兕觥迭进寿无疆。

梁孟古风仪，举案齐眉共钦家范；
樊刘仙眷属，悬弧设帨同祝长生。

八千岁为春，天上碧桃正骈枝结实；
九五福曰寿，云间青鸟亦比翼飞来。

男周岁

足岁抓周惊四座；
高堂喝彩乐全家。

弧矢高悬增异彩；
印戈提取兆奇才。

瑶环瑜珥，生子不凡，喜溢
晬盘提戈印；
龙章凤姿，添丁志盛，誉重
充闾设矢弧。

周载日增辉，但愿周周吉利，
长出参天树；
岁星光耀彩，只期岁岁平安，
育成盖世才。

（张东继）

男十岁

早识之无字；
先征富有年。

良辰喜值悬弧日；
绮岁欣逢就傅年。

席上裁诗惊座客；
枕中偷秘轶群伦。

就傅胜衣，览揆初度；
垂髫总角，岐嶷英姿。

慧质生成，年当就傅；
良辰览揆，喜添悬弧。

男二十岁

白傅英年勤苦学；
董常弱冠著贤声。

射策才应如贾傅；
请缨志不让终军。

束发读书，年征弱冠；
从军报国，愿请长缨。

弱冠征年，敦行孝悌；
大夏舞乐，博学诗书。

弱冠征年，陆机作赋；
清通入选，裴楷知名。

男三十岁

甲子半周韶景丽；
丁年正盛壮猷新。

壮志欲酬三尺剑；
生辰喜进九如诗。

阮家宣子驰名日；
臧氏含文奋翮时。

庆吊类·贺寿

词赋登坛方半甲；
功名强仕早旬年。

蓬岛春浓开丽景；
桑弧彩焕庆强年。

甲箓半周，纯釐锡嘏；
丁年全盛，强仕渐登。

算协商瞿犹北面；
誉隆安石起东山。

壮志可行，年方而立；
修名自永，寿祝无疆。

蟠桃捧日三千岁；
古柏参天四十围。

燕桂谢兰，年登半甲；
桑弧蓬矢，志在四方。

益寿延年，浸昌浸炽；
知言养气，至大至刚。

男四十岁

花甲宏开旬历四；
兰阶蔚立祝多三。

男五十岁

一生事业今过半；
百岁光阴日再中。

纪事桑弧当胜日；
韬光市井正强年。

大衍宏开光禹范；
知非伊始学蘧年。

闻道不从今日始；
知天犹待十年迟。

元龙早日推湖海；
安石中年有丝竹。

涵养已征心不动；
芳辰初度仕方强。

年齐大衍经纶富；
学到知非德器纯。

渭水春秋今得半；
商山日月正悠长。

鸿范征祥光五福；
鹤算添筹祝千秋。

庆值蓬年，神仙不老；
光生蓬矢，乐事方新。

伯玉同修，问年曰艾；
黄金合铸，其寿如松。

教秉尼山，乐天知命；
学符伯玉，寡过知非。

数百岁之桑弧，过去五十，
再来五十；
问大年于海屋，春华八千，
秋实八千。

男六十岁

筹频添海屋；
甲子满花龄。

南华寓言十九；
大椿之寿八千。

甲子重头开上寿；
神仙自古有曾孙。

延龄人种神仙草；
纪算新开甲子花。

花开周甲征全福；
星耀长庚祝大年。

杯倾北海辰初度；
颂献南山甲再逢。

颂晋林壬欣介寿；
算周花甲乐延年。

游踪卓越周瀛海；
诗骨峥嵘饱岁寒。

甲子重新，如山如阜；
春秋不老，大德大年。

有大文章，享无量寿；
愿老兄弟，度太平年。

骏德遐昌，龄周甲箓；
鹤寿无算，彩绚庚星。

戟卫凝香，望高三竺；
画屏织锦，福荫双星。

瑞启芳辰，香生桂子；
算周花甲，颂进林壬。

五福演箕畴，庆逢周甲；
百龄祝纯嘏，化洽长庚。

彩帐辉煌，蟠龙绣出长生字；
英姿顾盼，盘马咸称矍铄翁。

杖献苍鸠，寿登七秩；
杯浮绿蚁，人祝三多。

耄耋期颐，自今伊始；
富贵寿考，于古为稀。

男七十岁

十里枌榆推老宿；
一竿风雨待安车。

福寿康宁，登堂祝嘏；
尊荣安富，杖国征年。

七叶仙葛开绮序；
千秋海鹤舞琼枝。

八千岁为春，自今伊始；
七十杖于国，从古来稀。

入国正宜鸠作杖；
历年方见鹤添筹。

杖进玉鸠，健步寿登七秩；
杯浮绿蚁，高龄庆祝三多。

三千岁月春常在；
六一丰神古所稀。

男八十岁

国中从此推鸠杖；
池上如今有凤毛。

老苏文学能传子；
小宋才名不让兄。

盛世祥征长寿字；
华堂庆衍古稀年。

哪知鹤算频添日；
恰值龙头属老时。

仙赐蟠桃，人歌上寿；
国尊鸠杖，天与遐龄。

杖朝步履春秋永；
钓渭丝纶日月长。

杖国鸠扶，人歌上寿；
筹添鹤算，天与稀龄。

受福无疆锡纯嘏；
杖朝有典祝遐龄。

白发频添，童颜未改；
绿醑满酌，老兴尤浓。

安富尊荣，常珍笃庆；
康强福寿，大耋延龄。

梦协渭熊，觃觥介寿；
筹添海鹤，鸠杖趋朝。

八千岁为春秋，惟有灵椿
不老；
十二楼无寒暑，原是仙人
所居。

百岁能预期，廿载后如今
日健；
群芳齐上寿，十年前已古
来稀。

逾古稀又十年，可喜慈颜
久驻；
去期颐尚廿载，预征后福
无疆。

男九十岁

海筹添九十；
桃实献三千。

人生五福当推寿；
天保九如合献诗。

笙吹洛浦闲子晋；
酒醉尚书老伏生。

椿寿预祝八千岁；
花甲已添三十年。

愿效嵩呼歌大寿；
还随莱舞祝期颐。

大好良辰，春光明媚；
重开令甲，上寿期颐。

闲雅鹿裘，人生三乐；
逍遥鸠杖，天保九如。

宝树灵椿，三千甲子；
龙眉华发，九十春光。

登大耄年，日增康乐；
祝无量寿，迭晋期颐。

算益卅年，重周花甲；
丹成九转，喜遇芳辰。

世界三千，蓬岛安身长极乐；
春光九十，椿龄屈指正相当。

雅度仰鸿仪，怡养天和，得
寿何尝关导引；
耄年添鹤算，涵濡福泽，延
龄奚应到期颐。

男百岁

是熙朝人瑞；
真陆地神仙。

人生不满公今满；
世上难逢我竟逢。

园中桃熟千年果；
堂上筵开百岁觞。

饮来甘谷何云老；
比到香山尚有期。

饮乳日甘娇妄味；
述怀常咏乐贫诗。

荣褒绰楔称人瑞；
荫茂庄椿蔚国华。

期颐百岁称人瑞；
福寿双全蔚国华。

蓬莱盘进长生果；
玳瑁筵开百岁觞。

上寿期颐，大椿不老；
君子福履，洪范斯陈。

百岁称觥，期颐叶庆；
二旬添算，甲子重圆。

寿晋期颐，天年永远；
光增史乘，人瑞流传。

百岁庆期颐，绰楔褒荣，尊
崇真是人中瑞；
九如歌日月，蓬壶驻景，逍
遥为作地行仙。

女周岁

彩帨高悬添瑞气；
晬盘新设识芳姿。

彩帨高悬，门楣有喜；
晬盘新启，兰蕙同芳。

喜气溢门楣，试周新启芳盘，
翠褥珠缨相映彩；
芳姿毓兰蕙，特色高悬华帨，
缛丝巾佩共腾辉。

女十岁

百岁犹余春九十；
笄年尚待月初三。

慧质父书工缮写；
潜心姆教善听从。

玉胜征祥，门楣溢喜；
金銮毓秀，兰蕙同芳。

弹指光阴，一旬甫届；
当头媔婆，百岁同光。

女二十岁

双旬岁月缂丝美；
五度春秋笄饰新。

锦瑟挥弦添五数；
璇闺设帨正兼旬。

设帨二旬，闺门溢喜；
及笄五载，岁月愈新。

兰质蕙心，二旬初度；
柳诗茗赋，双美兼收。

女三十岁

绮岁及笄双璧合；
良辰设帨百年新。

周甲半经，璇闺溢喜；
良辰初度，彩帨增华。

花信过番风，重飞六出；
芳年弹锦瑟，又补五弦。

蕊阙锡华年，恰合蟾圆一度；
蓬壶添美景，预期鹤算千春。

萱苑洽恬熙，喜三始椒辛，
华觞载进；
兰闺齐庆祝，正二分花甲，
彩帨高悬。

女四十岁

宝婺一星腾异彩；
璇闺四月祝长生。

彩帨高悬，四旬庆寿；
璇闺大吉，百岁延龄。

强仕凝鳌，台嬬并耀；
合欢志喜，伉俪长生。

积德延龄，期颐预卜；
相夫教子，壸范久钦。

女五十岁

义易数推占大衍；
慈龄日晋颂无疆。

五秩征年，高门设帨；
百龄益算，海屋添筹。

婺宿腾辉，百龄半度；
嬬星焕彩，五福骈臻。

璇阁萱荣，岁征半百；
瑶池桃熟，年纪三千。

萱草荣敷，正百岁平分，春
浓璇闼；
桃花开满，又千年结实，瑞
献瑶池。

女六十岁

六秩华筵新岁月；
三迁慈训大文章。

萱花堂北荣周甲；
桃实池西献吉辰。

日丽蓬壶，算周花甲；
春长萱苑，庆洽林壬。

玉树阶前，莱衣竞舞；
金萱堂上，花甲初周。

天上蟠桃，三千年始熟；
人间花甲，六十岁一周。

设帨值芳辰，林壬洽颂；
称觞有叶子，花甲初周。

女七十岁

鹤筹添算尊慈寿；
兕酒称觥祝古稀。

七十古稀，金萱溢庆；
八千秋永，丹桂增荣。

春永蓬壶，七旬晋寿；
鳌延萱苑，百岁衍龄。

彩舞稀龄，诗歌星福；
花开益寿，缕续长生。

德并郝钟，庆逢七秩；
欢承谌纪，祝协三多。

看东海麻姑，萱草逢春人倍健；
是瑶池王母，蟠桃介寿古来稀。

前身是姑射仙人，咏絮清才传夙岁；
今日为瑶池王母，称觞乐事庆稀龄。

女八十岁

东海龙王，西拜金母；
南天寿佛，北望神州。

妇德妇言妇容妇工，完全四德；
曰艾曰满曰稀曰耋，才晋八旬。

女九十岁

九十春光延暑景；
三千仙界晋慈龄。

瑶池果熟三千岁；
海屋筹添九十春。

蓬岛春光，九旬洽庆；
萱堂日永，百岁延年。

慈寿延龄，日增康乐；
旬年屈指，岁晋期颐。

设帨溯当年，喜花甲一周又半；
称觞逢此日，祝萱龄百岁有奇。

爱日仁期颐，兰阶早酿十年酒；
慈云周海岳，莱彩犹栽一县花。

女百岁

百岁延龄留暑景；
九天华彩护慈云。

偕老陈诗逾百岁；
大齐寿年永千秋。

桃熟三千，瑶池启宴；
筹添一百，海屋称觞。

箫引玉蛾，八音齐奏；
筵开金母，百岁长绵。

上寿逾期颐，一片婆心应
食报；
大齐绵岁月，千秋仙果为
分香。

百岁庆期颐，正彩帨悬时，
婺星明候；
九如歌日月，庆灵娥不老，
王母长生。

举案齐眉，林壬敬上宾筵颂；
称觞祝嘏，药甲平分合卺杯。

四十岁双寿

台嫦合曜征强仕；
弧帨同悬庆盛年。

鸿案齐眉，咸歌四秩；
莱衣舞彩，共庆三多。

鸿案相庄，四十称庆；
鹤筹合算，八千为春。

鸿案齐眉，豪兴林泉未全老；
鹤寿添算，良缘伉俪并长生。

三十岁双寿

偕老期颐征百岁；
同悬弧帨庆三旬。

伉俪同庚，蟾圆两度；
倡随甚乐，凤翼双飞。

弧矢同悬，岁齐花甲；
极嫦合曜，庆洽林壬。

五十岁双寿

五秩年华看并蒂；
百年寿域要平分。

璧合珠联征百岁；
弧悬帨设祝千龄。

鸿案眉齐，礼称曰艾；
兕觥手祝，诗咏如松。

瑞集高堂，鸳鸯宜福；
筹添大衍，松柏长春。

德行齐辉，一门集庆；
福畴大衍，百岁同符。

银汉泛仙槎，天上双星并耀；
箕畴逢大衍，人间百岁同符。

六十岁双寿

八千载椿萱双寿；
六十年花甲一周。

圣德及时称耳顺；
家麻偕老庆眉齐。

耳顺称觞，莱衣竞舞；
眉齐举案，花甲同周。

花甲齐年，骈臻上寿；
芝房联句，共赋长春。

偕老歌诗，祥征六秩；
同年益寿，颂献三多。

弧帨值嘉年，堂上齐眉周甲子；
庭帏绵福禄，樽前众口祝期颐。

七十岁双寿

弧帨同悬瞻瑞气；
台嫦合曜庆稀龄。

九五福，屈指君皆备；
七十岁，齐眉古更稀。

日月双辉，惟仁者寿；
阴阳合德，真古来稀。

鸿案齐眉，稀龄上寿；
鹿车同志，仙眷长春。

鹤算频添，七旬览揆；
鹿车共挽，百岁长生。

天上双星，自是神仙眷属；
人间二老，咸称福寿古稀。

庆吊类·贺寿

八十岁双寿

木公金母古稀有；
硕德令仪世所称。

鸾笙合奏和声乐；
鹤算同添大耋年。

极婺齐辉，同登大耋；
椿萱并茂，备致嘉祥。

弧帨同怀，年齐八秩；
极嫦并耀，光照千秋。

鸿案齐眉，长生不老；
鹤筹添算，大耋同登。

捧绮席筋，斑衣成列；
举锦堂案，华首相庄。

庚婺同明，九五其福；
椿萱并茂，八千为春。

九十岁双寿

人近百年犹赤子；
天留二老看玄孙。

凝眸极婺腾双彩；
屈指期颐晋一旬。

家庆绵延嘉瑞，备膺九五福；
旬年迭晋伉俪，同登一百龄。

鸿案久相庄，还欣三祝华封，
九如天保；
鹤筹同益算，预识十年转瞬，
百岁期颐。

八千岁为春，八千岁为秋，
合八千岁春秋，一代椿萱看
并茂；
九五福曰富，九五福曰寿，
享九五福富寿，百年瓜瓞庆
长绵。

百岁双寿

是人间真瑞；
乃地上神仙。

君子有诗歌偕老；
上寿自古称大齐。

礼祝期颐，庄椿无算；
诗歌福履，虞寿同登。

寿域宏开，百世难逢人百岁；
璧门轩敞，重堂今见日重华。

百岁大齐年，偕老期颐，绰
楔褒荣称人瑞；
双佛无量寿，绵长日月，瀛
洲驻景傲仙家。

日暖椿庭，风和槐砌；
筹添鹤算，酒进兕觥。

曲奏南熏，年丰人寿；
樽开北海，花好月圆。

秋日男寿

交梨分洞府；
火枣灿琼筵。

上古大椿常不老；
小山丛桂最宜秋。

寿锡天孙多富贵；
畴陈箕子益康宁。

箕子陈畴，康宁载演；
天孙锡寿，富贵攸同。

春日男寿

风飘羽帐晴云暖；
春在壶天白日迟。

年抛造物陶甄外；
春在先生杖履中。

松寿鹤龄，是翁矍铄；
花香鸟语，老子婆娑。

颐养论天和，春在先生杖履；
康强征寿相，福陈洪范箕畴。

夏日男寿

泉流东海千层浪；
日照南山万树云。

冬日男寿

东阁官梅动诗兴；
南极老人应寿昌。

朱颜醉映丹枫色；
华发疏同老鹤形。

杯映梅花云映柏；
日添宫线屋添筹。

佛寿无量，龙华启会；
慈龄不老，鸠杖引年。

梅花迎年，祥呈五色；
极星拱寿，光映三台。

桃实千年，来从王母；
莲花万顷，座拥观音。

霜染枫林，光分莱彩；
风传梅蕊，香泛霞觞。

婺焕中天，蒲觞介寿；
帨迎暖日，榴瓣增辉。

春日女寿

翠竹凌霄，群叨慈荫；
碧桃满树，竞放仙花。

秋日女寿

一朵芙蓉凝玉露；
三秋桃实映流霞。

锦帨呈祥，共春旗一色；
瑶觞献瑞，祝寿母千秋。

桂序秋高，瑶阶设帨；
萱堂昼永，绮席称觥。

兰阁煦春风，桃熟塘西，正
婺宿腾辉嫦星焕彩；
蓬壶驻仙景，萱荣堂北，祝
灵娥不老王母长生。

晚节松筠，庆绵福履；
乔阴兰桂，彩舞莱衣。

玉液泛瑶池，刚好杯呈王母；
天香来月窟，爰知种自嫦娥。

夏日女寿

兰阁风熏，绮琴解愠；
萱庭日丽，彩缕延龄。

冬日女寿

璇阁雪花吟柳絮；
瑶池露液熟蟠桃。

庆吊类·贺寿

玉树香清，金萱日永；
绿梅放早，翠柏春长。

东阁梅开，西池桃熟；
北堂萱茂，南国楙荣。

葭琯阳回，瑶池春满；
萱庭庆集，海屋筹添。

正月男寿

人如天上珠星聚；
春到筵前柏酒香。

百年上寿逢元旦；
一代论诗属后村。

名山梅鹤饶清福；
春酒羔羊祝大年。

觞开柏叶新增寿；
鼓击梅花独占魁。

东坡雅人，宜作生日；
西方寿佛，长取新年。

鸠杖引年，椒花献瑞；
鹤筹添算，椿树留荫。

海屋添筹，正逢斗柄回春候；
华堂开宴，恰值椒花献颂时。

厥旦春五，淑气初衔梅色浅；
良辰介寿，和风还试彩衣鲜。

椒颂庆遐龄，亥算征时同绛老；
椿阴森佳气，寅回应律启青阳。

二月男寿

三祝华封瞻泰斗；
二分春色到花朝。

任其坐向溪山老；
难得生逢花月春。

花围红杏酣春色；
酒递南山作寿杯。

绮席延宾开杏苑；
华堂祝嘏仰松庭。

日暖兰阶，风和杏坞；
筹添鹤算，酒晋兕觞。

红杏在林，时维二月；
紫芝纪算，数合九畴。

杏苑风和，长春不老；
椿庭云密，上寿无疆。

祉与春新，桃花已发三层浪；
祚随阳长，玉树时含万里风。

扑蝶玩花朝，日永蓬壶春
不老；
刻鸠技玉杖，荫深椿厄寿
无疆。

三月男寿

花繁曼倩三千树；
草就蒙庄十万言。

春光九十花初茂；
桃熟三千日正长。

椿树庭前开寿域；
桃花源里住仙家。

寿纪椿龄，筹添海屋；
祥呈桃瑞，香满霞觞。

桃熟三千，佳果平分仙洞；
春光九十，称觞偏占芳辰。

四月男寿

玉砌翻红药；
庚星接紫微。

栏围芍药开琼宴；
人献樱桃佐兕觞。

蓬矢风搴春尚驻；
椿荫云护夏方新。

四月清和，节临首夏；
百年康健，树种恒春。

乐奏群仙，筹添鹤算；
祥征浴佛，会启龙华。

驹隙数流光，春去旧雨，夏
来新雨；
兕觥称华诞，日长小年，寿
晋大年。

五月男寿

节近天中逢令旦；
筹添海上庆长龄。

翠艾香含笼绮席；
红榴著色映斑衣。

兰砌风熏，绮琴解愠；
椿庭日丽，彩缕延龄。

华祝三多，芝呈五色；
榴开百子，艾保千年。

槐院风清，鹎鵊应候；
椿庭日永，鹤算添筹。

适庆生申文翠，香霏绮席；
惟兹月午榴红，色映斑衣。

六月男寿

椿树大年宜有庆；
莲花生日正当时。

熏风轻拂莱衣舞；
宝轴高悬洛社诗。

火枣交梨，众仙上寿；
冰桃雪藕，一室招凉。

寿宴宏开，荷塘风爽；
华堂高启，椿林云深。

香透莲花，碧筒泛蚁；
荫环椿树，玉杖扶鸠。

养性怡情，莲称君子；
抚辰览揆，椿祝大年。

樽开北海，欢从三伏游河朔；
曲奏南熏，喜向季夏祝华封。

七月男寿

花开指甲飞金凤；
星耀长庚贯斗牛。

寿考长生，天孙语妙；
乞巧令节，老人星辉。

万籁发金风，声奏瑶天笙鹤；
一樽开碧月，光浮玉斝云霞。

八月男寿

万斛秋香飘宇宙；
五云佳气接蓬莱。

千秋金鉴昭明德；
八月银涛壮寿文。

树茂椿庭添福荫；
香桂醁酿祝遐龄。

露浥青松多寿色；
月明丹桂托灵根。

大地中秋，月圆人寿；
长城万里，岳降崧生。

上寿长生，中秋令节；
良宵不夜，明月前身。

桂子飘香，兕觥进酒；
椿荫养寿，鹤算添筹。

九月男寿

北海开樽倾菊酿；
南山献颂祝椿龄。

东篱满绽黄金菊；
北海欣开白玉樽。

佳节壶觞重九日；
使署旌旗百花洲。

兰膳承欢，香斟萄酒；
桑弧焕彩，福迓椿庭。

香弄莫房，正逢绮序；
醉斟菊酒，长驻华颜。

菊可延年，桃筵启宴；
花逢周甲，萸酒晋觞。

序属三秋，南极高辉玉宇；
节逢初度，东篱满绽黄花。

长生届清秋，南极高悬太白；
佳节逢初度，东篱满绽黄金。

十月男寿

椿为上古树；
崧祝小春天。

百算筹添沧海日；
三呼嵩祝小春天。

岭上梅花报春信；
庭前椿树护遐龄。

梅占阳春人益寿；
筹添海屋算长绵。

序届阳春，春同松柏；
寿称国瑞，瑞献芙蓉。

岭上梅开，早传春信；
庭前椿茂，为祝遐龄。

海屋筹添，图开福寿；
华堂宴启，序届阳春。

十一月男寿

葭灰飞玉管；
琼液泛金樽。

三祝正逢人应瑞；
一阳乍启日添筹。

葭管飞灰一阳动；
椿龄益算百年长。

介祝称觥，阳春一曲；
书云献颂，寿考万年。

初动一阳，日添宫线；
骈臻百福，春到庭帏。

葭管阳回，春生北陆；
松龄年永，寿并南山。

梅阁泛金樽，延宾北海；
葭灰飞玉管，献寿南山。

十二月男寿

一年周四序；
三祝庆千春。

雪藕冰桃来洞府；
兰芽梅蕊映琼筵。

翠管银罂添喜气；
桑弧蓬矢祝遐龄。

宴启瑶池，觅觥介寿；
时当腊会，羊酒承欢。

颂献嘉平，诗歌福禄；
人称寿考，乐叙伦常。

庆吊类·贺寿

闰月男寿

藕节增添逢闰岁；
椿荫茂美护遐龄。

龙辔回环，归奇象闰；
鹤筹添算，益寿延年。

萤荚呈祥，悬弧令旦；
梧桐纪候，佳节长春。

正月女寿

萱草忘忧征懿德；
椒花献瑞祝遐龄。

凤纪调元，春来萱室；
鹤筹添算，庆溢兰陔。

梅蕊凝香，萱庭日永；
椒花进酒，海屋筹添。

彩绚琼枝，萱堂日暖；
兰生玉砌，鸾佩风和。

彩帨增辉，兕觥叶庆；
璇图启瑞，凤历纪元。

黍谷回春，椒盘献瑞；
萱堂称庆，柏酒延禧。

二月女寿

今日正逢萱草寿；
前身合是杏花仙。

花朝丽景推佳节；
萱座慈龄祝大年。

佳节春长，会开扑蝶；
慈闱日永，杖进扶鹤。

萱草春长，良辰设帨；
杏林日丽，绮席称觞。

三月女寿

萱草千年绿；
桃花万树红。

天朗气清延暑景；
辰良日吉祝慈龄。

鹤算添筹，慈云霭瑞；
兕觥进酒，曲水流春。

众母奉寿母，江南大母；
三春祝千春，上巳长春。

四月女寿

仙台牒注长生子；
璇阁春开富贵花。

梅子绽时酣夏雨；
萱花开满霭慈云。

首夏清和，长春富贵；
慈云庇护，爱日绵长。

荔阁风清，蟠桃启会；
萱堂日丽，樱笋登厨。

雅乐奏南薰，麦穗黄时开
绮宴；
鹤筹添东海，萱花翠色映
慈闱。

五月女寿

一曲薰琴传淑德；
百年萱帊祝遐龄。

亭午凝釐榴花试艳；
抚辰集祜萱草忘忧。

午月庆芳辰，堂前萱草分
眉绿；
婺星耀瑞彩，阶下榴花照
眼红。

设帨应良辰，瑶轸风熏，琴
叶鸾弦流雅韵；
称觥逢令旦，璇图云丽，筹
添鹤算祝遐龄。

六月女寿

华堂设帨绵瓜瓞；
水榭开筵赏藕花。

绛幔风清传淑德；
碧筒酒满祝遐龄。

碧荷凝香斟寿酒；
红莲吐焰映斑衣。

曲院风香，欣呈雪藕；
瑶池日永，敬献冰桃。

荷沼风清，良辰览揆；
萱堂日永，大庆称觞。

庆吊类·贺寿

称觞逢令旦，瑶池桃熟启
丽景；
设帨值良辰，碧沼荷开呈
华筵。

七月女寿

四处凉风吹玉律；
一庭爽气接瑶池。

银汉双星传吉语；
璇闺百岁祝慈龄。

云拥彩鸾，图呈王母；
花开金凤，酒进麻姑。

贤母扬徽，珩璜介祉；
天孙锡寿，瓜果开筵。

南极星明，光联牛斗；
北堂萱茂，瑞集桂兰。

八月女寿

福懋萱帏钦懿德；
禧凝桂苑祝慈龄。

秋爽璇闺，桂枝益寿；
辉腾宝帨，萱草忘忧。

桂苑风清，瑶阶设帨；
萱寿昼永，绮席称觞。

桂盏斗香，兕觥进酒；
萱闱集祜，鹤算添筹。

九月女寿

菊满篱东称寿客；
萱荣堂北祝慈龄。

翠挹慈篁辉锦帨；
香分篱菊点斑衣。

萱室荣光，期颐未艾；
菊篱秋色，晚节弥香。

鹤算添筹，萱荣堂北；
兕觥进酒，菊绽篱东。

十月女寿

岭上梅花报春信；
阶前萱草护慈龄。

梅岭传香，来报春信；
萱闱养寿，晋益慈龄。

梅馥岭南，小春有信；
萱荣堂北，寿算无疆。

十月值小春，看岭上梅花
初放；
一星悬宝婺，祝堂前萱草
长荣。

梅岭早传春，喜帨彩扬华，
香满璇闱添喜气；
萱闱多益寿，看缫丝增色，
光腾宝婺祝慈龄。

十一月女寿

来复天心推七日；
贞恒慈寿祝千秋。

葭琯灰飞添瑞气；
兰陔日永祝良辰。

刺绣五纹，线添慈母；
称觞百岁，算益灵娥。

五福骈臻，萱草并水仙竞艳；
一阳初动，算筹与宫线同添。

十二月女寿

喜看梅黄逢腊月；
寿添萱绿护春云。

五色芝荃，慈闱祝寿；
百年萱草，新岁延龄。

日驻蓬壶，驹留余晷；
春延萱庀，鹤纪仙筹。

萱草延龄，觞称绿醑；
梅花吐艳，蜡染黄金。

闰月女寿

延年益寿萱花茂；
吉日良辰蒉荄添。

益藕添桐，喜逢闰岁；
袴鞴鞠踘，进祝慈龄。

庆吊类·贺寿

正月双寿

蟠桃天上骈枝实；
凤管人间合韵调。

弧帨同悬，桃符竞艳；
觥筹交错，椒酒流香。

鸿案齐眉，宜春启瑞；
兕觥介寿，永日胜欢。

喜溢椿庭，椒盘献瑞；
欢承萱室，柏酒称觞。

玉漏停催，共庆椿萱并茂；
金吾不禁，正逢弧帨双悬。

弧帨同悬，杏林竞艳；
极嫦并耀，兰膳增欢。

三月双寿

桃李齐开春正好；
台嫦合耀寿无疆。

桃李联芳，长春不老；
极嫦并耀，纯嘏弥高。

桃李联盟，宜家宜室；
椿萱并寿，多福多男。

酌斗称觥，眉齐鸿案；
悬弧设帨，乐奏鸾笙。

二月双寿

节到中和春正好；
缘深伉俪寿无疆。

节纪中和，阳春二月；
缘深伉俪，偕老百年。

红杏争春，群芳献瑞；
白华养志，二老承欢。

四月双寿

荫茂椿萱连理树；
厨开樱笋合欢筵。

芍药栏边，花开富贵；
椿萱堂上，寿祝期颐。

弧帨同悬，葵心向日；
椿萱并茂，婪尾留春。

樱笋厨开，兕觥进酒；
椿萱荫美，鹤算添筹。

五月双寿

极娑当天皆福曜；
艾蒲应候即良辰。

地脉逢辰，河山并寿；
天中建午，日月双辉。

蒲艾同芳，良辰览揆；
椿萱并茂，美意延年。

卓午延釐，艾绥榴裙相映色；
良辰集庆，雕弧锦帨互争辉。

六月双寿

并蒂花开瑶岛树；
合欢酒进碧筒杯。

沉李浮瓜，兕觥进酒；
悬弧设帨，鹤算添筹。

鸿案眉齐，碧筒酒熟；
鹿车手挽，瑶岛春长。

荷沼颂鸳鸯，碧筒杯里倾佳酿；
芝田游鹤鹿，青玉案前祝大年。

七月双寿

椿萱并茂交柯树；
瓜果同开合卺筵。

弧帨同悬，风清七夕；
台媊合耀，彩澈双星。

弧帨同悬，秋光初到；
琴瑟在御，夏屋宏开。

椿茂萱荣，畴增五福；
庚明娑焕，耀映双星。

八月双寿

朗抱蟾宫同照影；
良缘鸿案永齐眉。

家庆团圆，蟾宫月满；
天龄纯嘏，鸿案风长。

庆吊类 · 贺寿

鸿案齐眉，瑟琴静好；
蟾宫耀彩，人月同圆。

九月双寿

松菊未荒三径乐；
椿萱偕老百年长。

天朗气清，极媸焕彩；
花香人寿，杞菊延年。

同志鹿车，菊花隐逸；
齐眉鸿案，桃实神仙。

伉俪雍和，同悬弧帨；
风光良好，遍插茱萸。

十月双寿

伉俪相和，人添大寿；
风光正好，节届小春。

举案齐眉，桃筵擎实；
奉觞上寿，梅岭传春。

梅岭生春，诗歌偕老；
蓉屏耀彩，寿祝同庚。

十一月双寿

益寿如添五纹线；
合欢同进百年杯。

花放水仙，夫妻偕老；
图呈王母，庚婆双辉。

待腊冲寒，春传梅柳；
悬弧设帨，辉映台媸。

葭管征时，兕觥同酌；
兰阶爱日，鸿案相庄。

十二月双寿

弧帨同悬门画虎；
琴瑟静好杖扶鸠。

天竹腊梅，相映成色；
寿山福海，共祝无疆。

饮腊吹豳，嘉平纪月；
悬弧设帨，偕老延年。

鹤算同添，华堂笃祜；
鹿车并挽，寿宇延年。

共祝蓬莱春不老；
欢瞻花县日初长。

闰月双寿

海宇澄清资上寿；
蓬山春暖护长龄。

桐叶征祥，桃花纪算；
鸾俦比翼，凤侣添翎。

海宇澄清展伟略；
蓬壶春永护长龄。

益藕添桐，良辰置闰；
悬弧设帨，仙眷长春。

筹策动关天下计；
禊期绰有古人风。

置闰定时，喜添凤侣双飞翼；
延年益寿，欢祝鸾俦百岁春。

潞国晚年犹矍铄；
吕端大事不糊涂。

政界寿

一路福星，口碑载道；
万家生佛，眉寿岳疆。

壮猷为国重；
元气得春先。

日永蓬壶，祥开算亥；
天高嵩岳，瑞延生申。

寿龄如日永；
勋位比山高。

前辈典型，秀才风味；
华嵩品格，河海文章。

河阳当丽藻；
蓬岛表仙仪。

瑞集茵凭，兕觥笑酌；
祥兆簪绂，鹤算欣添。

立言立功立德；
寿国寿世寿民。

中天列宿辉牛斗；
午夜长庚焕鹤书。

策杖扶鸠，善人征寿相；
调琴饲鹤，仙署驻长春。

爵比郭令公，历中书二十
四考；
寿同广成子，住崆峒千三
百年。

军界寿

兕觥春介寿；
虎帐夜谈兵。

建貔貅勋业；
富龙虎精神。

威名高北斗；
勋位并南山。

勋业光日月；
精神富春秋。

有猷有为有守；
多福多寿多男。

元帅功勋长在国；
将军威武亦犹人。

北方男儿好身手；
南极老人应寿昌。

老人星象辉南极；
大将威风掌北门。

寿星光射龙泉剑；
瑞雾香生豸锦袍。

帐下东风开寿域；
樽前皓月照严城。

威镇边庭勋业重；
功铭钟鼎寿龄高。

威镇边疆鸿略富；
身膺福祉鹤龄高。

甲帐连楹，欣瞻瑞彩；
子房借箸，默运新筹。

虎帐延釐，铃辕日永；
鹤筹添算，海屋云深。

星动军麾，弧悬日月；
筹添武库，樽泛流霞。

缓带轻裘，儒将风流羊叔子；
据鞍被甲，英姿矍铄马文渊。

早岁入戎行，投笔争夸班
定远；
晚年征寿考，称觞共祝郭
汾阳。

虎帐夜谈兵，大地风云资
扫荡；
兕觥春介寿，仙家岁月乐
舒长。

秉节仰崇威，裘带雍容，风
度不减羊叔子；
悬弧逢令旦，精神强壮，勋
名已胜马伏波。

学界寿

文名高北斗；
颂语献南山。

华堂祝纯嘏；
绛帐煦春风。

德与年皆进；
寿同福并高。

天将以为木铎；
人望之如神仙。

千首诗堆青玉案；
九霄云覆紫芝林。

云近蓬莱成五色；
花开桃李列千行。

少室山中人似玉；
平泉庄里士如龙。

文星彩放三千界；
人寿欣逢八百春。

书城到处群花拥；
寿域荣膺一字褒。

石渠天禄长生海；
少室匡庐万仞山。

百书城里春秋富；
五凤楼中岁月长。

百年日月长生国；
万卷诗书不老丹。

后辈门墙承化雨；
先生杖履煦春风。

寿征仁者箕畴合；
春在先生杖履中。

两枝宝烛生花笔；
一卷瑶函寿世文。

金匮探书成绿字；
铜盘注酒沃丹砂。

诗功喜与年增健；
人寿欣逢月正圆。

养生可望南山寿；
避世思居东海滨。

瑶海赋成天上曲；
金函时启帐中书。

鹤发银丝映红日；
丹心碧血育新花。

藏山事业三千牍；
住世神明五百年。

万春方华，千龄始旦；
群流仰镜，大雅扶轮。

有酒盈樽，为先生寿；
作文献颂，修弟子仪。

筑大厦千间，培植莘莘学子；
效华封三祝，赓歌蔼蔼吉人。

商界寿

利人兼利己；
多寿更多财。

商界执牛耳；
箕畴晋鹤龄。

九五福曰富寿；
八千岁为春秋。

仁人具寿者相；
善士作富家翁。

为近利市三倍；
永享大年千春。

长者绝无市井气；
寿翁久有斗山名。

书成货殖推端木；
彩舞欢娱得老莱。

多财洞悉延龄术；
谋利常存积德心。

货殖成书多岁月；
陶朱乐业永春秋。

庆吊类·贺寿

持筹富有商山算；
握算频添海屋筹。

洪范箕畴福九五；
华堂珠履客三千。

有志经营，善人是富；
无疆悠久，寿考维祺。

学擅陶朱，南山献寿；
才同管子，北海倾樽。

海屋腾辉，鹤筹添算；
潭门绚彩，兕酒称觥。

有管鲍才，操利权胜算；
富陶朱学，作商界先声。

南极老人，一星主寿考；
北海先生，百觞集宾朋。

八千岁为春，天上星云礼缦；
九五福曰寿，人间日月舒长。

歌咏太平年，利市持筹赢
三倍；
涵濡共和福，华堂绚彩庆
千春。

喜庭前生意偏多，瑶草琪花
春自富；
瞻堂上寿翁不老，珠颜玉色
日方中。

医界寿

寿享遐龄，仁心仁术；
功同良相，医国医民。

医国医人，问兹医意；
寿民寿世，亦以寿身。

治国治人，同兹治法；
寿民寿世，亦以寿身。

著手成春，夙精妙术；
存心济世，永享遐龄。

药圃生香，别有壶中日月；
芝田纪算，俨然世上神仙。

著手成春，脉理精时能益寿；
存心济世，活人多处自延年。

学精术也精，名士名医随
君唤；
人寿己亦寿，仙桃仙杏逐
年栽。

贺生育

英物啼声惊四座；
德门喜气洽三多。

生育通用

室中已见祥云绕；
梦里犹闻王者香。

天上长庚降；
人间英物啼。

海上蟠桃多结子；
月中仙桂复生枝。

世德钟麟趾；
家声毓凤毛。

斯时已见吞牛品；
他日犹看吐凤才。

麟书征国瑞；
熊梦兆家祥。

震世名同杨伯起；
生子才如孙仲谋。

万事已知今日足；
五湖还待后来游。

螽斯已应当年瑞；
麟趾还呈异日祥。

月窟早培丹桂子；
云阶新毓玉兰孙。

石麟果是真麟趾；
雏凤清于老凤声。

天上石麟，云呈异彩；
怀中玉燕，梦兆休征。

石麟诞育从天降；
玉燕投怀旷世珍。

玉产蓝田，连城异宝；
珠生合浦，照乘奇珍。

庆溢桑弧，四方有志；
祥征兰梦，一索得男。

奇表称犀角；
清声试凤雏。

堂构增辉，凤毛毓秀；
门庭溢喜，麟趾呈祥。

庭前兰吐芳春玉；
掌上珠生子夜光。

窦桂王槐，门庭溢庆；
荀龙薛凤，家世征祥。

啼声惊座知人杰；
佳气充阁卜世卿。

蕙草兰林，门庭溢喜；
桑弧蓬矢，堂构增辉。

谢庭喜擢芝兰秀；
周雅欣赓瓜瓞篇。

积德累仁，先世栽培惟福善；
降麟诞凤，后昆光耀显门楣。

天送石麟，祥云绚彩；
怀投玉燕，吉梦应昌。

瑞世有祥麟，已为德门露
头角；
丹山翔彩凤，还从华阀炫
文章。

隋珠夜光，焕若列宿；
兰林蕙草，集其清英。

玉种蓝田，产出连城异宝；
珠求赤水，擎来照乘奇珍。

生 子

竹院添丁早；
莲房得子多。

充闾增喜气；
惊座试啼声。

生 女

中郎有女传家业；
道韫能诗压弟昆。

绕庭喜有临风玉；
照室欣看入掌珠。

庆吊类·贺生育

睹貌自知非道韫；
闻香早已识瑶英。

慰情已喜颜如玉；
溺爱珍于掌上珠。

兆叶鸡飞，门前设帨；
祥征虺梦，掌上擎珠。

如此掌珠，得未曾有；
谁谓弄瓦，聊胜于无。

瑞叶燕投，辉腾锦帨；
祥征熊梦，珍获明珠。

迟种玉早获珠，同为宝物；
先开花后结子，本是常情。

生双胞胎

异香飘九陌；
余庆衍双珠。

琼枝花并蒂；
玉树叶交柯。

二美同生添喜气；
一双并秀更兴家。

玉树蓝田征合璧；
树栽碧海喜交柯。

玉种蓝田征合璧；
月明沧海获双珠。

花萼相辉开并蒂；
埙篪并奏叶双声。

赤水衔珠龙竞舞；
丹山绚彩凤双飞。

玉叶延芳，柯交蒂并；
瑶源衍泽，璧合珠联。

生 孙

瓜瓞欣看绵世泽；
梧桐喜报长孙枝。

英物啼声惊四座；
德门喜气洽重闱。

桂子呈祥征福厚；
兰孙毓秀兆嘉祥。

声美凤雏，绳其祖武；
诗赓燕翼，贻厥孙谋。

美济凤毛，兰荪苗秀；
谋诒燕翼，瓜瓞绵长。

欣看乔木多余荫；
喜见兰荪又苗芽。

奕叶重光，桂室熊罴欣叶梦；
孙枝启秀，兰房鸳鸯喜生辉。

天赐石麟，祥开五叶；
夜投玉燕，瑞霭一堂。

梦叶熊罴，子夜灯花频结蕊；
誉推骐骥，孙枝汤饼乍开筵。

美济凤毛，家有令子；
谋诒燕翼，孙又添丁。

曾孙之穑，黍稷翼翼；
君子有谷，瓜瓞绵绵。

生曾孙

一门五福呈箕范；
四代同堂庆瓞绵。

四世喜同堂，螽斯衍庆；
一门臻五福，燕翼诒谋。

贺升学

升学通用

业精于勤，储材待用；
名副其实，有志竟成。

有志竟成深蛾术；
得时则驾奋鹏程。

有志竟成，咸推硕学；
乘时致用，不愧通才。

骥足历程看异日；
龙门发轫在今朝。

材储栋梁，品同圭璧；
术通中外，学贯古今。

科学精研，中西一贯；
程途深造，艺学两成。

荪朴蕈英，功全四科；
栋梁备用，学足三冬。

蛾术时修，名扬学界；
鹏程正远，望重儒林。

万里程途，由跬步肇始；
百年学问，是寸阴积成。

升小学

欣瞻此日成基础；
定卜他年做栋梁。

学底小成，龙门发轫；
材臻大器，鹏翮搏霄。

发轫自龙门，此日推邑中
翘楚；
出群夸骥足，他年展天下
奇才。

登高必自卑，莫以小成抛
远志；
壮行基幼学，会看来日展
宏猷。

升中学

大器将成，为学原无止境；
前程更远，请君更上层楼。

为学譬登山，拾级中途，会
见摄衣凌绝顶；
设科如观海，载瞻前路，预
期破浪展雄图。

中道莫停鞭，知行远登高，
非止境断难息力；
频年亲负笈，幸功倍事半，
较初时已有会心。

升大学

大丈夫贵自立；
有志者事竟成。

才识超群，学兼中外；
文章华国，器是栋梁。

如上泰山，登峰造极；
似观沧海，破浪乘风。

造诣湛深，高才鸿博；
扶摇直上，壮志鹏程。

升军校

横海伏波，追踪汉杰；
乘风破浪，效法宗师。

为弧矢而射天地，古男子所
有事也；
执干戈以卫社稷，军国民其
在斯乎。

兵法迈孙吴，有志竟成，早
建立将才基础；
战术师欧美，无往不利，敢
担当武力乾坤。

升师范

铸史镕经，尽皆就范；
知新温故，可以为师。

师道克彰，从此才华展骥足；
范型足式，于今声价重龙门。

业进喜有成，伫看化被菁莪，
同沾时雨；
学成期致用，预卜花开桃李，
共坐春风。

贺乔迁

新居落成

大启尔宇；
长发其祥。

山环水绕；
人杰地灵。

门焕奎壁；
栋接云霞。

红砖青瓦；
绿竹斜阳。

户外山水秀；
院中鸡鸭肥。

玉柱擎红日；
金舆入紫微。

群树成大厦；
彩凤宿高梧。

吉日开黄道；
祥星耀紫微。

旧宅翻成新宅；
今年胜过去年。

华屋辉生壁；
青山绿到门。

庭院花香鸟语；
楼台月满云开。

安乐新成庆；
幽闲欲寄情。

笑谈新居造就；
喜看华厦落成。

两双勤劳手；
一栋砖瓦房。

一朝成就千秋业；
百代居之万事安。

坚贞瞻柱石；
巩固庆苞桑。

人和家富梁焕彩；
地利人和壁生辉。

画堂辉书锦；
华构霭春晖。

三阳日照平安地；
五福星临吉庆家。

屋洁何须大；
花香不在多。

三星高照临新宅；
五福咸臻满画堂。

庭辉联树彩；
檐影接云光。

万里风云骐骥足；
百年珠树凤凰枝。

祥云浮紫阁；
喜气绕朱轩。

上梁欣逢新时代；
落栋还靠众乡亲。

千山绿水映华厦；
万座青峰饰新居。

且看朱履和云集；
共庆华筵映日开。

门外青山水流秀；
户内人旺财源兴。

华堂建就六亲力；
玉宇落成百匠功。

门对青山龙虎地；
户纳绿水凤凰池。

华厦生辉三春暖；
锦堂添福五世昌。

门迎春夏秋冬福；
户纳东南西北恩。

创立栋宇千载盛；
缔造华堂万年长。

门前绿水声声笑；
屋后青山步步春。

江山聚秀归新宇；
奎璧联辉映华堂。

五柳旧称陶令宅；
百花新构杜陵庄。

红砖构造成新宇；
紫燕盘旋寻旧居。

日月光华成画栋；
山川环拱映雕栏。

旭日朝临新气象；
吉星拱照大文章。

古槐树下听琴韵；
新屋楼头传书声。

红杏枝头春气闹；
绿杨烟外晓寒轻。

旧宅惯生如意草；
新居又放吉祥花。

宏基地厚勤中出；
大厦天高俭里生。

旧时客燕来寻主；
今日流莺洽比邻。

启宇广涂诗礼壁；
专家隆起栋材梁。

庆吊类·贺乔迁

诒谋悠裕辉红日；
结构岿昂耀紫云。

庭院中花香鸟语；
楼台前月满云开。

坤正奠定千秋业；
基实撑起万年梁。

洞天福地斯为美；
仁里德邻无所争。

鸣花炮声声道喜；
起大梁步步登高。

结构崇闳新栋宇；
诒谋永远旧箕裘。

金门映日新大厦；
玉柱擎天展雄才。

高堂映日开丹桂；
新屋藏春醉碧桃。

帘前燕子和云剪；
砌上桃花向日娇。

黄道安门添百福；
紫微当户纳千祥。

房建福地风更暖；
身居乐土苦也甜。

雪撒红梅施白粉；
烟笼绿竹著青房。

庆吊类·贺乔迁

春发南枝新栋宇；
名高东里大门庭。

堂构初成千载业；
垣墉已筑万年基。

春光长照新宅第；
幸福常临勤俭家。

堂构鼎新垂世泽；
箕裘晋步振家声。

春柳深处农家乐；
白杨水边村舍新。

彩虹环绕新庭院；
霞光映照幸福家。

柱擎梁挑蓝天志；
窗纳门接碧野春。

淡酒清茶娱雅客；
龙飞凤舞庆新居。

焜耀祥光昭画栋；
菁葱佳气壮新居。

瑞气祥云环画阁；
黄莺紫燕贺新居。

榕荫中红墙碧瓦；
竹帘外绿水青山。

新宇造就千秋业；
华堂陈设万春图。

新居造就盈门秀；
华宇宏开满座春。

新居坐落向阳地；
华厦筑在幸福家。

新屋落成千般喜；
合家和睦万事兴。

新燕绕梁寻旧主；
东家建厦接西宾。

满座珠玑光善地；
几重书籍耀新居。

潭第鼎新容驷马；
华堂钟秀毓人龙。

人杰地灵，大启尔宇；
竹苞松茂，式好无尤。

大厦落成，宾朋满座；
高楼焕彩，喜气盈门。

门对青山，庭铺芳草；
屋临绿水，窗横腊梅。

甲第宏开，肯堂肯构；
壬林献颂，美奂美轮。

鸟革翚飞，辉生画栋；
莺啼燕语，贺集雕梁。

吉耀高临，榱题焕彩；
祥云环绕，梁栋增辉。

华构落成，红花并蒂；
新居焕彩，紫燕双飞。

合天时，祥云连画栋；
得地利，峻岭对新庭。

鸠工庀材，能支大厦；
燕子鸣贺，爱筑新巢。

金屋玉堂，固称杰构；
德门仁里，自是安居。

南望飞云，雕梁画栋；
西来爽气，玉宇琼楼。

碧瓦红墙，崭新栋宇；
钱多粮足，富裕人家。

星耀紫微，辉生画栋；
日占黄道，喜建雕梁。

大地灵钟，肇成文明之运；
华堂瑞霭，弘开富贵之基。

美奂美轮，卜云其吉；
肯堂肯构，居之也安。

玉柱立天地，天地增异彩；
金屋映日月，日月添光辉。

美奂美轮，辉腾甲第；
肯构肯堂，庆治壬林。

祥发其光，既显高门积庆；
大启尔宇，还基奕世宏规。

高第莺迁，大启尔宇；
重门燕喜，聿观厥成。

杰地仍幽，水如碧玉山如黛；
新居不俗，凤有高梧鹤有松。

惟德成邻，莺迁燕喜；
以文会友，霞蔚云蒸。

栋宇嵯峨，光凌彩凤天边日；
规模壮丽，秀掇金鳌海上春。

起屋开基，百年大计；
兴家立业，五世其昌。

喜临华堂，瑞气缭绕百事顺；
乐居新屋，祥光普照万代昌。

新居焕彩，盈门秀色；
华构落成，满座春风。

乔 迁

新屋厅堂，窗明几净；
阖家老幼，心旷神怡。

华堂昼永；
乔木春深。

新屋生辉，凌云耀日；
华堂焕彩，射斗冲霄。

莺迁乔木；
燕入高楼。

凤移金谷舞；
燕贺玳梁新。

甲第崇高闳；
天光焕紫微。

出谷来仁里；
迁乔入德门。

阳光照宝地；
春风拂新居。

择里仁为美；
安居德有邻。

玳梁欣贺燕；
乔木早鸣莺。

莺迁金谷树；
花报玉堂春。

莺迁金谷晓；
柳拂画堂春。

喜迁乔木近；
闻占白云多。

楼台新气象；
诗礼旧人家。

新春进新居；
喜日增喜事。

群材成大厦；
乔木待新禽。

燕喜开新第；
莺迁转上林。

卜筑应同蒋诩径；
藏书将拟邺侯家。

五色祥云笼甲第；
三多景福集门间。

曰苟曰苟复曰苟；
于斯于斯又于斯。

龙门旧列金张贵；
莺谷新迁碧落飞。

瓜衍尼山扶正学；
居同莪圃辑丛书。

鸟革翚飞腾喜气；
莺歌燕语贺高迁。

让水廉泉称乐土；
礼门义路是安居。

江山聚秀归新宇；
奎壁联辉映画堂。

凤振高岗，千祥云集；
莺迁乔木，百福骈臻。

里有仁风春色溥；
家余德泽福星临。

古人且然，今人奚让；
前事不忘，后事之师。

闭门种菜吸浦水；
读书为善守家风。

甲第宏开，肯堂肯构；
壬林作颂，多福多男。

择处三迁居不易；
开门七件事最难。

合天时，祥云连画栋；
得地利，峻岭对新庭。

画栋倚云昭大壮；
华堂映日焕中孚。

安借高枝，何妨鹤寄；
春来乔木，大好莺迁。

宝树庭森花簇锦；
莺声宛转韵调琴。

芳菲满林，为万花谷；
汪洋表度，若千顷波。

莺迁乔木松流韵；
月洗高秋桂吐香。

画栋凌云，堂开燕喜；
雕梁映日，高第莺迁。

莺声到此鸣金谷；
麟趾于今步玉堂。

南望飞云，雕梁画栋；
西来爽气，玉宇琼楼。

黄菊移来三径好；
绿杨分作两家春。

美奂美轮，大启尔宇；
肯堂肯构，长发其祥。

堂构森严绳祖武；
天葩彩发焕人文。

萸秀延薰，藜香照读；
春酒养福，善屋迎祥。

移取春风，门栽桃李；
蔚成大器，材备栋梁。

莺歌燕舞，华构春光普照；
龙腾虎跃，神州气象一新。

清旷四围，绿迷芳草；
崇高数仞，红映夕阳。

一栋高房，明窗净几诗画满；
三间大厦，红瓦白墙上下新。

喜建华厦，春风入座；
乔迁新屋，佳客盈门。

人勤地好，画栋拂云连旧垒；
春暖花红，玉兰绕砌缀新枝。

德必有邻，珠联璧合；
仁能安土，玉粹金和。

迁地为良，移取春风先到此；
与人同欲，还期衽席渐相登。

懋迁化居，莺乔日晋；
经营致富，骏业允升。

华构新成，红霞朵朵映画阁；
春风早惠，紫燕双双上雕梁。

华构落成，窗前莺并语；
新居焕彩，帘外燕双飞。

画栋连云，青松挺立半遮阁；
新居焕彩，春燕归来不识家。

晨曦照新居，五光十色；
春风吹大地，万紫千红。

画栋连云，燕子重来应有异；
笙歌遍地，春光长驻不须归。

甲第弘开，永向苍穹斗日；
门闾轩敞，堪容北海风云。

祥瑞霭龙光，居移气养移体；
清香凝燕寝，富润屋德润身。

何须玉宇琼楼，方称杰构；
即此德门仁里，便是安居。

燕巢新宇，呢喃梁上话春色；
莺栖画堂，婉转檐前迎旭光。

砌铜墙、粉铁壁，华居添彩；
上金梁、竖玉柱，庭宇生辉。

燕喜新居，迎得春风栽玉树；
莺迁乔木，蔚成大器建家邦。

履端伊始，万里征程新跃马；
华构初成，百年乔木喜迁莺。

兴大厦、建乐园，景色如
画美；
住新房、创家业，生活似
蜜甜。

第宅喜增辉，高梧久待朝
阳凤；
门楣新霭瑞，乔木初鸣出
谷莺。

乔木莺迁，结将孟氏芳邻，
卜云其吉；
高枝鹤寄，胜似杜陵广厦，
居之也安。

学无旧新，依然刚日读经，
柔日读史；
宅惟爽垲，道是十年树木，
百年树人。

乔木春深叼福荫；
华堂昼永喜新居。

婉转莺歌金谷晓；
呢喃燕语玉堂春。

燕筑新巢春正暖；
莺迁乔木日初长。

帘卷春风，重门燕喜；
堂开画锦，高第莺迁。

燕贺新巢，双栖画栋；
莺迁乔木，百转上林。

夏季迁居

日永华堂，祥光四射；
云连夏屋，气象一新。

廉让之间，其风肆好；
吉祥所止，与日俱长。

秋季迁居

乔木荫浓，喜迁莺谷；
琼楼秋爽，高想蟾宫。

春季迁居

里有仁风春日永；
家余德泽福星明。

瑞献桐阶，凤凰来集；
香飘桂苑，蟾兔争明。

冬季迁居

光耀丹楹，喜占旺相；
诗赓白雪，先得阳春。

松茂竹苞，及时而秀；
兰馨桂馥，迁地为良。

商家迁居

择地为良，因近利市；
多财善贾，是大商家。

读大禹谟，克勤克俭；
筮家人卦，有物有恒。

懋迁化居，莺乔日晋；
经营致富，骏业允升。

骏业开张，气象一新觇盛概；
莺迁喜贺，利市三倍展雄图。

赁屋迁居

安借高枝，何妨鹤寄；
春来乔木，大好莺迁。

高士赁春，正堪小隐；
仁者择里，是为安居。

近市嚣尘，卜邻倘得晏平仲；
结庐人境，赁春应如皋伯通。

贺开张

开张通用

有道财恒足；
乘时货自高。

新筹通万国；
实业迈五洲。

懋迁占利市；
经济扩生涯。

懋迁看进步；
胜算总由心。

直道犹存三代；
宏名宜达五洲。

冠带衣履天下；
懋迁有无化居。

端木善于商战；
陶朱本是人豪。

一代商场称健将；
百年社会此名家。

五湖寄迹陶公业；
四海交游晏子风。

出入商场称健将；
平章国货寓良谋。

百货倾销交易处；
五洲收入范围中。

美利造成新企业；
富源开辟大中华。

经商营业非关学；
致富陶朱不在书。

一马百符，商人受福；
七奇六耦，君手维新。

经之营之，财恒足矣；
悠也久也，利莫大焉。

基业宏开，懋迁有术；
货财恒足，悠久无疆。

秉管鲍精神，因商作战；
富陶朱学术，到处皆春。

相宅而居，骏业开张安乐土；
多财善贾，鸿名共仰大商家。

春季开张

凤律新调，三阳开泰；
鸿猷丕振，百货盈丰。

喜春来一点生机，大开商战；
望日后诸君努力，共挽利权。

夏季开张

夏月征祥，开基创业；
熏风奏曲，解愠阜财。

日永井廛，生涯鼎盛；
风行华夏，物产丰盈。

秋季开张

暑气全消，最宜商战；
秋光大好，毋失时机。

气爽天高，经营伊始；
日增月盛，利益均沾。

冬季开张

竹报商场，宜从新历；
梅开利市，独得先春。

梅占先春，骈臻五福；
松坚晚节，足用三冬。

哀 挽

通用挽联

泪倾太岳；
痛断黄泉。

秋风鹤唳；
夜月鹃啼。

音容已杳；
口泽犹存。

梅含孝意；
柳动伤情。

情怀旧雨；
泪洒凄凉。

儿孙称典范；
邻里赞楷模。

门外奠云聚；
堂中悼念多。

户寂凄风冷；
楼空苦雨寒。

雨洒天流泪；
风号地哭声。

转眼人千里；
消魂梦一柯。

亲去情堪痛；
春来景壮观。

徒饮千行泪；
只增万斛愁。

痛心伤永逝；
挥泪忆深情。

鹤梦归何处；
猿啼在此间。

一曲衷肠凄雨悲；
满天血泪寒风哀。

一别遗容入黄土；
再见亲音梦里寻。

夕阳流水千古恨；
春露秋霜百年愁。

天高地厚恩何尽；
目惨心伤泪难收。

从今不复闻謦欬；
此后何堪忆笑容。

风号鹤唳人何处；
月落雁啼霜满天。

风吹秋水起悲浪；
雨沐春山落哀愁。

风凄暝色愁杨柳；
月吊宵声悲杜鹃。

风凋棉树红于血；
月照寒林白似霜。

风翻禾浪愁千缕；
雁剪秋云泪两行。

北风悲啼青山恨；
江河呜咽泪泉流。

目睹慈乌生孝道；
耳闻悲鸿动哀情。

白云归天山光秀；
黄金入土川色明。

扫榻飞烟惊化鹤；
卷帘留月觅归魂。

仿佛音容犹如梦；
依稀笑语痛伤心。

杨柳春风怀逸致；
梨花寒食动哀思。

但愿此境成梦境；
怎奈哀情是真情。

彤云布就一天恨；
白雪铺来遍地愁。

雨中竹叶含珠泪；
雪里梅花戴素冠。

雨飘翠竹垂红泪；
云压青松戴素冠。

岭表玉梅多减色；
山阴寒笛不堪听。

庆吊类·哀挽

径扫丹枫皆丧礼；
门临白马尽嘉宾。

泪眼常濡春雨湿；
愁容暗逐白云飞。

泪添九曲黄河涨；
恨压三峰华岳低。

泪滴千行大地湿；
哭声一片暮云低。

春风有恨垂疏柳；
晓露含悲看早梅。

春江桃叶莺啼湿；
夜雨梅花蝶梦寒。

看山兴悲愁碧汉；
望月垂泪染丹枫。

美德常齐天地永；
嘉风久伴山河存。

珠泪潸潸别玉体；
举步缓缓赴灵堂。

桃李东风梦蝴蝶；
关山明月泣杜鹃。

病入膏肓药无效；
魂归泉台痛伤情。

凄凉云树愁千里；
惆怅春风恨隔年。

菽水无欢喜自去；
夜台有情月仍寒。

情深风木终天恸；
泪点寒梅触景思。

情凝雪片皆飞白；
泪洒枫林尽染红。

悼念不闻亲教诲；
情怀仍忆旧音容。

悲音难挽流云住；
哭声相随野鹤飞。

鹃啼五夜凄风冷；
鹤唳三更苦雨寒。

魂归九天悲夜月；
芳流百代忆春风。

翠色积云笼夜月；
玉容带雨泣春风。

庆吊类·哀挽

蝶化竟成辞世梦；
鹤鸣犹作步虚声。

海阔天空，忽悲西去；
乌啼月落，犹望南归。

无语听时，泪流不敢信；
欲言止处，心碎难再全。

青山黛影，泉飞泪花溅；
碧血素雨，悲风子规啼。

肺腑恸情，寒风送哀音；
泪洒灵柩，合家沉悲痛。

朔风悲啸，噩耗惊天地；
寒水哀流，哭声恸郊原。

缅怀戚戚，长河泪洒去；
哀思惨惨，天地悲潮来。

群山披素，玉梅含哀意；
诸水悲鸣，翠柳恸伤情。

情切切，九天迸泪倾盆雨；
意绵绵，八方啜泣裂金石。

七日不瞻，今夕三悼空垂泪；
一言未瞩，后事千端云问谁。

九霄雪花纷纷，苍天表悲意；
三溪流水淙淙，大地动哀情。

山呼海啸，天公秉泪雨滂沱；
地动山摇，神灵奉冻水成冰。

长天应怜，热泪滴滴解冰土；
短歌当悲，哀音戚戚化雪霜。

月昭寒风，空谷深山徒洒泪；
霜封宿草，素车白马更伤情。

风动帏空，青鸟降时魂泣血；
潭深波咽，苍鸦啼处梦传神。

声声寂寥，千山不语齐俯首；
岁岁哀痛，万水呜咽共吹箫。

声惊千山，星河啼泪飞瀑素；
情恸万水，白花啸哀风月寒。

时事伤心，风号鹤唳人何处；
哀情瘆目，月落乌啼霜满天。

松荫青冢，万泉飞泪涌雪浪；
泪湿素花，千松长啸哀悲雷。

音貌永隔，泪眼望穿何日见；
涕泪交流，愁肠欲断几时休。

庆吊类·哀挽

烛影连天，一片孝思照北斗；
银光遍地，两行血泪映南山。

梦里相见，无言呜咽晶莹泪；
魂忆生平，历念恩情寸断肠。

寒风萧萧，泪滴千行灵堂湿；
落日曛曛，哭声一片暮云沉。

缕缕哀思，理不尽十万愁绪；
滚滚悲泪，流不断九千情河。

鹤驾难回，终隔云山家万里；
猿肠易断，哪堪风雨月三更。

勤以持家，善教子女，生前
诸事无荒废；
乐于助人，声闻邻里，殁后
何人不含悲。

光明正大；
磊落清白。

寿终正寝；
鹤驾西天。

芳名永在；
松柏长青。

音容宛在；
笑貌长存。

前世典范；
后人楷模。

流芳百世；
遗爱千秋。

容貌在目；
德泽铭心。

挽 男

悲歌恸地；
典范存天。

山颓木坏；
风惨云凄。

一世行好事；
千古流芳名。

功德无量；
青史永垂。

一生树美德；
半世传嘉风。

天不留耆旧；
人皆惜老成。

天不憖一老；
人已足千秋。

云树离群久；
风尘解脱先。

风悲浮云去；
日觉冰壶清。

寿终德望在；
身去音容存。

芙蓉城缥缈；
松菊径荒芜。

苍松长耸翠；
古柏永垂青。

忧国身先殉；
游仙梦不回。

忍别亲人去；
还期化鹤归。

英灵垂天地；
美德传室家。

知君以忧死；
愧我犹醉生。

驾鹤西天去；
留名人世间。

美名留千古；
忠魂上九霄。

洪福随天尽；
清辉万古存。

素心悬夜月；
高义薄云天。

高风传梓里；
亮节昭后人。

海内存知己；
云间渺嗣音。

提耳言犹在；
扪心齿欲寒。

痛心伤永逝；
挥泪忆深情。

化悲痛为力量；
继遗志写春秋。

庆吊类·哀挽

寿终德望犹在；
人去徽音长存。

一生节与冰霜厉；
千古心同日月明。

赤心光昭日月；
清名终古长留。

一生俭朴留典范；
半世勤劳遗嘉风。

身逝音容宛在；
风遗德业长存。

人间未遂青云志；
天上先修白玉楼。

怅望白杨衰草；
长怀矩范高风。

五岳霁雨惊天泪；
九天霹雳动地哀。

青山永志芳德；
绿水长吟雅风。

三更月冷鹃犹泣；
万里云空鹤自来。

英灵流芳千古；
忠魂与世长存。

三径寒松含露泣；
半窗残竹带风悲。

直道至今犹在；
清名终古长留。

大雅云亡梁木坏；
老成凋谢泰山颓。

终生辛勤劳动；
一世淳朴为人。

万里云天归落日；
一门雨泪洒麻衣。

美德堪称典范；
遗训长昭子孙。

千山不语齐俯首；
万水呜咽共吹箫。

一世精神归华表；
满堂血泪飞云天。

千卷史书怀拥座；
一帘风雨忆篝灯。

天上列星沉处士；
山中霖雨及苍生。

少日射雕身手健；
今朝骑鹤海天遥。

（成惕轩）

水流东去归大海；
日转西沉思故人。

公去大名留史册；
我来何处别音容。

气节胜金金亦暗；
品德如雪雪自惭。

月霁风光人共仰；
山颓木坏天增愁。

风号万树子规泣；
雪积重门白马咽。

风骨真超双鹤上；
语音犹在五云中。

玉树栽来欣擢秀；
琼枝萎去动悲怀。

世上同声歌薤露；
人间何处觅桃源。

龙隐海天云万里；
鹤归华表月三更。

白马素车愁入梦；
青天碧海怅招魂。

白骨未入三尺土；
忠魂已上九重天。

白雪有情亦落泪；
绿竹无语也含悲。

地下又添高士伴；
生前原当古人看。

地下有寒应彻骨；
人生到此亦回肠。

老泪无多哭知己；
苍天何遽丧斯人。

有子能担天下事；
伤心遽丧老成人。

尽堪模范端人品；
不可销磨寿世书。

扶桑此日骑鲸去；
华表何年化鹤来。

志同松柏清同竹；
言可经纶行可师。

往日论交钦恕道；
今朝追悼寄哀思。

何如一梦飞蝴蝶；
竟使千秋泣杜鹃。

空梁月冷人千古；
华表魂归鹤一声。

完来太璞归天地；
留得和风惠子孙。

春雨梨花千古恨；
秋风桐叶一天愁。

良操美德千秋在；
亮节高风万古存。

星沉南极行云黯；
鹤唳中天霁月寒。

青山齐落伤心泪；
大地亦谱悼亡诗。

秋草独寻人去后；
寒林只见日斜时。

英灵已作蓬莱客；
德范犹熏故乡人。

剑空宝匣龙应化；
云锁丹心凤不来。

英灵永垂宇宙内；
美德长存天地间。

音容未远悲畴昔；
杖履空存忆老成。

英姿爽气归图画；
丹心壮志留子孙。

壶中日月三生梦；
海上云山万里秋。

直道至今犹可想；
旧游何处不堪愁。

桃花流水杳然去；
明月清风何处游。

事业已归前辈录；
典型留与后人看。

流水夕阳千古恨；
凄风苦雨百年愁。

流水高山思典范；
光风霁月仰仪型。

流泪眼对流泪眼；
断肠人送断肠人。

案积芸香存手泽；
庭余芝草见心田。

朗月清风怀旧雨；
残山剩水读遗诗。

著作等身身不死；
子孙乐业业长荣。

欲看山水存秋菊；
长留清白在人间。

骑鲸去后行云黯；
化鹤归来霁月寒。

悲歌壮烈腾江海；
哀曲凄惨泣鬼神。

遗灰化作千畴绿；
壮志犹存一片心。

遗训不随形影去；
笑颜常与梦魂游。

等闲暂别犹惊梦；
此后何缘再晤言。

魂游水底波澜壮；
名在人间草木香。

椿影已随残月去；
桂香犹逐好风来。

新界潮流摧砥柱；
老成风度邈云山。

德被人间成翰海；
神归天上做文星。

鹤驾已随云影杳；
鹃声犹带月光寒。

人到盖棺，方有定论；
我将碎琴，以报知音。

三岛十洲，神游天外；
七贤九老，名在人间。

大雅云亡，空怀旧雨；
哲人其萎，怅望高风。

大德为公，徒存手泽；
因材而教，顿失心传。

天故忌才，谁能无恸；
世方多难，君曷云亡。

虽死犹生，音容宛在；
爱人以德，笑貌长存。

为人正直，毕生无愧；
办事公道，浩气长存。

高山巍巍，英灵不朽；
流水潺潺，德泽犹存。

功著神州，音容长在；
名垂青史，德泽永存。

著作名山，与天同寿；
感伤逝水，厌世长辞。

未弭前思，顿成永别；
追寻笑绪，皆为悲端。

菊径荒凉，道山遽返；
蓉城缥缈，仙驭难回。

地棘天荆，得大解脱；
云荒石老，若伴牢愁。

梦断庚星，韬光匿彩；
心伤子夜，返璞归真。

回溯前尘，情同骨肉；
追怀往事，痛断肝肠。

世事叹无常，空留尘榻；
音容渺何处，怅望人琴。

华表千秋，精灵宛在；
名山一卷，著述长留。

古称乡先生，可祭于社；
传言明德后，必有达人。

君子终日，朝乾夕惕；
先生之风，山高水长。

生前忠节，似松凌霜雪；
死后高风，如水照青天。

齿德兼尊，惟公无愧；
箕裘克绍，有子能承。

惟大学问，功高心愈下；
是真澹泊，身殁志益明。

彼君子兮，至德无间；
其为人也，殁世犹称。

遗恨满家园，君顿仙去；
大招歌梓里，魂兮归来。

遗容寓遗志，子孙承志；
哀乐寄哀思，亲友永思。

岁月消磨，酒学仙，诗学圣；
精神默化，生如寄，死如归。

清明雨绵绵，举家悼先辈；
寒食冷丝丝，泣声摧肺肝。

一笑凌云，身世到君无可憾；
百年掣电，交情如我不胜悲。

下笔足千秋，班赋陶诗欧记；
抚棺同一哭，椿庭棣馆兰阶。

大雅云亡，惨淡雨烟凝血泪；
哲人其萎，潺溪流水作哀声。

天地无言，泣悲同哀素月落；
人物皆哭，泪洒共悼缟星沉。

云鹤失声，一片赤心凝铁石；
寒松有节，千秋碧色凛冰霜。

月照寒枫，空谷深山徒泣泪；
霜封宿草，素车白马更伤情。

心怀国家，万里归舟从海外；
义举公益，百年遗范仰生平。

为乡党称贤，天乃不遗一老；
有子孙修业，君真足慰重泉。

仙去何之，烧鼎白云栖断壑；
神伤已甚，著书黄叶冷空山。

毕生勤劳，临终悒悒心犹在；
鞠躬尽瘁，虽死耿耿志长存。

阴云漠漠，五岳垂首形恭立；
西风烈烈，三江啼血泪悲流。

冷雨凄风，无限断肠凭洒泪；
素车白马，可怜剪纸为招魂。

菊径荒凉，冥漠秋郊悲雨泣；
蓉城缥缈，苍茫野陌怅风凄。

烟雨凄迷，蒿里名花凝血泪；
音容寂寞，清溪流水是哀声。

梦不醒来，杜鹃空悲华表日；
事皆撇去，桃花不恋武陵春。

遗像犹存，毕世形容千古恨；
流风未艾，半生心血一朝枯。

跨鹤孤山，三十载梅花一梦；
骑鲸采石，五百年明月重圆。

誉重士林，怅此日骑鲸西去；
辉增华表，望何时化鹤归来。

碧海潮空，此日扶桑龙化去；
黄山月冷，何时华表鹤归来。

歌废蓼莪，忽感终天深抱恨；
情联苞栩，每思陟岵永衔悲。

鞠躬尽瘁，寸心不憾尤不愧；
光明磊落，一生无诌也无骄。

山斗重枌榆，世乱能全高尚志；
风霜厄松柏，岁寒如见后凋心。

此意竟萧条，幸有高文垂宇宙；
一生何落寞，未酬壮志在江湖。

吾生有涯，吾知无涯，何者物化；
逢来时也，适去顺也，不为君悲。

何处可招魂，检箧尚遗玄草在；
为君欲挂剑，登堂空忆白云留。

沧海慨横流，跨鹤空山归上界；
少微惊隐曜，啼鹃清夜哭先生。

松老缀龙鳞，不待春雷先化去；
梅香留鹤梦，好寻华表又归来。

残月冷空山，辟谷已随黄石去；
寒云低野渡，束刍惆怅素车来。

道其犹龙乎，剑水云横嗟去渺；
翁今化鹤矣，花庭月暗恨归迟。

撒手也无难，尘世长辞归碧落；
伤心将大用，夕阳虽好近黄昏。

凝眸滴泪对苍天，生死谁
忍别；
仗剑青苔寻黄泉，天地长
相忆。

世事已如斯，真是富贵浮云，
人生幻梦；
彼节不可问，空使新亭泪洒，
易水声凄。

星陨光殁，痛悼先辈，千言
万语诉又噎；
泪流纵横，披缟举素，一步
三颠食难咽。

樽酒昔言欢，烛剪西窗，犹
忆风姿磊落；
人琴今已杳，梅残东阁，只
余月影横斜。

与人无忤，与世无争，木讷
自甘，葆真而去；
如金在镕，如玉在璞，元善
所庇，有子必昌。

齿德并推尊，月旦有评，慈
惠常留众口颂；
斗山今安仰，风流长往，典
型堪做后人师。

故旧情深，忆白发青灯，围
炉曾共谈家事；
秋风萧瑟，对丹枫黄菊，登
堂同悼老成人。

交契白头新，胡遽迹桃源，
别话桑麻辜旧雨；
驾随青帝去，留满堂槐荫，
争看弓冶振家风。

君是勇于义者，为公益关心，
终岁劳人草草；
文固无如命也，竟清贫殁世，
当今天道茫茫。

生别尚黯然，哪堪岳色川声，
客路频挥才子泪；
死者长已矣，最痛老亲弱息，
秋风空送故园魂。

挽 女

兰摧玉折；
花落水流。

寿终内寝；
鹤驾西天。

音容宛在；
懿德常存。

慈颜已逝；
风木与悲。

女星沉宝婺；
仙驾返瑶池。

风木有余恨；
瞻依无尽时。

白云劳远望；
青鸟切遐思。

永怀风木感；
应废蓼莪诗。

名标彤史范；
望断白云乡。

妇德幽贞见；
人言内外符。

花为春寒泣；
鸟因肠断哀。

画荻踪难觅；
扶桐泪欲倾。

落花春已去；
残月夜难圆。

悲怀伤薤露；
懿范溯萱帏。

蓬岛归仙驾；
萱帏想母仪。

日碧魂依蔓草；
雪红泪洒桃花。

婺宿光沉北极；
云轩驾返西池。

了无遗恨留闺阁；
自有余徽裕后昆。

山容惨淡浑如睡；
闺范留遗永不忘。

风吹蕙帐萱花落；
月冷吴江杜宇悲。

仙轩远赴瑶池会；
懿范新添女史箴。

（成惕轩）

西池驾已归王母；
南国辉空仰婺星。

西竺莲翻云影淡；
北堂萱萎月光寒。

朱墙碧瓦归仙驾；
象服鱼轩想母仪。

花落胭脂春去早；
魂销锦帐梦来惊。

花落萱帏春去早；
光寒婺宿夜来沉。

身归阆苑丹丘上；
神在光风霁月中。

身似芳兰从此逝；
心如皓月几时归。

彤管自应标淑德；
萱帏长此仰徽音。

雨泣黄花应有恨；
风凄翠竹更堪悲。

雨霖杏蕊流红泪；
雪压松梢戴素冠。

忽报风凄三楚地；
怕看云黯半边天。

宝瑟无声弦柱绝；
瑶台有月镜奁空。

宝婺光沉天上宿；
莲花香现佛前身。

香消夜月梅花寂；
韵冷苍天鹤梦寒。

绮阁风凄伤鹤泪；
瑶阶月冷泣鹃啼。

蕙质兰姿归阆苑；
琼林玉树绕阶庭。

慈竹霜寒丹凤集；
桐花香萎白云悬。

椿影随鹤西去早；
婺星掠空光追先。

瑶池旧有青鸾舞；
绣幕今看白鹤翔。

鹤驭瑶台秋月冷；
鹃啼玉砌陇云飞。

懿德合应传后世；
遗型从此望前贤。

懿德难忘流痛泪；
慈恩未报绕愁肠。

懿范永垂家国史；
慈容犹绕子孙行。

女宗靡依，痛深戚里；
母范何恃，泪滴慈帏。

月冷璇闺，鸾轮缥缈；
风寒绮阁，鹤唳凄清。

白云居空，悠然而尽；
黄叶满地，凄其以悲。

彤管芬扬，久钦懿范；
绣帏香冷，空仰徽音。

庆
吊
类
·
哀
挽

绣阁花残，悲随鹤唳；
妆台月冷，梦觉鹃啼。

壶范垂型，贤推巾帼；
婺星匿彩，驾返蓬莱。

烟径云迷，风凄翠竹；
石坛露冷，雨泣黄花。

凉月凄清，光沉婺宿；
慈云缥缈，远隔仙乡。

绮阁风寒，伤心鹤唳；
兰阶月冷，泣血萱花。

湘水曲终，蓬山路杳；
妆台尘掩，皓月云封。

懿范美德，千秋永在；
高风亮节，万古长存。

仙驭返瑶池，慈容缥缈；
天星沉宝婺，闺范流转。

青鸟传来，王母归时环佩冷；
玉箫声断，秦娥去后凤楼空。

南浦羁愁，明月梅花空有影；
西池返驾，凄风慈竹不容春。

樽酒昔言欢，犹忆风姿磊落；
慈容今已杳，只余梅影横斜。

泣杖子凄其，中夜慈乌三
鼓月；
断机人远逝，北堂萱草五
更霜。

若兹鹤发龙钟，王母胡为
邀天上；
想是桑田沧海，神仙久住
厌人间。

是寿母、是福人，厥德不回，
其则不远；
有贤孙、有孝子，虽死之日，
犹生之年。

忆蟠桃熟时，生来多子多孙，
竞秀阶前承膝下；
悟木樨香后，此去成仙成佛，
乐应天上胜人间。

长别黯销魂，可叹春光随
水去；
沉疴难脱体，哪堪暑气逼
人来。

梁伯鸾热不因人，岂别寻
世界清凉，君为逃暑；
向子平愿犹未了，竟从此
死生契阔，我欲招魂。

春季挽男

春色正浓人已老；
年华易尽岁方新。

流水夕阳千古恨；
暮云春树一天愁。

大雅云亡，风凄紫陌；
哲人其萎，雨泣青郊。

大雅云亡，绿水青山谁作主；
老成凋谢，落花啼鸟总伤神。

夏季挽男

厌世不为触热子；
归真愿作信天翁。

秋季挽男

月阶夜静蛩音切；
竹院秋声鹤梦凉。

惆怅新词歌别鹄；
凄凉落叶谱哀蝉。

骑虬夜冷湖边月；
驾鹤朝栖岭上云。

客燕思归，悲添秋土；
宾鸿信断，梦杳仙乡。

骖鸾腾天，驾鹤上汉；
飞霜迎节，高风送秋。

廿载契相知,犹觉兰言在耳;
三秋悲永诀,哪堪楚些招魂。

肃气苦相侵,红树青山都
惨淡;
伤心来作吊,素车白马剧
悲哀。

吟成三影清词,恒化竟同
蝴蝶梦;
谢却九秋芳信,催归忍听
鹧鸪声。

冬季挽男

云深竹径樽犹在;
雪压芝田梦不回。

岭表玉梅多减色;
山阳寒笛不堪听。

盖棺论定悲风木;
执绋人来舞雪花。

何处为招魂,检箧尚遗元
草在;
寻君欲挂剑,登堂空忆白
云留。

春季挽女

兰径水流三月暮;
萱帏花谢一庭春。

鸡鸣警旦思贤淑;
蝶梦伤春勉达观。

残月朦胧空有影;
好花零落不成春。

风片雨丝,萧飒忽摧女贞荫;
莺啼燕语,凄凉偏杂子规声。

夏季挽女

一缕哀情索杏带;
两行珠泪走荷盘。

旧梦银床冰簟冷;
新诗锦瑟玉溪吟。

萱室花残,忧生意外;
莲房子剥,苦在心中。

驾返瑶池,遽尔仙踪传驭鹤;
辉沉宝婺,不堪繁响听鸣蜩。

阃范群钦,方冀灵萱春不老;
庭荫凄绝,哪堪慈竹夏生寒。

秋季挽女

兰砌蔼清芬,方拟小住丛桂;
蓉城速先召,相将一束生刍。

高谊难酬,风雨鸡声偏结憾;
幽思莫解,屋梁月色愈关情。

凉月写凄凉,环砌秋声听
倍惨;
慈云归缥缈,空庭落叶恨
如何。

菱镜影孤哉,惨听秋风吹
落叶;
锦机声寂矣,愁看夜月照
空帏。

冬季挽女

幽兰空觉香风在;
宿草何曾泣雨干。

本来柳絮怕经风,矧遭冰雪;
修到梅花便是福,好证因缘。

正月挽男

春色正浓人已老;
华年易尽岁方新。

正叙欢筵,忽添愁绪;
才交新岁,便作古人。

夜景顿凄惊,恨元夜竟成
长夜;
人生如梦幻,叹今人已作
古人。

聚首几何时?奈堪云树诗成,
此别千古;
伤心难自已,且借屠苏酒熟,
聊酹一杯。

三朔喜新开,春意方回,南极
相期占勿药;
一朝成永诀,噩音遽至,高堂
何竟萎灵椿。

二月挽男

如此韶华,春犹未老;
何来噩耗,人竟云亡。

庆
吊
类
·
哀
挽

409

春桐罢邻丧，薤诔蒿歌都道苦；
杏花冷春雨，莺啼燕语不成声。

噩耗传来，正细雨杏花，酒熟江南人已渺；
清芬莫挹，望暮云春树，诗吟渭北我何堪。

三月挽男

兰渚群游，已悲陈迹；
蓉城仙去，空仰遗型。

回溯昔年，曲水流觞君在座；
最伤今日，灵台进酒我何言。

冷雨迫残春，时节偏逢百五日；
高风怀遗事，音容遽渺九重泉。

春日过兰亭，此际有谁修禊事；
暮云封桃洞，后来无复问津人。

春暮话临时，不堪即景言情，修禊兰亭怀往事；
仙游去何处，争道浮生若梦，悲歌蒿里起哀声。

四月挽男

风动灵帏，满架蔷薇相映色；
星沉大陆，数声蒿薤共含悲。

着意话流光，冷落空翻芍药影；
惊心闻噩耗，悲悼同传蒿薤歌。

时节届清和，噩耗俄传，乳燕鸣鸠声都苦；
风仪同景仰，仙踪遽渺，骖鸾驾鹤去何之。

旧雨久相睽，频年契托芝兰，不尽琴弦知己感；
春风刚作别，此日筵开樱笋，再难樽酒待君来。

五月挽男

蒲剑斩邪，魔高十丈；
榴花照眼，血染双行。

蒲艾散余芳，屈指计天中
令节；
蒿蔍起哀诔，伤心哭地下
陈人。

噩耗忽传来，泛到蒲觞，难
寻旧雨；
知交无与比，兴思兰教，长
仰高风。

聚首昔言欢，社结白莲，犹
忆金樽飞竹叶；
伤心今永诀，楼空黄鹤，愁
听玉笛落梅花。

六月挽男

溽暑方蒸，天胡此酷；
摄生无术，人之云亡。

方惊溽暑熏人，椿庭遽谢；
还喜克家有子，瓜瓞长绵。

六月话良辰，是金粟如来降
生之候；
千秋成永诀，有素车白马相
送而来。

旧事溯往来，琴弹流水高山，
喜得钟期知己；
生刍奠今日，品列浮瓜沉李，
空劳宋玉招魂。

撒手几何时，诗吟春树暮云，
变作歌闻薤露；
招魂当此日，品列浮瓜沉李，
还教酒奠椒浆。

七月挽男

凉夕援琴，玉露金风何太逼；
隔邻闻笛，泰山梁木不胜悲。

白帝送金风，萧瑟正添秋
士感；
黄姑耿银汉，凄凉不见少
微星。

高谊重云天，大厦难支坏
梁木；
中元逢冷节，佛坛应召赴
盂兰。

庆吊类·哀挽

灵鹊苦传声，虽属神仙亦为
洒泪；
骑鲸向何处，凡兹故旧怎不
伤怀。

九月挽男

南极一星沉，灵椿遽谢；
西风三径冷，残菊无存。

蒿里忽闻歌，空仰高山思
流水；
菊花何太苦，不堪冷雨送
重阳。

八月挽男

明月不长圆，秋高气肃；
高风安可仰，人去潮来。

明月不长圆，桂子香时人
已逝；
高风安可仰，菊花开后我
方来。

同座笑谈曾几日，其死也，
我不敢知曰；
满城风雨近重阳，有梦耶，
子也未见乎。

屈指数流光，香满桂宫正
及候；
惊心闻噩耗，歌传蒿里不
成声。

知己无二三，忝叨雅谊芝
兰，如许深情，世能有几；
时光又重九，正是满城风
雨，非关败兴，句不成吟。

修玉楼文，咏霓裳赋，仙
境广寒，身世是幻；
证金粟影，闻木樨香，禅
机顿悟，色相皆空。

十月挽男

魂返蓉城，仙归天上；
花开梅岭，人去春回。

高谊复如云，望重老成，大
地乔松俄失荫；
清光明到月，感深秋士，小
山丛桂不留人。

寥落数晨星，鹤驾云中偏
去远；
凄凉忆旧雨，蟀吟床下不
堪听。

年矢每相催，看岭上梅花，早
传春信；
人琴渺何处，抚斋中尘榻，空
对遗编。

蓉城入梦，仙驾难回，千古
最情伤，感怀知己；
梅岭传香，春光迭逗，一枝
何处寄，空忆故人。

十一月挽男

梅蕊开时，病魔已至；
葭灰动处，春梦难回。

冬至一时生，六琯灰飞，煦
寒吹律传邹衍；
故人千古别，九原路隔，叹
逝为文感陆机。

华表鹤归来，真不堪蕙冷蒿
寒，影飘丹旐；
流光驹驶尽，更何问芸生荔
苗，律中黄钟。

葭管灰飞，应知黍谷先春，
方谓初阳动生气；
玉楼天回，赢得锦囊佳句，
哪堪长吉赴修文。

候琯看葭灰，正欣黍谷回春，
渐渐初阳动生气；
悲歌听薤露，岂料蓉城速驾，
蓬蓬大觉杳仙踪。

十二月挽男

急景残年，人生凋谢；
寒风冷雪，岁暮凄凉。

沧海渺骑鲸，一病竟同虞
不腊；
长沙悲赋鵩，千秋犹痛贾
无年。

腊鼓咽悲音，君独逍遥厌
尘世；
春灯展小影，我来凭吊感
人琴。

丹旐飞扬，为东厨司命前
驱引导；
白云缥缈，向西方极乐世
界逍遥。

大限竟难违，诔薤歌蒿，迹
杳骑鲸空感悼；
流光都向尽，吹篪击鼓，声
传祭腊亦悲哀。

闰月挽男

节方益藕丝先断；
荬拟添蕣色早凋。

纵添藕节亦无益；
讵料椿年竟不长。

虞曲百工厘，参三百六旬以
成熟；
箕畴全福备，探九五一日其
考终。

伤哉撒手去何之，真是黄杨
逢闰厄；
黯然销魂别而已，宛如碧草
送君归。

大衍说归奇，藕益桐添，偏
是黄杨厄闰；
老成叹凋谢，薤寒蒿冷，何
堪丹旐歌哀。

正月挽女

音节凄凉，变更风律；
仪容想像，寂寞鸾帏。

爆竹声残，殷勤罢献椒花颂；
灵萱春萎，悲悼争传薤露歌。

壶德永流传，绰有芳徽，特
色常垂女界范；
哀词空感叹，杳无春讯，怆
怀怕看上元灯。

二月挽女

无可奈何萱草谢；
不堪愁绝杏花残。

春寒料峭风如剪；
夜色凄凉月似梭。

萱草忘忧，堂北慈云深庇荫；
杏花失艳，江南春雨倍凄凉。

淑范表璇闺，懿训周详，寸
草春晖同志感；
仙踪归瑶岛，余寒料峭，杏
花细雨俱含悲。

三月挽女

薤露歌声悲夜月；
桃花人面感春风。

仙驾返桃源，堪叹落花随
水去；
歌声起蒿里，肯教明月送
魂归。

萱室日方长，慈范共瞻贤
淑德；
兰亭春欲暮，陈迹遽成俯
仰间。

仙驾返瑶池，问一春花事
如何，几树李桃同失色；
壶仪留璇阁，怅千古芳型
空仰，数声蒿薤共含悲。

四月挽女

凄凉偏在清和月；
零落难开富贵花。

视死是长离，怕看原上将
离草；
回生无妙诀，最惨闺中永
诀时。

慈霭久相亲，力能矫红粉
浇风，纱幔传经垂阃教；
春光才作别，最可叹黄梅
细雨，瑶池返驾渺仙踪。

五月挽女

节届天中，慈容已渺；
魂归地下，懿范长留。

蒲酒绿盈樽，空向萱帏设奠；
榴花红照眼，忽闻蒿里悲歌。

噩耗忽传来，节届中天，艾
绶蒲觞都失色；
阃仪长宛在，名昭女界，蒿
歌薤曲不胜悲。

六月挽女

南海观音，身登莲筏；
西池王母，驾返蓬壶。

律中林钟，残暑蝉催方欲尽；
忧忘萱佩，骈仙鹤驭遽归真。

懿德备仁慈，定知证果初成，
举足到莲花世界；
芳型垂奕祀，最是仙轺不返，
伤心摅薤露歌词。

江上起哀音，波涛枉助枚
生笔；
闺中哭长夜，环佩空归倩
女魂。

鹤驾渺慈云，真如钟郝垂
型，母仪常在人间世；
蟾辉证秋月，岂竟嫦娥结
伴，仙轺同返广寒宫。

七月挽女

噩梦秋惊，花残金凤；
中元节届，月冷银蟾。

驾鹊方填，天上人间悲恨别；
骖鸾永逝，金风玉露助凄伤。

话时令残暑新秋，景物凄清
凉蝉苦咽；
望容仪青天碧海，仙人缥缈
灵鹊争飞。

九月挽女

冷雨凄风，重阳正值黄花节；
芳型令范，千古长昭彤史光。

蒿薤同歌，彤管流芳存懿范；
茱萸遍插，素帏设奠寄哀思。

病骨痛支离，比诸晚节黄花，
益形消瘦；
芳魂归缥缈，望断长空碧海，
倍觉凄凉。

八月挽女

玉露零时，悲传薤曲；
金风动处，凄绝萱帏。

蟾镜腾光，却话清宵当八月；
鸾轺返驾，永留懿范式千秋。

十月挽女

岭放梅花，天上忽来青鸟使；
尘封蓉镜，楼头望断白云乡。

宝婺星沉，凋残堂背，萱花
母仪空仰；
瑶池驾返，探问岭头，梅蕊
春信迟来。

懿范永流传，慈竹风摧，遽
尔重泉惊返驾；
仙踪何处去，早梅香透，哪
堪十月赋招魂。

十一月挽女

华宴启桃筵，鸳返仙池，界
真极乐；
飞灰动葭管，阳生冬至，寒
不成春。

冬至日初长，空回想慈母手
中线曾添续；
岁寒冰未泮，试复看水仙盆
里花已凋零。

佳境盼重逢，添来弱线五纹，
阳气渐回北陆；
懿徽惊顿失，荐得生刍一束，
哀思争比南洲。

十二月挽女

腊鼓频催，预备春盘荐新岁；
慈帏忽失，哪堪风烛感残年。

腊祭吹豳，急景正催年，曾
不堪青阳逼岁；
鸾轳返驾，母仪应寿世，定
长教彤史流芳。

噩耗忽相传，零落光阴，争
与残年同诀别；
芳型应不坠，辉煌里乘，长
教女界作观摩。

零落数光阴，曾不料送岁迎
春，遽尔神归天上；
感伤怀故旧，有几许嘉言懿
行，卓哉名重人间。

闰月挽女

兰蕙香消，鹣分比翼；
梧桐枝冷，凤不添翎。

庆吊类·哀挽

驹隙缓移光，大衍归奇，偏是
黄杨厄闰；
鸾轺俄返驾，母仪寿世，定教
彤管流芳。

篋里诗书疑谢后；
梦中风貌似潘前。

星暗遥天，玉楼待记；
云迷沧海，金阙修文。

挽幼年男

花落水流；
兰摧玉折。

深痛昙花才一现；
方知芝草本无根。

幼慧与谁论，生成珠树一林，
有人称善；
病魔苦作祟，赢得桐棺三寸，
无术返魂。

幼慧本生成，既云皇降初衷，
何又为造物忌；
彭殇齐妄作，岂竟天存定数，
忽然以小疾亡。

数载订鸥盟，岂仅文章能
益我；
一朝悲鹤化，何堪风雨更
思君。

生来犀角峻嶒，竞夸裴楷
知名，陆机飞誉；
恨煞昙花瞬息，辜负贾生
年少，子建才高。

碧落黄泉两处茫，回首前
游，明月难寻蝴蝶梦；
白发红颜一堂泪，怆怀此
别，残魂应发杜鹃啼。

挽老年男

寿高德望；
子肖孙贤。

寿越八秩；
含笑九泉。

挽中年男

气数不言仁者寿；
性情独见古之愚。

史册应登耆旧传；
乡间顿失老成型。

老至不知犹好学；
考终有命自归真。

福寿全归，音容宛在；
齿德兼备，名望常昭。

齿德俱尊，犹执谦恭维族谊；
形神虽逝，尚留清白著乡评。

象应少微星，彩落萧辰悲
夜月；
名登耆旧传，芳留梓里忆
春风。

挽幼年女

风送彩云容易散；
花经骤雨已先残。

兰质本生成，悴掌居然呼
不栉；
昙花惊萎谢，招魂何处拾
明珠。

挽中年女

花落燕脂春去早；
魂归鸳帐梦来惊。

锦梭声阻银河路；
罗袜波寒洛水尘。

女诫谨无违，碧落归真，最
怕凤钗歌金缕；
浮生原若梦，红尘来谪，俄
闻鸾辂返瑶池。

挽老年女

我将奉觞为贤母寿；
天忽促驾下诏书来。

无疾而终，想是生平修道；
含饴未报，忧从何日能忘。

风起云飞，室内犹浮诫子语；
月明日黯，堂前似闻弄孙声。

懿德久钦，方冀萱帏开寿宇；
高年多福，忽乘莲筏返瑶池。

是寿国, 是福人, 厥德不回,
其则不远;
有慈孙, 有孝子, 虽死之日,
犹生之年。

风波宦海情何极;
诗酒名场泪总多。

出生入死他年事;
廉洁奉公今日心。

挽政界人士

志壮情豪诚可敬;
赤诚坦白留美名。

政绩今犹在;
清名终古留。

政绩应书循吏传;
讴歌早勒去思碑。

以正气还天地;
将身心献人民。

前度沧桑怀旧泪;
故家乔木哭公诗。

直道至今犹在;
清名终古长留。

德言功三者不朽;
富贵寿五福全归。

一代典型羊叔子;
万家生佛赵平原。

天半朱霞, 云中白鹤;
晋公绿野, 谢氏青山。

上方旧识双飞舄;
下士空怀一瓣香。

太傅沦亡, 西州抱恸;
中郎凋谢, 北海兴悲。

千行遍插莱公竹;
两泪同挥羊祜碑。

公殁犹存, 长留铜像;
我生已晚, 空抚碑铭。

已有丰功垂青史;
犹存大节誉人民。

生为人民, 功高迹显;
死为国家, 名垂千秋。

众母云亡，长留遗泽；
哲人其萎，高仰贤风。

单父琴焚，七弦音绝；
河阳花萎，一县风凄。

勇退激流，神鸾戢羽；
觉余大梦，孤鹤横江。

理剧刜繁，才为世重；
化民成俗，政系人思。

鞠躬尽瘁，死而后已；
盛德至善，民不能忘。

魂魄托日月，正气留千古；
肝胆映河山，丹心照万年。

跨鹤归来，依旧绿杨城郭；
骑鲸先去，犹传白傅风流。

为国为民，如此好官实难得；
立功立德，至今遗泽不能忘。

两袖清风，心地对人了无愧；
千秋遗泽，口碑载道俱堪思。

陶渊明彭泽归来，仙真陆地；
谢安石东山不起，我哭斯人。

遗爱难忘，黍雨棠荫皆德政；
循声遍诵，江云海水尽愁思。

霖雨慰苍生，谢公系天下望；
大星沉碧落，傅说骑箕尾游。

风雨客归迟，我愧巨卿真死友；
江湖天遗老，谁知苏轼旧词臣。

北斗黯无华，五岳震惊天柱折；
长淮流不尽，全球涕泪海涛奔。

江汉播声歌，旧日甘棠余荫在；
烟霞今供养，霎时堤柳感秋多。

江海感同舟，济时才愧计然术；
湖山留旧约，赌墅秋悲谢傅棋。

政地不容公，若辈能辞沉陆责；
病身久祈死，此心已定上陵时。

撒手了无难,夜宴方阑历碧落;
伤心将大用,夕阳虽好近黄昏。

公殁犹存,在天为日星,在地为河岳;
我生憾晚,深未见江汉,高未见华蒿。

尽瘁鞠躬,一息尚存,此志不容少懈;
遗爱在世,九原可作,微公其谁与归。

厚泽在人间,追思夏屋春台,同深悲感;
大星陨天上,留得召棠郇黍,不尽讴歌。

天道竟难知,知有忠魂,到处应闻呼父母;
人生谁不死,死无遗恨,如公真个是男儿。

天壤故人心,关塞纵横,万里遥情芳草绿;
史官循吏传,声名洋溢,千秋遗爱岷山青。

从诗酒书画中见本真,别有闲情谢太傅;
于江湖廊庙间同忧乐,不忘天下范希文。

胜地得名贤,携鹤南来,两袖清风琴韵逸;
好官有遗爱,骑鲸西去,二分明月笛声哀。

礼贤下士有虚衷,想见孔融一樽,陈蕃一榻;
爱国利民求实是,非比鲁连东海,谢傅东山。

上天何不慭遗,看惠泽长留,万口铭碑皆有泪;
举世正殷属望,痛骑鲸竟去,一隅保障更何人。

挽军界人士

大树生前号;
长城死后名。

中天悬明月;
前军落大星。

世称奇男子；
天丧真将军。

星陨寒芒焰；
风凄细柳营。

朔风悲老将；
雪涕语中原。

碧血染风采；
青史留英名。

东山载歌霖雨；
南天遽沉将星。

一代国粹垂青史；
千秋美名化金星。

一身肝胆生无敌；
百战灵威殁有神。

三边异域称飞将；
万里同袍哭大星。

于国有功真不世；
为民捍患更何人。

大树名高万人敌；
将军星陨一天寒。

无私慷慨身殉国；
含笑牺牲志凌空。

未销兵甲天犹醉；
能死沙场鬼亦雄。

旧雨深叩甘雨惠；
将星惨共小星沉。

戎露忽沉云黯淡；
将星高落月凄凉。

南朔战功青史在；
古今名将白头稀。

剑气当年横塞北；
将星一夜陨江南。

人之云亡，可悲末日；
天何不憖，遽陨将星。

天坏长城，河山变色；
功称大树，风雨惊秋。

故老掩涕，三军凄感；
中原极目，千里伤春。

如此乾坤，得卧龙而后定；
正当风雨，失鸣鸡其奈何。

无以家为, 万里边尘悲马革;
不如归去, 他生风雪泣牛衣。

征战几人还, 尸当裹以马革;
须臾千古在, 死有重于泰山。

跨鹤人归, 旗影不堪风月冷;
屠龙技在, 剑光犹映斗牛寒。

天上大星沉, 万里云山同惨淡;
人间寒雨迸, 三军箫鼓共悲哀。

化鹤竟忘归, 华表高瞻霜月冷;
屠龙空有技, 剑光犹带斗牛寒。

保障失边隅, 从此三军刁斗冷;
勋名垂宇宙, 倏然一夜大星沉。

鲁灵光殿巍然独存, 顿失昂头处;
羊叔子碑屹焉而立, 常来坠泪人。

柳塞枉谈兵, 周亚夫功名于兹不朽;
岘山齐坠泪, 羊叔子遗爱至今未忘。

伟业永湖山, 指点旌头, 落日摇愁传噩耗;
浮生余涕泗, 摩挲盾鼻, 秋风和泪写哀铭。

病从积劳得来, 遗爱犹存, 叔子岘山应坠泪;
魂向太空归去, 奇勋不泯, 亚夫细柳溯谈兵。

柳帐夜谈兵, 定知射虎才雄, 名将壮猷, 于今有几;
棠疆春霈泽, 讵料骑鲸仙去, 长城保障, 此后何人。

挽学界人士

月落杜陵屋;
风凄董子帏。

文章宗匠失;
学界伟人亡。

西河留教泽；
东壁陨文光。

新学潮流摧砥柱；
斯人风度渺云山。

殁可祭于社；
天将丧斯文。

大雅云亡，莫沾化雨；
哲人其萎，空仰高风。

万卷诗书还我读；
一时风月向谁谈。

玉树沉埋，霜凄宿草；
佳城在望，月冷寒枫。

文章复社关兴废；
涕泪新亭怆死生。

生有自来，死而后已；
斯文未丧，吾道益孤。

四海声名今北斗；
百年文献老南村。

兰渚群游，已悲陈迹；
茂陵人杳，犹痛遗编。

壮志可怜成昨梦；
横流无地寄斯文。

具长吉才，偏嗟短命；
读平原赋，叹息斯人。

学界于今伤巨子；
名山自古有遗书。

学富雕龙，文修天上；
才雄走马，星陨人间。

架上缥缃留余泽；
篱边松菊杳清风。

秋水蒹葭，难忘贤者；
春风桃李，痛哭斯文。

遗经尚存天禄阁；
清名长挂崆峒山。

天下慕正声，千秋不朽；
崇朝叹永诀，四海同悲。

想见音容空有影；
欲闻教诲杳无声。

风惨云凄，对青灯而自苦；
山颓木坏，痛绛帐之空悬。

正期百年树人，恩沾梓里；
讵料一朝弃世，遗恨人世。

华表千秋，此日精灵犹在；
名山在卷，毕生著述长留。

事不可为，贾生是以忧愤；
语乃成谶，李贺毕竟呕心。

飘零断稿残编，空余手泽；
怅望白杨衰草，尽属哀思。

攻错借他山，犹记兰言在耳；
音容伤隔世，哪堪楚些招魂。

教泽宏施，忆昔年同沾化雨；
音容顿隔，痛此日空仰高山。

大雅竟云亡，空赋蒹葭溯
秋水；
斯文其果丧，长教桃李哭
春风。

无命奈如何，遽返道山离
世上；
有才终不遇，仅留师范在
人间。

疾痛怕亲知，病骨难支犹
慰母；
文章憎命达，天心自古不
怜才。

橡席接孟韩，十载深交犹
昨日；
清才钦高顾，一乡重望失
明星。

厄其遇，老其才，发为文章，
不可一世；
诵其诗，读其书，寿之梨枣，
自有千秋。

将己作灯烛，灼灼其华，捐
躯献身留事业；
爱生如子女，循循善诱，排
难解困引路人。

墓间宝剑空悬，小别经时，
觌面徐君成永诀；
天上玉楼高起，修文赴召，
呕心李贺不昌年。

文字作明星，君如海上燃
犀，群怪见时尘梦觉；
襟怀悬霁月，我是天涯吊
鹤，旅魂惊处泪痕深。

挽商界人士

市廛钦盛德；
阛阓式前型。

此去自应成佛果；
再来何忍过君门。

直道至今孚市井；
旧游何处感邻家。

感旧有怀同向秀；
招魂何处失陶朱。

有长者风，无市侩气；
离浊尘世，登极乐天。

明哲云亡，空怀端木；
典型足式，怅望陶朱。

怅望高风，无复庞公陈迹；
空怀旧雨，徒存范蠡遗书。

忠厚存心，贸易咸称盛德；
音容隔世，经营空惜长才。

公抱管鲍才，正思我商有赖；
世无扁仓术，竟使厥疾不瘳。

齿德兼尊，犹执谦恭延后辈；
典型俱在，尚留声望属商家。

贸易久孚，回首杜梁瞻落月；
老成遽亡，伤心鲁殿圮灵光。

勤俭起家，商界青年好模范；
老成谢世，故人白首旧交情。

经济展鸿图，自昔市廛钦硕望；
云霄迥鹤驭，而今阛阓失长才。

富贵岂相忘，举世咸钦宏大业；
死生原有数，哭君怕记久要言。

群仰马符才，久以声名重商界；
世无龙门笔，畴将货殖传先生。

慷慨论平生，合冶黄金铸范蠡；
老成留典则，惊看丹旐失灵光。

一生以信义为归，差拟汉书
著平准；
二竖则膏肓作祟，哪堪商界
失典型。

无复见忠厚长者风，叹息先
生逝也；
幸博得道德商人誉，愿与同
辈思之。

何尝较及锱铢，托迹市廛，
惟存忠厚；
自尔望崇山斗，韬光阛阓，
亦著经纶。

无忏无争，公道相孚，差拟
汉书著平准；
惟义惟信，遗言犹在，长留
商界作箴铭。

客座昔曾叨，烛剪西窗，箴
语胥关贸易；
人琴今已杳，星沉南极，老
成尚有典型。

与人无忤，与世无争，贸易
一生，葆真而去；
如金在熔，如玉在璞，奉行
众善，有后必昌。

挽医药界人士

制成丹药传人世；
留下青囊付子孙。

济世千金心最热；
哭君一痛眼几枯。

恨百草竟无救汝药；
念一生常怀爱人心。

慈心待人，人尽怀念；
良方济世，世留芳名。

阅世悠哉！信有真丹延岁月；
活人多矣！余留阴德与子孙。

董奉山居，饶有杏林资济世；
苏仙被召，还留橘井广疗人。

同具活人心，扁鹊不妨来
海外；
正需医国手，骑鲸胡乃去
人间。

（徐枕亚）

何善医不自医，召去得非天有病；
岂真死乃为死，醉中久与世相忘。

（吴　獬）

追远祖忽云中，愧我未亲烧药地；
交文郎曾月下，知君犹记执柯人。

（吴　獬）

医学绍家声，羡采药云山，凭君妙手；
哀音来旅馆，听落梅风雨，令我酸心。

以医活人而不计酬，良相论功愧吾子；
积德累世自然获报，克家绳武在诸郎。

业岐黄术，惟公最精，春回石瘦松枯候；
订道义交，于我独厚，肠断星离雨散时。

四世三折肱，施药活人，良相同功真不愧；
五福一日寿，考终好德，名医食报定无讹。

著述有奇书，仁术仁心，操业岐黄真三世；
针砭及世俗，医人医国，留名和缓自千秋。

挽文艺界人士

文章卓荦生无敌；
风骨精灵殁有神。

诔文作自先生友；
遗稿归于后死朋。

断稿残编余手泽；
白杨衰草尽哀音。

锦章留于后世读；
挚友还在梦间交。

才子本来多不寿；
谪仙归去悟前身。

壮怀犹在风云上；
诗卷长留天地间。

六书渊源，秦汉之学；
一夕解脱，神仙中人。

刘伶何心，死便埋我；
摩诘圣手，画中有诗。

星暗遥天，玉楼诏记；
云迷沧海，金阙修文。

跨鹤骑龙，千载及逢坡老；
顶天立地，一竿长记文同。

当少其时，酣嬉淋漓而不厌；
谁能拔尔，抑塞磊落之奇才。

莲社同游，痛壁尚留诗满眼；
衡山已去，茗杯谁与夜谈心。

笔颇入神，写来却近乐天派；
怀才放手，此去应封不夜侯。

酒圣诗清，史册宜登高士传；
书名画笔，生前原作古人看。

小隐看江山，书画婆娑足
生趣；
大名参政事，经纶约略付
儿曹。

名士古无虚，余子让公大
手笔；
才人多不寿，痴心嗣响两
当轩。

诗画冠一时，艺坛人重文
徵仲；
风花怅三月，香海魂招杜
牧之。

溘然长逝，幸有文章光垂
宇宙；
一生清廉，壮志未酬名驰
神州。

诗卷我曾看，劫后文章多
苦语；
儒林天不负，阶前兰桂有
奇芳。

梁木忽崩折，亲友衔哀长
挥热泪；
国事方倚重，先生著述永
垂美名。

诏里凤，杖头鸠，德望年
华归九老；
笔下花，胸中竹，文章事
业足千秋。

庆吊类·哀挽

英雄功绩千秋颂；
烈士英名万古传。

挽烈士

千秋忠烈；
百世流芳。

英雄碧血梅花赋；
赤县红旗烈士风。

忠魂不泯；
浩气长存。

星斗芒寒烈士墓；
风雷灵护英雄碑。

丹心昭日月；
正气壮河山。

烈士英名传万代；
男儿碧血沃千山。

正气留千古；
丹心照万年。

碧血丹心照青史；
壮歌浩气贯长虹。

一抔黄土掩忠骨；
万卷青史留英名。

一缕忠魂萦萦依故土；
十分正气浩浩满中华。

马革裹尸烈士志；
捷报传家父母心。

青山绿水，长留生前浩气；
苍松翠柏，堪慰逝后英灵。

先烈精神千秋颂；
英雄浩气万古存。

捐躯献身，浩气长留寰宇；
舍生取义，英灵含笑苍穹。

壮烈威名昭日月；
英雄豪气满山川。

气贯长虹，英烈威名天地久；
功垂史册，光荣称号水流长。

江河大地存忠骨；
热泪悲思悼烈魂。

功同日月，先烈英名垂青史；
誉满山河，英雄遗志展宏图。

忠魂不泯，热血一腔化春雨；
大义凛然，壮志千秋泣鬼神。

才气自空群，往事莫将成
败论；
英灵还卫国，壮怀岂以死
生殊。

以杀贼而亡，知此死必为
雄鬼；
率同胞一哭，愿来生再作
奇男。

遗诀酸辛，痛膝下无儿，堂
前有母；
殊勋彪炳，看大河东去，冰
岭西来。

名垂青简，功耀红旗，万
古长怀英烈；
气壮丹霄，人埋碧血，千
秋共仰遗容。

碧血洒边陲，青山埋忠骨，
忠诚儿女忠诚志；
丹心卫祖国，翠柏伴英魂，
英雄时代英雄人。

可以为河岳，可以为日星，卫
国保家，一片丹心辉宇宙；
不知有富贵，不知有功名，捐
躯赴敌，满腔碧血洒河山。

挽曾祖父

世情已逐浮云散；
离恨空随江水长。

娱目分柑人远逝；
牵衣绕膝我难忘。

自昔裕贻谋，家声勿替；
从今归大梦，祖德难忘。

一梦不回，肯堂肯构追往训；
九原可作，我祖我父有余哀。

陈祖德，种宝田，共仰谋贻
燕翼；
诵先芬，抚磐石，何从竭虑
乌私。

百年能几许？有守有为，四
代儿孙托燕翼；
一笑意长归，无忧无虑，随
身杖履赴龙华。

继体赖先人，有子有孙，四代凄然摧嫡嗣；
藐孤当大事，我祖我父，九泉可否见慈颜。

挽曾祖母

声咽丧帷，肠断秋风鹤唳；
泣残蕙帐，血枯夜月乌啼。

寿越九旬，惟冀期颐双甲子；
堂罗四代，忽悲彩服众麻衣。

福备箕畴，太母是几生修到；
灵归斗极，仙班又一座添来。

酷暑痛伤心，八秩余年，曾妣已先乘鹤去；
新秋垂泪眼，一堂五代，群孙于此效鹃啼。

挽祖父

三代慈帏头尽白；
一思祖训泪都红。

（张　瑞）

捧砚弥深今日痛；
聚书难忘旧时恩。

一夜秋风，狂摧祖竹；
三更凉露，泪洒孙兰。

酒进灵筵，于此一滴一泪；
香焚朝夕，惟期如生如存。

奉杖无从，爱日绵绵成往事；
含饴不再，悲风瑟瑟妥先灵。

恪守宗祧绳祖绪，仰承父志；
哀陈冥钱慰先灵，聊尽孙心。

董献忆当年，哭向泽中空洒泪；
饴含如昨日，梦依膝下那分香。

年高德劭，痛惜木坏山颓，一朝永诀；
生荣死哀，每忆春风化雨，终世不忘。

祖德本堪陈，耕种书田，共荷谋贻燕翼；
先芬徒泣诵，抚摩遗砚，何以虑竭乌私。

奉杖几何时，方期爱日长
绵，歌笑欢颜承百岁；
含饴今不再，从此悲风陡
冷，凄凉血泪哭重闱。

慈训长诏，谨守燕谋毋或失；
深恩未报，情陈乌哺永难忘。

慈竹风摧，鹤唳一时悲属纩；
西山日落，鸠扶只影恨含饴。

挽祖母

玉洁冰清归泉路；
孙贤子肖哭灵台。

含饴厚德无忘马；
终养私情有愧乌。

祖母仙游千载去；
诸孙洒泪几时干。

淑范依稀留绣阁；
慈云缥缈望天涯。

懿德传诸乡里口；
贤慈报在子孙身。

乌养未终，区区怕读陈情表；
鸾骖顿杳，茕茕尤作痛心人。

祖母云亡，白发含饴今已矣；
稚孙不孝，黄花奠酒盍悲乎。

明月照高楼，昨夜神仙游
眷属；
秋风思吉士，有人天上侍
晨昏。

泣杖何人，恨落木风凄，未
报私情遂乌鸟；
含饴如昨，痛重闱日冷，何
堪仙驭渺翔鸾。

南国嗣徽音，平居几席承颜，
深感贻谋勤燕翼；
西山悲落日，此后杯棬动念，
不堪回首痛乌私。

挽外祖父

公颜自后从何视；
善训而今总莫聆。

曾随慈母归来，昔日教言犹在耳；
痛悉外公逝去，当年德泽永难忘。

灵鹊苦传声，纵属铁石，亦为洒泪；
骑鲸向何处，凡兹外孙，怎不伤悲。

痛外孙早失严君，风木空余半子泪；
谓家公同称祖父，麻衣应吊六月霜。

齿德自兼尊，亲戚言情，樗质不材惭宅相；
参苓同罔效，音容诀别，松乔无荫庇家庭。

宅相惭无成，差幸问讯礼修，兄挈偕来常蹑履；
外家念自出，怎奈瞻依荫失，孙行忝附哭骑箕。

厚谊附饴含，从前雅嗜枣梨，辱赐宠言蒙眷爱；
深恩承岳戴，此后悦闻丝竹，缅怀往事益欷歔。

挽外祖母

忽颓天姥峰，悲深欧母；
忝附门孙列，望负羊公。

宝婆辉沉，梨枣思推，难忘王母爱；
瑶池驾返，梧桐枝老，惭愧外孙辞。

萱幄喜长春，视外孙如孙，慈恩未报；
莲台已仙去，随老母哭母，痛泪难干。

仰瞻天姥峰高，蓦地遽飞凫，深悲欧母；
忝附门孙行列，自惭不舞鹤，有辱羊公。

当年随阿母归来，德泽常叨，幸与兰枝齐绕膝；
此日痛外婆仙去，典型莫仰，空教宅相负虚名。

挽 父

严颜已逝；
风木与悲。

读礼悲风木；
观书废蓼莪。

一天雨雪凋椿树；
满目云山惨棘人。

三月雨催椿树萎；
五更风促蓼鹃啼。

门对东方常见日；
云封屺岭不逢亲。

无路庭前重见父；
有时梦里听呼儿。

云岭巫山人不见；
月明仙岭鹤归来。

不知父处何天洞；
且看人间好春光。

父去悲从心头起；
子存教诲记永年。

白马素车来吊鹤；
只鸡斗酒奠先灵。

永别儿孙功业在；
长辞盛世遗风存。

全家默默严君训；
万象欣欣独我悲。

多感嘉宾来祭奠；
深悲严父去难留。

守孝不知红日落；
思父常望白鹤飞。

严父跨鹤随春逝；
孤子摧肝动地哀。

泪血染成离落菊；
悲肠裂碎砚池冰。

泪洒冰天悲失怙；
父归乐土痛无依。

泣父悲喧羊枣语；
致儿哭废蓼莪诗。

思亲心切眷流泪；
怀父情深子断肠。

思亲腊尽情无尽；
念父春归人未归。

念遗言垂为家训；
悲去日适隔春风。

屋内儿女嗟父逝；
门前客吊履霜来。

陟岵兴嗟人不见；
蓼莪载咏事堪悲。

倚门人去三更月；
泣杖儿悲五夜寒。

欲见严容何处觅；
追思义训弗能闻。

惨目灵椿生意老；
伤心慈竹泪痕多。

深恩未报惭为子；
饮泣难消羞作人。

鹃啼午夜凄风冷；
鹤唳三更苦更寒。

痛心我哭亲长逝；
棘耳童呼岁又更。

痛失严椿千古恨；
悲兴嫩桂百年愁。

椿影已随云气散；
鹤声犹带月光寒。

想父音容空有泪；
欲闻教训杳无声。

睹物思亲常入梦；
训言在耳犹记心。

慎终不忘先父志；
追远常存孝子心。

孝事伤心，梅花欲白；
啼良泣血，枫叶成舟。

陈辞祭酒，表赤子孝意；
洒泪讴歌，悼严父亡灵。

寿考日终，想是生平修到；
劬劳未报，忧从何日能忘。

训忆趋庭，无望闻诗闻礼；
谋贻作室，倍伤肯构肯堂。

杖履犹存，思音容而已杳；
灵輀将驾，望云树以生悲。

泪洒三秋之露，灵椿已杳；
怆增半榻之书，手泽徒存。

德帐风寒，睹衣裳而抱痛；
虚堂月冷，抚几杖以生悲。

风木生悲，陟岵不闻嗟子语；
诗礼犹在，过庭无复唤儿声。

华月光寒，韵满庭前含孝意；
愁云寂寞，旌飘户外痛哀情。

俭朴一生，撒手永抛家室累；
沉疴百日，归魂犹望子孙贤。

亲厌尘纷，寿终正寝归蓬岛；
儿悲手泽，眼流双泪滴麻衣。

音容宛在，勤劳一生传佳话；
神魂离去，芳名百世著清风。

情切一堂，红泪相看都是血；
哀生诸子，斑斓忽变尽成麻。

遗爱难忘，黍雨棠荫皆德政；
循声遍涌，江云海水尽愁思。

鹤驾难回，终隔云山家万里；
猿肠易断，哪堪风雨月三更。

鹤驾云遥，屈指四顾悲莫释；
乌私未效，椎心长泣痛难陈。

穗帐云封，天涯望断亲何在；
空堂月冷，血泪声干梦不成。

大义是难明，无言复海空
流泪；
深恩非易报，有像徒存只
恸心。

手泽叹空存，枕块孤儿悲
失怙；
莱衣难再着，倚门王母望
不归。

风木有余悲，美矣大椿胡
遽殒；
肝肠无限泪，哀哉两字不
堪闻。

多年教导，音容笑貌永铭
心下；
一朝诀意，言谈举止化作
儿行。

抚我养我，衣我食我，而
今已矣；
是耶非耶，梦耶真耶，夫
复何言。

哭父泪千行，两袖泪痕顿
抱恨；
呼亲肠寸断，孤儿声哑唤
难回。

缺憾向谁言，恨未胪欢承
菽水；
终天成永诀，空余后悔断
肝肠。

愁思向谁宣，悔未胪欢承
菽水；
终天成永诀，遽教泣滋进
羹汤。

一生辛苦谁知，听诸父道
扬，愈增悼痛；
三载劬劳未报，奉慈帏教
命，只进饔飧。

儿不幸，侍疾病无灵，号
泣呼天天莫应；
母在堂，弱弟年皆幼，实
惟我罪罪伊何。

忆昔年，诸事有当头，哪
个不言为子易；
叹今日，百般经过手，这
样才知作父难。

家务冗繁千百事，积虑劳心，
恩情山岳；
风尘奔走数十年，开基创业，
号泣旻天。

不肖子才庸德薄，有负期望，
慈颜永别去；
承志人愤发读书，遵循教诲，
不忘养育恩。

遗训在诗书，抚手泽常存，
教子无忘根本；
归泉拜父母，问家园近况，
道儿犹在金沙。

严父忽忽逝尘，想当年克俭
克勤，甘苦备尝今已矣；
棘人切切饮恨，痛此日弗闻
弗见，与世长辞意何如。

挽 母

乌慈难返哺；
鹤唳共衔悲。

萱萎草堂暗；
春光大地明。

寒风摧萱萎；
瑞雪托哀思。

忍别母亲去矣；
还期仙鹤归来。

千古伤心痛孤露；
一门垂泪失慈云。

（祁汉云）

井臼亲操恩罔极；
杯棬口泽病难忘。

无路庭前重见母；
有时梦里一呼儿。

长记慈惠传后世；
永留典范在人间。

忆慈颜心伤五内；
抚遗物泪洒两行。

心想慈母心有缺；
月临中秋月不圆。

户外不闻慈母语；
帐中唯有哀儿声。

未报春晖伤寸草；
空余血泪洒萱花。

未盗仙桃调味口；
空悲黄土覆慈容。

去岁慈言常在耳；
今春子请再无言。

此身空洒高榆泪；
何日能申寸草心。

冰霜高洁传幽德；
圭璧清华表后贤。

花落萱帏春去早；
光寒婺宿夜来沉。

报恩未博红鸾诰；
审病难投白虎汤。

（张　瑞）

弃养昔年捐馆舍；
望归何日倚门间。

（李开先）

画地曾传贤母荻；
引刀谁断教儿机。

呼孙分果声犹在；
教子齐家语不闻。

怕看椒花含泪水；
空闻箫鼓觅慈容。

泪滴竹根空有笋；
心伤水底岂无鱼。

宝篆云迷妆阁冷；
萱花霜萎绣帏寒。

终天惟有思亲泪；
寸草痛无报母恩。

春江桃叶莺啼湿；
夜雨萱花蝶梦寒。

春尽人欢花发早；
岁更我哭母长辞。

春树早凋悲未已；
萱花才殒泪何穷。

荆花树上知春冷；
萱草堂中不乐年。

倚门望我人何处；
把果呼孙语不闻。

望云目断亲何在；
负米心伤子更悲。

望外云愁冬霁少；
悲中风惨暮寒多。

（李开先）

惊春花染杜鹃血；
倚门深得子规啼。

萱花顿萎厚爱失；
慈恩未报遗憾多。

萱草凋残空痛哭；
杯棬犹在不堪哀。

萱背哪堪闻夜雨；
草心何以报春晖。

慈竹当风空有影；
晚萱经雨不留芳。

隔世欲望慈母影；
三餐嚼碎赤子心。

婺星顿失天色黯；
美德犹存家景长。

暗中时滴思亲泪；
生前少报慈母恩。

稽颡有哀频抢地；
瞻颜无依但号天。

查暖问寒，言犹在耳；
怀胎哺乳，恩岂忘心。

看月瞻云，慈容在目；
期劳戒逸，母训铭怀。

痛失慈亲，举室悲戚；
长留懿德，全村缅怀。

绮阁风寒，伤心鹤唳；
兰台月冷，陨涕萱阴。

陈辞祭酒，表赤子孝意；
洒泪讴歌，悼家慈亡灵。

庶母如母，贵父之命也；
顾我复我，育子之闵斯。

痛母训克娴，讲辍庭内；
问予心有愧，泪洒灵前。

半世劬劳，戚里咸钦懿范；
一朝永别，合家同失慈晖。

声咽丧帏，肠断秋风鹤唳；
泣残蕙帐，血枯夜月鹃啼。

一代女宗，钟郝昔曾昭令德；
千秋母范，欧苏今更播贤声。

（祁汉云）

入门难见依闾娘，肝肠并裂；
升堂不闻机杼声，血泪交流。

九霄雪花，纷纷苍天表悲意；
三溪流水，淙淙大地动哀情。

口泽空留，不忍杯棬之再饮；
萱帏已闭，难将奁镜以重开。

反哺未能，忽听慈乌啼夜月；
荻灰空画，难将寸草报春晖。

杜宇伤春，泣残雪泪悲花老；
慈乌失母，啼破哀声夜光寒。

花蕊忽残，落英片片随流水；
灵萱何在，杜宇声声促夕阳。

时事伤心，风号鹤唳人何处；
哀情惨目，月落乌啼霜满天。

言犹在耳，灵魂杳杳归何地；
孝岁忘心，音容隐隐若在兹。

泣杖有年，犹冀萱堂绵岁月；
承欢无日，剧怜秋露冷杯棬。

怎忍心撇下儿女匆匆而去；
如有觉梦中母亲常常归来。

莲蕊生香，有子心中无限苦；
萱花遽谢，出人意外不胜悲。

荻画依然，念鞠我酬思无地；
橘怀宛在，痛棘人抱恨终天。

酒进晨昏，怎教儿一滴一泪；
香焚朝夕，惟视母如生如存。

桃自昔承，屡向萱帏聆教训；
母从今逝，难循苦块报劬劳。

梦断北堂，春雨梨花千古恨；
机悬东壁，秋风桐叶一天愁。

萱堂在望，空忆慈颜留懿训；
草心难报，惟余血泪仰春晖。

遣羹忆往年，尔日小人有母；
陟屺痛今夕，此时举目无亲。

德备劬劳，曩日断机忧莫睹；
恩深鞠养，今朝戏彩叹无由。

德重如山，寸草春晖难报德；
恩深似海，空庭月夜痛思恩。

懿训追思，罔极难酬生母德；
慈颜顿杳，挥毫莫罄此儿情。

四德播芳声，奕叶馨香辉宝婺；
一门遵懿训，奇峰缥缈望慈云。

陟岵痛前年，方祝萱颜长白发；
捐帏当此日，忽悲菽水隔黄泉。

懿范著闺门，在昔德同桓孟比；
礼仪式中表，至今名并郝钟称。

（祁汉云）

以母兼师，机影书声，五夜辛勤贻荻画；
非仙即佛，药炉经卷，一生清白证莲花。

冬闺咏絮，春日颂椒，才子扫眉留有誉；
佛座拈花，慈帏摧竹，仙踪返驾不胜悲。

享寿近八旬，乌养犹亏，树
背冀能延晚节；
违和才几日，黄泉永诀，草
心恨莫报春晖。

正值菊花开，方期晚节生香，
长此秋容依老圃；
何当萱草谢，顿使盈庭抱恨，
难将春酒奉高堂。

兴家立业赖操持，沥血呕心，
几代儿孙称典范；
抚婴赡老堪勤谨，鞠躬尽瘁，
四乡邻里赞楷模。

风雨我怀人，三百日消息迟
来，一纸鱼书封血泪；
劬劳儿念母，二千里间关奉
养，五羊乌舍断慈云。

庆
吊
类
·
哀

挽

挽岳父

大雅云亡梁木坏；
老成凋谢泰山颓。

丈人峰屺瞻如昨；
半子情灰怅在兹。

半子无依何所赖；
东床有泪几时干。

泰岳无云滋玉润；
东床有泪滴冰清。

峰顶大人嗟已矣；
膝前半子痛何如。

之子于归，甥馆有托；
吾将安仰，泰山其颓。

座列东床，恩承两代；
星沉南极，泪洒三春。

公不少留，风木伤心分半子；
吾将安仰，音容回首隔重泉。

半子情深，叨预鲤庭诗礼训；
游仙迹杳，忽教鹤驾海天秋。

泰水东流，回首骑鲸归碧落；
哀鸿北至，伤心落泪泣梧桐。

德范堪钦，惟冀泰山常荫婿；
鹤龄龟祝，孰期冰鉴顿捐尘。

问病属前朝，只道泰山高
可仰；
讣音闻此日，忽教半子泪
常零。

坦腹愧无才，惠及婿乡叨
庇荫；
伤心靡有己，天教泰岳骤
倾颓。

甥馆愧相依，面命耳提承
训诲；
灵帏空在望，山颓木萎郁
悲哀。

和风寄高台，雪冷椿庭，
忍听悲声翻玉管；
骖鸾望古道，月明苏馆，
不堪清影谢冰花。

德并劬劳，悼半子情深，
一片白云横东岳；
恩同鞠育，痛千秋永别，
两行清泪洒西风。

泰山其颓乎，五百年缘结
今生，岂止盘餐置璧；
逝水如斯矣，千八日恩情
何在，都成镜里看花。

先生是众香国来，即一草一
花，灌溉时沾仁者泽；
丈人向兜率宫去，抚遗言遗
行，丰裁慨想古之贤。

挽岳母

自入婿乡蒙厚爱；
何堪甥馆杳慈云。

凄凉甥馆慈云黯；
缥缈仙乡夜月寒。

婺星西陨恩无既；
泰水东流泪与俱。

慈竹影寒甥馆月；
昙花香杳佛堂云。

才愧裴宽，爱重慈帷呼射雀；
悦捐苗母，波寒泰水泣乘龙。

忆半子昔日乘龙，东床有幸；
痛岳母今朝驾鹤，堂北无依。

半子荷深恩，玉镜台前承
色笑；
一朝悲怛化，璇闺堂上失
慈晖。

庆吊类·哀挽

乘龙惭樗质，辜负萱堂称
半子；
驾鹤返蓉城，徒思慈荫隔
千山。

获选昔乘龙，独忆东床初
坦腹；
游仙今驾鹤，哪堪兹堂杳
慈颜。

甥馆护慈云，爱女情深兼
及婿；
灵帏瞻泰水，游仙梦去倍
伤神。

樗质愧床东，惆怅春晖犹
未报；
萱花萎堂北，凄凉夜月曷
胜悲。

岳母果何之，可是心羡瑶
池，逍遥赴宴；
子婿无以吊，只好眼含玉
箸，哭泣奔丧。

挽叔父

先辈凤敦棠棣好；
今朝又感竹林寒。

遥望竹林空堕泪；
徒思马诚孰遗书。

泪洒三更，痛季父之溘世；
病经二月，抛小阮兮悲伤。

结缡施衿，何时再受马援诚；
山丘华屋，此日重吟羊昙诗。

昔年训诲亲承，犹子鲤庭聆
教范；
此日音容顿渺，儿曹马诚感
遗书。

一家雍睦成风，平日竹林游，
屡承庭训；
二竖膏肓为祟，霎时蒿里曲，
曷罄哀思。

硕果羡中郎，箕尾相招，自
昔羊碑空堕泪；
庸材愧小阮，事言就正，从
今马诚孰遗书。

小子愧庸才，平时杖履追随，
辄喜竹林叨训诲；
吾家多旧德，此后门庭辑睦，
永教棣萼入诗歌。

庆
吊
类
·
哀
挽

挽叔母

画荻同遵，推恩犹子；
采蘩以荐，事死如生。

勤俭持家，半世最怜叔母苦；
报酬无地，六亲都为比儿悲。

大好竹林游，厚谊比儿，竟
日清谈慈眷注；
无端萱草萎，传言诸弟，急
时御侮孔怀吟。

慈闱以家妇居尊，苹藻分劳，
内助勤资贤娣氏；
厄运为病魔作祟，膏肓成痼，
仙逝应归兜率天。

犹子比儿，大好竹林游，每
以雅集清谈，归告阿奶；
浮生若梦，无端萱草萎，此
际放声号泣，忍听惠连。

幼年失怙，仰荷慈云，荻画
著贤劳，分得恩情及犹子；
数日违和，遽歌薤露，蓬山
嗟缥缈，更谁孤苦念零丁。

挽姑父

礼数内宾，每忆诲言怀秦晋；
恩同犹子，不忘戚谊话潘杨。

杖履趋承，景仰乔松亲矩矱；
音容永隔，徒从戚畹溯风徽。

盛德沐庞鸿，每感视予犹子；
哀吟悲别鹄，哪堪问我诸姑。

谊自我姑推，方欣齿德兼尊，
阴茂乔松托萝茑；
情与犹子等，讵料音容顿杳，
声凄邻笛黯门楣。

挽姑母

谊属先姑，光耀门楣叨慈荫；
恩深犹子，诗赓萝茑寄哀思。

恩如犹子，礼数内宾，每忆
黄门三叶谊；
沧海明珠，昆山美玉，伤心
杜老万年铭。

葭莩话姻亲，戚谊称尊，相呼比拟诸姑列；
萱花叨荫庇，母仪垂后，此去归真兜率天。

问我诸姑，平时懿戚关怀，深喜慈云高有庇；
视予犹子，此日病魔成祟，顿教夜月冷无辉。

挽舅父

宅相无成，明月清风思渭水；
乔阴莫仰，残山剩水哭西州。

晋重耳车马长辞，神伤渭水；
谢安石室庐依旧，泪洒东山。

有泪洒州门，千古白眉增太息；
无才成宅相，廿年青眼益酸辛。

明月不长圆，桂子香时舅已逝；
高风安可仰，菊花开后甥方来。

愧我生宅相无才，厚德未酬徒抱痛；
叹此日渭阳有感，尊颜莫觏向谁亲。

挽舅母

慈竹风摧，长有遗徽留懿范；
含桃雨润，不堪清酌奠灵帏。

愧小子谋食异乡，莫补外甥蹑履礼；
叹贤母归真瑶岛，忍看舅氏悼亡诗。

获画夙同遵，愧樗栎庸材，未符宅相；
萱花今忽谢，幸桂兰竞秀，丕振家声。

母安归乎？竟不顾孝子贤孙，终生聚泣；
余忝甥也，何忍对凄风苦雨，冷夜招魂。

望断渭阳云，霜萎灵萱，遗爱至今歌众母；
怀惭宅相誉，风嘘小草，寸心犹未报春晖。

懿训昔难忘，霜萎灵萱，自顾庸愚惭宅相；
慈容今顿杳，风嘘小草，未曾报答到春晖。

挽姨父

处世不阿，此老似浑金璞玉；
洁身自好，其风如山高水长。

旧谊托邢谭，每忆恩勤从母训；
至情联吴李，难忘姻娅外亲贤。

冯子琮忝属葭莩，停云常忆亲故旧；
袁肇修素承知赏，永诀难忘姨丈人。

挽姨母

鹤驾遽西归，痛姨音容从此杳；
雁行竟中断，伤予手足何以堪。

母党仰慈云，亲戚往来，情话邢谭雅谊；
沉疴闻累日，膏肓攻达，术穷和缓良医。

小劫避桃源，绣余语教双声，犹记儿时承色笑；
归程来李舍，惊绝病侵二竖，从今母党感凋零。

挽　夫

似如我死替你死；
换来君生代吾生。

看房中孤灯独照；
喜膝下二子承欢。

欲殉难抛黄口子；
偷生勉事白头翁。

鸾飞镜里悲孤影；
凤立钗头叹只身。

裂肺撕肝小寻老；
捶胸跺足妻哭郎。

鹣鹣音断云千里；
杜鹃声哀月一轮。

碧水青山谁作主；
落花啼鸟总伤情。

燕陈残斜孤月冷；
箫声吹断白云愁。

人去楼空，剩粉零脂皆是恨；
珠沉玉碎，高山流水少知音。

无缘才郎，长夜不醒蝴蝶梦；
伤心少妇，中宵长听子规啼。

郎果多情，楼上冀迎萧史凤；
妻真命薄，冢前愿作舍人莺。

亲老家贫，负担忍付称孤子；
行修名立，诔词悉作未亡人。

挽 妻

春风闲楚管；
明月断秦箫。

淑德标彤史；
芳踪依白云。

窗竹鸣秋雨；
床琴断夜弦。

久亡结发吹箫侣；
空忆齐眉举案人。

（李开先）

治丧恪守前人训；
创业回思内助贤。

（李开先）

宝瑟无声弦柱绝；
瑶台有月镜奁空。

春江桃叶莺啼湿；
夜雨梅花蝶梦寒。

南极无辉寒北斗；
西风失望痛东人。

恨少返魂丹鼎术；
空孤当日白头吟。

（李开先）

今生已过，他生未卜；
去日苦多，来日大难。

（罗裕樟）

似我销魂，潭中月印；
为卿写照，陌上花开。

既通逝者，行自念也；
我思古人，俾无尤兮。

（罗裕樟）

一撒手便了八年夫妇；
最伤心留下十日孩儿。

（梁以瑭）

炊臼梦来，哭尔三年发白；
断机人去，愁予五月枫青。

天何无情，怎能教我丧良侣；
人各有寿，不忍听儿啼亲娘。

待我百年，再觅爹娘寻絮果；
寄卿一语，无愁儿女泣芦花。

（陈锡熊）

炊臼梦成，粉悴脂憔时序改；
断弦情切，鸾孤凤独锦衾寒。

香冷玉炉，寒夜更无红袖伴；
春深金谷，落花空吊绿珠魂。

举案多年，颇自诩人间佳偶；
离尘一笑，料仍是天上仙姝。

（朱　德）

恩爱良妻，冷雨凄风催汝去；
可怜儿女，大啼小哭要娘回。

悼切断弦，德曜未酬偕隐愿；
梦成炊臼，蒙庄应抱达观怀。

落叶添薪，心伤元相贫时妇；
为谁剪发，肠断陶家座上宾。

缘尽先离，漫说来生还有约；
事多未了，敢云已死便无知。

数十年相予持家，无可议也；
二三子为汝泣血，何忍闻之。

一点小星沉，入夜衾裯谁
与抱；
三更凉露滴，惊秋纨扇早
轻抛。

一梦黄粱，别儿离孙，妻
耶往矣；
几搔皓首，断柱破镜，子
也凄哉。

七八载夫妻，少米无柴空
嫁我；
三两个儿女，大啼小哭乱
呼娘。

庆
吊
类
·
哀

挽

妇道未了，母道未完，仓
忙两别；
我归何迟，汝归何速，埋
怨一番。

菱镜影孤哉，惨听秋风悲
落叶；
锦机声寂矣，愁看夜月照
空帏。

如卿之冰雪聪明，寿考原
如无分；
嗟我亦泡幻身世，别离应
不多时。

叹我半生，即如薄命糟糠，
也归天上；
祝卿来世，不遇封侯夫婿，
莫到人间。

尚忍言哉，但看举室长号，
汝何可死？
而今已矣，只为一肩重任，
我且偷生。

痛年来艰苦备尝，即不死
亦无生趣；
嗟我已衰颓日甚，纵相离
岂有多时。

回首昔时春，冰茧同宫，万
缕千丝一梦；
伤心三月暮，晓钟破户，鸟
啼花落人亡。

（杜召棠）

怪赤绳老人，系人夫妻，何
必使人离别；
问黑脸阎王，主我生死，胡
不管我团圆。

（齐白石）

嗟食贫难，为从前尝尽辛酸，
促卿寿命；
幸遗累少，只此后亲操井臼，
增我凄凉。

（徐枕亚）

挽 兄

世事无常，雁序参差嗟去渺；
音容何在，鹡原寂寞痛归真。

训弟课儿，一生辛苦今犹在；
持身涉世，十分忠厚古来稀。

如此伤心，荆树止存三本在；
差堪瞑目，桂林先见一枝开。

庆吊类·哀挽

云路仰天高，谁使雁行分
只影；
风亭悲月冷，忍教荆树萎
连枝。

撒手两无难，一局棋残难
我着；
招魂更何处，半床书乱为
君收。

（朱先敏）

兄竟去矣，地下遇双亲，先
为致意；
弟将何之，堂前抚诸子，不
负嘱言。

地下见爹娘，为言季子非人，
不孝不悌；
云间逢父老，共说宰官爱我，
廉善廉能。

（梅启照）

抚我则兄，教我则师，私痛
深同颍滨语；
和而不流，宽而有制，后生
谁见伯循风。

雁翼折西风，先我而生，乃
遂先我而死；
蛩音悲落日，可叹在弟，毕
竟可叹在兄。

能不悲哉，雁渡衡阳，刚被
东风摧折翼；
最难堪者，埙吹伯氏，竟和
细雨叶离声。

惊噩梦遥来，糊口四方，问
兄疾不知何日；
得羽书归去，抚棺一恸，数
我辈尚有几人。

与人何尤，可怜白发双亲，
养子聪明成不幸；
自古有死，太息青云一瞬，
如兄摇落更堪悲。

鸰原急难吾争先，喜效追随，
门内幸多同辈；
雁羽分飞人去早，曷胜悲痛，
毫端莫写牢愁。

偶病即沉疴，恸卧榻弥留，犹
寄音书来慰我；
同胞悲永诀，痛惊涛阻隔，未
亲含殓倍伤心。

棣萼记联辉,何图春草经年,
分手竟成千古;
荆枝遭迭折,从此秋萸会罢,
伤心更少一人。

（朱兆璜）

亢宗惟盼兄,哪堪一夜秋风,
鸿阵哀鸣悲折翼;
传经常励弟,回忆三年化雨,
鳣堂冷落最怆怀。

皎月沉沉,令兄弟们空对此
绮席华筵,如痴如醉;
和风习习,叹子侄辈问谁向
青灯绿野,课读课耕。

数十年湖海为家,飘然破浪
乘风,万里勾留双鬓老;
三五日膏肓抱病,遽尔愁秋
落魄,九泉归去一身寒。

挽 嫂

纱悬自昔曾听讲;
幛彻从今孰解围。

自愧不才,此后议围难遽解;
敢忘懿德,于今家政复谁操。

回想幼年时,绕膝相依如
我母;
难疗今日病,伤心何以慰
吾兄。

能忍人所难,论妇德称吾
家之表;
得先夫而死,据恒言则嫂
福良多。

（虔容海）

家事赖支持,应知长嫂为
娘,一室不生轹釜怨;
仙游伤仓卒,忍听阿兄悼
妇,数声莫慰鼓盆悲。

一灯秋雨溯当年,记曾宵
短话长,恩爱宛如姑嫂树;
三月春风来此地,顾慈亲
衰子幼,憔悴何堪姐妹花。

溯贤媛来自名门,群称朴
俭勤劳,鲍宣妻亦梁鸿妇;
嗟予季悼伤嘉偶,忍听凄
凉呜咽,吹箎韵杂鼓盆声。

挽 弟

弟竟决然弃尘世；
兄将何以慰高堂。

春草池塘犹入梦；
秋风鸿雁不成行。

老眼增悲，梦寐犹呼子季；
壮心未遂，显扬尚望诸孤。

归去来兮，夜月楼台花萼影；
行不得也，暮天风雨鹧鸪声。

原上春深，鹡鸰音断云千里；
林梢夜寂，杜宇声哀月一轮。

难得者弟兄，况是生平知己；
莫悲兮离别，哪堪便作古人。

乐事叙天伦，正喜春园共
把酒；
孔怀称手足，奈何南浦竟
销魂。

同气遽分途，原隔秋风魂
不返；
异时谁共被，池塘春草梦
难通。

挽 姐

萝茑昔攀依，差喜女嫛得所；
门楣今落寞，更教弱弟如何。

鸿驾遽西归，痛姊音容从
此杳；
雁行竟中断，伤予手足何
以堪。

数十年淑德当钦，喜梓里
相依，夜静难忘雁序乐；
二三月沉疴不起，痛芳帏
空渺，春来怕听杜鹃声。

挽 妹

人羡陆家姑，万事补缝能
爱弟；
我怜张玄妹，一时荣秀不
留春。

谈笑一家中，同咏雪诗，当
年才调应推尔；
羁愁千里外，登大雷岸，此
后音书更寄谁。

庆吊类·哀挽

十年待字，不出璇闺，诵夭
桃诗，未逢目的；
一旦游仙，竟归瑶岛，读香
茗集，空说才情。

挽亲家

幸托丝萝，荣分椿荫；
悲歌蒿蘐，空奠椒浆。

红叶是良媒，琼佩来时仙
佩返；
青莲休小谪，玉山醉倒泰
山颓。

（陈景伊）

福备箕畴，瑞霭椿庭，子
谷孙枝方未艾；
惊闻噩耗，情缘葭末，风
号鹤唳却伤神。

葱肆有何知，幸缔良缘，椿
树分荫叨半子；
松乔原共仰，竟闻噩耗，椒
浆上奠别千秋。

粤鄂树甘棠，白嫂黄童，民
到如今思召伯；
朱陈联厚谊，高山流水，我
从何处访钟期。

我托茑萝亲，曾承花径停骖，
杯酒仓皇三月暮；
公依松菊老，犹忆春郊策马，
囊笔归来两鬓衰。

数十年戚谊如新，儿女情亲，
自昔早完姻嫁愿；
三万日欢场未竟，人天路隔，
从今长抱别离悲。

纵不顾女哭儿号，剩下老母
老妻，一颗心如何放下；
忽何处猿啼鹤唳，向来同休
同戚，两行泪怎不挥来。

挽姻母

履盖纪前游，孟宅曾颁逼
客惠；
盘匜垂后训，谢庭犹颂大
姑贤。

两家联瓜葛情，时向床前探
病状；
一旦唱蒿薤曲，魂归天上渺
仙踪。

弱女感姑恩，井臼操持，惭
愧分劳少能力；
寒家叨戚谊，门楣寂寞，肃
恭上奠有余哀。

懿德每相传，葱肆何知，慈
荫如云叨半子；
沉疴竟不起，萱闱空仰，流
年似水隔重泉。

戚畹播徽音，合欧柳孟陶，
以母道而兼父道；
郎君登仕版，历关山戎马，
知季方不让元方。

挽连襟

姻娅相关，不殊兄弟；
人天永隔，空羡邢谭。

雅谊托邢谭，姻娅交通联
至戚；
名医求和缓，膏肓攻达讵
无灵。

江天如墨，小别千秋，并世
如今亡管鲍；
乡国需才，又弱一个，伤心
岂独是邢谭。

两婿相并谓之娅，平时贰室
追随，共说亲情谐秦晋；
二姓好合其惟姻，此后高门
进谒，空言戚谊到邢谭。

三生有幸托连襟，忆当年谬
誉乘龙，差比李膺附黄宪；
两婿相联为僚娅，怎此日仙
游驾鹤，偏教公冶哭南容。

挽　子

只望曾参养曾晰；
谁知颜路哭颜渊。

痛子情深，尚有尔母；
菲躬德薄，累及吾儿。

知汝太聪明，原非寿相；
使余多烦恼，常念佳儿。

长子死焉！泪洒西河流不尽；
老夫耄矣！心伤南极恨无穷。

最是伤心，桂树庭前思子泪；
不堪回首，榴花窗下读书声。

我穿这个衣，灵前一拜难
为子；
汝往那条路，来世重逢要
送爷。

卧病替爷忧，老唯一子天
偏夺；
茹哀唤儿告，代抚诸孤汝
莫愁。

相世十五龄，也当蜉蝣春
一度；
伤心六旬父，哪堪杜宇夜
频啼。

生汝已四十年，讵料伤心
先哭汝；
抱孙作万一想，可能遗腹
竟生孙。

尔瞑目赴泉台，见母应抛
思父泪；
我伤心持家政，教孙还读
授儿书。

有子莫如庸，略具清才，即
遭天忌；
衰年逢此厄，顾斯寡媳，何
以生为。

生平无大罪孽，乃竟不禄，
此我故也；
幼年具善知识，或当有后，
惟汝祐之。

（应宝时）

冬至死生分，想青琐儿郎，
血沾杜宇；
天寒风雪紧，念白头夫子，
泪洒梅花。

痛汝命夭儿，誉满亲朋，始
信虚名能折福；
伤余年老父，默参因果，好
归定数只由天。

卅年前望子成名，至今案雪
窗萤，空留黄卷；
十日内悲儿去世，自古瓦霜
风烛，恨对青天。

余不德丧余儿，胡竟使余父
余兄，失此佳种；
汝何辜靳汝命，最难堪汝才
汝志，克继家声。

我我我，问我是谁人，岂孽
作前生，固有此报；
儿儿儿，养儿原待老，若死
从今日，先何必来？

拂逆事偏多，丧明亦属，徒
然空有诗书来鲤对；
年龄天不永，撒手遽归，何
处不堪老泪洒龙钟。

谁人无溺爱心，纵然无仲谋
才，舐犊私情难自已；
世上多拂意事，况复兼阿戎
慧，骑鲸仙去更何堪。

嗟吾多病爱闲，何堪垂老零
丁，又折此刚强一臂；
念尔母衰妇弱，未得抱孙慰
藉，忍听他惨戚双啼。

（张应昌）

汝最爱者读书，近数日以来，
胡不见汝讲求？见汝诵读？
我无解于天地，当五旬而后，
犹复使我惨怛，使我号啕。

怎能够踏破天门，直到三千
界，请南斗星北斗星，益寿
延年将簿改；
恨不得踢翻地狱，闯入十八
重，问东岳庙西岳庙，舍生
拼死要儿回。

（彭玉麟）

挽 媳

人无闲言，是贤媳妇；
汝当食报，有好儿孙。

去岁来归，洗手已谙姑食性；
今朝去速，伤心永别婿乡尘。

妇道克全，綦履衿缨犹在目；
人寰遽弃，蒿歌薤诔不堪听。

占凤出清门，枣栗克虔修
妇职；
育麟幸凤望，桑榆未遂抱
孙心。

自从贤媳来家，定省庭帏，
代修子职；
讵料病魔着体，弥留床席，
犹望夫还。

娶妇必求贤，中馈是司，洗手羹汤能尽职；
浮生真若梦，比邻共欢，伤心薤露有同声。

辞甥馆以来归，见舅如见娘，洗手独谙姑食性；
去婿乡而不返，依父犹依母，伤心空理嫁衣忙。

挽 女

检生前针线衣裳，我肠断矣；
撤堂上翁姑父母，汝心安乎。

（赵云涛）

弄玉结仙缘，神女应归天上有；
掌珠遭物忌，奇珍未许世间留。

桃实赋宜其，方冀花开多结子；
葛覃歌浣否，哪知叶落竟归根。

知之乎? 尔母尔夫为尔几乎哭死；
已焉哉! 我生我育教我怎不心伤。

生性最聪明，抚病榻诗书，犹增悼怆；
沉疴失调摄，痛贫家儿女，半死饥寒。

忒聪明非寿征，咏絮名驰，肠断香闺呼不柿；
一刹那成陈迹，凭棺心痛，掌空夜月失明珠。

一生有恨抱终天，斑竹苍梧，最是伤心慈母泪；
三载无郎愁白水，晓风残月，谁怜薄命女儿花。

三载奉姑嫜，可怜尔孝养未终，此别竟成千古恨；
九原逢阿母，为道我精神顿减，不知能混几年来。

由来常作掌珠看，纵非赋茗清才，差喜乘龙谐伉俪；
到此难禁心绪劣，闻道拈花微笑，傥教控鹤作神仙。

挽 婿

天上玉楼成，长怅东床人
去远；
冢边华表立，莫教西域鹤
来迟。

快婿羡乘龙，传粉方欣光
晋殿；
仙人长跨凤，吹箫终不返
秦楼。

竟去矣！忍抛黄口白头，晨
昏疾哭；
也罢了！赖有伯兄长嫂，内
外扶持。

弃尔子，并弃尔妻，此际
殊多不了事；
哭吾婿，兼哭吾女，从今
永作未亡人。

婿本多才，非利非名，千
里徒抛孤客梦；
女稍知礼，或生或死，两
般都伤老夫心。

择婿定谁佳，但愿尔早厕诸
生，稍延年寿；
遗孙多曷赖，更苦我待亡弱
女，上累翁姑。

快婿属高材，频岁甥馆联情，
自道乘龙侥幸；
英年储壮志，蓦地病魔作祟，
何堪寡鹄凄凉。

昔日幸乘龙，心伤一现昙花，
圆缺已随天上月；
今朝悲化鹤，肠断半帘秋雨，
凄凉空对掌中珠。

上弃尔父，次弃尔儿，问道
俯仰两途，怎样心肠放下？
昔哭吾女，今哭吾婿，数着
后先几载，难禁血泪挥来。

忽忽几晨昏，离别间之，疾
病间之，不及终身同静好；
茕茕小儿女，孱羸若此，娇
憨若此，更烦二老费精神。

挽侄儿

少者殁，长者存，数诚难测；
天之涯，地之角，情不可终。

岂天道有茫昧，而不可知者；
何吾兄之盛德，以夭其嗣乎。

宗悫乘风，平生许破万里浪；
昌黎设祭，此日难忘十二郎。

别室具铜盘，期尔从容光
素业；
中庭摧玉树，愁余迟暮哭
穷途。

韩昌黎祭十二郎，余有此
挚情，愧无此大笔；
祢正平年廿四岁，汝具其
才藻，亦同其数奇。

挽侄媳

犹子比儿，亦尝称娶妇能
贤，雍睦一家添乐事；
浮生若梦，更何堪沉疴不
起，悲伤五内动愁思。

挽义父

亲上加亲，比椿托荫；
孝乎惟孝，式谷空赓。

爱若胞生，恩同父母；
丧还从俗，礼达经达。

情好笃两有，鬶子恩勤叨
并渥；
劬劳原一致，丧亲哭踊痛
应同。

鲰生幸厕莱班，正喜螟蛉
承教诲；
鹤驾遽归蓬岛，也应蓼莪
废诗歌。

蒙受戴提挈，相依渥荷，深
恩同保赤子；
抚铜棺座前，致奠感怀，遗
训遽断垂青。

情好笃两家，棣萼追随，鬶
子恩勤叨并渥；
劬劳原一致，蓼莪废读，丧
亲哭踊痛应同。

小草附兰阶，当年问字鲤
庭，趋步常随闻诗礼；
耆英归蓬岛，客地追怀鹤
貌，依稀犹梦见羹墙。

挽义母

兰砌昔相依，渥荷深恩同
保赤；
萱花今倏萎，感怀遗训断
垂青。

母如江上慈乌，吐与温情
留梦寐；
儿似天涯乳燕，衔将红泪
致迢遥。

早岁痛莪蒿，感频年兰砌
相依，心同保赤；
比邻悲薤露，恨此日萱堂
倏萎，目断垂青。

挽业师

典型如在目；
愁思向谁宣。

学子失师表；
老成有典型。

及门应拟先生谥；
当世谁书有道碑。

化雨春风偏厚我；
耳提面命更何人。

当年幸立程门雪；
此日空怀马帐风。

近世教规循福泽；
当年学派衍河汾。

（祁汉云）

面命只今无一语；
心丧未可短三年。

笔法留传追卫铄；
女师德象著班昭。

培育桃李曾尽瘁；
光辉竹帛永流芳。

偶摩画本邀心赏；
空有诗篇带泪看。

筑室未能如子贡；
心丧聊以学檀弓。

慈惠常留众口颂；
典型堪作后人师。

侍座先生，齿长一日；
服勤至死，心丧三年。

真不幸，满园苗株伤化雨；
最难堪，一门桃李哭春风。

常年聆听教诲，尚未报恩；
如今忽闻讣音，岂不悲伤。

萎矣哲人，无复典型式我；
迥然明德，待看福报自天。

敦厚同敬，实为前辈表率；
和谦共仰，堪作后人典型。

频年善训长聆，何以报也；
一旦讣音忽至，能勿悲乎。

一世风流，赢来桃李遍华夏；
几番磨炼，铸成丹心颂舜尧。

训守尼山，父子师徒当并论；
贤如端木，儒林货殖有同源。

（祁汉云）

教泽宏施，忆昔年同沾化雨；
音容顿隔，痛此日空仰高山。

德合荀君，久以模范孚梓里；
文追白傅，岂惟政事在杭州。

薪火相传，惟师最擅计然学；
瓣香敬奉，我辈宁荒陆氏庄。

（祁汉云）

一生倾心血，南山松柏长苍翠；
九天含笑意，故园桃李又芳菲。

大雅竟云亡，空赋蒹葭溯秋水；
斯文其果丧，长教桃李泣春风。

先生虽逝去，文章遗世功千古；
桃李正芬芳，教诲铭心传百年。

问字感当年，重谒玄亭空洒泪；
传经珍此地，载瞻绛帐暗摧心。

别离三两月，全校宾朋伤益友；
教学十余年，盈庭桃李悼良师。

明月照寒窗，细检遗文长
拭泪；
子规啼午夜，重怀旧事倍
伤神。

秉烛照千秋，秾李夭桃齐
俯首；
文星光万里，忠肝义胆见
师心。

校舍感凄凉，后日典型仍
足式；
讲坛悲寂寞，当时謦欬竟
无闻。

桃李悼良师，从今不复闻
讲授；
教工伤益友，忆昔徒嗟失
音容。

与公生死相要，请以梦魂
通九地；
所学陆王为近，即论文艺
已千秋。

师道自尊严，固当远企湖
州，近规庆应；
学人须奋勉，惟愿功同房
杜，德比游杨。

（祁汉云）

教泽遍三千，面命耳提，记
否当年小桃李；
春光刚百五，人亡物在，不
堪重荐旧莺花。

（谢觉哉）

小草沐滋培，思教泽亲承，
久溯源流湘水远；
高山殷向往，痛音容远隔，
空怀道范岳云兴。

不才渥荷滋培，高谊一天云，
化雨春风偏厚我；
此病竟成绵惙，旧游三尺雪，
耳提面命更何人。

为祖国、为人民，茹苦含辛，
半世劬劳培后代；
爱学生、爱教育，鞠躬尽瘁，
满门桃李亦千秋。

回首望师门，于今木坏山颓，
岂意斯人竟长往；
伤心称弟子，在昔饮食教诲，
更从何处报深恩。

（祁汉云）

杖履溯平生，岂堪粤峤归来，
正值师门悲薤露；
弦歌留遗爱，不仅秦邮多士，
相从横舍奠椒浆。

（叶昌炽）

桃李正盈门，藉公一手栽培，
化雨春风齐应候；
芙蓉何促驾，奋我五朝名宿，
文章经济总归空。

教育终身，备尝艰苦，喜桃
李芬芳，已遍布天下；
桂兰挺秀，勇攀高峰，看辉
煌事业，应含笑九泉。

同谱最相亲，忆白发青灯，
昨岁尚陪连夜话；
名山期共往，叹太行盘谷，
此生无复并骖游。

道同术，志同方，契洽芝兰，
异姓何尝非手足；
哭无知，思无益，奠陈蕉荔，
诔词原不算文章。

元龙负湖海之名，兰谱旧盟，
廿载论交交更淡；
驾鹤自维山而上，灵床大哭，
一年少我我何堪。

挽 友

一世深交堪难得；
九泉有知念旧情。

挽谱兄弟

庆吊类·哀挽

谊托兰交，如手如足；
悲深薤露，可泣可歌。

谊托苔岑，金兰契合；
悲深蒿里，玉树长埋。

匪特茑萝亲，髫同笔砚相
将老；
空怀松柏志，家少田园竟
不归。

十载名场成劲敌；
九重泉路尽交朋。

三径菊荒人迹少；
一炉香烬篆纹寒。

千里吊君惟有泪；
十年知己不因文。

气数不言仁者寿；
性情犹见古之愚。

雪压剡溪谁载酒；
月明缑岭坐吹笙。

文章卓荦生无敌；
风骨精灵没有神。

感旧有怀同向秀；
招魂何处问巫阳。

玉树长埋悲老友；
瑶花焕发盼佳儿。

山川含泪，悲友人难见；
风云变色，伤栋梁遽摧。

平生风义兼师友；
来世因缘结弟兄。

苦忆蔡中郎，典型安在；
不见黄叔度，鄙吝复生。

兰亭少长悲陈迹；
玉局风光叹化身。

契合拟金兰，情怀旧雨；
飘零悲玉树，泪洒凄风。

回忆田园欢会乐；
不堪樽酒故人稀。

追忆逝者，缅怀前人创业；
悼念故友，勉励后代接班。

犹似昨日共笑语；
恍惚今时汝尚存。

座中只有二人，悲君又去；
地下若逢诸友，说我就来。

眉间爽气无由见；
座右清言不再闻。

一日三秋，岂料生离成死别；
五湖四海，纵弹流水失知音。

素车有客悲元伯；
绝调无人继广陵。

人去堂空，朝雨暮云难见影；
琴碎弦绝，高山流水少知音。

称觞尚忆登堂事；
挂剑难为过墓情。

白发依人，今日哭君还哭我；
青山回首，几时归骨并归魂。

何处听琴，流水高山成古调；
特来挂剑，清风明月想遗徽。

松柏侣君，一生错节风霜苦；
同志爱我，毕竟深情肝胆知。

无缘话永诀，知音来时泪
泣血；
有期解相思，苍鸟啼处梦
传神。

有幸结芳邻，友谊真诚逾
手足；
一朝悲溘逝，家风淳朴付
儿孙。

挂剑若为情，黄菊花开人
去后；
思君在何处，白杨秋净月
明时。

哲嗣可成名，鸾鹤声中君
竟去；
良朋虽不少，桑榆社里我
尤悲。

管子天下才，公论当年青
史在；
鲍叔知我者，故交此日白
头稀。

挽友父

梁木风摧，从此不见尊君影；
德星夜坠，往后只看仙鹤飞。

德才见诒谋，有子能担家
务事；
荣哀酬生平，伤心遽失老
太公。

文章留人世，先生教子，义
方千古；
劫后情热忱，造就桑梓，今
失中坚。

名训鲤庭传，从知家学渊源，
成就高才属梓舍；
大年鹤筹纪，讵料仙游仓卒，
归真上界促椿龄。

与令子谊笃盍簪，稔知趋
鲤相承，诗礼长传贤后起；
痛吾友视亲含玉，最是骑
鲸不返，典型顿失老成人。

在行辈是父执，在道谊是长者，高谊薄云天，常谓若人应食报；
论精神为矍铄，论福寿为考终，满庭森兰玉，应无遗憾此归真。

挽友母

令子以读书成名，早岁文章惊海内；
恨我未登堂拜母，他年碑碣诵泷冈。

与令嗣攻错塾中，暇日相过，截发深叨萱室惠；
怅贤母逍遥天上，遗容空仰，凭棺齐奠絮觞灵。

挽友妻

其夫贫而乐，妇可知矣；
有子贤且文，母何恨欤。

丧贤妻，固是人间哀痛事；
想未来，当也不必太悲伤。

死别莫如何，夫婿竟占炊臼梦；
达观无不可，朋党同为执绋人。

相夫子持家，任其劳不享其福；
遗儿孙治命，止乎礼更达乎情。

岁月无情，鸳鸯折翼，足令人肝肠痛断；
事业有待，骏马争奔，抬望眼心胸放宽。

自古志士，当不为儿女温情贻误国事；
而今我辈，即便是恩爱齐眉亦应达观。

中馈近空虚，纵碧落寻踪，可恨已无重见日；
异乡增感慨，看黄门抱痛，不堪同赋悼亡诗。

挽同学

万卷诗书我还读；
一时风月向谁谈。

千秋女学开蓝楼；
一脉师承重典型。

幸有高文垂宇宙；
未酬壮志在中华。

茗赋柳诗，为同学冠；
兰摧蕙折，贻我师忧。

我辈读书，正希望鹏飞万里；
他山攻玉，忽惊闻鹤唳九皋。

万里未归人，日暮乡关何
处是；
十年忙底事，天涯涕泪一
身遥。

斯人甚贤，未报君父恩，如
何瞑目；
视吾犹弟，便倾江海泪，难
罄伤心。

攻玉喜相资，看将来裘马
五陵，定都不贱；
修文悲遽召，竟化作蜉蝣
一梦，尚复何言。

挽学生

咏絮才华惊一世；
拈花妙谛证三生。

人尽惊其才，类我类我；
天遽夺汝命，丧予丧予。

好学而亡，呕心悲李贺；
长才未展，短命泣颜回。

一载卧沉疴，李贺床头呼
阿奶；
十年问奇字，扬雄门下失
侯芭。

乐道更无忧，不幸短命而
死矣；
自牖执其手，可奈斯人有
疾何。

投笔效班超，西征象郡心
何壮；
覆醢伤子路，南望羊城泪
不干。

文章时命事难齐，功在己，
数在天，千秋痛哭；
叔侄师生情并重，汝丧身，
余丧母，一样悲伤。

挽邻居

睦邻精神今犹在；
勤劳品质永留存。

睦邻美德，永留遗范；
家室新风，昭及后人。

一陌纸钱灰，惊飞化蝶；
几声邻笛曲，哀咽流莺。

风雨催归，看山虚扫陈蕃榻；
淡泊明志，卜宅曾邻诸葛庐。

尔我结邻居，友谊真诚逾
手足；
年时勤稼穑，家声继起付
儿曹。

实用楹联手册

宗教类

佛 教

佛 寺

庄严三宝地；
接引十方人。

展经猿识字；
听法虎知非。

塔影悬青汉；
钟声度白云。

万籁无声参佛性；
一尘不染证禅心。

无我无人观自在；
非空非色见如来。

无世界观观世界；
有神仙见见神仙。

五夜跏趺僧入定；
三生了悟佛如来。

古佛心中无起灭；
老僧物外自逍遥。

西方竹叶千年翠；
南海莲花九品香。

佛不择人称广大；
教能救世总慈悲。

佛本空虚持半偈；
教分等级判三乘。

佛借因缘窥色相；
教从清净悟根源。

空潭闻咒神龙出；
古殿听经野鹤蹲。

眼前色相皆成幻；
静里乾坤不计春。

弹指声中千偈了；
拈花笑处一言无。

普化诸天杨柳雨；
净生碧菱海荷花。

愿将佛手双垂下；
摩得人心一样平。

慧业有经书贝叶；
菩提无树种禅林。

人世风波，自生自灭；
佛家岁月，无古无今。

大慈大悲，救苦救难；
不生不灭，是色是空。

贝叶成文，慈云永护；
天花散彩，法宇宏开。

勘破禅机，即心是佛；
宣扬法号，主善为师。

翠竹黄花，群沾化雨；
长松细草，普荫慈云。

石证三生，眼观千古月；
云浮万里，脚带九州烟。

无眼耳鼻舌身意，一尘不染；
如梦幻泡影露电，万法皆空。

松声竹声钟磬声，声声自在；
山色水色烟霞色，色色皆空。

寺 门

从修行路；
开方便门。

一切光明相；
十智清净身。

了了无遮念；
空空不染心。

山水开精舍；
烟云护法门。

云从潭底生；
花向佛前开。

水入禅心定；
云从宝思飞。

水月通禅寂；
鱼龙听梵声。

什地祥云合；
三天宝刹新。

宗教类·佛教

心灯明暗室；
意树发空花。

净地何须扫；
空门不用关。

乐善人皆佛；
无求我亦仙。

法雨流琼树；
慈云护宝幡。

竹声千佛共；
花冷一溪香。

法轮含日转；
华盖接云飞。

各坐菩提树；
能开甘露门。

赵州无一事；
佛法有三乘。

多闻增智慧；
无畏得清凉。

香云遍山起；
花雨从天来。

旭日金轮现；
慈云翠盖停。

独卧维摩室；
谁同弥勒龛。

具足神通力；
咸生恭敬心。

洗钵鱼游水；
开门鹤入帘。

雨花知佛境；
流水识闲心。

说无分别法；
照大智慧光。

岩前千尺塔；
云外一声钟。

衲破云来补；
门空月自填。

金绳开觉路；
宝筏渡迷津。

般若空空印；
真如了了传。

梵宇开金地；
香龛凿铁围。

万法皆空明佛性；
一尘不染证禅心。

随其心智慧；
能入佛菩提。

万斛珠玑辉梵宇；
一襟星斗焕经台。

紫云成宝界；
福地下金绳。

山色淡随僧入院；
松风静与客谈玄。

释事怀三德；
清襟谒四禅。

不将热眼超尘世；
独把清心悟法王。

境寂闻天籁；
心空转法轮。

方便门开无二法；
修行路入有三乘。

僧舍凭云锁；
禅关带月敲。

户瞰清溪先得月；
寺藏修竹不知门。

慧日明丹户；
慈云护碧栏。

白手一双开梵刹；
鸟藤七尺起宗风。

樵语落红叶；
经声留白云。

竹影松风真悟境；
云深花影是禅心。

一尘不到菩提地；
万善同归般若门。

芰荷风起客堂静；
松桂月高僧院深。

七重宝树围金界；
五色云华拥画梁。

苍苔路熟僧归寺；
红叶声乾鹿在林。

宗教类·佛教

近水烟霞开梵宇；
平山阑干倚晴空。

明月坐高澄俗虑；
白云眠久长禅机。

法花香散清凉地；
皓月光临自在天。

始来知梅子熟矣；
坐中闻木樨香乎。

真心寂静浑无迹；
妙相尊严倍有光。

烟霞清净尘无迹；
水月空虚性自明。

高阁幽香生净境；
清池白月照禅心。

野竹瘦于尊者相；
晚山沉似佛头青。

朝夕香烟传法宝；
晨昏钟鼓祝皇图。

煮茶土灶烧黄叶；
补衲香台剪白云。

禅室从来尘外赏；
真源常自性中看。

静里水声皆活趣；
闲中山色即真空。

静邀山月归禅室；
闲剪江云补衲衣。

僧舍只留明月伴；
禅关惟许白云封。

色相已空，证菩提树；
庄严俱妙，看曼陀花。

法宇宏开，天花散彩；
慈云永护，贝叶成文。

入道第一乘，因静生悟；
成佛无二义，踏实归虚。

风过树犹声，空中梵语；
云飞天不动，静里禅机。

净土清幽，一尘不到菩提地；
禅关寂静，万善同归般若门。

佛　殿

七重宝树围金界；
一片冰心在玉壶。

示真实相；
发妙明心。

云归古殿闻龙气；
月照空池见佛心。

身心圆妙；
功德庄严。

云藏佛塔光犹暗；
树近禅窗老更奇。

妙音圆密；
大宝庄严。

无挂碍方成解脱；
除烦恼便是修行。

鸟聚疑闻法；
龙参若悟禅。

风吹僧影浮杯渡；
云送龙身听法还。

庄严三宝地；
接引十方人。

百千万劫菩提种；
八十三年功德林。

法轮光大地；
宝筏渡迷津。

杨枝遍洒瓶中水；
贝叶时翻笈内经。

法雨流琼树；
慈云护宝幡。

昙花现瑞留仙掌；
贝叶传声悟禅机。

宝月重轮映；
花灯慧火明。

要识见闻无尽藏；
先除梦幻有为观。

祥云笼宝盖；
慧日耀金轮。

空岩已礼千百相；
明月谁分上下池。

座拥金莲开法界；
经翻贝叶礼空王。

悟境豁来翠竹舞；
禅心静处白云闲。

婆罗树落天花碧；
般若经翻贝叶黄。

第一圆通三鼓梦；
大千世界半窗灯。

静来紫殿依龛影；
遥向青峰礼磬声。

玉磬金钟，妙音圆密；
花幡绣盖，大宝庄严。

佛日高悬，光明世界；
法轮大转，普利寰区。

智慧万千，德留东土；
金身丈六，果证西方。

功德庄严，历千劫而不古；
身心圆妙，偕万物以同春。

九品莲花，狮吼象鸣登法座；
三尊金相，龙吟虎啸出天台。

开清净门，大地众生归正觉；
示慈悲相，普天世界证菩提。

证三乘贝叶真经，身心圆妙；
参九品莲花法座，功德庄严。

禅 堂

金刚扫地；
弥勒同龛。

三千开世界；
十二证因缘。

万缘空静境；
半偈悟禅机。

心灯明暗室；
意树发空花。

心花拈一笑；
面壁悟三乘。

布金真佛地；
剩果落禅床。

尘根耨即去；
清福种方来。

灯传三世火；
字译五天书。

魔须除外道；
佛即在中心。

观水生禅悟；
栖云得静因。

一声清磬超凡界；
几个闲僧契静缘。

声闻皆磬彻；
慧业本灯传。

丈室琴书多逸趣；
禅房花木慰幽情。

闲地心俱静；
深萝月不通。

万法皆空归性海；
一尘不染证禅心。

社修莲品静；
性定菜根香。

片石孤云窥色相；
清池皓月照禅心。

经看翻贝叶；
佛许拜莲台。

月在上方诸品静；
心持半偈万缘空。

悟空诸相寂；
对佛一灯明。

佛法色空成幻相；
宗风瓶钵是生涯。

掩关忘世味；
开卷悟禅心。

香龛十笏佛无语；
清磬一声人扣门。

惟凭心一点；
顿悟法三乘。

悟来大道无多事；
勘破禅机总是空。

藜杖携云际；
蒲团坐榻前。

悟境豁来翠竹舞；
禅心静处白云闲。

慈云法雨参诸偈；
暮鼓晨钟了一生。

法向空林说；
声从觉路闻。

夜坐蒲团，大彻大悟；
禅参玉版，无挂无牵。

香送莲花静；
经翻贝叶香。

禅本有机，心即是佛；
超以象外，得其环中。

谈法惟闻鸟；
栖身不买山。

丈室春深，花影泉声俱寂；
禅关昼永，松风鹤梦同清。

谈经留夜月；
补衲剪春云。

参明一点禅机，无挂无碍；
悟彻三乘妙道，即色即空。

敲鱼敲檀板；
念佛念弥陀。

醮语落红叶；
经声留白云。

经 堂

开卷有益；
化人无量。

万壑松篁和梵呗；
满山猿鹤念经声。

妙声深远；
空性虚通。

绕座法轮回宝月；
满庭春雨散花天。

水绕禅窗静；
经翻贝叶香。

案上梵经皆贝叶；
尊前卷石亦青山。

传香引上德；
扫石礼新经。

贝叶几张，时时念佛；
芭蕉作纸，日日抄经。

法雨洒西方，共仰天花散影；
慈云布中国，新翻贝叶成文。

帘影静坐，闲翻贝叶添新藏；
磬声徐歇，自剪芭蕉写佛经。

焚香老一峰，礼罢六时人送供；
结宝开三藏，讲来诸法雨弥天。

不生不灭，不垢净、不增减，度十方苦是名诸佛；
无我无人，无众生、无寿者，离一切相始见如来。

斋　堂

所食胡麻饭；
更调玉笋羹。

淡薄山家味；
辛苦盘中餐。

用耳不如用目；
斋口却要斋心。

三时造就人天供；
六味调和般若香。

五叶花光丛法宝；
十方饭粒等珍珠。

香袅金炉花放钵；
禅参玉笋语通玄。

香烟袅袅炉中出；
名花艳艳钵里开。

活口原无减饭例；
此间不是养闲堂。

洗钵有时逢上客；
无缘定不到寒山。

帘前飞鸟施余食；
窗外落花秀可餐。

斋僧莫托门前钵；
待客休敲饭后钟。

深知稼穑艰难苦；
细嚼菜根滋味长。

两条筋是双树下现相；
一钵饭从众香国乞来。

味解能知，大众和盘托出；
香如可积，同堂信手拈来。

五夜工夫,铁脊梁将勤补拙;
三时粥饭,金刚屑易食难消。

云鋟已通物外意;
禅房不着世间尘。

不将热眼趋尘世;
独把清心悟法王。

讲 堂

讲经鱼出听;
悟道鸟知机。

风飘檀烟销篆印;
日移松影过禅床。

潮声自演大乘法;
塔影常圆无住身。

心静无妨喧处寂;
机忘兼觉梦中闲。

发菩提心,施广长舌;
说生公法,散天女花。

石室夜灯禅影瘦;
松堂虚鋟讲声圆。

罗什翻经,散花弄影;
生公说法,顽石点头。

两时茶饭伊蒲馔;
一树梅花贝叶香。

善恶两途,惟君自择;
男女大众,听我道来。

时翻贝叶添新藏;
闲播松枝护山泉。

性海澄渟平少浪;
心田洒扫净无尘。

僧 房

宝花香散维摩室;
金刹光摇大觉仙。

几片白云铺草榻;
一轮明月浸蒲团。

云锁房栊烟锁竹;
心如木石气如春。

空山云湿龙归钵;
古屋松低鹤到床。

试问本来无一物；
更从何处悟三生。

挂树青猿窥洗钵；
卧砂白鹿伴安禅。

茶熟松风生石鼎；
香残云缕绕蒲团。

香台犹带水窗影；
经卷长依松树根。

洗钵频分蕉上雨；
弹琴时引竹间风。

莲花法藏心悬悟；
贝叶经文手自书。

莲花漏点三更雨；
贝叶经飞一炷香。

莲南小隐释迦会；
雪北妙香阿耨池。

案上香炉铺贝叶；
佛前灯焰透莲花。

谈经误入三摩地；
说法微参一指禅。

窗外团蕉围石室；
涧边修竹护禅房。

碧潭印月菱花镜；
白雁横空贝叶书。

佛 坛

净意能将夙业解；
清心自有妙香闻。

清磬一声香一炷；
慈云为雨法为航。

散天女花，遍施法雨；
证菩提树，普荫慈云。

瞻对金容，邪魔潜迹；
宣扬佛号，天乐腾空。

启瑶坛而迓福，共瞻吉兆；
开胜会以投诚，同祝太平。

磬韵彻云霄，佛圣咸临法会；
梵香通竺国，天人普集瑶坛。

宗教类·佛教

尼 庵

心地光明惟有月；
性天咫尺浮无尘。

半潭秋水心同静；
一卷经书手自抄。

饮食总如秋水淡；
行藏还似白云轻。

现女人身而说法；
作比丘相以参禅。

帘影静垂斜日里；
磬声徐出落花间。

柏子香清熏玉骨；
梅花月冷映冰姿。

养静心经书贝叶；
谈元口角灿莲花。

蒲团夜坐三更月；
药砌春栽四季花。

丈室春深，花雨禅心同寂；
丛林昼永，松风鹤梦俱清。

扫地焚香，泼去胭脂归净土；
长斋绣佛，抛残镜匣对诸天。

色相本空，恶念忘来深是佛；
菩提无种，善根培处即为因。

纤手捻素珠，一声弥陀一
声佛；
净心对香篆，三敲檀板三
敲盂。

观音殿

育婴保赤；
怀燕送麟。

福荫后昆；
恩衍宗嗣。

祥开人间丹桂子；
瑞钟天上玉麒麟。

福禄人家生桂子；
阴功门内产麟儿。

永使苍生离苦海；
常教赤子有慈航。

观空有色西方月；
听世无声南海潮。

法云广荫无遮会；
慧日高悬有相天。

香烟青琐瓶中柳；
灯影红浮座上莲。

座下莲花频结子；
瓶中杨柳自生枝。

绿柳枝头洒法雨；
白莲座上吐慈云。

慈云布满大千界；
甘露低垂咫尺天。

泡影乾坤，妆成宝相；
色香世界，幻出空花。

音如何观，明听无二理；
佛亦称士，儒释本同源。

南海非遥，转念慈航即渡；
西方自在，遐观法海皆春。

本天地之好生，普周仁爱；
察伦常之积德，降锡圭璋。

圣母慈悲，最爱人间德凤；
婆心接引，送来天上祥麟。

母德劬劳，此日芝兰新得气；
天恩浩荡，向阳花木易逢春。

香阁峙中流，万众恒河自在；
慈灯悬彼岸，千年般若常明。

音亦可观，方算聪明无二用；
佛何称士，须知儒释有同源。

座上莲花，占断西湖三月景；
瓶中杨柳，分来南海一枝春。

随处化身，莲花座上春风暖；
寻声救苦，杨柳枝头甘露香。

幻千百化身，观世观音观自在；
现丈六法相，是空是色是如来。

真实不虚，大慈悲度一切苦厄；
意识无界，空色相现五蕴光明。

我费尽一片婆心，抱个孩儿付汝；
你须做百般好事，留些阴骘与他。

弥勒龛

大肚皮包藏千古；
一笑后度灭人天。

布袋全空容甚物；
跏趺半坐笑何人。

绳床上坐全身活；
布袋中藏两大宽。

大肚能容，忘情岁月；
开口便笑，得意春风。

大肚能容，了却人间多少事；
满腔欢喜，笑开天下古今愁。

韦驮龛

七世童真体；
三洲护法身。

寸杵指登十地；
斗龛笼纳三洲。

永护僧伽登十地；
长持宝杵应三洲。

百万慈云挥手遍；
三千宝慧现珠圆。

因访浮生闲半日；
咸修宝地应三洲。

护法全凭一杵诀；
澄心普照万家春。

护法能昭神勇力；
降魔惟现宰官身。

作豪杰相而护法；
现宰官身以降魔。

禅宫寂寞堪磨杵；
佛性庄严也佩韦。

合掌当胸，原是佛门弟子；
挺身倚杵，俨然人世将军。

地藏殿

于诸佛中出一头地；
是造物者之无尽藏。

一颗珠光天性觉；
半声铎响地魂惊。

现慈悲法身，多方救世界；
作广大教主，到处设津梁。

孝可格天凭至理；
铎能振地发慈心。

现慈悲法身，飞锡遍游十地；
作广大教主，明珠普照九华。

道 教

金炉承道诀；
宝案读仙书。

道 院

云霞仙路近；
松竹草堂深。

日里青松影影；
夜间明月依依。

地僻烟霞护；
山灵草木香。

一粒粟中藏世界；
五云深处掌图书。

花暖青牛卧；
松高白鹤眠。

一瓣心香通碧落；
半生手笔写黄庭。

林密红尘远；
山灵紫气高。

三更明月长松影；
一片闲云野鹤心。

宗教类 · 道 教

千年丹篆长生果；
一卷黄庭内景经。

黄庭经诵三更月；
白板扉关一榻云。

井水丹砂看尽赤；
药炉火候已纯青。

缑岭逢仙应化箕；
函关得道尚骑牛。

无事念经猿作伴；
有时游山鹿守门。

满院清风闲种药；
一天明月夜谈经。

风吹宝铎闻天乐；
花落闲窗看道书。

福地哪容凡客到；
仙源未许俗人窥。

石床松影波千迭；
香案杨柳露一瓶。

蕉荫一榻元机画；
梅花三弄玉京琴。

扫花醉月邀新赏；
吸雾餐霞契夙因。

九转功成，欣开丹灶；
一窗晴暖，静写黄庭。

竹屋纸窗清不俗；
风台月观净无尘。

日丽瑶台，云飞画栋；
香凝宝殿，乐奏钧天。

交神即有长生术；
寿世何须不老丹。

种竹栽花，自生雅趣；
明窗净几，久绝尘缘。

闲招白鹤云千里；
静读黄庭香一炉。

秋水一泓，鱼游自乐；
松风半榻，鹤梦同清。

座中古物多仙意；
室外青山少世情。

惟聪明人，乃能学道；
无嗜欲者，方可参禅。

瑶水云开，玉京秋冷；
醮坛烟细，药院花香。

瑶草琪花，长春不老；
交梨火枣，有客皆仙。

露湿石坛，毒龙送雨；
云封金鼎，驯鹿衔花。

宝殿巍峨，如仰九天宫阙；
蓬山缥缈，常来八洞神仙。

扫地卧青牛，石洞烟霞万古；
吹箫翔白鹤，蓬壶岁月千秋。

人静玉箫清，夜月一壶黄
鹤舞；
云深丹灶冷，春风几度碧
桃开。

石洞白云封，驯鹿衔花春
有迹；
珠帘红雨润，仙禽拂树夜
无声。

院　门

门闭青山隐；
林空皓月明。

树摇金掌露；
门绕赤城霞。

门外烟霞供啸傲；
洞中岁月任优游。

门前草色迷行径；
院里松荫绕曲廊。

临涧古松巢野鹤；
当门流水泛桃花。

殿阙不须金锁闭；
洞门常有白云封。

大　殿

百尺楼高凝紫气；
三清殿上拜金容。

仙掌瑶台，光浮丽日；
丹砂玉札，香满琅函。

殿阁巍峨，如仰九天宫阙；
云山缥缈，应来八洞神仙。

精 舍　　　　　　　　　　　醮 坛

玉壶传绮席；　　　　　　　　上界金仙停法驾；
金牒秘香城。　　　　　　　　玄都宝盖奉高功。

石室烟霞锁；　　　　　　　　彩章上奏朝天阙；
金丹雨露丸。　　　　　　　　红烛高烧建法坛。

棋轩修竹月；　　　　　　　　仗剑登坛，诚通三界；
琴室占松风。　　　　　　　　步罡踏斗，表奏诸天。

仙缘证定三生果；　　　　　　表上天庭，高翔鹤羽；
火候功成九转丹。　　　　　　音传仙曲，同咏霓裳。

半窗梅月仙机静；　　　　　　七戒三斋，在我尽一心诚敬；
一枕松风午梦清。　　　　　　千祈万祷，问天求两字平安。

座中古物多仙意；　　　　　　诚献草茅，敢将凡悃通北阙；
窗外青山少世情。　　　　　　光生蓬荜，喜迓仙御到西堂。

夜凭竹榻棋敲月；　　　　　　银烛光天，星冠霞帔仙班列；
秋坐构筠笛咽风。　　　　　　红云布地，凤辇龙舆圣驾临。

数竿修竹三间屋；　　　　　　## 一月
一片闲云万里心。
　　　　　　　　　　　　　　正喜阳春回大地；
满室生春，石榻晴岚倚枕梦；　愿通诚款上诸天。
一尘不染，铜瓶纸帐卧梅花。

上苑春融，花柳芳菲迎圣驾；
中天日永，檀沉馥郁引仙车。

二月

花散瑶坛红杏雨；
香浮蕊阙玉炉烟。

二月春深，精神敢望通天阙；
三阳气转，祉福还新集善门。

三月

敢从蕊阙祈多福；
何事兰亭被不祥。

天运无常，迅速光阴当姑洗；
下情有祷，盘旋造化发祯祥。

四月

时值清和交首夏；
愿求富贵乐长春。

赤帝持衡，掩盖莲花初铸色；
黄冠荐悃，燃炉兰篆静生香。

五月

敬奉蒲觞祈上帝；
请将艾剑斩群魔。

夏至一阴调燮，亢阳盛好景；
蕤宾五月转输，微悃爱纯熙。

六月

香焚兰蕙朝金阙；
烛灿莲花上绿章。

律应林钟，片片青云绕善宅；
醮开灵宝，煌煌银烛照慈航。

七月

敢求世上消灾尽；
并许人间乞巧多。

诚驾寅恭，一念真勤通法座；
月临中位，数函高奏达慈天。

八月

缥缈天香云外送；
悠扬仙乐月中闻。

月窟秋高，桂花香衬仙舆爽；
云霄路迥，葵藿诚倾法驾临。

九月

满城风雨凉秋届；
三界神祇法驾临。

黄菊紫萸，两种秋香供胜概；
赤龙丹凤，九重春色耀祥光。

十月

芙蓉仙掌承甘露；
葵藿民情达上穹。

正是小阳春，树上梅花试艳；
虽非大佛会，阶前葵藿倾忱。

十一月

一阳消息动于子；
三界神灵降自天。

星位宝瓶，问谁得遇仙翁火；
月临大吕，仗法高祈上帝恩。

十二月

会当大醮虔修日；
正值诸神下降时。

星会于天，祈祷及时应受福；
岁逢更始，虔诚相告定通神。

女道观

一曲女冠子；
三霄无住仙。

天寒夜漱云牙净；
雪映晴梳石发香。

柏子烟清熏玉骨；
梅花月冷映冰姿。

纤手拂云开，紫盖山中骑鹤羽；
闲怀邀月共，玉清殿上舞霓裳。

玉皇殿

奠来十里金汤固；
监在诸方玉食丰。

道统上天，功启三皇五帝；
春回下界，泽流万户千门。

道统诸天，功启三皇五帝；
法周上界，心存万类群生。

卫列勾陈，枢奠紫垣尊帝座；
清符太乙，化司元橐统仙灵。

尊尚元穹，步清虚而登九五；
圣称无极，居太上以统三千。

系日月，走雷霆，乾健四
时不息；
振江河，负泰岱，坤继万
古常安。

道极尊，德极贵，巍巍万
天帝主；
教至广，法至大，荡荡诸
佛神师。

三清殿

展太极图，不外九宫与八卦；
施大法力，能教一气化三清。

道贯三才，成始成终成万物；
德尊太极，至高至大至三尊。

具极大神通，一炁三清弘
法力；
看无边光景，千红万紫见
天心。

具极大神通，一炁三清，拯
尽四洲黎庶；
显无边法力，离龙坎虎，修
成万劫金仙。

宝殿巍峨，瞻金相庄严，已
接三天法界；
天香缥缈，拜玉容整肃，如
游九府神宫。

三官殿

一气逢春转；
三元锡福多。

大帝垂恩远；
三元锡福多。

太极本从无极始；
三元还自一元生。

爵列三曹多善恶；
神随六合显灵通。

正气调元，天地人间归掌握；
存神过化，上中下统属峥嵘。

天官地官人官，只在心官
不昧；
求福锡福获福，还须积福
为先。

官列天地人，各秉纪纲维
造化；
元分上中下，总持运会奠
乾坤。

辅天地，掌水衡，赫赫思
被六合；
握乾坤，司坎位，昭昭灵
应九霄。

今夫天，今夫地，今夫水，
不贰不测；
位乎上，位乎中，位乎下，
资始资生。

天统元气，地统元形，水统
元精，合三元而有象；
上则福国，中则福民，下则
福物，降万福以无疆。

文昌祠

司文天上；
种福人间。

上则星辰下河岳；
昔为循吏今儒林。

千古文风光史笔；
万年气运盛才猷。

位秉图书开泰运；
德辉翰墨灿文章。

现宰官身惟我佛；
作尘世想为苍生。

垂训同天皆景仰；
斯文大地尽钦承。

道气远超天地外；
文光迥射斗牛间。

运启文明，训垂阴骘；
人间孝友，天上星辰。

宇宙大文章，原从孝友；
古今名将相，气作星辰。

布福禄于人间，但求有德；
握权衡在天上，总出无心。

桂殿飞鸾，衔来蝌蚪三千字；
蕉窗炼笔，挥就烟霞五色书。

紫极权尊，千古日星常炳耀；
玉衡光灿，三春雨露更涵濡。

天惟阴骘下民，止于孝，止于敬；
帝乃诞敷文德，作之君，作之师。

为蜀人、为蜀臣，同是西方之圣；
号文帝、号武帝，尊于南面而王。

耕获在心田，便赢得读书种子；
品题归玉籍，莫忘了阴骘文章。

童号梓潼，锡士子功名于阴骘；
位参金禄，显大人报应于文章。

见一十七世宰官身，继帝王而宣化；
为千亿万年斯文主，参天地以同流。

欲知前世因，只完得孝友一生，便成阴骘；
寄语后来者，若认定君臣二字，许读春秋。

天后宫

坤仪配地；
水德参天。

英风远届江天外；
坤德长垂泽国中。

覃恩浩荡常流海；
后德巍峨独配天。

慈云远届江天外；
坤德弥纶泽国中。

春水茫茫，如天可上；
飘风发发，徯后其苏。

水德配天，海国慈帆并济；
母仪称后，桑榆俎豆重光。

海静波恬，共仰神光普照；
民安物阜，咸沾德被无私。

大海茫茫，到无岸无边，观
于天，天高在上；
飘风发发，正可危可惧，徯
我后，后来其苏。

八百年寰海昭灵，溯湄屿飞
升，九牧宗风荣庙祀；
四万顷具区分派，喜娄江新
瀹，三吴水利沐神庥。

补天娲神，行地母神，大哉乾，
至哉坤，千古两般神女；
治水禹圣，济川后圣，河之清，
海之晏，九州一样圣功。

魁星阁

剑气直腾冲北斗；
文星高朗耀南州。

星光直透三千丈；
风力扶摇九万程。

彩缀金鳌，辉生宝炬；
光明紫极，笔点青云。

三千丈仍透星光，何分今昔；
廿四番乍更风信，直上扶摇。

笔点青云，育亿万人之灵秀；
元开紫极，耀千百世之文明。

天下才人以斗量，半只脚踢
开不见；
世间银子是宝贝，一枝笔搬
运过来。

不衫不履，居然名士风流，
只因丑陋形骸，几湮没了胸
中锦绣；
能屈能伸，自是英雄本色，
可惜峥嵘头角，谁识你的笔
底珠玑。

财神庙

民康物阜；
治国安邦。

君能使鬼；
人尽呼兄。

掌人间之宝钞；
通天下之财源。

白镪驮来资宝马；
青蚨飞入引金龙。

圣功能补人间缺；
钱龙独施造化根。

财之聚散关乎数；
神乃虚无有所凭。

怀宝无心常济世；
点金有术可通神。

铁面扬威能点铁；
金鞭耀武自堆金。

职掌五铢通利用；
权衡九府溥财源。

铜山久种无边树；
金谷时开得意花。

富国不烦设九府；
足民何必待三余。

解用何尝非俊物；
不谈未必便清流。

通天下财源，普沾吉庆；
掌万民福泽，永锡丰盈。

有道生财，不必压残金坞；
无私惠我，何须铸尽铜山。

我岂爱财，骑虎不能下背；
人而求富，执鞭亦所甘心。

通天下之财源，川流不息；
普四方之乐利，日进无疆。

广生食为用之谋，有求必应；
裕众寡疾舒为策，随感而通。

财共春生，铜山久种无边树；
庆随时至，金谷新开得意花。

富亦可求，当念生财有大道；
惠而不费，益知造物无尽藏。

福自己求，享受的方能享受；
财为人聚，宽容了要会宽容。

思上古圣神，榆柳一时钻燧火；
看太平气象，桑麻万户静炊烟。

火神庙

坎离既济；
行仁如春。

宏化丹天；
神威离照。

五行司火德；
八卦正离宫。

火德中天扶日月；
炎方一柱镇乾坤。

星居离位文明照；
威镇南方气象新。

赫赫灵威生木德；
炎炎光烈耀离明。

三昧灿琼花，永护南天法界；
五通昭火德，长扶中土生灵。

赤曜握灵符，荧惑星回日月；
朱轮昭法象，风雷阵布乾坤。

龙王庙

十日一敷甘雨泽；
万方同乐暖春台。

风调雨顺民安乐；
海宴河清世太平。

出龙宫风调雨顺；
入海藏物阜民康。

密云绵布三千界；
甘露均沾万亿春。

超四海以为王，功能配地；
迈群龙而立极，德可参天。

海潆山陬，共庆安流恺泽；
风和雨化，同沾广被恩膏。

惟德动天龙之为，灵昭昭也；
其功在水神之格，思洋洋乎。

荧惑喜攒藏，保合太和安
盛世；
雨阳回造化，曲成万物兆
丰年。

润则如膏，雷雨作斯百果
尽坼；
从之出海，云霞曙而万物
皆春。

志节慕睢阳，忧国读书，尚
记金龙山在；
英灵同伍相，飞刍挽粟，正
须白马潮来。

水职有专司，施雨行云，八
极九州皆浃洽；
王宫看分建，兴仁布泽，三
城五岭尽沾濡。

药王庙

历代医宗；
起死回生。

保合太和；
济世活人。

几味君臣药；
一片圣贤心。

医从理化超凡类；
药以情通冠百王。

妙药扫开千里雾；
金针点破一天云。

活人妙术千秋重；
济世灵丹万古传。

旁通医理拯民命；
普济人生作圣王。

橘井潜龙吟夜月；
芝田伏虎啸春风。

默向人间施药饵；
不教世上患膏肓。

帝德无私，杏林春满；
神庥广被，药圃灵长。

药采三山，古今神农百草；
王无两大，中外医界一人。

代际升平，变理阴阳调二气；
民长熙泰，权衡寒暑颂三天。

宗教类·道教

诀秘囊中, 医参儒理当归道；
丹悬肘后, 药自仙传独活人。

临症要矜持, 减病未能增病易；
立方须谨慎, 救人常少杀人多。

念赤子之阽危, 寒暑无时皆欲保；
救苍生以药石, 腹心有疾尽能除。

城隍庙

此地难通线索；
当年枉用机关。

已晓正邪真面目；
须从人鬼定关头。

阳世官刑虽幸免；
阴司法网总难逃。

但愿回头便是岸；
何须到此悔前非。

是非不出聪明鉴；
赏罚全由正直施。

御灾捍患神功著；
福善祸淫天道彰。

惟神则明, 无惭衾影；
夫微之显, 不爽毫厘。

纠善恶是非, 报应丝毫不爽；
赞乾坤化育, 衡平曲直无私。

时雨时旸, 玉女铜宫皆有庆；
好人好事, 桥蛟山虎总无惊。

善恶难瞒, 不必阶前多叩首；
瑕瑜了彻, 岂容台下细摇唇。

春到雪初晴, 白占田园能几日；
阳回云尽散, 黑迷天地不多时。

城上树啼鸟, 钟漏渐稀天欲晓；
隍中蕉伏鹿, 讼争未了梦初醒。

举念有神知, 善恶正邪能立判；
照人如镜朗, 吉凶祸福总无私。

举念时明明白白，毋欺了自己；
到头处是是非非，曾放过谁人。

善报恶报，迟报速报，终须有报；
天知地知，尔知我知，何谓无知。

善恶不爽锱铢，尔欲欺心神未许；
吉凶岂饶分寸，汝能昧己我难瞒。

地狱即在眼前，莫到犯了罪时，方才省悟；
孽镜曾悬台上，但要过得意去，也肯慈悲。

为人果有良心，初一十五何用你烧香点烛；
做事若昧天理，三更半夜须防我铁链钢叉。

吉士叩庭阶，彼自有感，非谓享其仪而福也；
恶人缓法律，吾岂无因，正欲盈其罪而诛之。

任凭你无法无天，到此孽镜悬时，还有胆否？
须知我亦严亦恕，且把屠刀放下，回转头来。

庙貌仰巍峨，为民捍患御灾，重做一方保障；
神灵昭赫濯，此地奉牲献醴，长留千载馨香。

居暗室如对神明，及早回思，莫幸当时瞒易过；
在生前要思死后，急宜猛省，休教到此悔嫌迟。

土地庙

五行居其末；
三才位乎中。

百灵滋景祚；
万土庆维新。

岁祈嘉谷稔；
时享泰阶平。

安仁自安宅；
有土此有财。

宗教类·道教

福地阴阳合；
丰年俎豆香。

一方清泰蒙神佑；
四序康宁叨圣扶。

四野桑麻沾雨露；
一村士女遍弦歌。

枌榆共乐升平日；
井里咸歌大有年。

神灵哉不威自畏；
公老矣有德斯尊。

神祇恩泽由来久；
坛坫春风分外多。

绿野桑麻思圣泽；
青阳化育奠灵麻。

正直为神，视民有赫；
平安赐福，惠我无疆。

位列中央，功宣土德；
灵通上帝，惠及乡民。

往往来来，为名为利；
劳劳碌碌，传子传孙。

土旺能生金，惟凭正直；
年高自获福，全仗神灵。

位居中央，合天德而行化育；
灵通上帝，本地利以宰生成。

福降自天，恰值新春施犬化；
职司兹土，能将厚德载群生。

德备中央，灵庙有凭叨福庇；
权司下界，方隅永奠荷神麻。

比户可封，仗神威而保兹
万姓；
聚庐相望，藉福泽以惠此
一方。

聚首话乡情，三春齐集枌
榆社；
虔诚通默祷，万古常留俎
豆新。

耕而食，凿而饮，相传中
古遗风，尚留村社；
春有祈，秋有报，愿与故
乡父老，同拜神旗。

民间祭祀

文　庙

六经谟典；
万古纲常。

功垂万世；
德贯百王。

作范百王；
垂风万叶。

明齐日月；
量合乾坤。

宫墙万仞；
德业千寻。

高深莫赞；
广大无疆。

德音允塞；
师表常尊。

德配天地；
道冠古今。

德尊三界；
道冠百王。

德大千年祀；
名高万世师。

宪章盛于文武；
诗书焕乎唐虞。

夫子贤于尧舜远；
至诚可与天地参。

泗水文章昭日月；
杏坛礼乐冠华夷。

泗水文章流紫水；
尼山木铎振荆山。

泗水文章通冀北；
杏坛礼乐达辽东。

发挥七代，陶镕万古；
经纬三极，冠冕百王。

祖述尧舜，宪章文武；
德参天地，道贯古今。

泰山峻极，一篑不遗；
泗水余澜，千载犹存。

道若山河，随地尽成洙泗；
圣如日月，普天犹是春秋。

一景会山川，百代人文渊薮；
两楹开宇宙，万古吾道宫墙。

气备四时，与天地日月鬼神
合其德；
教垂万世，继尧舜禹汤文武
作之师。

关帝庙

允文允武；
乃圣乃神。

存心忠义；
秉烛春秋。

两间正气；
万古忠心。

威镇华夏；
志在春秋。

滂仁顺义；
绝伦逸群。

精忠贯日；
大义参天。

丹心悬日月；
大义在春秋。

忠烈扶炎汉；
神威镇大清。

秉钺威仪大；
擎天柱石高。

精忠昭赤日；
大义贯青天。

万古勋名垂竹帛；
千秋义勇壮山河。

义存汉室三分鼎；
志在春秋一部书。

心上有天悬日月；
目中无地著春秋。

刘朝义勇无双士；
汉代英雄第一人。

声名施日月所照；
浩气塞天地之间。

青龙偃尽千秋月；
赤兔追余万里风。

涿州桃花千古碧；
许昌夜烛到今红。

乃所愿则学孔子也；
知我者其惟春秋乎。

气塞天地，能配天地；
志在春秋，长享春秋。

至大至刚，塞乎天地；
讨乱讨贼，志在春秋。

天地间日星河岳正气；
朋友内兄弟君臣大伦。

白马乌牛，引出丹心一点；
青龙偃月，劈开鼎足三分。

汉封侯，宋封王，明封大帝；
儒称圣，释称佛，道称天尊。

河北辞归，怒斩曹瞒六将；
江南赴宴，笑倾鲁肃三杯。

阳本属青，早日恍擎车盖影；
阴初转绿，春风先染绣袍痕。

秉烛春秋，大节至今昭日月；
满腔忠义，英风亘古振纲常。

读孔氏遗书，惟爱春秋一卷；
存汉家正统，岂容吴魏三分。

大义在春秋，慷慨一言成
骨肉；
丹心悬日月，艰难百战识
君臣。

先武穆而神，大汉千古，大
宋千古；
后文宣而圣，山东一人，山
西一人。

万国衣冠拜冕旒，生民来
未有夫子也；
三分鼎足纡筹策，知我者
其惟春秋乎。

赤面禀赤心，乘赤兔追风，
问关中无忘赤帝；
青灯观青史，仗青龙偃月，
隐微处不愧青天。

南宋江山空半壁；
孤臣忠勇足千秋。

三字奇冤，千秋碧血；
一生忠勇，万古纲常。

岳飞庙

一门忠孝；
万古纲常。

忠贯日月；
气奋风云。

灵峰标胜境；
神府枕通川。

风霜留桧柏；
阴雨见旌旗。

千秋冤狱莫须有；
百战忠魂归去来。

朱仙痛读班师诏；
青史长留涅背文。

宰相若逢韩侂胄；
将军已作郭汾阳。

壮志未伸，千古精魂依北阙；
阳光乍转，三春淑气到南枝。

凛凛孤忠，虽死不忘瞻北阙；
森森古木，至今犹表向南枝。

未迎二帝还朝，沥血千秋含愤激；
已了一生完节，流风万古颂忠贞。

晚受国恩封，花诰春深，已见东窗事发；
早蒙家难死，寒泉秋碧，好同西市魂归。

只要不忘平生之言，古谊若龟鉴，忠肝若铁石；
敢问何谓浩然之气，在地为河岳，经天为日星。

节孝贞烈祠

含贞桂比馥；
履洁冰偕清。

烈绩光书史；
英姿傲雪霜。

寒岁贞松柏；
英姿傲雪霜。

节坚金石流潜德；
祀永春秋报苦心。

钦仰贞魂垂百世；
标题劲节享千秋。

乃冰其清，乃玉其洁；
如柏之古，如筠之贞。

寒岁贞松，寸心金石摩苍汉；
疾风劲草，大节冰霜倚碧天。

乡贤祠

高风传梓里；
遗像仰沧浪。

高名垂竹帛；
贞行表乡闾。

尊达乎乡，礼隆旧典；
善同于国，道仰先型。

故里仰先型,公乃一乡善士；
沧浪留胜迹,道同五百名贤。

誉望起伦常，乡里追随钦至行；
见闻征学问，党庠矜式淑群英。

宗 祠

长绵世泽；
丕振家声。

发扬先烈；
佑启后人。

春秋匪懈；
继序不忘。

绳其祖武；
佑我后人。

祭则受福；
享于克诚。

慎终追远；
积厚流光。

世代源流远；
孙枝奕祀长。

礼乐衣冠第；
仁慈孝友堂。

礼乐绳祖武；
诗书贻孙谋。

孝友传家本；
诗书继世根。

劳动传家久；
勤俭继世长。

宗祖规模远；
儿孙绍述长。

祖功垂福泽；
宗德衍家声。

输诚陈酒醴；
报德献牲牢。

福田宗祖种；
心地子孙收。

本支百世不易；
烝尝万古如斯。

春秋享祀来格；
祖宗明命如闻。

昭穆明其礼教；
俎豆荐以馨香。

祖灵穆乎不远；
旧德焕若其新。

祖宗凭依在德；
子孙对越惟诚。

入室如闻新謦欬；
趋庭犹见旧衣冠。

木本水源承世绍；
秋雾春露忆先灵。

孝友弟恭皆学问；
诗书礼乐尽修齐。

百代孝慈山仰泰；
万年支派水流东。

先代贻谋由德泽；
后人继述在书香。

秋霜春露怀先泽；
霞蔚云蒸启后人。

香烟篆就平安字；
烛焰开成福寿花。

俨若思孝孙有庆；
祭如在明德惟馨。

举目思祖功宗德；
存心作孝子贤孙。

祖功宗德流芳远；
子孝孙贤世泽长。

祖泽百年惟礼乐；
家风十世有箕裘。

祖砚父田垂燕翼；
阶兰庭桂肇鸿图。

致孝思高曾以上；
崇祀典宗庙为先。

雅言不外诗书礼；
家教无非孝悌慈。

脸下瞻依存孺慕；
堂中仿佛见亲容。

绳其祖武惟耕读；
贻厥孙谋在俭勤。

身范克端，绳其祖武；
家规有训，贻厥孙谋。

是训是行，缵乃祖考；
有典有则，贻厥孙谋。

积德累仁，用宏堂构；
烹葵煮枣，乃洁烝尝。

祭用烝尝，仰酬祖德；
礼循昭穆，克序人伦。

俢见忾闻，孝思不匮；
秋尝春礿，祀事孔明。

凡今之人，不如我同姓；
聿修厥德，无忝尔所生。

子姓萃一堂，序昭序穆；
祖灵追百世，若见若闻。

乔木发千枝，岂非一本；
长江分万派，总是同源。

宗教类·民间祭祀

继述序人伦，礼循昭穆；
馨香酬祖德，祭用烝尝。

寝庙既成，俾尔昌而大；
孝孙有庆，继序思不忘。

继其志，述其事，绳其祖武；
修厥身，慎厥德，贻厥孙谋。

忠孝传家，弓冶箕裘绍统绪；
岁时报本，烝尝俎豆荐馨香。

春祀秋尝，遵万古圣贤礼乐；
左昭右穆，序一家世代源流。

要好儿孙，须从尊祖敬宗起；
欲光门第，还自读书积善来。

勤俭持家，农工商贾各安业；
文章华国，祖考高曾乃慰心。

兄及弟矣，式相好矣，无相
扰矣；
神之格思，不可度思，矧可
射思。

百世泽长流，灵祉叠从新
岁月；
三阳春有兆，好花都发旧
根株。

溯祖德宗功，奕叶簪缨推
望族；
别兰孙桂子，万年诗礼继
先声。

立业维艰，虽一丝一粟，
无忘先泽；
守成匪易，遵六德六行，
不坠家声。

家肥则族肥，不外亲亲长
长数大事；
祖远而听远，全凭子子孙
孙一个心。

垂训一无欺，能安分者即
是敬宗尊祖；
守身三自反，会吃亏的便
为孝子贤孙。